मालगुडी का चलता पुर्ज़ा

मालगुडी का चलता पुर्ज़ा

आर. के. नारायण

राजपाल

अनुवाद

महेन्द्र कुलश्रेष्ठ

स्थापित 1912
100 वर्षों की
श्रेष्ठ प्रकाशन परम्परा
राजपाल

₹ 325

ISBN : 9789350640920

पहला संस्करण : 2012, पाँचवाँ संस्करण : 2025

MALGUDI KA CHALTA PURZA (Novel)

by R.K. Narayan

मुद्रक : जी.एस. ऑफसेट, दिल्ली

राजपाल एण्ड सन्ज़

1590, मदरसा रोड, कश्मीरी गेट, दिल्ली-110006

फोन : 011-23869812, 23865483, 23867791

website : www.rajpalpublishing.com

e-mail : sales@rajpalpublishing.com

www.facebook.com/rajpalandsons

प्रिय मित्र किट्टू आर. पूर्ण की स्मृति में

1

न जाने कब से लोग उसे 'मार्गेय्या' के नाम से बुलाते आ रहे थे। उसके माँ-बाप के अलावा, जिनकी उसके पुश्तैनी गाँव के कुछ पुराने बाशिंदों को ही बहुत धूमिल-सी स्मृति थी, कोई नहीं जानता था कि भगवान श्रीकृष्ण के प्रिय नाम पर ही उसका भी नाम रखा गया था। सब लोग उसे मार्गेय्या ही कहते थे और मानते थे कि नामकरण-संस्कार के दिन ही उसका यह नाम रखा गया था। वह खुद भी अपना वास्तविक नाम भूल गया होगा; वह धीरे-धीरे कानूनी दस्तावेज़ों में भी 'मार्गेय्या' नाम से ही दस्तख़त भी करने लगा था। यह नाम मौलिक नहीं था, किसी शब्द से निकला नाम था, और यह शब्द था 'मार्ग', जिसका अर्थ है रास्ता; और 'अय्या' इसे आदर देने के लिए साथ में जोड़ा गया है; दोनों को मिलाकर इसका अर्थ होता है मार्गदर्शक, रास्ता दिखाने वाला। वह आर्थिक कठिनाइयों में पड़े व्यक्ति को रास्ता दिखाता था। और मालगुडी के इर्द-गिर्द सौ मील में बसे सारे लोगों में से क्या एक भी कोई ऐसा था जो सीने पर हाथ रखकर कह सके कि वह आर्थिक कठिनाइयों से मुक्त है! बिलकुल कोई भी नहीं। इस वातावरण में मार्गेय्या का उदय वास्तव में एक सहकारिता के लिए काम करने वाले एक उत्साही महानुभाव के उद्योग का अप्रत्याशित परिणाम था। यह बात अच्छी तरह समझने के लिए हमें उसकी कहानी भी कुछ विस्तार से जाननी होगी।

मालगुडी की सबसे शानदार इमारतों में एक है सेन्ट्रल को-ऑपरेटिव लैंड मार्टगेज बैंक, जिसका निर्माण सन् 1914 में हुआ था और जिसका नाम उस समय के मशहूर को-ऑपरेटिव सोसायटीज़ के रजिस्ट्रार, सर ... के नाम पर रखा गया था—जिन्हें 'सर' का खिताब उनके सहकारिता के सिद्धान्त के धुआँधार प्रचार के लिए ही दिया गया था, जिसे एक तरफ गाँवों के किसानों और दूसरी तरफ दफ्तर में फाइलें सँभालने वाले अफ़सर और क्लर्कों को बताते-बताते न सिर्फ उनकी आवाज़ ही बन्द हो गई थी, बल्कि उनका देहान्त भी हो गया था। यही नहीं, उनके देहान्त के बाद पता चला कि वे अपनी सारी सम्पत्ति भी बैंक के निर्माण के लिए ही छोड़ गए हैं। अब

वे भवन के बीच में बनी टीक लकड़ी की एक बड़ी सी बुर्ज़ी के भीतर खड़े यहाँ की सारी गतिविधियों को देखते रहते थे, और कभी-कभी यहाँ घटित होनेवाले प्रेतात्मक दृश्यों के लिए ये ही ज़िम्मेदार माने जाते थे, जिनमें कागज़-पत्र और फ़ाइलें उलटने-पलटने, पेपरवेट वगैरह इधर-उधर फ़ेंके जाने, दराज़ें खुलने-बन्द होने और मेज़ों पर ज़ोर-ज़ोर से मुक्के मारे जाने की आवाज़ें देर तक सुनाई देती रहती थीं। ये बातें समझ में भी आती थीं क्योंकि रजिस्ट्रार साहब के गुस्सा होने के एक नहीं, कई स्पष्ट कारण थे। सहकारिता के जिन उच्च सिद्धान्तों के लिए उन्होंने इतना ज़बरदस्त त्याग किया था, वे सब अब नष्ट होते चले जा रहे थे—और बैंक की चारदीवारी से ज़रा सा दूर, खुले मैदान में बरगद के पेड़ के नीचे बैठा मार्गैय्या अपना धंधा करता नज़र आता था—उसके सामने हमेशा आधा घेरा बनाए किसान बैठे रहते थे, जिनके हाव-भाव से एकदम पता चल जाता था कि वे उसके मुवक्किल या ग्राहक हैं। मार्गैय्या उम्र में उन सबसे काफी छोटा था—सिर्फ 42 साल का—लेकिन वे सब उसकी बड़ी इज़्ज़त करते थे। उनके लिए वह बड़ा गुणी था, जिसकी सहायता से वे बैंक से जितना चाहे कर्ज़ प्राप्त कर सकते थे। यद्यपि सहकारिता आन्दोलन का उद्देश्य कम खर्च करना और बिचौलियों को खत्म करना था, तो बरगद के इस पेड़ के नीचे इन्हीं का सबसे ज़्यादा उल्लंघन होता था। कम खर्च करने में तो मार्गैय्या का विश्वास ही नहीं था, उसकी तो आजीविका ही सामने खड़े बैंक से उधार लेने और एक-दूसरे के साथ उधार-खाता चलाने में इन लोगों की मदद करने पर निर्भर थी।

उसके पास टीन का एक छोटा-सा, बदरंग, घुंडियोंदार बक्सा था, जिसे वह आसानी से अपनी बाँह में उठा सकता था, इसमें उसकी ज़रूरत की सारी चीज़ें आ जाती थीं : एक दवात, कलम और ब्लाटिंग पेपर, एक छोटा-सा रजिस्टर जिसमें उसके ग्राहकों के नाम और उन्हें मिलनेवाले पैसों की संख्या लिखी थी—और इन सबसे महत्त्वपूर्ण, बैंक से कर्ज़ा लेने वाले फार्म। ये उसके जीवन की सबसे कीमती वस्तु थी, और इन्हें प्राप्त करने में उसका आधा से ज़्यादा समय निकल जाता था। इसके लिए उसे काफी प्रयत्न करना पड़ता था। जब भी कोई नया ग्राहक उसके पास आता, वह उससे पहला सवाल यही करता था, "तुमने कर्ज़ दिलाने वाला फार्म ले लिया है?"

"नहीं।"

"तो इस इमारत में चले जाओ और फ़ार्म ले आओ—कोशिश करना कि एक-दो फार्म और भी ले आओ।" एक से ज़्यादा फार्म प्राप्त करना ज़्यादातर मुश्किल ही होता था, क्योंकि बाबू लोग बहुत सख्त और पाजी भी होते थे। एक से ज़्यादा फार्म देने में उन्हें कोई परेशानी नहीं होनी चाहिए थी, यह उनकी आदत थी कि जिस भी बात के लिए आग्रह किया जाए, उसे करने से छूटते ही इनकार कर दें। इस

सबके बावजूद मार्गेय्या कई फ़ालतू फार्मों का जुगाड़ कर रखता था और विशेष आवश्यकता पड़ने पर ग्राहकों को देता रहता था। कई दफ़ा कोई किसान आता, जिसके पास फार्म नहीं होता था, और दफ्तर से भी वह नहीं ले पाता था। तब मार्गेय्या पैसे लेकर एक सादा फार्म उसे दे देता था और उसे भरने के पैसें अलग से चार्ज करता था।

बैंक के बाबू लोग अपने ही ढंग से किसानों को परेशान करते थे। कोई किसान खिड़की पर आकर अपने खाते के बारे में जानना चाहता, तो वह उससे पहला सवाल यह करता, "तुम्हारी पास-बुक कहाँ है?" यह पास-बुक ऐसी चीज़ थी जिसे किसान रख ही नहीं पाते थे। या तो यह उसके पास होती ही नहीं थी, होती तो पुरानी पास बुक होती थी। इससे किसान बाबू की दया पर पूरी तरह निर्भर हो जाता, और वह कहता, "ठीक है, मैं हाथ का सारा काम खत्म कर लूँ, फिर देखूँगा। मुझे सिर्फ तुम्हारा काम निपटाने के लिए पैसे नहीं मिलते।" तब किसान को या तो पूरा दिन या दो दिन इन्तज़ार करना पड़ता, और पैसें या जिन्स में बाबू को रिश्वत भी देनी पड़ती।

इस तरह की परिस्थितियों में मार्गेय्या की मदद बहुत कीमती साबित होती थी। उसके पास मोटे तौर पर पचास लोगों के बैंक खातों की नकल मौजूद थी। लाल-फीते के कारण जो कठिनाइयाँ पेश होतीं, उन्हें वह अपनी युक्तियों से हल कर लेता था। ज़्यादातर लोगों के आँकड़े तो उसके दिमाग़ में ही जमा रहते थे। वह ग्राहक की शक्ल देखकर ही समझ जाता—जैसे कोप्पल के मल्लन्ना को देखते ही वह बोल उठा, "अच्छा, तुम नया कर्ज़ लेने आये हो, है न? अगर तुम और पचहत्तर रुपए दो, तो तुम्हें एक हफ्ते में 300 रुपए कर्ज़ मिल जाएगा। उपनियम यह है कि आधा पैसा दे दिया जाए तो नया कर्ज़ मिल जाता है।"

"लेकिन मार्गेय्या, मैं और 300 रुपए का कर्ज़ कैसे बर्दाश्त कर सकता हूँ? यह तो मैं सोच भी नहीं सकता।"

अब मार्गेय्या उसे समझाता। उसने सीधा सवाल किया, "इससे क्या फ़र्क पड़ेगा? अभी भी तुम हर महीने साढ़े सत्रह रुपए नहीं अदा कर रहे हो? कर रहे हो या नहीं?"

"हाँ...कर रहा हूँ। पता नहीं, कितना और अदा करना पड़ेगा..."

मार्गेय्या बात काट कर कहता, "मुझे यह सब मत बताओ। मेरा इससे कोई मतलब नहीं है...तुम कितना दे रहे हो या कैसे। अपनी ज़िन्दगी देकर या बीवी की साड़ी बेचकर। क्या मतलब मेरा इससे! मुझे तो यह बताओ कि किस्तें भर रहे हो या नहीं?"

"हाँ, मालिक, भर रहा हूँ।"

"और भरते भी रहोगे...इतना काफ़ी है। अगर वे लोग एक आना भी ज़्यादा माँगें तो मुझे कुत्ता करार देना। बेवकूफ़, तुम्हें यह फ़र्क समझ नहीं आता? इस वक्त तुम बिना किसी बदले के साढ़े सत्रह रुपए भर रहे हो, लेकिन मेरी स्कीम में इसके बदले तुम्हें 300 रुपए मिल जाएँगे। अब समझ में आया फर्क?"

"लेकिन मालिक, मैं इन रुपयों का करूँगा क्या?"

"अच्छा, अब समझा मैं...तुम्हें रुपए का इस्तेमाल ही नहीं मालूम! निकलो यहाँ से, दोबारा मेरे पास मत आना। कैसे नामाकूलों से पाला पड़ता है! तुम ऐसे आदमी हो जो–" यह कह कर उसने किसान के बारे में एक गंदा-सा मज़ाक किया, जिसे सुनकर आस-पास के लोग हँसने लगे। वातावरण हलका हो गया। लेकिन मार्गेय्या ने अपनी मुद्रा सख्त बनाए रखी और आगे क्या करना है, यह देखने लगा। आँखों पर चश्मा चढ़ाकर उसने अपने कागज़ पलटने शुरू किए। यह चश्मा उसने अभी ही लिया था–जो इस बात की सूचना थी कि वह चालीस के पार आ गया है। जब तक सम्भव था, वह इसकी उपेक्षा करता रहा, लेकिन नज़र यह ख़बर तो नहीं देती कि वह खराब हो गई है–वह अपने वक्त पर खराब हो ही जाती है। आप इस बारे में अपने को या दूसरों को ज़्यादा समय तक धोखा तो नहीं दे सकते–कागज़ पढ़ने के लिए हाथ को लम्बा तानकर आँखों के आगे रखने पर नसें तो खिंचती ही हैं, दूसरों को भी पता चल जाता है। मार्गेय्या की बीवी ने एक दिन ज़ोर से हँसकर कहा, "अपनी उम्र के दूसरे जवानों की तरह तुम भी चश्मा क्यों नहीं लगवा लेते? नहीं तो तुम्हारे हाथ में दर्द होने लगेगा।" उसकी राय मानकर मार्गेय्या ने मार्केट में वी. एन. स्टोर्स की दुकान से चश्मा लगवा लिया–इसका फ्रेम चाँदी का था। दुकान का मालिक बचपन में उसका दोस्त था; मार्गेय्या ने टेस्ट करने की बात कहकर चश्मा ले लिया, और फिर उस रास्ते से निकलना बन्द कर दिया। दुकान का मोटा-तगड़ा मालिक जब कभी आते-जाते उसे टोकता तो वह उसे यह कहकर झिड़क देता, "कैसे आदमी हो तुम, यह नहीं जानते कि सड़क पर इस तरह भी बात नहीं कही जाती–यह सभ्यता के खिलाफ़ है!"

मोटा तुरन्त कहता, "माफ करना, दोस्त, मेरा इरादा तुम्हें परेशान करने या अपमान करने का नहीं था।"

"इससे ज़्यादा बेइज्ज़ती और क्या हो सकती है? आने-जाने वाले लोग क्या सोचेंगे? मैं सवेरे से रात तक काम में लगा रहता हूँ–शाम को एक कप काफ़ी पीने की भी फुरसत नहीं मिलती।...अच्छा, ठीक है। किसी को घर भेज देना। मैं चश्मे का इस्तेमाल भी नहीं कर पा रहा–सोचता था, बदल लूँ, लेकिन–", वह बहुत सी असम्बद्ध बातें कहने लगा, जिन्हें सुनकर चश्मे वाला खुद बोर होकर उसके सामने से हट गया, और फिर कभी उसने मार्गेय्या को परेशान नहीं किया। यह मार्गेय्या

का पुराना कर्ज़ था, जो बना रहा, और इस तरह वह चीज़ों की अदला-बदली करके पाउडर की डिब्बियाँ, सेंट, चाकलेट वगैरह इकट्ठा करता रहा—चश्मा उसकी नाक पर लटका रहा।

उसने चश्मा उतारा और उसे बन्द करते हुए मल्लन्ना की तरफ इस तरह देखा, जैसे उसकी समस्या अन्तिम रूप से हल कर रहा हो। अपनी दायीं तरफ बैठे किसान से उसने कहा, "तुम्हें अपने काम के लिए हफ्ता भर इन्तज़ार करना पड़ेगा।"

"लेकिन भाई साहब, मेरा काम बहुत ज़रूरी है। अगले महीने मेरी बेटी की शादी है।"

"बेटी की शादी है तुम्हारी! और मुझे पैसे का इन्तज़ाम करना है। फिर काम होने के बाद तुम मुझे एकदम भूल जाओगे। फ़िर तुम्हें मार्गेय्या की ज़रूरत नहीं रहेगी।" दूसरे ने इसके विरोध में कुछ बातें कहीं। उसका नाम था कांडा, जो अपने गाँव से 15 मील पैदल चलकर यहाँ आया था। उसके पास बीस एकड़ ज़मीन थी, घर था और जानवर थे, लेकिन सब कुछ गिरवी रखे थे, जिसमें मार्गेय्या ने मदद की थी। वह जुआरी था, शराब खूब पीता था, और हमेशा लड़की की शादी का बहाना करके पैसे की माँग करता था—लड़कियाँ भी उसकी बहुत थीं। मार्गेय्या ने कभी यह नहीं पूछा कि पैसे का वह क्या करता है, लेकिन कर्ज़ दिलवाता रहता था। उसने कहा, "अब कर्ज़ लेने का एक ही तरीका बचा है, किसी के साथ मिलकर दरख्वास्त दो—लेकिन एक और आदमी होना ज़रूरी है।" यह कहकर उसने सामने बैठे लोगों पर नज़र दौड़ाई और पूछा, "तुम सब लोग को-ऑपरेटिव सोसायटी के मेम्बर हो, अपने साथी की मदद करो।" सबने अपने सिर 'ना' में हिला दिये। एक ने कहा, "दो लोगों के दस्तखत कैसे किये जा सकते हैं? अपने भाई की मदद करना भी ख़तरनाक होता है!"

"हाँ, सबसे ज़्यादा खतरनाक भाई की मदद करना ही होता है," मार्गेय्या ने कहा। "लेकिन मैं भाई की मदद के लिए कहाँ कह रहा हूँ, मैं तो अपने मनुष्य साथी की बात कर रहा हूँ।" सब लोग यह सुनकर हँसने लगे, क्योंकि वे समझ गए कि यह अपने बड़े भाई की बात कर रहा है, जिसके साथ इसका दाँत-काटी रोटी का प्यार था। मार्गेय्या ने लम्बा भाषण देना ही शुरू कर दिया : "देखो, ये बड़े आदमी हैं, अपने इलाके में मशहूर हैं, सोमानुर के आस-पास इन जैसा कोई दूसरा नहीं मिलेगा। इनके पास ज़मीन है, जायदाद है—ये हर तरह से बड़े हैं। यह ज़रूर है कि इनकी कुछ आदतें खराब हैं, उनसे आँखें नहीं मूँदी जा सकतीं, लेकिन मैं गारंटी करता हूँ कि ये कोई गलत बात नहीं करेंगे। इनको कर्ज़ चाहिए क्योंकि लड़की की शादी

के लिए कम-से-कम पाँच सौ रुपए की ज़रूरत होती है। तुम लोग जानते ही हो कि दहेज भी देना ही पड़ता है–" यह सुनकर सब लोगों ने सिर हिलाया। एक ने कहा, "लेकिन हमारे पुरखे जो कर गए हैं, उसे हमें बुरा क्यों कहना चाहिए–"

किसी ने विरोध किया, "क्यों नहीं कहना चाहिए?"

"कई लोग तो दहेज की वजह से बरबाद हो जाते हैं।"

"तुम कुछ लोग ही क्यों कहते हो?" मार्गेय्या बोला, "अब मुझे ही देख लो। मेरे पिता के तीन लड़कियाँ हुईं। हमारे खेतों से हर छह महीने पाँच गाड़ियाँ भरकर चावल आता था। हम वह सब बड़े हॉल में भर देते थे–ऐसे हमारे यहाँ पाँच हॉल थे। लेकिन वह सब कहाँ गायब हो गया–इन तीनों लड़कियों में। मेरे पिता उनके लिए पति ढूँढ़ते रहे और आखिर में सब खत्म हो गया।

किसी ने कहा, "यह भी तो कहा गया है कि जिसके लड़का होता है, वह तीन जन्मों तक सुखी रहता है, क्योंकि वही इस धरती पर सबसे बड़ी जायदाद है।"

"और जिसके तीन लड़कियाँ हों, वह भी बड़ा भाग्यवान माना जाता है। भाग्यवान तो होता है वह, लेकिन दिवालिया भी हो जाता है।"

इस तरह काफी देर तक यह बातचीत गोलमोल ढंग से चलती रही, और बीच-बीच में वह राजनीतिक भी हो जाती थी। अंत में मार्गेय्या ने नाक पर चश्मा चढ़ाकर मल्लन्ना को घूरकर देखा और कहा, "तुम मेरे पास आकर बैठो।" वह पास आया तो मार्गेय्या ने और सबसे कहा, "अब हम ज़रा प्राइवेट बातें करेंगे", यह सुनकर सब दूसरी तरफ़ देखने लगे और यह दिखाने लगे कि वे सुन नहीं रहे हैं, लेकिन अब उनके कान ज़्यादा तेज़ होकर इनकी फुसफुस सुनने लगे थे। मार्गेय्या ने कहा, "अब कांडा के लिए किसी के साथ मिलकर कर्ज़ लेना सम्भव नहीं लग रहा है, इसलिए उसे जो भी मिलता है, उसे ले लेना चाहिए। मेरा ख्याल है, तुम उसकी मदद कर सकते हो जिससे तुम भी फायदे में रहोगे, तुम्हारा कोई नुकसान नहीं होगा। तुम्हें थोड़ा-सा ब्याज मिलेगा। तुम पचहत्तर रुपए देकर अपना पुराना कर्ज़ चुका दो और नए कर्ज़ के लिए अर्ज़ी दे दो। अब चूँकि तुम्हें इस वक्त ज़रूरत नहीं है, यह पैसा तुम कांडा को दे दो। वह तुम्हें साढ़े सात फीसदी ब्याज देगा। इसमें से साढ़े चार तुम ससुर जी को दे दो। (वह बैंक को हमेशा एक नया नाम देता था।) बाकी तीन तुम्हारा रहेगा। वह किस्तें चुकाता रहेगा–मैं उन्हें उससे लेकर तुम्हें दे दिया करूँगा।" मल्लन्ना को यह हिसाब समझने में काफ़ी देर लगी, फिर उसने सवाल किया, "अगर उसने न दिया तो?" मार्गेय्या ने यह सुनकर आँखें गोल कीं और बोला, "मैं बीच में हूँ तो डरने की क्या बात है?" इस पर न सुनने का दिखावा करने वालों में से एक बोल पड़ा, "बिना भरोसे के यह दुनिया कैसे चल सकती है!" मार्गेय्या ने टिप्पणी की, "यह ठीक कहता है। दुनिया देखी हुई है इसकी।"

इस सब बातचीत का नतीजा यह निकला कि मल्लन्ना तैयार हो गया। मार्गैय्या ने उसके नाम से फार्म भरना शुरू कर दिया, उसमें उसने घर-परिवार के सब आँकड़े लिख दिए। फिर उसे ज़ोर-ज़ोर से पढ़कर सुनाया, और मल्लन्ना का हाथ पकड़कर उसका अँगूठा ऊपर किया, और टीन के बक्से में से स्टाम्प की स्याही की डिबिया निकालकर उस पर अँगूठा ज़ोर से दबाया, फिर फ़ार्म पर उसकी छाप लगवा दी। फिर बक्से में से पचहत्तर रुपए निकालकर मल्लन्ना को दिये और कहा, "यह लो, इसे मैं बिना रसीद के तुम्हें दे रहा हूँ। उसे अपने खाते में जमा करके कर्जा आधा कर दो, और नए कर्ज़ की अर्ज़ी दे दो।"

"अगर वे इसे न लें तो?"

"लेंगे क्यों नहीं? उन्हें लेना पड़ेगा। तुम शेयर होल्डर हो और वे मना नहीं कर सकते। वे तुम्हें अपने दादा का पैसा तो देते नहीं हैं, तुम्हारा अपना पैसा ही देते हैं। उपनियम यह है—" उसने उपनियम समझाकर बताया, जिससे उत्साहित होकर मल्लन्ना उठा और बैंक की तरफ चल पड़ा।

पेड़ के नीचे बैठकर किये जाने वाले मार्गैय्या के काम का इससे अच्छा विवरण नहीं दिया जा सकता। वह अपनी तरफ से एक छोटा सा कर्ज़ (ब्याज के लिए) किसी को देता, जिसके सहारे को-ऑपरेटिव बैंक से दूसरा बड़ा कर्ज़ लिया जा सके, और यह रकम किसी तीसरे ज़रूरतमंद व्यक्ति को ज़्यादा ब्याज पर दे दी जाती। इस सारे परस्पर गुथे-मुथे व्यापार में मार्गैय्या अपने को बीच में रखता, और हर सम्बद्ध व्यक्ति से—जिसमें बैंक भी अजाने शामिल हो जाता था—उसकी सेवा की कीमत वसूल करता। शहर के दूसरे कठिन व्यवसायों की तरह यह भी कठिन व्यवसाय था, और मार्गैय्या महसूस करता कि अपने बक्से में रखे दो सौ रुपयों की रकम से वह सवेरे से शाम तक वहाँ बैठे रहकर जो कमाई करता था, वह जायज़ कमाई थी। शाम को जब सूरज की किरण उसकी गर्दन पर पड़ने लगती, तब वह अपना बक्सा बन्द करके उसमें ताला लगाता, और उसके इर्द-गिर्द जमे गाँवों के किसान समझ लेते थे कि उनका सहायक यह महान वित्त विशेषज्ञ अब दफ्तर बन्द करके घर जा रहा है।

मार्गैय्या ने अपने घर के सामने वाले कमरे में पड़ी बेंच के नीचे अपना बक्सा सरकाया। उसका छोटा-सा बेटा उसकी आवाज़ सुनते ही किचेन से दौड़कर आया और 'अप्पा' कहता हुआ उसका हाथ पकड़कर बोला, "आज मेरे लिए क्या लाये?" मार्गैय्या ने उसे अपने कंधे पर चढ़ा लिया और कहा, "कल मैं तुम्हारे लिए इंजन लाऊँगा, छोटा-सा

इंजन।" बच्चा यह सुनकर खुश हो गया और पूछने लगा, "कितना छोटा? इतना सा?"—यह कहकर उसने अपने अँगूठे और अँगुली से एक जगह बनाकर दिखाई। "हाँ, हाँ, इतना ही बड़ा," यह कहकर मार्गय्या ने उसे नीचे उतार दिया। रोज़ यही होता था। बच्चा छोटे-छोटे खिलौनों की कल्पना करता रहता—छोटा-सा इंजन, छोटी-छोटी गायें, छोटी सी मेज़, हर चीज़ बहुत छोटी, दाने के बराबर। मार्गय्या ने कपड़े उतारे और दीवार पर कील से लटका तौलिया उतारकर पिछवाड़े की तरफ़ चल पड़ा। वहाँ केले के पेड़ों के एक समूह के पीछे, जिनसे बड़े-बड़े पत्ते अँधेरे में इधर-उधर धीरे-धीरे हिल रहे थे, एक टूटा-फूटा सा कुआँ था, जिसके ऊपर पानी खींचने की गिर्री लगी थी। आसमान में तारे छिटक रहे थे, उन्हें देखने मार्गय्या क्षण भर रुका। उसके पैरों के नीचे की ज़मीन गीली और घास-फूस से भरी थी। दोनों घरों की नालियों का पानी केले के पेड़ों को ही सींचता था। उसके घर के बगल में ही उसके भाई का घर था, और दोनों घरों का यह संयुक्त पिछवाड़ा था। दरअसल यह घर एक ही था, और सामने सड़क से ही पीछे तक एक दीवार दोनों को बाँटती थी।

विनायक स्ट्रीट पर नम्बर 14-डी का यह मकान इलाके का प्रसिद्ध निशान था, क्योंकि यहाँ बनने वाले घरों में यही पहला घर था। इस असुरक्षित और ऊबड़-खाबड़ क्षेत्र में मकान बनाने की हिम्मत करने के लिए मार्गय्या को हीरो माना जाता था। यही नहीं, यह स्थान श्मशान से एकदम लगा हुआ था और अक्सर दीवार के पार जलती आग की लपटें भी यहाँ से दिखाई देती थीं। पिता के देहान्त के बाद दोनों भाई अलग हो गए, उनकी पत्नियाँ एक-दूसरे से लड़ने लगीं, यहाँ तक कि दोनों के बच्चे भी एक-साथ खेलने-कूदने के लिए तैयार नहीं हुए। इन्हें एक ही हवा में साँस लेने का विचार भी अखरने लगा और एक ही चहारदीवारी में बने रहना सबको अखरने लगा। आपस में कोर्ट-कचहरी शुरू हो गई और पिता जो भी छोड़ गए थे, हर चीज़ का बराबर-बराबर बँटवारा कर लिया गया। जो चीज़ें चाकू, क़ैंची या कुल्हाड़ी से काटी जा सकती थीं, उन सबको काट-काटकर बाँटा गया, और जो काटी नहीं जा सकती थीं, उन सबकी सूची बनाकर और सबकी संख्या लगाकर उन्हें बाँटा गया। लेकिन एक चीज़ न काटी जा सकती थी, न नम्बर लगाकर बाँटी जा सकती थीं, वह थी घरों के पीछे की जगह और एक ही कुआं। बँटवारे में यह मार्गय्या के हिस्से में आया, और वह चाहता तो यही था कि भाई को इस कुए से पानी न लेने दिया जाए, भले ही वे मर जाएँ, लेकिन जनमत ने दबाव डालकर उसे यह करने से रोक दिया। उन्होंने कहा कि कुआं दोनों के बीच साझा होगा, इसलिए बीच में दीवार डालकर उसे भी ऐसा कर दिया गया कि दोनों अपनी-अपनी तरफ से पानी भर सकें।

मार्गय्या ने लुटिया की तलाश की, जो कहीं नज़र नहीं आया। उसने आवाज़

लगाई, "अरे, छोटू, लुटिया कहाँ है?" उसे हर वक्त बेटे को आवाज़ देते रहना अच्छा लगता था। घर लौटने के बाद उसे क्षण भर भी बेटे से अलग रहना नहीं सुहाता था। बच्चा जवाब न देता तो उसे बुरा लगता और गुस्सा आने लगता था। उसने देखा कि बेटा लैंप के ऊपर खड़ा उसमें एक कागज़ डालने की कोशिश कर रहा है। वह दरवाज़े पर खड़ा होकर यह तमाशा देखता रहा। उसने लड़के को डांटने और ऐसा न करने की हिदायत देने से अपने-आपको रोका। लड़के ने कागज़ लैंप में डाला और जब वह एकदम ज़ोर से जलने लगा, तो वह डरकर पीछे हटा। फिर कागज़ जलकर काला पड़ गया और लौ बुझ गई, तब वह फिर लैंप की तरफ बढ़ा और उस पर लगी लोहे की पत्ती को छूने के लिए उँगली आगे बढ़ाई। मार्गैय्या उसे मना कर पाता, इससे पहले ही उसने उसे छू लिया, और उसने ज़ोर से चीख मारी। मार्गैय्या लपककर उसके पास जा पहुँचा–और उसकी पत्नी भी चीख सुनकर बगल की दुकान से दौड़ी चली आई, जहाँ वह कुछ सामान लेने गई थी। वह 'क्या हुआ?' 'अरे, क्या हुआ?'–आवाज़ों से कमरा गुँजाए दे रही थी। मार्गैय्या को शर्म-सी आई, कि वह अपने कर्तव्य से चूक गया है। लेकिन वह उलटा पत्नी को डाँटने लगा कि "तुम इतना चिल्ला क्यों रही हो? जैसे घर पर कोई पहाड़ टूट पड़ा है–और पड़ोस में भाई की बीवी यह सोचे कि हम पता नहीं क्या कर रहे हैं?"

"वह...तुम्हें अपने घरवालों पर इतना घमंड क्यों है?" वह और भी बोलती गई लेकिन बच्चे की चीख-पुकार में–जिसकी ओर अभी तक कोई ध्यान नहीं दे रहा था–उसकी आवाज़ दब गई। अब माँ ने उसे मार्गैय्या की गोद से खींचकर अपनी गोद में बेतरह चिपका लिया, जिससे उसकी जली उँगली और भी मुड़ गई, और उसने बेतहाशा रोना शुरू कर दिया। इस पर फिर मार्गैय्या ने उसे अपनी गोद में खींच लिया और ज़ोर से बोला, "वह मलहम कहाँ है? जल्दी से ले आओ। तुम कोई भी चीज़ अपनी जगह पर नहीं रखतीं।"

"तुम्हें भी चिल्लाने की ज़रूरत नहीं है," यह कहकर पत्नी हर जगह मलहम ढूँढ़ती चक्कर लगाने लगी। वह बड़बड़ा रही थी, "तुम मिनट भर भी उसे नहीं देख सकते हो–कि वह अपने को चोट न मार ले!"

"अब देवी जी, ज़्यादा चिड़चिड़ाओ मत। मैं ज़रा देर के लिए कुएं पर गया था।"

"शहर में हर आदमी के घर में पानी का नल है। हम ही हैं जो कुएं...", यह कहकर उसने एक नया मोर्चा खोल दिया।

"अच्छा, अच्छा, अब चुप करो", यह कहकर वह बच्चे की उँगली सहलाकर बोला, "तुम्हें आग से दूर रहना चाहिए...हमेशा..समझ में आया या नहीं?"

बच्चे की आँखों से आँसू टपक रहे थे, फिर भी उसने पूछा, "मुझे कल छोटा-सा

हाथी ला दोगे?" इस वक्त तक उन्हें अलमारी में एक लकड़ी की डिबिया में रखा एक काला मलहम मिल गया, जो रुई से भरी एक टोकरी के पीछे छिपा हुआ रखा था—इस रुई को बँटकर मार्गैय्या की बीवी देवता के दीपक में डालती और उसे जलाती थी। उसने बच्चे की उँगली में मलहम लगाया, तो वह और ज़ोर से चीखने-चिल्लाने लगा। इस दफ़ा उसने माँग की, "मुझे बड़ा-सा पिपरमिंट ला देना।"

रात को जब रोशनियाँ बुझ गईं और विनायक स्ट्रीट में शान्ति छा गई, तब मार्गैय्या अपनी पत्नी से, जो चटाई पर बच्चे के उस पार लेटी थी, कहने लगा, "बालू... बेचारा! मैं उसे जलने से बचा सकता था, लेकिन मैं खड़ा-खड़ा यह देखता रहा कि यह अकेले क्या कर सकता है।" उसकी बीवी ने तुरन्त चिल्लाकर कहा, "मैं भी यही सोचती थी। यानी इस परेशानी की जड़ में तुम ही हो। मैं क्या करूँ...हाय, क्या करूँ मैं...लड़का बहुत ज़्यादा शैतान होता जा रहा है...और तुम हो कि...तुम हो...", पर वह उसे क्या कहे, यह वह सोच नहीं पाई। उसे बड़ी परेशानी हो रही थी, और उसने वाक्य अधूरा ही छोड़ दिया। काफ़ी देर बाद वह कहने लगी, "इसे शाम को काबू में रखना सम्भव ही नहीं रहा है...बार-बार घर से सड़क पर जाता है, मुझे एक सेकिंड भी शान्ति से नहीं रहने देता।"

"इतने छोटे बच्चे की इतनी शिकायत मत करो", मार्गैय्या ने झिड़क कर कहा। उसे बेटे की आलोचना बिलकुल पसन्द नहीं थी। उसे यह बहुत अजीब लग रहा था कि इतना ज़रा-सा, छोटे से तकिये की तरह बगल में पड़ा माँस का लौंदा, उसके बारे में इस तरह बात की जाए। उसकी बीवी ने चिढ़कर कहा, "तो तुम एक दिन घर पर ही रहो और खुद देखो कि शाम को वह कैसी-कैसी शैतानियाँ करता है। इसके बाद मुझसे बात करना।"

"मैं तैयार हूँ इसके लिए, बशर्ते, तुम मेरी जगह वहाँ जाकर उन मूर्खों को कर्ज़ दिलाने का काम संभाल लो।"

बच्चे ने दूसरे दिन अपनी उँगली में लगी चोट का अपने माता-पिता दोनों से ज़बरदस्त खामियाज़ा वसूल करना शुरू किया। उसने उँगली ऊपर उठा ली और हर किसी को अपने से दूर रहने की ताकीद करने लगा। उसने साफ़ कपड़े पहनने से इनकार कर दिया, खाना नहीं खाया, चलने-फिरने के लिए भी मना कर दिया और ज़िद करने लगा कि माँ या पिता उसे गोद में ही उठाए फिरें। मार्गैय्या ने उसकी उँगली ध्यान से देखी और कहा, "अब यह ठीक हो गई है, कोई डर की बात नहीं है।"

लड़का यह सुनकर चिल्लाया, "गलत बात है यह। मुझे चोट लगी है। बड़ा दर्द हो रहा है। मुझे लेमन चूस चाहिए, अभी!" मार्गेय्या सवेरे देर तक उसकी उँगली सहलाता रहा और लेमन चूस देकर उसे खुश करता रहा। उसकी बीवी ने टोका, "इतनी गोलियाँ खाकर तो वह बीमार पड़ जाएगा, फिर क्या करोगे तुम?"

"तो फिर तुम उसकी देखभाल क्यों नहीं करतीं?"

"मैं माँ के पास नहीं जाऊँगा", बच्चे ने चीखकर कहा। "तुम्हारे ही साथ रहूँगा।"

मार्गेय्या को सवेरे कुछ घरेलू काम करने पड़ते थे। उसे किराने की दुकान अर्बन स्टोर्स से चीनी या मक्खन लाना होता था, बीवी कहती तो जलाने के लिए लकड़ी को चीरकर उसके छोटे-छोटे टुकड़े करने होते थे, या अपना टीन का बक्सा खोलकर कागज़ उलट-पुलटकर दिमाग़ ताज़ा करना होता था कि आज क्या-क्या करना है। लेकिन आज लड़का उसे अपनी देखभाल के सिवा और कुछ करने ही नहीं दे रहा था।

इस कारण आज उसे एक घंटा देर तक घर पर रुकना पड़ा। वह दोपहर के वक्त ही बाहर निकल सका, जब पिछवाड़े कुएं के पास बच्चा बालटी से पानी इधर-उधर उछालने में लगा था, इसलिए ज़रा देर के लिए उसका ध्यान मार्गेय्या की तरफ से हट गया। लेकिन जब बालटी का पानी खत्म हो गया तब पिता को अपने पास न पाकर वह इतने ज़ोर से चीखने-चिल्लाने लगा कि दूसरे घर के लोग कहने लगे, "बड़ी उम्र में लड़का पैदा करने का यही नतीजा होता है। इन्हें इतना ज़्यादा प्यार मिलता है कि ये पूरे शैतान बन जाते हैं।" दीवार के पार की यह औरत अनुभव से यह कह सकती थी क्योंकि वह दस बच्चों की माँ थी।

मार्गेय्या की नोट बुक पर किसी की छाया पड़ी तो उसने सिर उठाकर देखा। बैंक का एक वर्दीधारी चपरासी उसके सामने खड़ा था। इसका नाम था अरुल दौस, और यह प्रमुख चपरासी था। बूढ़ा ईसाई जिसकी सारी उम्र बैंक की सेवा में ही गुज़री थी। उसकी आँखों के इर्द-गिर्द झुर्रियाँ पड़ गई थीं, मूँछें सफेद थीं और नज़रों में मुलायमियत थी। मार्गेय्या ने उसे देखा और सोचने लगा कि इससे दोस्त की तरह व्यवहार करूँ या दुश्मन की तरह। बैंक की इमारत से निकलने वाले हर आदमी को वह अपना विरोधी मानता था, क्योंकि वे सब उसे जनता का सेवक नहीं, शत्रु समझते थे। क्षणभर रुककर उसने आगन्तुक पर भरपूर नज़र डाली और कहा, "बैठिए, अरुल दौस..." अरुल दौस ने अपने कंधे के पीछे दृष्टि फेंकी और बैंक की इमारत को देखा। फिर बोला, "अगर मैं आपके साथ गपशप करूँ तो उन्हें अच्छा नहीं लगेगा—वे यानी सेक्रेटरी साहब...आपको बुला रहे हैं।"

"मुझे?" मार्गैय्या ने अचरज से उसकी तरफ़ देखा, "सेक्रेटरी साहब! तुम्हारे सेक्रेटरी से मेरा क्या काम हो सकता है।"

"मुझे यह तो नहीं मालूम, लेकिन उन्होंने मुझसे कहा कि मार्गैय्या को एक मिनट के लिए बुला लाओ।"

यह सुनकर मार्गैय्या गुस्सा हो उठा, बोला, "उनसे जाकर कहो कि मैं उनका ज़रखरीद–ज़रखरीद–," वह इसके आगे 'नौकर' कहने वाला था, लेकिन रुक गया, क्योंकि इस मानसिक परेशानी में भी उसे लगा कि सामने खड़ा आदमी तो उनका नौकर और ज़रखरीद दोनों ही है, इसलिए यह कहना ठीक नहीं होगा। इसलिए उसने वाक्य अधूरा छोड़ दिया और यह कहा, "क्या ये लोग मुझे उनकी हाज़िरी बजाने की तनख्वाह देते हैं?"

"यह मैं क्या जानूँ?" बैंक के आज्ञाकारी नौकर ने कहा। "उन्होंने बोला कि आपको बुला लाऊँ।" फिर वह बोला, "आपको मालूम नहीं, सेक्रेटरी साहब बड़े आदमी हैं। उन्हें हर महीने पाँच सौ रुपए से ज़्यादा तनख्वाह मिलती है, जितनी रकम हम और आप जैसे लोग सारी ज़िन्दगी नहीं देख सकेंगे।" यह सुनकर मार्गैय्या का खून तेज़ी से दौड़ने लगा। उसे वे सब अपमान याद आने लगे जो अपने भाई के कारण उसे झेलने पड़े थे, घर का बँटवारा हुआ था, जबकि वह खुद इज़्ज़तदार आदमी की तरह आराम से रहता था। मार्गैय्या को यकीन था कि दुनिया उसकी नाक़दरी इसीलिए करती है क्योंकि उसके पास पैसा नहीं है। लोग सोचते हैं कि उससे वे जो चाहे, करा सकते हैं। उसने अरुल दौस से कहा, "अरुल दौस, मैं तुम्हारे बारे में नहीं जानता, अपने लिए तुम जो चाहो, कहो। लेकिन मुझे अपने साथ मत घसीटो। तुम भले ही सौ साल तक सौ रुपए का नोट न देख सको, मैं बहुत जल्द देखने लगूँगा–और कौन जाने, तुम्हारे सेक्रेटरी साहब को भी अपनी हालत सुधारने के लिए मेरे ही पास आना पड़े।"

अरुल दौस काफ़ी देर तक यह बात समझने की कोशिश करता रहा, फिर समझ जाने पर एकदम ज़ोर से हँसने लगा। इतना ज़्यादा हँसा कि आँखों से आँसू निकलने लगे। फिर वह बोला, "मैं इस बैंक में उनतीस साल से काम कर रहा हूँ, लेकिन आज तक ऐसी अजीब बात मैंने कभी नहीं सुनी। ठीक है, ठीक है।" वह लौटने को हुआ तब भी उसकी हँसी नहीं रुक रही थी। मार्गैय्या भी चकित था, उसने अरुल दौस की पीठ पर नज़र डाली। फिर उसने आँखें घुमाकर खुद अपने को देखा, कहीं उसमें कोई कमी तो नज़र नहीं आ रही?–उसकी धोती धुली हुई नहीं थी और ज़मीन पर लटक रही थी, कमीज़ का कालर फट रहा था, और चाँदी की कमानी वाला चश्मा भी अजीब-सा दिखने लगा था। "मुझे चश्मे से नफ़रत है। काश, मैं इसके बिना काम कर सकता! लेकिन उम्र–उम्र का क्या किया जाए, नज़र

कमज़ोर तो होनी ही है! लेकिन अगर कमानी सोने की होती, तो शायद लोग मेरी इज़्ज़त करते, और इधर-उधर की बातचीत न करते! यह सेक्रेटरी मुझे बुलाने वाला कौन होता है? वह मेरे साथ ऐसा व्यवहार नहीं कर सकता। मैं भी इन्हीं की बराबरी का आदमी हूँ।" उसने आवाज़ लगाई, "अरे सुनो, अरुल दौस!" अरुल दौस चमकता चेहरा लिए पीछे मुड़ा। "अपने सेक्रेटरी से कहना कि अगर वह सेक्रेटरी है, तो मैं अपने बैंक का मालिक हूँ, अगर उसे मुझसे कुछ काम है, तो उसका यहाँ हर समय स्वागत है।"

"तो मैं यही शब्द उनके सामने दोहरा हूँ?" अरुल दौस ने पूछा और फिर हँसने को हुआ।

"बिलकुल," मार्गैय्या बोला, "और दूसरी बात भी सुनो, अगर वहाँ की तुम्हारी नौकरी खत्म हो जाए तो तुम काम के लिए मेरे पास आ सकते हो। मुझे तुम बहुत पसन्द हो—तुम मेहनती हो, आज्ञाकारी..." बातचीत यहाँ खत्म हो गई क्योंकि दो-तीन ग्रामीण वहाँ आ गए और मार्गैय्या के सामने घेरा बनाकर बैठने लगे। हालाँकि अरुल दौस और हँसी-मज़ाक के लिए रुका, लेकिन मार्गैय्या ने एकदम रुख बदलकर कहा, "ठीक है, अब तुम जा सकते हो।"

एक किसान बोला, "यह आदमी, मालिक, अच्छा नहीं है। इससे बचकर रहना।"

"मैं भी अच्छा आदमी नहीं हूँ," मार्गैय्या ने तुरशी से कहा।

"यह बात नहीं है। लोग कहते हैं कि जो यह कहता है, वही सेक्रेटरी करता है। हम एक फार्म भी माँगते हैं, तो यह दो आने ले लेता है। क्या यह भी सरकारी कानून है?" किसान ने पूछा।

"बेवकूफो, तुम सब दफ़ा हो जाओ," मार्गैय्या ने चिढ़कर कहा। "तुम लोगों में कोई इज़्ज़त नहीं है। जब तुम बैंक के शेयरहोल्डर हो, तब तक तुम उसके मालिक हो। वे लोग तुम्हारे तनख्वाह पाने वाले नौकर हैं।"

"अच्छा, यह बात है?" किसान ने चौंक कर पूछा। सब लोग एक-दूसरे की तरफ़ ताज्जुब से देखने लगे। एक और आदमी, जो एक बड़ा-सा कंबल ओढ़े था और जिसके सिर पर ताज की तरह तुर्रेदार पगड़ी बँधी थी, लेकिन नीचे सिर्फ निकर पहने था और पैर एकदम नंगे थे, बोला, "आप कहते हैं तो हम मालिक हो सकते हैं, लेकिन हमारी सुनेगा कौन? हम भीतर जाते हैं तो हमें जो वे कहें, करना पड़ता है। नहीं तो वे हमें पैसा नहीं देते।"

"तुम्हारा ही तो है यह पैसा! किसी और का तो नहीं है।" मार्गैय्या ने पूछा।

"मार्गैय्या, हम दूसरों की बात क्यों करें, इसका कोई मतलब नहीं है।"

"ठीक बात है, ठीक है," दो-तीन लोगों ने उसका समर्थन किया।

इससे उत्साहित होकर किसान बोला, "हाँ, दूसरों की बात करना बेकार ही है।" फिर आवाज़ धीमी करके उसने कहा, "अगर वे लोग सुनेंगे तो..."

मार्गैय्या का भेजा गर्म हो उठा, वह चीखकर बोला, "तुम यहाँ से दफ़ा हो जाओ। मैं ऐसे लोगों से सरोकार नहीं रखना चाहता, जो अपनी इज़्ज़त नहीं करते, अपना महत्त्व और ताकत नहीं समझते। तुम जैसे आदमी से, जो गर्मी के इस वक्त इतना मोटा कंबल लपेटे है, कोई क्या उम्मीद कर सकता है? जिसके सिर पर उलटे-सीधे ढंग से लपेटी गन्दी-सी पगड़ी बँधी है, उसके दिमाग़ में सही बात आ भी कैसे सकती है?" किसान उसके इस रुख से घबड़ा गया, हाथ जोड़कर बोला, "मैं आपका विरोध नहीं कर रहा, स्वामी! करता, तो यहाँ क्यों आता?"

"ठीक है, ठीक है। अब कोई बेकार बात मत करना। कुछ काम हो तो बताओ। नहीं तो, यहाँ से निकलो। शाम तक मुझे बहुत-से लोगों का कार्य करना है। तुम अकेले नहीं हो मेरे लिए।"

"स्वामी, मुझे थोड़ा-सा कर्ज़ा चाहिए। मैं जानना चाहता हूँ कि बकाया चुकाने के लिए मुझे कितना पैसा देना पड़ेगा।"

"यह तुम वहाँ जाकर अपने अरुल दौस से क्यों नहीं पूछ लेते?"

"अरे, ये सब लोग बहुत बुरे हैं, स्वामी, किसी की मदद नहीं करते। इसीलिए मैं उनके पास कभी नहीं जाता, सबसे पहले आपके ही पास आता हूँ। इतने बड़े शहर में और सबको छोड़कर हम आपके ही पास क्यों आते हैं?...क्योंकि आप ही हैं जो हमारी परेशानियों को, समस्याओं को सही तरह से समझते हैं।"

"ठीक है, ठीक है।" मार्गैय्या ने उसे बीच में ही रोक कर कहा, हालाँकि वह किसान के इस रवैये से बहुत खुश नज़र आ रहा था, "मैं समझता हूँ, तुम क्या कहना चाहते हो! है न यह बात?" यह कहकर उसने अपने ग्राहकों पर नज़र डाली और सबने या तो सिर हिलाकर या कुछ बुदबुदाकर उसका समर्थन किया। मार्गैय्या बहुत सन्तुष्ट दिखाई दिया।

इस सब चख़चख़ के बाद उसने काम शुरू किया। उसने बहुत से फ़ार्म भरे, अर्जियाँ लिखीं—जिनमें कई अर्जियाँ दूसरे बहुत से कामों की भी थीं, लोगों से बातचीत की, बहस-मुबाहसा किया, गुणा-भाग लगाया—बहुत व्यस्त रहा उसका सारा दिन। शाम को जब सूरज की किरणें उसकी गर्दन से नीचे उतरने लगीं और बरगद का साया लम्बा होकर को-ऑपरेटिव बैंक के फाटक तक पहुँचने लगा, उसका गला भर्राने लगा था। अब उसने अपना दफ़्तर बन्द करना शुरू किया। राइटिंग पैड सम्भाला, जिन कागज़ों पर नोट्स लिखे थे, वे सब क़रीने से मोड़े और छोटा-सा रजिस्टर भी बन्द कर दिया। फिर फ़ीस में आए पैसे गिने और रसीदें ध्यान से दोबारा देखीं।

फिर टीन का अपना बक्सा खोलकर उसमें ये सब चीज़ें निश्चित स्थान पर जमाईं, और उनके ऊपर कर्ज़े के कई फ़ार्म तह करके इस तरह बिछाये, कि वे मुड़ें-तुड़ें नहीं, कलम-दवात खास तौर पर बनी डिबिया में सावधानी से जमाकर रखी और उसे कस कर बन्द किया। बक्से में हर चीज़ उसने क़ायदे से अपनी-अपनी जगह रखी थी जिससे ज़रूरत पड़ने पर वह जो चीज़ चाहे, तुरन्त और आराम से मिल जाए। उसे बेतरतीब भरे बक्से से उतनी ही नफ़रत थी जितनी अरुल दौस का ख्याल आने पर होती थी। अरुल दौस के नाम से उसका दिमाग़ हर वक्त भरा रहता था, जिससे उसे हमेशा चिढ़ होती थी। उसे उसका अपमान करने और उसके काम में दख़ल देने का क्या अधिकार था? वह ऐसा खास करता भी क्या था, जो और दूसरे नहीं कर सकते थे? वह अरुल दौस को सबक सिखाकर ही रहेगा...इसके लिए चाहे जो भी उसे करना पड़े।

इसी समय उसे किसी के कदमों की आवाज़ सुनाई दी, और उसने सिर उठाकर देखा—सामने भूरे रंग का सूट पहने एक आदमी खड़ा था। उसके हाथ कोट की जेब में थे और उसके पीछे कुछ दूरी पर अरुल दौस खड़ा था। यह व्यक्ति काफ़ी शानदार लग रहा था, सिर पर टोप लगाए वह कुछ ऐसा लगता था जैसे 'अभी यूरोप से आया हो।' मार्गेय्या सोचने लगा कि उसके सामने अपनी मैली-सी धोती, फटी हुई कमीज़ और सिर पर काली टोपी के भीतर से मोटी लटकती चुटिया में वह खुद कितना अजीब दिखाई दे रहा होगा। 'शायद इसीलिए ये लोग मुझसे ऐसा व्यवहार करते हैं,' उसने अपने बारे में सोचा। 'मुझे अपनी ज़बान पर काबू रखना चाहिए था...पता नहीं, अरुल दौस ने मेरे बारे में क्या-क्या कहा होगा?...यह आदमी तो जो चाहे कर सकता है!'

मार्गेय्या काँपने लगा, उसने अरुल दौस की तरफ पलकें झपकाते हुए देखा...उसकी आँखों में चालाकी की चमक दिखाई दे रही थी। फिर तुरन्त अपने ऊपर काबू पाकर उसने सोचा, 'मैं कोई बच्चा तो हूँ नहीं, जो इस ज़रा-सी बात से डर जाऊँ! यह मेरा क्या बिगाड़ सकता है?' उसने बक्से पर एक नज़र डाली और उसमें रखी चीज़ों पर धीरे से हाथ फेरा, और वह उसे बन्द करने ही जा रहा था कि सामने खड़े आदमी ने अचानक उसमें अपना हाथ डाला और उसमें से कागज़ों की एक गड्डी बाहर निकालकर पूछने लगा, ''ये हमारे अर्ज़ी के फार्म हैं, ये यहाँ कैसे आए?''

मार्गेय्या ने गुस्से में भरकर कहा, ''इन्हें वहीं रख दीजिए...आपको मेरे बक्से में हाथ डालने का अधिकार किसने दिया? आप तो पढ़े-लिखे आदमी लगते हैं... आपको मामूली कानून की जानकारी नहीं है?'' गुस्से के कारण उसका डर जाता रहा था। अरुल दौस आगे बढ़ा और बोला, ''जानते हो, तुम किससे बात कर रहे हो? ये सेक्रेटरी साहब हैं? तुम्हें पुलिस के हवाले कर सकते हैं।''

"तुम अपनी ज़बान मत चलाओ, ज़मीन के कीड़े! हर कीड़ा-मकोड़ा जब अपने को साँप-बिच्छू समझने लगे, कि वह जो चाहे कर सकता है, तब यही होता है। मैं तुम्हें ज़मीन में गाड़ दूँगा, अगर मुझ पर अपनी कारस्तानी चलाई...यहाँ से फ़ौरन दफ़ा हो जाओ!"

अरुल दौस सचमुच डर गया। वह ज़रा-सा पीछे हटा, फिर हिम्मत दिखाते हुए आगे आया और कहने लगा, "ये सेक्रेटरी साहब हैं, समझदारी से काम लो..."

"जानता हूँ, जानता हूँ। यह तो इनके चेहरे पर लिखा है..." मार्गेय्या चीख कर बोला, "और हो भी कौन सकते हैं? इनके मुँह में ज़बान नहीं है, इन्हें भी बोलने दो। तुम दूर रहो, दस रुपए कमाने वाले चमचे... । यहाँ तुम्हारी दाल नहीं गलेगी...कोई फटा-पुराना कपड़ा माँगना हो तो घर आ जाना।"

सेक्रेटरी निर्लिप्त भाव से इनकी बातें सुन रहा था। अरुल दौस ने अफ़सरी ढंग से अपना रोब जताना चाहा, तो उसने खुद दौस को चुप होने का हुक्म दिया, "तुम वहाँ जाकर खड़े हो जाओ," और उसे अपने से काफ़ी दूर हटा दिया।

मार्गेय्या को लगा कि जीत उसकी हुई है। वह आगे बढ़कर सेक्रेटरी से मुखातिब हुआ और कहने लगा, "अब आप मेरे कागज़ वापस रखेंगे या मैं पुलिस को बुलाऊँ?"

"पुलिस को तो मैं बुला रहा हूँ। आपके पास से ऐसी चीज़ें बरामद हुई हैं जो हमारे दफ़्तर की सम्पत्ति हैं।"

"जी नहीं, ये शेयरहोल्डरों की सम्पत्ति हैं।"

"आप शेयरहोल्डर हैं?"

"जी, इससे भी ज़्यादा हूँ..."

"बकवास मत करो। झूठ मत बोलो। मुसीबत में पड़ जाओगे। तुम्हारे बारे में कई शिकायतें आई हैं मेरे पास। मैं तुम्हें चेतावनी दे रहा हूँ। अगर यहाँ फिर दिखाई दिए तो जेल भिजवा दूँगा...अब यहाँ से निकलो।" यह कहकर उसने अरुल दौस को अपने पास आने का इशारा किया, और फ़ार्म उसे पकड़ा दिए। दौस ने उत्साह से उन्हें हथिया लिया और जीते हुए कप की तरह शान से दिखाते हुए वहाँ से जाने लगा। सेक्रेटरी भी फुर्ती से पीछे घूमा और फाटक की तरफ़ बढ़ने लगा जहाँ उसकी कार खड़ी थी।

इसके बाद मार्गेय्या ने अपना सामान सँभाला और घर की तरफ़ चला। सिर झुकाए वह आज की घटना पर सोच रहा था और धीरे-धीरे मार्केट रोड पर चलता जा रहा था। वह रीगल हेयर-कटिंग सैलून के पास पहुँचकर रुका और दरवाज़े पर ही लगे बड़े-से शीशे के सामने खड़ा हो गया। उसे यह देखकर ताज्जुब हुआ कि अभी तक

वह अपना चश्मा पहने हुए हैं और उसे उतारा नहीं है। झटपट उसने चश्मा उतारकर उसे बन्द किया और जेब में रख लिया। शीशे में अपनी शक्ल उसे अच्छी नहीं लग रही थी। 'मैं बिलकुल नाई जैसा लग रहा हूँ जिसकी बगल में उसका बाल काटने का डिब्बा सहेजा हुआ है। यहाँ लोग सोच रहे होंगे कि मैं इसे खोलूँगा और शेव करने का साबुन और ब्रुश निकालूँगा। यही वजह है कि सेक्रेटरी मुझसे ऐसा व्यवहार करने की हिम्मत कर सका। अगर मैं शानदार दिखाई देता तो वह इस तरह मेरे बक्से में हाथ न डालता। लेकिन मैं उसकी तरह शान-बान वाला अफसर कैसे दिखाई दे सकता हूँ, मैं तो नाई ही दिखाई दूँगा। सड़क के किनारे काम करने वाले साधारण आदमी की तरह। यही है मेरा भाग्य, मेरा नसीब! मैं कंबल ओढ़े उस आदमी और उसके गँवार साथियों जैसा ही दिखाई देने लायक हूँ।' यह सोचकर उसे अपनी स्थिति से नफ़रत-सी होने लगी।

वह सड़क के किनारे हटकर चलने लगा, क्योंकि उसके पीछे से साइकिलें तिरछी होकर उसे बचाते हुए घंटियाँ बजाती निकल रही थीं। गाड़ियों में सवार लोग उसे गालियाँ दे रहे थे और सामने से आते-जाते लोग भी उससे टकरा रहे थे। अपने विचारों में खोया उसका दिमाग़ अपनी बेचारगी से दो-चार हो रहा था। उसे लगने लगा कि वह सिकुड़ता जा रहा है। बंबई आनंद भवन से दो युवक हँसते हुए निकले, उनके ओंठ पान से लाल थे। उनकी नज़र मार्गैय्या पर टिकी थी। उसने सोचा, 'ये मुझ पर ही हँस रहे हैं।...अब शायद ये मुझसे कहेंगे कि हमारे कमरे पर चलो और हमारे बाल काट दो।' वह तिरछी नज़रों से उनकी तरफ़ देखता रहा, और लड़कों ने भी उसकी तरफ़ देखकर मुस्कान फेंकी। एक बिलकुल नए मॉडल की कार में बगल से कोई गुज़रा और मार्गैय्या को लगा कि वह भी उसकी तरफ नफरत से देख रहा है...। अब वह मार्केट रोड के पश्चिमी किनारे पर वी. एन. स्टोर्स तक पहुँच गया था जहाँ दुकान का मालिक बाहर ही खड़ा नज़र आया, 'अब वह भी मेरी जेब में हाथ डालकर मेरा चश्मा निकाल लेगा, या मुझसे ज़बरदस्ती अपनी दाढ़ी बनवाएगा।' वह बगल से कतराकर कबीर लेन में घुस गया और बगल में दबे टीन के बक्से पर उसे शर्म आने लगी, उसने सोचा कि इसे फेंक दे, लेकिन रुक गया क्योंकि इसी में उसकी ज़रूरत की चीज़ें बन्द थीं। वह कबीर लेन के एक-दूसरे से लिपटते छोटे-छोटे घरों से होकर आगे बढ़ने लगा, और उसे लगा कि इनमें रहने वाले उसे बुलाकर कहेंगे, 'मेरी भी शेव कर जाओ!' या 'कल सवेरे मेरे नहाने से पहले मेरी दाढ़ी बना जाना।' वह तेज़ी से लेन पार करके विनायक स्ट्रीट में जा घुसा और अपने घर की सीढ़ियाँ फुर्ती से चढ़कर कमरे में पड़ी बेंच पर अपना बक्सा पटक दिया। उसकी बीवी पीछे के बरांडे में बच्चे को नहला रही थी। बच्चा उसकी आवाज़ सुनकर खुशी से चीखा। पत्नी ने पूछा, "आज इतनी जल्दी कैसे लौट आए?"

"जल्दी? मैं अपने घर जल्दी नहीं आ सकता? क्या मैं किसी का गुलाम हूँ?" पत्नी दिन भर का काम पूरा करके तैयार हो रही थी। 'यह कैसी लग रही है...,' मार्गेय्या को वह अपनी फटी-पुरानी साड़ी, भूँदड़े रंग की कुरती और खून की कमी से पीली पड़ी आँखों में एकदम देहाती गँवार लगी। "मेरी बीवी ऐसी लग रही है तो लोग मेरी इज़्ज़त कैसे करेंगे?" उसका बेटा दौड़कर आया और हाथ पकड़कर पूछने लगा, "मेरे लिए क्या लाए?" उसने बच्चे को गोद में उठा लिया और बोला, "इसे कोई साफ़ सी कमीज़ क्यों नहीं पहनातीं?"

"चार ही तो कमीज़ें हैं उसके पास," पत्नी ने कहा, "और तीन गन्दी पड़ी हैं? मैं कितने दिन से कह रही हूँ कि कुछ कपड़े खरीद लो।"

"अब ये सब बातें मत करो। मैं उपदेश सुनने के मूड में नहीं हूँ।" पत्नी ने अपने ओंठ काट लिए और उसका चेहरा सिकुड़ गया। बच्चे ने बिना वजह रोना शुरू कर दिया। उसे इससे चिढ़ हुई और वह बोली, "यह हमेशा ऐसा ही करता है। जब तक तुम घर नहीं आते, ठीक रहता है, तुम्हारे आते ही बिगड़ उठता है।"

"तो मैं कहाँ जाऊँ...तुम लोग मुझे घर नहीं आने देना चाहते।"

"यह तो किसी ने नहीं कहा," पत्नी ने चिढ़ कर कहा। बच्चे ने चीख मारकर पिता की जेब में हाथ डाला और चश्मा बाहर निकाल लिया, फिर उसे अपनी नाक पर चढ़ाने की ज़िद करने लगा। माँ चिल्लाई, "चश्मा वापस रखो, नहीं तो...," यह कहकर उसने थप्पड़ लगाने के लिए हाथ उठाया, तो बच्चे ने इतनी ज़ोर से गला फाड़कर चीखना-चिल्लाना शुरू किया कि बात करना भी मुश्किल हो गया। हारकर मार्गेय्या उसे गोद में उठाकर बाहर ले गया और कुछ मिठाई दिलाकर उसे चुप कराने लगा।

रात हुई तो मार्गेय्या ने अपनी पत्नी से प्रश्न किया "तुम जानती हो, हम बात-बात पर झगड़ने क्यों लगते हैं?"

"जानती हूँ," उसने धीरे से कहा। फिर बोली, "अब मुझे सोने दो।" यह कहकर उसने करवट ले ली। मार्गेय्या ने हाथ बढ़ाकर उसे झकझोरा, "आँखें खोलो। मैं तुम्हें कुछ बताना चाहता हूँ।"

"तुम सवेरे तक इन्तज़ार नहीं कर सकते?" उसने पूछा।

"नहीं।" यह कहकर उसने उस दिन की घटना के बारे में विस्तार से बताया। पत्नी उठकर बैठ गई और बोली, "कौन है यह सेक्रेटरी? उसे तुम्हें धमकाने का हक़ किसने दिया?"

"उसे इसका पूरा अधिकार है, क्योंकि उसके पास ज़्यादा पैसा हैं, अधिकार है, कपड़े हैं, व्यक्तित्व है—और सबसे बड़ी बात कि पैसा है। पैसे से ही आदमी

को और सब प्राप्त होता है। दुनिया में पैसा ही सबसे महत्त्वपूर्ण है। अगर तुम्हारे बटुए में पैसा है तो सब कुछ अपने-आप आना शुरू हो जाएगा।''

पत्नी ने कहा, ''तुम्हें अरुल दौस से उलझना नहीं चाहिए था। तुम्हें यह नहीं कहना चाहिए था कि तुम सेक्रेटरी को नौकर रख सकते हो। पाँच सौ रुपए हर महीने कमाने वाले के लिए कहीं ऐसा कहा जाता है।''

''उसे पाँच सौ रुपए मिलते रहें, मैं क्या परवाह करता हूँ। मैं भी एक हज़ार और पाँच हज़ार कमा सकता हूँ, फिर ये लोग मेरे सामने खड़े रहेंगे।'' पत्नी के साथ उसका आत्मविश्वास वापस लौटने लगा था। अब तक वह जो भी निराशा और हीनता महसूस कर रहा था, वह अब दूर हो रही थी। उसकी आक्रामकता भी वापस लौटने लगी थी। उसे लगने लगा था कि वह ज़िन्दगी में जो भी चाहे, हाथ बढ़ाकर हासिल कर सकता है। उसके मन में आशा और विश्वास की तरंगें उठने लगीं। वह बोला, ''मेरे पास पैसा होगा तो तुम भी मेरे साथ अच्छा व्यवहार करने लगोगी। तुम्हारा रंग-ढंग मेरी समझ में आता है। पुरानी कहावत है–जिसके पास कुछ भी नहीं है, उससे उसकी बीवी ही नहीं, माँ भी अच्छा व्यवहार नहीं करती–किसी बड़े समझदार आदमी ने यह बात कही होगी। अब देखना तुम! मैं नाई के डिब्बे जैसा यह बक्सा लेकर नहीं जाऊँगा, न यह फटी-चिटी धोती पहनूँगा। मैं भी इन्हीं की तरह इज्ज़तदार दिखाई दूँगा। यह सेक्रेटरी मुझे ''मिस्टर'' कहकर पुकारेगा और मेरे घुसने पर उठकर खड़ा हो जाएगा। अब यह चटाई भी नहीं दिखाई देगी और तुम यह गन्दी-चिक्कट साड़ी नहीं पहनोगी। हमारे बेटे के पास साइकिल होगी, वह पैंट पहनेगा और कार में बैठकर कान्वेंट में पढ़ने जाएगा। और ये लोग (उसने पड़ोस के घर की तरफ़ इशारा किया) ताज्जुब से हमें देखेंगे और कुढ़-कुढ़कर जलते-मरते रहेंगे। ये घुटनों के बल चलकर मेरे पास आएँगे और मुझसे सलाह-मशवरा करेंगे। और उन गँवार किसानों को मैं छोड़ दूँगा।''

उस पर जैसे भूत सवार हो गया था। वह बहुत उत्तेजित था, जैसे कोई नया आविष्कार किया हो। लेकिन अभी वह वहाँ जाना बन्द नहीं कर सकता था, जहाँ बैठकर वह काम करता था। वह वहाँ जाता रहा, हालांकि अपने को साफ-सुथरा रखने की उसने भरसक कोशिश शुरू कर दी। अब वह महीन कपड़े की, लेस-लगी धोती पहनने लगा, जिसे वह सावधानी से तह करके बक्से में रखता था। इसमें वह कपूर की डली भी डाल देता था, जिससे उसमें से हमेशा खुशबू आती रहती थी, हालाँकि उसका रंग पीला पड़ चुका था। यह उसे काफी समय पहले, जो अब डेढ़ शताब्दी की तरह लगता था, प्राप्त हुई थी, और उसे पहनकर वह अपनी दुलहन के साथ, झूले पर

बैठा था–जिसके चारों ओर लड़कियाँ नाच-गा रही थीं और उससे हँसी-मज़ाक भी कर रही थीं। उन दिनों की मीठी यादें उसके सीने में हूक बनकर उठने-गिरने लगीं। ये सब किस तरह उसकी हर छोटी-से-छोटी फ़रमायश को पूरा करने और उसे खुश करने में जुटी रहीं थीं। उस वक्त वह कितना महत्त्वपूर्ण हो गया था। हर कोई उससे बात करके गौरव का अनुभव करता था। वह इधर या उधर ज़रा भी अपना सिर हिलाता, तो कोई-न-कोई दौड़कर आता और उससे पूछता कि क्या चाहिए। तब उसे लगा था कि ऐसा यह हमेशा चलता रहेगा। अपनी शादी के दिन आदमी ज़िन्दगी का कितना झूठा नज़रिया बना लेता है! उसे अपने भाई की याद आई। शादी के दिन उसने अपनी ससुराल वालों सें दहेज के लिए कितनी हुज्जत की थी! उसे अपना भाई कितना प्रिय था! शादी के दिन गाँव के अपने घर में हवन के धुएँ से बचता वह एक कोने में किस तरह चुपचाप बैठा रहा था! दोनों में कितनी अच्छी बनती थी, लेकिन पत्नियों में नहीं बनी। 'काश! दोनों की एक-दूसरे से बनती...।' दुनिया की आधी परेशानियों का कारण यही है कि औरतें एक-दूसरे को बरदाश्त नहीं कर सकतीं।

पहले दिन जब वह सुनहरी किनारे की धोती पहनकर निकला, तो उसकी पत्नी पूछने लगी, "आज क्या बात है? किसी की शादी में जा रहे हो?" वह बोला, "मेरे पास यही एक अच्छी धोती है। अब कोई मुझे उस फटी-पुरानी धोती में नहीं देखेगा।" यह कहकर उसने उस धोती की तरफ इशारा किया और कहा, "इसे सँभालकर रखना। अरुल दौस आये तो उसे दे देना।" उसे अरुल दौस के प्रति अपनी विद्वेष भावना से आश्चर्य भी हुआ और खुशी भी हुई। यह खुशी लहर बनकर उसके शरीर की नसों में दौड़ने लगी। उसने नई शर्ट पहनी, जो उसने दो साल पहले सिलवाई थी लेकिन आज तक पहनी नहीं थी, क्योंकि वह सोचता था कि इसे किसी विशेष अवसर पर पहनेगा। बच्चा भी अपने पिता को नए कपड़ों में देखकर बहुत खुश नज़र आ रहा था। उसने ताली बजाई और फिर लाख से बने एक रंगीन हाथी से खेलने में मगन हो गया। मार्गैय्या ने धोती बड़े करीने से पटलियाँ निकालकर शानदार पूना-स्टाइल में पहनी, दक्षिणी सादा ऊपर से नीचे लटकते स्टाइल में नहीं, क्योंकि अन्य प्रदेशों के लोग इसे घटिया समझते थे। फिर उसने अपनी बीवी को समझाया, "लोग हमें छोटा समझते हैं, तो हम ही उसके लिए ज़िम्मेदार हैं। धोती पहनने और उसपर शर्ट लटका लेने का हमारा ढंग कितना गँवारू है! है न यह बात?" वह इस तरह बातें करने लगा जैसे किसी दूर देश से आ रहा हो, उसमें बड़प्पन और अलगाव झलक रहा था। उससे उसकी पत्नी भी कुछ झिझकती नज़र आई। उसे घर का मामूली-सा

खाना देते समय वह पहले देर करती थी, और कई दफ़ा मार्गेय्या के पूछने पर कि "खाना तैयार है?" "खाना तैयार है?" वह चूल्हा फूँकने में ही लगी रहती थी, और यह प्लेट हाथ में लिए इन्तज़ार करता रहता था। अगर वह कहता कि "ज़रा जल्दी करो," तो वह पलटकर जवाब देती, "देखते नहीं, गीली लकड़ियाँ जलने में ही नहीं आतीं, फूँकते-फूँकते मैं थक गई हूँ...,"—लेकिन आज उसने कहा, "तुम्हारी प्लेट वहाँ है, खाना एकदम तैयार है।" उसने नम्रता से खाना दिया, और कहा, "यह बैंगन मैं पिछवाड़े के बगीचे से तोड़कर लाई हूँ।...तुम्हें तो पता ही नहीं होगा कि मैंने बगीचा लगाया है।" उसने मुस्करा कर जवाब दिया, "नहीं, मुझे नहीं पता था। अच्छा बना है।" बच्चा भी आज शान्ति से खाता रहा, बस एक ही दफ़ा उसने शोर मचाया जब उसे लगा कि माँ उसे घी नहीं दे रही है। उसने एक मुट्ठी भात उठाकर माँ के मुँह पर दे भी मारा। माँ ने भी उसे थप्पड़ लगाने की जगह चुप रहना ही सही समझा और बात को आगे नहीं बढ़ाया। खाना खत्म होने पर मार्गेय्या ने हमेशा की तरह प्लेट उठाकर उसे धोना चाहा, तो उसने एकदम कहा, "तुम रहने दो, मैं कर लूँगी।" वह ज़रा-सा अकड़कर शान से उठा और धीरे-धीरे हाथ धोये, फिर पत्नी द्वारा दौड़कर लाए तौलिया से आराम से पोंछे। पत्नी ने उसे पान खाने को दिया और उसे चबाता मार्गेय्या दरवाज़ा खोलकर बाहर निकल गया। आज उसने बक्सा साथ नहीं लिया, उसमें से निकालकर कुछ कागज़ हाथ में पकड़े और धीरे-धीरे निकला। यह उसे अच्छा लग रहा था। वह सोच रहा था कि आज से वह नई ज़िन्दगी शुरू कर रहा है।

उसके मुवक्किलों को भी आश्चर्य हुआ कि वह कैसी शान-शौकत से आया है। वह पेड़ के नीचे बैठा भी नहीं, खड़ा ही रहा।

"मार्गेय्या, खड़े क्यों हो तुम?" किसी ने पूछा।

"क्योंकि मैं बैठूँगा नहीं," उसने जवाब दिया।

"क्यों नहीं बैठोगे?"

"क्योंकि मुझे खड़े रहना अच्छा लग रहा है—और क्या!"

फिर उसने एक भरी हुई अर्ज़ी किसी को पकड़ाई और उससे कहा, "इसे वहाँ दे आओ।" एक दूसरे से कहा, "तुम्हें पैसा आज मिल जाएगा। मेरा एडवांस वापस कर देना।" इस तरह बिना बैठे वह काम करता रहा। एक आदमी ने उसे ऊपर से नीचे तक देखा और पूछा, "किसी की शादी में जा रहे हो?"

"हाँ," मार्गेय्या बोला, "हर दिन मेरे लिए शादी का दिन है। तुम्हारा ख्याल है, मैं हर रोज़ अपनी बीवी बदलता हूँ?" रोज़ की तरह उसने हँसी-मज़ाक किए।

दीवाल पर कागज़ टिका कर लिखने का काम किया। वह अपनी जेब में कलम-दवात एक कागज़ में लपेटकर लाया था। लिखते हुए वह बुदबुदाता रहा, "मैं लोगों की समस्याएँ हल करने के लिए यह काम करता हूँ। सेवा की भावना से, क्योंकि पैसे की उलझनें आसान नहीं होतीं। लेकिन इसका मतलब यह नहीं कि इससे अच्छा कोई काम मेरे पास नहीं है।"

एक आदमी ने बड़ी अबोधता से पूछा, "आप और क्या करते हैं, स्वामी?"

"अपने लिए भी मैं वही काम करता हूँ। पैसा कमाने के लिए कुछ करना ज़रूरी होता है न?"

"आप जो पैसा हमें देते हैं, उसमें से अपना हिस्सा लेते हैं?"

"हाँ, हाँ, लेकिन यह पैसा तो मेरी सुँघनी के लिए भी काफ़ी नहीं होता।" यह कहकर उसने जेब से एक डिबिया निकाली और उसमें से एक चुटकी निकालकर शान से नाक में रखी। इसमें से जो नशीली गंध निकली, वह तेज़ी से उसके दिमाग़ और शरीर की नसों में फैलने लगी, और जैसे उसकी ताकत पहले से कई गुनी होने लगी। उसे लगा कि मेज़ पर हाथ मार-मारकर भाषण देना शुरू कर दूँ। उसने काफ़ी उग्रता से लोगों से पूछा, "जानते हो, मैं तुम्हारे लिए इतना क्यों करना चाहता हूँ?" सबने चकित होकर सिर हिलाए। "उन पैसों के लिए नहीं जो तुमसे मुझे मिलते हैं–ये तो मेरे लिए कुछ भी नहीं हैं। इसलिए कि मैं तुम्हारी पैसे की समस्याएँ सुलझाना चाहता हूँ, जिससे तुम लोग अपनी ज़िन्दगी सुधार सको। सभ्य बन सको। इसलिए मैं इस वाहियात-से बैंक से पैसा दिलाने में तुम्हारी मदद करता हूँ।" यह कहकर उसने बैंक की तरफ़ इशारा किया। सबने सिर घुमाकर बैंक की दिशा में नज़र डाली। अरुल दौस आता दिखाई दिया। सबने एकसाथ कहा, "वह आ रहा है।" अरुल दौस की चाल में तेज़ी नहीं थी। वह धीरे-धीरे आया और ज़रा दूर पर ही रुक गया। फिर इस तरह सड़क की तरफ देखने लगा जैसे किसी का इन्तज़ार कर रहा हो। मार्गैय्या उसके सामने अकड़ कर खड़ा हो गया और उसे तीखी नज़रों से देखने लगा। वह भी कभी-कभी मार्गैय्या पर नज़र डाल लेता था। मार्गैय्या इससे चिढ़ गया। सुँघनी की ताकत अभी भी उसकी रगों में बाकी थी। वह चीख कर बोला, "क्या सोच रहे हो, अरुल दौस? अगर मेरी तलाश में आए हो, तो मैं तुम्हारे सामने खड़ा हूँ।" अरुल दौस को जैसे यह निमन्त्रण अच्छा लगा। वह आगे बढ़ने लगा तो मार्गैय्या बोला, "ध्यान से सुनो, अरुल दौस। यह पेड़ और इसकी छाया ईश्वर की देन है। अगर तुमने या तुम्हारे सेक्रेटरी ने कुछ कारस्तानी की, तो मैं ऐसा सबक सिखाऊँगा, कि...।" गाँव वाले उसका यह रुख देखकर परेशान होने लगे। अरुल दौस ज़रूर जासूसी करने आया होगा, लेकिन मार्गैय्या की बातें सुनकर उसे भी परेशानी होने लगी। अगर वह मार्गैय्या को पेड़ के नीचे बक्सा खोले काम करते देखता, तो उसे

शिकायत की बात मिल जाती, लेकिन यहाँ तो कुछ गलत नहीं हो रहा था। अब उसे सिर्फ एक डर सताने लगा, कि इतने लोगों के सामने उसे नाली का कीड़ा कहा जाएगा। वह यह कहते हुए जाने को मुड़ा, "मैं देखने आया था कि सेक्रेटरी साहब की गाड़ी आई है या नहीं।"

"तुम्हारे सेक्रेटरी के पास गाड़ी भी है?" मार्गैय्या ने पूछा।

"वह बड़ी लाल रंग की गाड़ी...तुमने नहीं देखी?"

मार्गैय्या ने अपनी अँगुलियाँ चटकाकर कहा, "जैसे मुझे इसके अलावा कोई और काम नहीं है। अपने सेक्रेटरी से कह देना–" लेकिन यह कहकर वह चुप रह गया, क्योंकि उसकी समझ में नहीं आया कि उससे कहने के लिए क्या बात कहे। इसकी जगह उसने कहा, "अरुल दौस, अगर तुम्हें पुरानी धोती या कमीज़ की ज़रूरत हो तो मेरी बीवी से मिल लेना।" यह सुनकर अरुल दौस खुश हुआ लगा।

वह मार्गैय्या के पास आ पहुँचा और उसके कान में बोला, "हाँ, ज़रूर, ज़रूर मिलूँगा।" मार्गैय्या ने अपना हाथ उठाकर उसका सिर पीछे हटा दिया–उसके मुँह में से प्याज़ की बू आ रही थी। मार्गैय्या ने पूछा, "तुम सवेरे प्याज़ चबाते हो?" अरुल दौस ने इसका उत्तर नहीं दिया, और कहा, "तुम यह मत सोचना कि कल मैंने तुम्हें परेशान किया। ये साहब का ही हुक्म था।" यह कहकर उसने दफ्तर की तरफ़ इशारा किया। "खतरनाक आदमी है साहब। यह मत सोचना कि मैंने...स्वामी, तुम यहाँ जो चाहो, करो। मेरी तरफ़ से कुछ चिन्ता मत करना।" यह कहकर वह फुर्ती से मुड़ा और वापस हो लिया। मार्गैय्या ने उसे देर तक देखा, फिर बोला, "दुनिया में यही सबसे खतरनाक आदमी है...दोनों ही एक जैसे हैं। यह आदमी कहानियाँ बनाकर उसे सुनाता है, फिर वह गवर्नर की तरह यहाँ आकर रौब गाँठता है। मैं किसी की परवा नहीं करता। अगर कोई अपने को गवर्नर समझता है, तो वह अपने घर पर रौब दिखाए, यहाँ उसकी दाल गलने वाली नहीं है; मैं किसी भी गवर्नर की परवा नहीं करता।"

उस दिन कस्बे में घूमते हुए वह रुपए-पैसे के ख्यालों से ही घिरा रहा। उसके दिमाग़ में वही शब्द गूँजते रहे जो उसने गाँव वालों से कहे थे, कि "मैं तुम्हें पैसे की परेशानियों से मुक्त रखने के लिए ही यह काम करता हूँ।" अब वह सचमुच इसमें विश्वास करने लगा था। उसे लगने लगा था कि वह मनुष्य जाति का रक्षक है। "अगर उस आदमी को वह तीन सौ रुपए न दिलाता, तो इस वक्त वह ज़मीन पर पड़ा सड़ रहा होता। और फ़लाने-फ़लाने ने अपनी बेटी की शादी की, लड़के को पढ़ाया और घर बचाकर रखा–इन्हीं की बदौलत।"

वह अपने दिमाग़ में ऐसे लोगों की सूची तैयार करने लगा जिन्हें उसके कारण लाभ हुआ था। उसे ताज्जुब हो रहा था कि कितने लोग उसके सहारे आगे बढ़े थे। पैसे के अभाव में लोग जानवर की तरह व्यवहार करने लगते थे। एक दिन उसने देखा कि मार्केट के फ़व्वारे पर कोई चीज़ सफेद कपड़े से ढकी हुई ज़मीन पर पड़ी है। शाम के छह बज रहे थे और पश्चिम से सूरज की किरणें उस जगह पड़ रही थीं। डूबते सूरज की लाल-पीली रोशनी में चलते-फिरते लोग, गधे, गाड़ियाँ सब कुछ चमकते नज़र आ रहे थे। मार्गैय्या यह दृश्य देखने के लिए ज़रा देर के लिए वहाँ रुक गया। एक मैले-कुचैले चिकटे बालों से ढके आदमी ने उसके सामने एक कटोरा फैलाकर कहा, "स्वामी, यह एक ग़रीब की लाश है। इसे दफ़नाने के लिए मदद कीजिए।" मार्गैय्या ने कथित लाश पर नज़र डाली, देखा कि उसपर कुछ पैसे पड़े हैं, उसने भी जेब से एक पैसा निकालकर उस पर डाल दिया। भिखारी के कटोरे में काफ़ी सिक्के जमा हो गए थे। मार्गैय्या आगे बढ़ा तो कुछ दूर पर एक और आदमी अपना कटोरा लिए उसके सामने आ खड़ा हुआ। "स्वामी, दफ़नाने के लिए...!" "दे दिया है, हटो," यह कह कर मार्गैय्या आगे बढ़ा। इसके कटोरे में भी पैसे भरे थे। उसे इस तमाशे से वितृष्णा हुई। वह जानता था कि यह कैसे किया जाता है। कुछ लोग लावारिस लाश को प्राप्त कर लेते हैं और उसे दफ़नाने के नाम पर पैसा बटोरते हैं। वह जानता था कि इसे उत्सव की तरह मनाया जाता है। जब कभी उन्हें सड़क किनारे किसी अपाहिज के मरने की खबर मिलती है, वे प्रसन्न हो उठते हैं। वे अपना काम-धंधा छोड़कर वहाँ पहुँच जाते हैं, लाश पर कब्ज़ा कर लेते हैं, उसे किसी भीड़ वाली सड़क पर कपड़े से ढक कर रख लेते हैं, उस पर दो-चार फूल डाल देते हैं और कुम्हार से बर्तन खरीदकर पैसे बटोरने का काम शुरू कर देते हैं। शाम को वे लाश को दफना देते हैं। इस काम पर थोड़ा-सा पैसा खर्च करके बाक़ी रकम से चार-पाँच दिन डटकर शराब पीते हैं, मौज-मज़ा करते हैं, और झाड़ू लगाने, नालियाँ साफ करने वगैरह के रोज़मर्रा के काम की उन दिनों छुट्टी कर देते हैं। मार्गैय्या विचार-मग्न हो गया। पैसे के लिए लोग कुछ भी करने के लिए तैयार हो जाते हैं, क्योंकि वह हवा और पानी की तरह ज़िन्दगी की सबसे बड़ी ज़रूरत है। वह पैसे की अपार शक्ति देखकर चकित हो उठा। उसने देखा कि करीब सौ गज़ की दूरी पर खड़े नारियल के एक पेड़ पर लुंगी ऊपर थामे एक आदमी चढ़ रहा है। बहुत कठिन होती है यह चढ़ाई, लेकिन ये लोग सवेरे से शाम तक इस काम में लगे रहते हैं। सौ फीट ऊपर चढ़ने के उसे आठ आने मिलते हैं। दुकान और दफ्तर शहर भर में खुले हैं और लोग रात-दिन उनमें काम करते हैं, सिर्फ पैसे के लिए। मार्गैय्या सोचने लगा कि ये लोग इसलिए पैसा कमाने में लगे रहते हैं कि को-ऑपरेटिव बैंक के सेक्रेटरी जैसे लोग उनके सामने सिर झुकाएँ, या अरुल दौस

जैसे उनसे नम्रता का व्यवहार करें, या वे कलफ़-लगी साफ-सुथरी धोतियाँ पहन सकें और उन्हें गम्भीरता से लिया जाए।

मार्गैय्या क्षण-भर के लिए पार्क की एक बेंच पर बैठ गया। मार्केट रोड के जिस कोने पर लॉली एक्सटेंशन के लिए सड़क निकलती थी, वहाँ म्युनिसपेलिटी वालों ने एक छोटा-सा पार्क बना दिया था। इसके इर्द-गिर्द एक झाड़ियों से घिरी रेलिंग थी, और किनारे सीमेंट की बेंच पड़ी थी। लॉली रोड पर कारें दौड़ रही थीं—बड़ी-बड़ी कारें। वह उन्हें देखकर सोचने लगा कि उसे भी ऐसी एक कार चाहिए—और वह भी जल्दी। 'इस दुनिया में कुछ भी असंभव नहीं है!' सूरज डूब गया था, और ठंडी हवा चल रही थी। इक्की-दुक्की रोशनियाँ भी जल उठी थीं। "अगर मेरे पास पैसा हो जाए, तो उस चश्मे वाले से बचकर निकलना बन्द कर दूँ, और मुझे स्टोर्स के मालिक से सौदेबाज़ी नहीं करनी पड़ेगी। बीवी को मैं नियमित रूप से उसकी दवाएँ दे दिया करूँगा। डाक्टर उस पर ज़्यादा ध्यान देने लगेगा, और वह भी दूसरी औरतों की तरह अच्छी लगने लगेगी। और मेरा बेटा बालू—उसे भी मैं सब कुछ दे सकूँगा।" उसका दिमाग़ बेटे के भविष्य के इर्द-गिर्द चक्कर खाने लगा। वह बड़ा आदमी बन जाएगा। वह कारपोरेशन के स्कूल में नहीं, कान्वेंट में पढ़ेगा और उसके साथ कलेक्टर और पुलिस सुपरिंटेंडेंट और कस्बे के सबसे बड़े मिल-मालिक मंगल सेठ के बच्चे पढ़ेंगे और खेलेंगे-कूदेंगे। जब वह कॉलेज में पहुँचेगा, तब उसे अपनी कार ले देगा। वह अमेरिका पढ़ने जाएगा और वहाँ से लौटकर शायद किसी जज की लड़की से शादी कर लेगा। तब बीवी जितना चाहेगी, दहेज की माँग कर सकेगी। इसमें वह खुद कोई दख़ल नहीं देगा और उन्हें ही, जो वे ठीक समझें, करने देगा। लड़के के लिए वह लॉली रोड पर दूसरा बंगला खरीद देगा—इसके बाद उसकी विचारधारा नाती-पोतों की अगली पीढ़ियों पर जा पहुँची।

इस क्षण उसने देखा कि एक कद्दावर सा आदमी लॉली एक्सटेंशन से चला आ रहा है—खुरदरी, सूरज से तपी खाल, ऊपर से नीचे तक सफेद कपड़े से ढका, माथे पर टीका और घुटे हुए सिर से लटकती गाँठ लगी मोटी-सी चोटी। काफ़ी लम्बा आदमी, यह सड़क पर बने मन्दिर का पुजारी था। उसे आते देखकर मार्गैय्या को एक विचार आया। यह बुद्धिमान आदमी था, प्राचीन शास्त्रों का ज्ञाता, इससे सही सलाह ली जा सकती है। उसने ताली बजाई तो पुजारी मुड़ा और उसकी तरफ़ बढ़ा।

"अरे, मार्गैय्या! क्या कर रहा है यहाँ?"

"मैं ज़रा ताज़ी हवा खाने आया था, महाराज! हमारी विनायक स्ट्रीट पर तो गरमी ही गरमी है।"

"यह बड़े आदमियों की बस्ती है, खुले-खुले पार्क, सड़कें, बड़े मकान। हमारी विनायक मुदाली स्ट्रीट तो आग की भट्टी है।"

"और मच्छर भी कितने हैं," मार्गेय्या ने बात की पुष्टि की।

"मैं सारी रात सो नहीं सका," पुजारी ने कहा।

"और कानों में कितनी आवाज़ करते हैं ये! खून चाहे जितना चूस लें ये, लेकिन शोर न करें जिससे थोड़ी-बहुत नींद तो आ सके," मार्गेय्या कहता रहा।

इस तरह उन्होंने मौसम, गर्मी और मच्छरों पर आधे घंटे तक बातचीत की। क़स्बे में उन दिनों फैली बीमारियों का भी उन्होंने ज़ायज़ा लिया। पुजारी जैसे एक समयहीन दुनिया में रहता था और उसे जाने की कोई जल्दी नहीं थी। आसमान में तारे चमकने लगे थे। मार्गेय्या ने पूछा, "महाराज, आज आप इस तरफ़ कैसे निकल आए?"

"लॉली एक्सटेंशन के एक घर में पूजा कराने गया था। कारपोरेशन के चेयरमैन का घर तो देखा होगा—ये लोग मुझसे ही पूजा वगैरह कराते हैं। उन्हें और कोई आदमी पसन्द ही नहीं आता। मैं रोज़ वहाँ जाता हूँ और लौटता हूँ तो मन्दिर में लोग मेरा इन्तज़ार कर रहे होते हैं। एक आदमी दो जगह एकसाथ कैसे हो सकता है?"

"ठीक कहा आपने। आप मन्दिर जा रहे हैं, तो मैं भी आपके साथ चलूँगा।"

"मैं रास्ते में एक जगह और रुकूँगा, फिर मन्दिर जाऊँगा। लेकिन वहाँ एक मिनट से ज़्यादा नहीं लगेगा। तुम चलो मेरे साथ। रास्ते में कोई साथ हो, तो अच्छा लगता है। मुझे सवेरे से रात तक मीलों चलना पड़ता है।"

वे मार्केट रोड की तरफ़ चलने लगे। पुजारी उसे गलियों के भीतर गलियाँ घुमाते हुए एक मकान के सामने ले गए और उसे मिनट भर रुकने की बात कहकर भीतर घुस गए। मार्गेय्या चबूतरे पर बैठ गया। उसके नीचे एक गन्दा नाला बह रहा था। 'यह इलाका तो हमारी विनायक स्ट्रीट से भी ज़्यादा खराब है!' उस गली में ज़्यादातर बुनकर लोग रहते थे। हर मकान के आगे-पीछे लकड़ी के करघे लगे हुए थे और भट्ठियों में रंगीन सूत के गुच्छे उबल रहे थे। कई जगह ये छतों से लटके सूख रहे थे। तभी घर के भीतर से कोई बाहर आया और उससे बोला, "आप भी भीतर आइए।" मार्गेय्या को अच्छा लगा कि उस पर भी ध्यान दिया जा रहा है, और वह भीतर चला गया। सामने एक छोटा-सा कमरा था जिसमें चारों तरफ करघे लगे थे और हाथ से बुनी रंगीन साड़ियाँ दीवारों से लटक रही थीं। इन्हीं के बीच घरवालों के बिस्तर लिपटे हुए रखे थे। एक कोने में एक लकड़ी के ताक़ में दो-तीन देवी-देवताओं की मूर्तियाँ और चित्र रखे थे। इनके सामने धूप जल रही थी। पुजारी इस छोटे से मन्दिर के सामने बैठा था, उसकी आँखें बन्द थीं और वह कोई मन्त्र बुदबुदा रहा था। घर का मालिक, उसकी बीवी और बच्चे कुछ दूर पर भक्ति भाव से खड़े थे। बच्चे चार थे, इनमें से किसी-न-किसी से यह कहा जा रहा था, "देवताओं

के सामने दाँतों से नाखून नहीं चबाते, हाथ नीचे करो।'' वे भी वातावरण से प्रभावित थे और तुरन्त हाथ नीचे कर लेते थे, हालाँकि फिर तुरन्त ही उनकी उँगलियाँ मुँह में चली जाती थीं। मार्गेय्या यहाँ की गम्भीरता से बहुत प्रभावित था और वह निरन्तर यही सोचता रहा कि बालू इस स्थिति में होता तो क्या करता। 'वह तो जो मर्ज़ी होती, वही करता, और अपने ही नहीं, दूसरों के नाखून भी काटने में लग जाता। वह यह पवित्र जल भी गिरा देता और कपूर की लौ को पकड़ने लगता।' यह सोचकर उसे अच्छा लगा, क्योंकि उसके बेटे में उसकी अकड़ ही दिखाई देती। उसका बेटा इन सब बच्चों से, जो कहते ही उँगलियाँ मुँह से निकाल लेते थे, अच्छा लगने लगा। उसकी इच्छा हुई कि घर पहुँच जाए और बेटे को और बिगाड़ने की कोशिश करे। 'आज मैं जल्दी घर से निकल पड़ा,' उसने सोचा। अचानक उसे ख्याल आया, 'मैं इस पुजारी के साथ क्यों यहाँ घूम रहा हूँ, अपने घर क्यों नहीं जाता?' एक बुढ़िया, शायद इस घर की दादी, एक छोटे से बच्चे को गोद में लिए देवता के सामने बैठी थी। बच्चा एक रज़ाई में लिपटा था, उसकी आँखें ही बाहर नज़र आ रही थीं, जो दीये की रोशनी में चमक रही थीं। मार्गेय्या को लगा कि बच्चा बीमार होगा। सब लोग उसी के लिए चिन्तित लगते हैं। 'यह कितना बड़ा होगा?' लेकिन मार्गेय्या अनुमान नहीं लगा पा रहा था। इससे उसे चिन्ता भी होने लगी। 'बालू की यह हालत होती, तो भी वह इस तरह चुप नहीं रहता...। कुछ बच्चे बहुत ढीले-ढाले होते हैं।'

जब वे बाहर निकले, नौ बज चुके थे। मार्गेय्या चुपचाप पुजारी के पीछे-पीछे चलता रहा। लोग सोने चले गए थे। सड़क खाली पड़ी थी।

''काफ़ी देर हो गई है,'' वह धीरे से बोला।

''देर क्या हुई?'' पुजारी ने पूछा।

''हमें देर हो गई।''

''किस काम के लिए देर?''

मार्गेय्या को जवाब नहीं सूझा। उसने कहा, ''आपने कहा था कि बहुत जल्दी निकल आएँगे। मेरा ख्याल था कि आप ज़्यादा नहीं रुकेंगे...''

''धर्म के काम में हर वक्त घड़ी नहीं देखी जाती। बच्चा पैदा होने के दिन से बहुत बीमार है। पर अब काफ़ी सुधार है। कोई गंभीर बीमारी है...''

''आप इसके लिए पूजा करते हैं?''

''हाँ, हर शुक्र के दिन। इसी पूजा से मार्कण्डेय ने यम पर विजय प्राप्त की थी–मृत्यु के देवता यम पर।''

''अच्छा,'' मार्गेय्या ने कहा, लेकिन वह अपना अज्ञान प्रदर्शित नहीं करना चाहता था।

"हर बच्चा यह कहानी जानता है।"

"जी, जी, सब जानते हैं," मार्गेय्या ने अपनी कमज़ोरी छिपाते हुए कहा, फिर यह सोचकर कि कुछ और भी कहना चाहिए, बोला, "ये लोग जानते थे कि उनके लिए क्या अच्छा है..."

"ये लोग नहीं, इनके पुरखे जानते थे," पुजारी ने बहस की मुद्रा में उसका वक्तव्य सही किया।

"जी, जी, हमारे पुरखे बड़े बुद्धिमान थे," उसने नम्रता से स्वीकार किया?

पुजारी ने प्रश्न किया, "मार्कण्डेय की कहानी से क्या शिक्षा मिलती है?"

मार्गेय्या को लगा कि वह स्कूली बच्चा है और उसका इम्तहान लिया जा रहा है। उसने हकलाते हुए उत्तर दिया, "यह मेरे जैसा साधारण आदमी कैसे जान सकता है? यह तो आप जैसे ज्ञानियों..."

"ठीक है। अच्छा, कौन थे मार्कण्डेय?" पुजारी ने प्रश्न करना नहीं छोड़ा।

अब मार्गेय्या घबराया। उसे लगा कि पुजारी उसके अज्ञान का पर्दाफाश किए बिना चैन नहीं लेगा। उसने तय किया कि इस समस्या का अंत कर देना चाहिए, इसलिए उसने कहा, "यह कहानी मैंने बहुत वर्ष पहले सुनी थी। मेरी दादी सुनाया करती थी। अब फिर मैं इसे सुनना चाहूँगा।"

"तो तुम्हें यह कहना चाहिए–अगर कोई चीज़ आदमी को नहीं आती, तो उसके बारे में पूछना कोई शर्म की बात नहीं है," पुजारी ने उपदेश दिया। फिर उसने कहानी सुनाई। मार्कण्डेय एक लड़का था जो शिव भगवान का भक्त था। पर उसे शाप था कि सोलह साल का होते ही वह मर जाएगा। जब यह समय आया, तब यम के दूत उसे बाँधकर ले जाने के लिए आए। लेकिन इस समय वह पूजा कर रहा था, जिसके कारण दूत उसके पास नहीं पहुँच पा रहे थे। मार्कण्डेय इस तरह ज़िन्दगी भर सोलह साल का बना रहा और मरा नहीं। मैं यही पूजा इस बच्चे के लिए करता हूँ और उसे लाभ भी हुआ है।"

"तो बच्चा अब ज़िन्दा रहेगा?" उसकी रुचि इस विषय में बढ़ गई थी।

"यह मैं कैसे कह सकता हूँ? हमें तो पूजा करते रहना चाहिए। उसका परिणाम क्या होगा, इसकी चिन्ता नहीं करना चाहिए। यही कर्म है।"

"ठीक है, ठीक बात है," मार्गेय्या बोला, हालाँकि वह समझ नहीं पाया।

अब वे विनायक मुदाली स्ट्रीट के अंत में बने छोटे-से मंदिर पर पहुँच चुके थे। यहाँ एक चटखे हुए गुंबद के भीतर शक्ति के देवता पवन-पुत्र हनुमान की मूर्ति थी। परम्परा के अनुसार इसी स्थल पर उन्होंने एक पैर ज़मीन पर रखकर छलाँग लगाई थी और लंका पहुँच गए थे, जहाँ उन्होंने दस सिर और बीस हाथ वाले राम

के शत्रु रावण से, जो उनकी पत्नी सीता को उठा ले गया था, घनघोर युद्ध किया था।

पुजारी इस मन्दिर का अभिन्न अंग था। यहाँ बने एक छोटे से खोखे में वह सोता और खाता-पीता था। वह मन्दिर की देखभाल करता था और उसके लम्बे-ऊँचे काँसे के दीपक साफ-सुथरे रखता और उनमें रोशनी जलाता था।

मार्गैय्या भीतर जाते हुए झिझका। बहुत देर हो गई थी। ''अब मुझे जाना चाहिए,'' उसने कहा।

''अब इतनी दूर आए हो तो भगवान के दर्शन भी कर लो,'' पुजारी बोला। मार्गैय्या इस सुझाव की उपेक्षा नहीं कर सका, इससे देवता नाराज़ हो सकता था। उसे संकुचित देखकर पुजारी ने अगली बात कही, ''तुम मुझसे कुछ बात करना चाहते थे। इतनी देर रहे पर कुछ नहीं बोले। मार्गैय्या को जवाब नहीं सूझा। वह स्कूली बच्चे की ही तरह व्यवहार करता रहा था। उसे गाँव के अपने पुराने अध्यापक की याद आई, बूढ़े आदमी जिनकी काली भौहों के किनारे हल्की सी सफेदी नज़र आती थी, जिससे वे अँधेरे में देखती बिल्ली की तरह नज़र आते थे—उनके हाथ काँपते थे लेकिन छड़ी उठाकर जब मार्गैय्या के कंधों पर बरसाते थे, खास तौर से ऐसे अवसरों पर जब वह जवाब देने के बजाए आँखें झपकाने लगता था, तब उसे नानी याद आ जाती थी। बाद में मार्गैय्या ने बोलते-बोलते रुक जाने की अपनी इस बीमारी पर काबू पा लिया था, फिर भी कभी-कभी यह उभर ही आती थी। आज भी ऐसा ही हो रहा था। मन्दिर के अहाते में खड़े उसे आज भी यह लग रहा था कि छड़ी उस पर बरसने लगेगी, लेकिन पुजारी ने सिर्फ यह कहा, ''भीतर आ जाओ।''

''देर हो रही है।''

''किस बात के लिए?''

मार्गैय्या फिर चुप रह गया। वह धीरे से भीतर चला गया। मूर्ति का मुख्य भाग अँधेरे में छिपा था, जिस पर दीये की हलकी-सी रोशनी पड़ रही थी। पुजारी ने फुर्ती से मन्दिर के दरवाज़े पर भक्तों द्वारा चढ़ाए पैसे, नारियल और केले एक टोकरी में भरे और उनमें से नारियल का एक टुकड़ा और केला मार्गैय्या को पकड़ाया। बोला, ''भूख लग रही होगी। ये खाओ, फिर मैं तुम्हें दूध देता हूँ।'' फिर वह झोपड़ीनुमा कोठरी में घुस गया और एक गिलास दूध लाया।

मार्गैय्या टेढ़ी-मेढ़ी दीवार का सहारा लेकर ज़मीन पर उकड़ूँ बैठ गया। बस्ती में सन्नाटा छा गया था। यह स्ट्रीट शहर के एक किनारे पर थी, इसलिए यहाँ हलचल बहुत कम होती थी। इस वक्त कहीं कोई नज़र नहीं आ रहा था। कुत्ते भी, जो हमेशा भूँकते रहते थे, एकदम चुप हो गए थे। नारियल के दो पेड़ खड़े आसमान में सिर हिला रहे थे। दुनिया की अकेली आवाज़ इस समय मार्गैय्या के जबड़ों से, जिनके बीच वह नारियल चबा रहा था, आ रही थी। लगता था, रेतीली ज़मीन पर

लकड़ी के पहियों की गाड़ी चल रही है। मार्गेय्या को इससे शर्म आ रही थी और वह आवाज़ किए बिना खाने की कोशिश कर रहा था। गरी का एक टुकड़ा उसके गले में फँस गया, तो उसे इतने जोर से खाँसी उठी कि सारा शरीर झकझोरने लगा। वह हाँफ़-हाँफ़कर बताने लगा कि क्या हुआ, ''यह...यह...मैं...।'' पुजारी चुपचाप उसे देखता रहा तो उसे गुस्सा आ गया! इस आदमी को इस वक्त मुझे यहाँ रखने का क्या अधिकार है...और अब यह मज़ा ले रहा है...।

पुजारी बोला, ''दूध पी जाओ, उससे आराम आ जाएगा।''

''अब यह मुझे दूध पीने को कह रहा है, जैसे मैं कोई बच्चा हूँ। कहीं यह ज़बरदस्ती इसे मेरे हलक से न उतारने लगे!'' वह अचानक उद्दंड हो उठा और बोला, ''मुझे दूध अच्छा नहीं लगता।...कभी अच्छा नहीं लगा...।'' यह कहकर उसने दूध का बर्तन परे सरका दिया। पुजारी बोला, ''कोहनी से दूध मत सरकाओ।'' मार्गेय्या को यह टिप्पणी अच्छी नहीं लगी और वह बोला, ''जानता हूँ मैं। लेकिन कौन यह नहीं करता!''

पुजारी ने मनोरंजन के भाव से कहा, ''फिर भी तुम इसे यूँ सरका रहे हो, जैसे यह दूध नहीं, नाली का पानी हो।''

मार्गेय्या माफ़ी के भाव से बोला, ''नहीं, नहीं, मैंने यह इसलिए नहीं किया कि मुझे इससे नफ़रत है, इसलिए किया कि आप इसे उठाकर पी लें।''

इस उत्तर पर ध्यान न देकर पुजारी उपदेश की तरह कहने लगा, ''दूध एक तरह से धन-सम्पत्ति की देवी माता लक्ष्मी का स्वरूप है। आप इसकी उपेक्षा करते हैं तो यह लक्ष्मी जी की उपेक्षा होती है। यह ऐसी देवी है जो हमेशा अपने पैरों के अँगूठों पर खड़ी रहती है, और भाग जाने को तैयार रहती है। इसे मनाकर अपने पास बनाए रखने के उपाय हैं। जब यह किसी घर में निवास करती है, तो उस घर का स्वामी विशिष्ट, प्रसिद्ध और धनी हो जाता है।'' मार्गेय्या ने बड़ी सावधानी और आदर से दूध का बर्तन उठाया और उसे एक भी बूँद गिराए बिना, पी गया।

''पी लिया, अच्छा किया,'' पुजारी ने सन्तोष से कहा। फिर उसने एक कहानी सुनाई, ''एक समय की बात है–,'' महाभारत की कहानी, जिसमें दुनिया के सबसे धनी आदमी कुबेर को अपने महल में दूध की एक बूँद गिराने के अपराध में बहुत लम्बे समय तक उसका प्रायश्चित करना पड़ा था। कहानी जब खत्म हुई, और पुजारी जी चुप हुए, तब मार्गेय्या ने तय किया कि इस समय अपनी बात कह दी जाए। उसने कुछ संकोच के साथ कहा, ''महाराज, मैं धनी होना चाहता हूँ। आप कोई उपाय बता सकते हैं? आप जो कहेंगे, मैं करूँगा।''

''कुछ भी करोगे?'' पुजारी ने प्रश्न किया। अचानक मार्गेय्या सतर्क हो उठा, उसने कहा, ''जी महाराज, जो भी उचित होगा।'' मार्गेय्या को सन्देह हुआ कि कहीं

यह सिर के बल खड़े होने या ऐसा ही कोई काम करने की बात न कह दे। इसलिए उसने कहा, "आप तो समझते ही हैं।"

"नहीं, मैं नहीं समझता," पुजारी ने तुरन्त काट की। 'धन आधे-अधूरे उपायों से प्राप्त नहीं होता। यह उन्हीं लोगों को प्राप्त होता है जो और सब विचारों का त्याग करके सच्चे मन से इसकी प्रार्थना करते हैं।"

यह बात सुनकर मार्गैय्या काँप-सा गया। "कहीं यह आदमी तान्त्रिक तो नहीं है या काला जादूगर या कीमिया बनाने वाला?" यह सोचकर वह डर गया और उसने उसकी टेढ़ी-मेढ़ी झोपड़ी पर नज़र डाली। "शायद इसमें लोगों के शरीर या खोपड़ियाँ छिपी हैं, या कोई काले मलहम जिनसे इसे शक्ति प्राप्त होती है।"

उसका मन हुआ कि यहाँ से भाग ले। सितारों की लचकती रोशनी में पुजारी जादूगर-सा दिखाई पड़ रहा था, सुनसान रात में उसकी खोखली आवाज़ वातावरण में गूँजती लग रही थी। मार्गैय्या को अजीब-गरीब विचार आने लगे। "कहीं यह मुझे अपने बेटे का सिर काटकर लाने का आदेश न कर दे।" उसे बालू को नशे की दवाएँ खिलाकर झोपड़ी के भीतर ले जाया जाता दिखाई देने लगा। वह अचानक बोला, "लगता है, सवेरा हो रहा है। अब मैं चलता हूँ।"

वह एकदम उठ खड़ा हुआ। पुजारी ने उसे रोका नहीं, शान्ति से कहा, "ठीक है, घर जाओ। बहुत रात हो गई है। पत्नी चिन्तित हो रही होगी।" मार्गैय्या को यह सुनकर बड़ी शान्ति मिली, कि उसे जाने की आज्ञा मिल गई है। वह तेज़ी से उठा, देवता के सामने सिर झुकाया, और बाहर की तरफ चला, कि कहीं चुपचाप बैठा यह आदमी उसे दोबारा न रोक ले। निर्जन पड़ी सड़क पर वह भागता-सा चला। दूर कहीं सिपाही की सीटी सुनाई दी। 'कहीं यह मुझे चोर न समझ ले!' वह इस समय भी अपनी शादी की धोती पहने था, बगल में कागज़ दबे थे, और इस समय अपना यह नक्शा उसे बहुत हास्यास्पद प्रतीत हुआ।

अब वह अपने घर के दरवाज़े के आगे खड़ा सोच रहा था कि उसे कैसे खटखटाए। पत्नी और बच्चा इस समय सो रहे होंगे। पत्नी को जगाना तो पड़ेगा ही...लेकिन देरी की वजह वह क्या बताएगा? "मुझे कुछ हो गया लगता है! हर बात उलटी पड़ रही है। कहीं अरुल दौस ने मुझ पर टोना तो नहीं कर दिया, हर आदमी क्यों मेरे खिलाफ़ हो गया है—?" यह दुनिया बड़ी खतरनाक होती जा रही है, इसमें बड़े बुरे लोग रहने लगे हैं। उसने दरवाज़े को ज़रा-सा खटखटाया, तो एकदम उसकी पत्नी ने उसे खोल दिया। उसने अभी तक दिया नहीं बुझाया था। उसके भीतर घुसते ही उसने सवाल किया, "आज इतनी देर क्यों हो गई?" लेकिन अपने घर में प्रवेश

करते ही उसका भाव बदल गया और उसका आत्मविश्वास जाग उठा। 'मेरे ही घर में मुझसे सवाल करने वाली यह कौन होती है?' उसने सवाल को नज़रंदाज़ कर दिया और छोटे कमरे में जाकर कपड़े बदलने की तैयारी करने लगा। पहले कुएं पर जाकर हाथ-मुँह धोए। कमरे में दरवाज़े के पास बिछी चटाई पर उसका बेटा सो रहा था। उसने बच्चे पर प्यार की नज़र डाली और सोचने लगा कि वह अचानक वापस आने का फैसला न कर लेता, तो बच्चा यहीं पड़ा सोता रहता । पत्नी उसे खाना देने किचेन में गई तो उसे नींद के झोंके आ रहे थे। उसने देखा कि वहाँ दो पत्ते बिछे हैं। "अच्छा! तुमने भी अभी तक खाना नहीं खाया?" यह सोचकर उसे खुशी हुई कि वह उसका भूखी रहकर इंतज़ार कर रही थी।

"तुम्हें क्या हुआ है, यह जाने बिना मैं कैसे खा सकती थी! आगे से कभी देर से आए..."

"यानी मुझे तुमसे इजाज़त लेनी पड़ेगी?" उसने तुरशी दिखाते हुए पूछा।

दोनों चुपचाप खाना खाते रहे। फिर चुपचाप सोने चले गए। मार्गैय्या बेटे की बगल में चटाई पर लेटा था। पत्नी कमरे में जाकर उसी दरी पर लेट गई जिस पर पड़े-पड़े वह मार्गैय्या का इन्तज़ार करती रही थी। मार्गैय्या को नींद नहीं आ रही थी, वह छत की तरफ देखता रहा, जिससे मकड़ी के जाले लटक रहे थे और दीवार काली हो रही थी। उसने गुस्से से सोचा, "इसे चाहिए कि यह सब साफ़ करे जिससे घर इतना बुरा न लगे।" इसके बाद उसने उठकर रोशनी बुझाई और फिर लेट गया। नींद में भी उसे पुजारी और अरुल दौस के भयंकर सपने आते रहे। एक यह सपना उसे बार-बार परेशान करता रहा कि उसका बेटा पुजारी की झोंपड़ी में जा रहा है और दरवाज़े के पीछे पुजारी खड़ा है...उसे रोशनी की हर कोशिश नाकाम रहती है और बच्चा धीरे-धीरे आगे बढ़ता जा रहा है। नींद में ही मार्गैय्या को इतना डर लगा कि वह 'अइयो' 'अइयो' करके चिल्लाने लगा, जिस आवाज़ से बच्चा भी लम्बी चीख मारकर बिस्तर से उठ बैठा, और इसके बाद दूसरे कमरे में सो रही पत्नी भी उठ बैठी और डरकर पूछने लगी, "अरे, क्या हुआ, क्या हुआ?"

सवेरा होने में आधा घंटा रह गया था। इस सब हलचल से मार्गैय्या की नींद भी खुल गई। उसने चिल्लाकर पूछा, "कौन है? अरे वहाँ कौन है?" "कोई यहाँ चल-फिर रहा था।" "किसी की आवाज़ आ रही थी।" शोर बढ़ता जा रहा था। "अरे, दियासलाई कहाँ है?" मार्गैय्या ने अचानक पूछा और अँधेरे को कोसने लगा। "तुमसे रोशनी बुझाने को किसने कहा था?" बीवी ने पूछा। मार्गैय्या तेज़ी से उठकर पीछे की तरफ चला, कि शायद आदमी उसी तरफ भागा होगा। बच्चा चीखकर रोने लगा, "अप्पा, अप्पा, अप्पा, कहीं मत जाओ...यहीं रहो... ।" माँ ने उसे कसकर अपनी गोद में चिपका लिया। लेकिन बच्चा चीखता रहा और उसे लातें मारता रहा। शोरगुल

सुनकर पड़ोसी भी जागने लगे। कोई कह रहा था, "इस घर में कुछ-न-कुछ होता ही रहता है। रात को भी शान्ति से नहीं सोते, न सोने देते हैं। इन पड़ोसियों से कब निजात मिलेगी?"

मार्गैय्या अपने बक्से के सामने बैठा, उसमें रखी लाल कितबिया में लिखा हिसाब-किताब देख रहा था। बेटा आकर उसकी गोद में बैठने लगा। मार्गैय्या बोला, "इस वक्त मुझे परेशान मत करो, बाहर जाकर खेलो।" लेकिन बच्चा गोद में चढ़ने की कोशिश करते हुए कहने लगा, "मैं तो यहीं खेलूँगा, बाहर नहीं जाऊँगा।" मार्गैय्या को कितबिया देखने के लिए उसके सिर के ऊपर से झुकना पड़ता था। सिर के बाल उसकी नाक में घुसकर उसे परेशान कर रहे थे। उसने ज़ोर से कहा, "बालू, अभी मुझे छोड़ो। मैं तुम्हें कुछ ले दूँगा...।"

"क्या ले दोगे?" बच्चे ने पूछा।

"छोटा सा हाथी।"

"ठीक है। ले दो। चलो अभी।"

"लेकिन अभी नहीं। अभी मैं ज़रूरी काम कर रहा हूँ।" यह कहकर उसने लाल कितबिया की तरफ इशारा किया। इस पर बालू ने ज़ोर से अपना पैर मार कर कितबिया उलट दी, जिससे उसके पास रखी दवात भी उलट गई और स्याही कितबिया पर फैल गई। यह देखकर मार्गैय्या बेहद गुस्सा हो उठा, उसने बच्चे को कसकर गोदी में उठा लिया, और जैसे किसी खतरनाक बिल्ली को ज़मीन पर पटकते हैं, उसी तरह बच्चे को भी एक कोने में फेंक दिया। अब यह कहने की ज़रूरत नहीं है कि बच्चा दहाड़ें मारकर रोने-चिल्लाने लगा, जिसकी आवाज़ सुनकर उसकी माँ किचेन से दौड़ी चली आई—धुएँ के कारण उसकी आँखों से पानी की धारा बह रही थी। "हाय, हाय...क्या हुआ, क्या हुआ मेरे बच्चे को," कहती वह बालू की तरफ़ लपकी जो फुर्ती से उठकर अपने बाप की तरफ़ जैसे हमला करने की तैयारी कर रहा था। मार्गैय्या अपनी चीज़ों को सँभालने में लगा था, उसने इनकी तरफ इशारा करते हुए कहा, "देखो ज़रा, क्या किया तुम्हारे इस बंदर ने!"

"बंदर तुम हो," यह कहकर बच्चा फिर उसके पैरों से लिपटने में लग गया।

"तुम मुझे नहीं छोड़ोगे, तो मैं...तो मैं," उसे बहुत ज़्यादा गुस्सा आ रहा था—, "तो मैं तुम्हें मन्दिर वाले पुजारी के हवाले कर दूँगा। वो तुम्हारी खाल उधेड़ कर रख देंगे।"

"नहीं, वो मुझे केले खाने को देंगे," बच्चे ने सुधार किया। इसके बाद वह अचानक उछला और कितबिया हाथ में उठाकर वहाँ से भागा। पिता चीखता-चिल्लाता

उसके पीछे दौड़ने लगा...बेटा कभी इस कोने में, कभी उस कोने में भागता-दौड़ता उसके साथ चूहे-बिल्ली का खेल खेलने लगा। उसके आँसू अब तक सूख गए थे और उसे पिता को छकाने में मज़ा आने लगा था...वह हाथ में कितबिया कसकर पकड़े पागलों की तरह हँसता इधर-उधर चक्कर लगा रहा था। जगह बहुत थोड़ी थी लेकिन मार्गैय्या उसे पकड़ नहीं पा रहा था। हाँफते हुए उसने कहा, "तुम नहीं मानोगे तो मैं तुम्हारी ज़बरदस्त पिटाई करूँगा।"

पत्नी ने पूछा, "आज यह तुम्हें हुआ क्या है?"

उसने अकड़ते हुए कहा, "मैं तो बिलकुल ठीक हूँ। यह जो बंदर तुमने पैदा किया है, इसका मैं क्या हाल करता हूँ..."

बीवी ने इसका कुछ जवाब दिया और अब वह भी बच्चे को पकड़ने में उसकी मदद करने लगी। लेकिन बच्चा उन दोनों से ज़्यादा चुस्त साबित हो रहा था। पत्नी अपने पति से ही जा टकराई जिससे वह और ज़्यादा नाराज़ होकर चीखने-चिल्लाने लगा। बच्चा इस उलझन का लाभ उठाकर कितबिया हाथ में उठाए सामने सड़क पर आ पहुँचा—उसके पीछे मार्गैय्या दौड़ लगा रहा था। उसने बीवी को डाँटकर कहा, "तुम रास्ते से हट जाओ...।" बीवी यह कहती चौके में जा घुसी, "मुझे भी क्या पड़ी है! मैं वहीं से यह तमाशा देखती हूँ...।"

बच्चा सीढ़ियाँ चढ़ता-उतरता और हाथ में अपनी लूट थामे दौड़ता जा रहा था और उसके पीछे मार्गैय्या बदहवास दौड़ रहा था। उसके सामने इस समय घुँघराले बालों वाला बालू और उसके हाथ में लाल किताब के अलावा और कुछ नहीं था। विनायक मुदाली स्ट्रीट पर कुछ राह चलते भी यह तमाशा देखने खड़े हो गए थे। मार्गैय्या चिल्ला रहा था, "इसे पकड़ो...पकड़ो इसे।" कई लोग बच्चे को घेरने की कोशिश करने लगे। बच्चे पर भी जैसे नशा सवार हो गया था, लेकिन अब उसके चारों ओर घेरनेवालों की संख्या बढ़ती जा रही थी और वह रुकने की तैयारी करता लगने लगा। वह अचानक इस तरह झपटा कि पिता की गोद में आ रहा है, लेकिन उसने ऐसा कुछ भी न करके किताब हाथ में ऊपर उठाकर नीचे बहते गन्दे नाले में फेंक दी।

गटर काफी बड़ा था और हर वक्त इसमें ज़ोर-शोर से गन्दा पानी बहता रहता था। सब जानते थे कि इसमें जो चीज़ गिरेगी, वह हमेशा के लिए गायब हो जाएगी। कभी-कभी, और खास तौर पर चुनावों के पहले, कारपोरेशन के कर्मचारी यहाँ आते थे, और इसके किनारे-किनारे थोड़ी देर चल-फिरकर और भीतर झाँक-झूँककर आपस में कुछ बातचीत करते, कि जल्द ही इसके लिए कुछ करेंगे, वहाँ से चले जाते थे। लेकिन फिर अगले चुनाव तक कोई इसकी खबर नहीं लेता था। इसलिए जब भी कोई इसे देखने आता तो लोग आपस में एक ही मुहावरा इस्तेमाल करते, "ये लोग

इसमें वोटों की तलाश कर रहे हैं।" इसके अलावा बाकी सारे समय यह गटर मच्छरों के झुंड के झुंड पैदा करता और सारे इलाके में अपनी बू फैलाता, कभी धीरे, कभी तेज़ रफ्तार से बहता रहता था। जिसके लिए यह विनायक मुदाली स्ट्रीट सारे शहर में मशहूर थी।

थोड़ी देर में गटर के इर्द-गिर्द लोगों की भीड़ जमा हो गई और घूर-घूरकर उसके भीतर देखने की कोशिश करती रही। उन्हें मार्गैय्या से सहानुभूति हो रही थी। क्या गिर गया है, इसके बारे में एक-से-एक अनोखी कल्पना की जा रही थी। कोई कह रहा था, "मार्गैय्या का बक्सा बह गया," कोई कह रहा था, "इस बच्चे ने सोने की ज़ंजीर फेंक दी है इसमें।" बच्चे में हरेक की रुचि बढ़ती जा रही थी। सब उसकी तरफ़ देख रहे थे, इसलिए वह अपने को छोटा-सा हीरो महसूस कर रहा था। उसे समझ भी नहीं आ रहा था कि यह क्या हो रहा है। सबके सिरों पर सूरज पूरी तपिश के साथ चमक रहा था, हालाँकि सुबह के साढ़े नौ ही बजे थे। गुस्से और थकान के कारण मार्गैय्या का चेहरा लाल पड़ गया था। बच्चे का चेहरा भी लाल हो रहा था। वह भी अब पिता के पीछे बाँहें मोड़े गटर में देख रहा था। उसमें लाल किताब का नामोनिशान नहीं था। लड़के को सड़क के दूसरे बच्चों की तरह ऊपर सिर्फ कमीज़ लटकाए खड़े देखकर मार्गैय्या का खून खौलने लगा था। अब वहाँ दो सब्जी बेचने वाले, एक साइकिल-सवार जो भीड़ लगी देखकर वहाँ रुक गया था, कुछ स्कूली बच्चे, एक दही बेचने वाला, और दो-चार और लोग जमा थे, जो अपनी-अपनी समझ से तरह-तरह की टिप्पणियाँ कर रहे थे, जमा थे। एक आदमी दूसरे से कह रहा था, "कुछ लोग अपने बच्चों को इतना ज़्यादा प्यार करते हैं कि उसे हर चीज़ दे देते हैं।" मार्गैय्या को यह टिप्पणी सुनकर इतना गुस्सा आया कि उसने बच्चे की शर्ट ऊपर उठाई और उसके चूतड़ों पर थप्पड़ लगाने शुरू कर दिए। बच्चा चीखता हुआ पिता की तरफ मुड़ा। अब एक नया दृश्य सामने आया। कुछ लोगों ने बच्चे को उससे खींचने की कोशिश की, "बच्चे को इस निर्दयी से बचाओ!" किसी और ने कहा, "यह तो उसे भी गटर में डाल देगा।" एक औरत लपककर उसके सामने पहुँची और "तुम राक्षस हो क्या?" कहकर बच्चे को उससे अलग करने लगी। उसने अपनी टोकरी फेंक दी और बच्चे को गोद में उठा लिया। एक दूसरी औरत आगे बढ़कर बोली, "बच्चे की कीमत औरतें ही जानती हैं जो उसे नौ महीने अपनी कोख में रखती हैं। ये आदमी लोग ऐसे ही होते हैं।" लेकिन साइकिल वाले आदमी ने इसका विरोध किया और कहा, "लड़कों पर सख्ती की जानी चाहिए, नहीं तो वे जंगली बनने लगते हैं।" मार्गैय्या ने उसे कृतज्ञ भाव से देखा। दुश्मनों की इस दुनिया में यही एक आदमी मेरा मित्र है। अब उसने कमीज़ की बाँहें ऊपर उठाईं और सामने

खड़े होकर कहने लगा, "आप लोग जो चाहें कह सकते हैं। पर इसने मेरे हिसाब-किताब का रजिस्टर इसमें फेंक दिया है। उसके बिना मैं क्या करूँगा..."

"बच्चे को कैसे पता चले कि यह हिसाब की कापी है या क्या है? ईश्वर ऐसों को बच्चे क्यों देता है जो उनकी कद्र नहीं जानते?"

"तुम्हें ऐसी चीज़ें सँभालकर रखनी चाहिए थीं। और, बच्चों के साथ तो ऐसी बातों के लिए तैयार रहना चाहिए।"

एक धोबिन आगे बढ़कर बोली, "तुम बारह साल तक निस्सन्तान रहे, और तिरुपति जाकर बच्चे की प्रार्थना करते रहे। वह सब क्या इसीलिए था?"

"लेकिन मैंने किया क्या है?" मार्गेय्या ने दयनीय भाव से कहा। उसे लगने लगा था कि वह मूर्ख बन गया है। समाज चारों तरफ से उस पर दबाव डाल रहा था, जिनमें आखिरी यह औरत थी जिसकी पीठ पर कपड़ों की लाठी लदी हुई थी। सब्जी वाले, तेल बेचने वाले, राह-चलते, गाड़ी वाले, स्कूल के लड़के, सबको यह अधिकार प्राप्त हो गया था कि जो मन में आए, उससे कहे। वह साइकिल वाला ही अकेला समझदार आदमी साबित हुआ था। उसने मदद के लिए उसकी तरफ़ देखा—लेकिन वह जा चुका था। बालू सब्जी बेचने वाले की टाँगों से लिपटा सुबक-सुबककर रोए जा रहा था, जिससे उसके प्रति सहानुभूति रखने वालों की संख्या कम नहीं हो रही थी। मार्गेय्या जानता था कि बालू तब तक इन लोगों का साथ नहीं छोड़ेगा, जब तक ये उसे सड़क के पार ले जाकर उस दुकान से कुछ पिपरमिंट की गोलियाँ नहीं दिला देंगे।

कई लोग उसे उधर ले जाने लगे, तो मार्गेय्या को ज़रा चैन महसूस हुआ। उसने पास के एक पेड़ से एक डाल तोड़ी और गटर में भीतर तक डाल कर कितबिया तलाश करने की कोशिश की। लेकिन हवा में बदबू फैलने के अलावा कुछ नहीं हुआ। एक अध्यापक ने उसे सलाह दी, "किसी झाडूवाले से दिखवाओ। खुद सब कुछ करने की कोशिश मत करो। उसके पास इस काम के लिए सही चीज़ भी होगी।" मार्गेय्या ने छड़ी नाले में डाल दी। सोचने लगा, "कोई भी मुझे वह नहीं करने देगा जो मैं चाहता हूँ।" फिर वह घर जाने के लिए मुड़ा। वह सिर झुकाकर सीढ़ियाँ चढ़ा, क्योंकि उसके भाई का पूरा परिवार वहाँ लाइन लगाए खड़ा था। वह तेज़ी से भीतर घुस गया। किसी ने टिप्पणी की, "इसके घर में हमेशा कुछ उठापटक होती ही रहती है।" वह सीधे रसोई में गया जहाँ उसकी बीवी खाना बना रही थी, क्योंकि बाहर क्या हो रहा है, इसकी उसे खबर ही नहीं थी। उसने कहा, "इस दूसरे घर के लोगों को यह देखने के अलावा और कोई काम नहीं है, कि हमारे यहाँ क्या हो रहा है।...इन्हें क्या कभी खाने, पकाने और सोने का समय मिलता है?" यह रोज़ का सवाल था, जिसका उत्तर बीवी कभी नहीं देती थी। उसने सिर्फ यह पूछा, "बालू कहाँ है?"

मार्गैय्या ने थकान के साथ जवाब दिया, "गटर में पड़ा होगा।" पत्नी बोली, "तुम्हें क्या हो गया है? रात से तुम अपने-आपे में नहीं दिखाई देते!"

"नहीं हूँ आपे में। और अगर तुम यह सोचो कि मैं शराब पीता रहा या किसी औरत के साथ रंडी घर में पड़ा रहा, तो तुम्हें इसकी आजादी है..."

लाल किताबिया के नष्ट हो जाने से मार्गैय्या को अनेक कठिनाइयों का सामना करना पड़ा। इसके बिना वह कोई काम नहीं कर सकता था, और उसे अपने मुवक्किलों से यह बात छिपाना भी ज़रूरी था, क्योंकि नहीं तो वे इसका बेजा फायदा उठा सकते थे। अब उसे पेड़ की छाया से अलग चलते-फिरते रहकर, और अपने दिमाग़ से ही आँकड़े निकालकर काम करना पड़ता था—जिससे काफी परेशानी होती थी। यह दिन काफी महत्त्वपूर्ण था, उसे तीन-चार लोगों से, जिन्हें उसने एडवांस दिया था, पैसे वापस लेने थे।

"स्वामी, किताब कहाँ है?" काली ने, जो उसका ग्राहक था, पूछा। मार्गैय्या बोला, "मैंने उसे जिल्द बदलने को दिया है। यह अच्छी दिखनी चाहिए। वैसे मुझे उसकी ज़रूरत नहीं है। उसके आँकड़े मेरे यहाँ रहते हैं," यह कहकर उसने अपनी खोपड़ी की तरफ़ इशारा किया। काली कई हफ्ते से यहाँ नहीं आया था, इसलिए उसने गेट के बगल में खड़े बिना बक्से और रजिस्टर के इस आदमी को ज़रा सन्देह की नज़रों से देखा। मार्गैय्या को लगा, कहीं अरुल दौस ने तो इसे भड़का नहीं दिया है?' काली उस चीते की तरह था, जो चाबुक के बिना सामने खड़े रिंग मास्टर से मिल रहा था।

उसने पूछा, "आज तुम वहाँ क्यों नहीं बैठे?"

"अरे, मैं बैठे-बैठे थक जाता हूँ, और यहाँ दर्द सा होने लगा है," यह कहकर वह दीवार के सहारे बैठ-सा गया। एक बैलगाड़ी वहाँ से निकली, और मार्गैय्या को छींक आई। तुम्हें यहाँ नहीं बैठना चाहिए, काली ने उपदेश दिया। "हाँ, इसीलिए, मैं आसपास किसी कमरे की तलाश कर रहा हूँ जहाँ मेज़-कुर्सी भी हो। तुम जैसे खास आदमी आयें तो उन्हें इज़्ज़त से बिठा भी सकूँ। तुम लोगों के आराम का ख्याल रखना भी तो ज़रूरी है।"

"यह तो ठीक है। लेकिन बरगद के नीचे तो काफ़ी अच्छा था...खुली, ताज़ा हवा थी। मुझे वह जगह पसन्द थी।"

"लेकिन मुझे पसन्द नहीं थी।...तुम जैसों के लिए तो ठीक थी, जो घूमने-फिरने आते हैं और दोपहर में एक झपकी भी लेते हैं। लेकिन व्यापारी के लिए वह ठीक नहीं थी। चिड़ियाँ कितना शोर मचाती थीं! मुझे खुद अपनी आवाज़ सुनाई नहीं देती

थी। फिर उनकी छेर चारों तरफ बिखरी पड़ी रहती थी। ज़मीन पर चींटियाँ दौड़ती रहती थीं। मुझे वहाँ बैठकर बड़ी परेशानी झेलनी पड़ती थी।''

''और स्वामी, आपका बक्सा कहाँ है? वह भी नहीं दिखाई देता।''

''उसे मैंने रँगने के लिए भेज दिया है। वह मेरे लिए बड़ा लकी है, उसे फेंकना मुझे अच्छा नहीं लगा, इसलिए...बदरंग हो गया था, अच्छा नहीं लग रहा था।''

''हाँ, जो चीज़ हमारे काम की साथी होती है, उसे हमेशा के लिए रखा जाता है...हमारे गाँव में एक आदमी था जिसके पास जो फावड़ा था, उसका हैंडिल गायब हो गया था—''

''मुझे यह कहानी पता है,'' मार्गेय्या ने उसे ऐसे टोकते हुए कहा, जिससे प्रभाव पैदा हो। ''जब वह हैंडिल बदलता तो उसकी फ़सल ख़राब हो जाती थी—है न?''

''आप कैसे समझ गए, स्वामी?'' काली ने आश्चर्य से कहा।

''आदमी के दिमाग़ में जो चलता रहता है, उसे मैं समझ लेता हूँ। नहीं तो मैं बैंकिंग के इस मुश्किल धँधे में क्यों आता?...मैं जानता हूँ कि तुम्हारे दिमाग़ में इस वक्त क्या चल रहा है। तुम्हारे बटुए में, जो तुम्हारी कमर में लटका है, बैंक से लिए गए रुपए हैं।''

''अरे नहीं, स्वामी, नहीं। आप तो जानते ही हैं कि बैंक से पैसा लेना कितना मुश्किल होता है।''

''सुनो। तुम्हारी अर्जी पर विचार हुआ था और सोमवार को उसे मंजूरी मिल गई है। इस वक्त तुम्हारी थैली में दो सौ उनासी रुपए चार आने होंगे, यानी तुमने आठ आने क्लर्क को और चार आने अरुल दौस को टिप के तौर पर दिए होंगे। यह बात सही है या नहीं?'' यह कहकर उसने काली पर एक तलाशती नज़र डाली, जो सिर से पैरों तक एक लबादे से ढका हुआ था। उसके कपड़ों में सैकड़ों ऐसे कोने-आँतरे थे जिनमें काफ़ी पैसा छिपाकर रखा जा सकता था। काली ने नज़र झुका ली और जाने को मुड़ा। यह दोपहर के बाद का वक्त था जब उसके ज़्यादातर मुवक्किल बैंक के भीतर थे या पेड़ की छाया में आराम कर रहे थे। ये सब कुछ समय बाद वापस लौट आते। मार्गेय्या खुश था कि इस समय वहाँ कोई नहीं था, क्योंकि इस मुश्किल आदमी से वह अकेले ही निपटना चाहता था। और कोई तो उससे कुछ शिक्षा ले नहीं सकता था। काली वहाँ से जाने की कोशिश कर रहा था। उसने ऊपर आसमान की तरफ़ नज़र डाली और कहा, ''लगता है, तीन बज रहे हैं। मुझे तीन बजे फिर बुलाया है? तुम तो जानते हो, क्या हालत है, एक मिनट भी देर हो जाए तो...यही बहाना बना लेते हैं।'' मार्गेय्या ने उस पर नज़र डाली। अगर उसे जाने दिया तो पहले वह बैंक जाएगा, फिर वहीं पीछे से बाहर निकल जाएगा। इसलिए

उसने ज़रा ज़ोर देकर कहा, "मैंने तुम्हें जो पचास रुपए एडवांस दिए थे, उन्हें वापस करो, ब्याज के साथ।"

काली ने ताज्जुब जताया। बोला, "पचास रुपए? ब्याज के साथ? यह तुम क्या कह रहे हो, मार्गेय्या?" कोई और वक्त होता तो यह सुनकर वह अपनी लाल किताबिया निकालकर उसके सामने फहरा देता। उसे अपने बेटे की याद आई। उसने मेरे साथ यह क्यों किया? अब उसे किताबिया के बिना ही सबसे निपटना पड़ता था। काली ने घूर कर उसकी तरफ़ देखा और बोला, "मुझे झूठा कहलाना एकदम पसन्द नहीं है। कल सबसे पहले अपना हिसाब साफ़ कर लेना...मैं देख लूँ कि कितना कुछ देना है, तुम्हारा एक-एक पैसा चुका दूँगा।" यह कहकर वह तेज़ी से आगे बढ़ गया, और मार्गेय्या चुप खड़ा रह गया। वह पीछे से उसे जाते हुए देखता रहा। वह उसे कोई शाप या गालियाँ भी नहीं दे सकता था...उसे कुछ चुनिंदा गालियाँ सूझ तो रही थीं, लेकिन हमेशा की तरह अब देर हो चुकी थी। "मार्गेय्या, तुम्हें यह आदमी बेवकूफ बना गया...ये सब तुम्हें बेवकूफ़...मुझे इससे कहना चाहिए था...तुम गटर के गन्दे कीड़े...मैं जानता हू, तुम्हारा बाप कौन था...वह बच्चे के गले से चेन छीनने के जुर्म में जेल गया था—तुम ऐसे लोगों की औलाद हो जो माचिस की ज़रूरत होने पर उसे चुराते हैं, माँगते नहीं।...मुझे तुमसे सम्बन्ध नहीं रखना चाहिए था, लेकिन जल्द ही देख लूँगा तुम्हें...। मैं, मैं..."—पर अब अपने ही अन्दर इस तरह घुटने का कोई मतलब ही नहीं था। वह आदमी तो चला गया था, और मार्गेय्या खड़े-खड़े उसे देखता रह गया था। उसने काली को चार दफ़ा कर्ज़ दिलवाया था, जब—उसी के कहने के अनुसार—उसकी इज़्ज़त और ज़िन्दगी दाँव पर लगी थी। "इसका बदला मुझे यह मिल रहा है!" उसे खुद अपने ऊपर दया आने लगी। अगर वह इसे ढूँढ निकालने वाले भंगी को कुछ इनाम की घोषणा करे? लेकिन मिल जाती तो भी फ़ायदा क्या होता? वह उसे छूता कैसे या पढ़ता कैसे?

अब उसे फाटक पर ऐसी जगह खड़े रहकर अपने मुवक्किलों का इन्तज़ार करना होता, जहाँ से वह सेक्रेटरी को दिखाई न पड़े—वह रास्ते से ज़रा दूर पड़ी पटरी पर बैठकर दफ़्तर के भीतर आने-जाने वाले लोगों को देखता रहता था कि इनमें उसे किससे बात करनी है, किससे नहीं। उसे आराम से दो-चार ऐसे व्यक्ति मिल जाते जिनका वह कुछ काम कर सकता था और जो काली की तरह चतुर नहीं थे। अगले पन्द्रह दिन में उसने अपना काफी-कुछ पैसा वसूल कर लिया, जो कुल मिलाकर दो सौ रुपए था।

किसी अस्पष्ट भावना से संचालित मार्गेय्या मन्दिर के भीतर घुसा। उसने कई दफ़ा अपने को समझाया कि वह देवता के दर्शन करने जा रहा है, पुजारी से मिलने नहीं?

लेकिन वह इस पर विश्वास नहीं कर सका, न पुजारी ने उसे इस तरह लौटने ही दिया। जैसे ही उसने मन्दिर में प्रवेश किया, पुजारी ने उसे किसी ऐसी जगह से आवाज़ दी जो न बाहर से दिखाई देती थी, न समझ में आती थी—हनुमान की मूर्ति के पीछे अँधेरे से। "आओ मार्गेय्या, भगवान के दर्शन करो।" मार्गेय्या चौंक उठा, उसे लगा, ऊपर स्वर्ग से यह आवाज़ आ रही है। वह काँप उठा। उस वक्त हनुमान जी का आखिरी भक्त दर्शन करके वापस लौट रहा था। मार्गेय्या भी उसके पीछे मूर्ति के सामने साष्टांग लेट गया। दो-तीन दिए जल रहे थे और तेल, फूलों और धूप की मिली-जुली गंध हवा में फैल रही थी। यह गंध मार्गेय्या को हमेशा एक अजीब ढंग से उत्तेजित कर देती थी। उसने आँखें बन्द कर लीं। क्षण भर के लिए उसे लगा कि दुनिया की सारी चिन्ताओं से ऊपर उठ गया है। अनेक दृष्टियों से यह आदर्श दुनिया थी, जहाँ सब कुछ शान्ति से चलता रहता था—जहाँ न अरुल दौस था, न को-ऑपरेटिव बैंक का सेक्रेटरी, न अपनी अजीब-अजीब आर्थिक समस्याएँ लिए गाँवों के किसान, और न बालू जैसा शैतान बेटा जिसने उसके हिसाब की किताब गटर के हवाले कर दी थी। ज़िन्दगी बड़ी कठिन होती है। जलते हुए तेल की हलकी तीखी बू ने उसे कुछ समय के लिए सब चिन्ताओं से मुक्त कर दिया। आँखें बन्द करके और अपनी नाक देवता के पत्थर से चिपकाकर वह काफी देर तक शान्ति के इस वातावरण में आराम से तैरता रहा। सूरज डूब गया था लेकिन उसकी गर्मी शेष थी। हवा में धूल भरी थी—सैकड़ों भक्तों के पैरों से और तेज़ बहती हवा से आती धूल—जिसकी बू चारों तरफ़ फैल रही थी। मार्गेय्या ने जब अपना सिर उठाया, तो पाया कि पुजारी के पैर उसके सिर के पास रखे हैं। उसने देखा तो पुजारी बोला, "मार्गेय्या का मन इस समय भगवान में लीन है...कितनी देर से वह प्रार्थना कर रहा है। उठ बैठो, मार्गेय्या। भगवान ने तुम्हें परख लिया है।"

मार्गेय्या उठ बैठा। वह पुजारी की तरफ़ देखकर मुस्कराया और यह सोचकर कि यहाँ आने का कुछ कारण बताना चाहिए, हकलाकर कहने लगा, "महाराज, मैंने सोचा...कि हफ्ते में एक दिन ज़रूर भगवान के दर्शन करना चाहिए।"

"हाँ, लेकिन तुम तो कल शाम को भी यहाँ थे? इतनी जल्दी भूल गए?"

"नहीं, बिलकुल नहीं भूला...इस वक्त बजा क्या होगा?"

"इस स्थान में घड़ी देखने की ज़रूरत नहीं होती। अँधेरा हो, तो रात होगी। रोशनी हो, तो दिन। यही यहाँ का ज्ञान है। यह कोई बैंक तो है नहीं, समझे?" पुजारी के मुँह से 'बैंक' शब्द सुनकर मार्गेय्या ने थूक निगला। वह इशारा समझ गया। बोला, "मैं भी घड़ी नहीं रखता।"

"लेकिन तुम्हें घड़ी रखनी चाहिए," पुजारी ने कहा। "सूद कितना जमा हो रहा है, यह जानने के लिए बैंक की ज़रूरत होती है।"

"मेरा बैंक तो अब खत्म हो गया।" यह कहकर उसने जेब से उन नोटों का पैकेट निकाला जो उसने अपने मुवक्किलों से इकट्ठे किए थे। "सिर्फ दो सौ रुपए—इनकी क्या कीमत है?"

"दो सौ रुपए," पुजारी ने दोहराया। "अच्छा, भीतर आओ। मैं तुम्हें फल और दूध दूँगा।"

"वही देंगे फिर?" मार्गेय्या ने कहा।

"हाँ, यही दूँगा," पुजारी ने कहा। "इसमें गलत क्या है? क्या हम रोज़ खाना नहीं खाते, वही खाना बार-बार?" मार्गेय्या चुप रह गया। उसने कहा, "मेरा मतलब यह नहीं था। मैं पूछ रहा था कि वक्त क्या होगा।"

"मैं सिर्फ इतना जानता हूँ—अभी कल नहीं हुआ है।" पुजारी बोला। "देर हो रही हो तो जा सकते हो।" यह कहकर वह बाहर निकला और दूसरी तरफ चला गया। मार्गेय्या कुछ देर चुप खड़ा रहा। उसने देवता की तरफ देखा और सिर हिलाया। उसकी बीवी फिर उसके लिए परेशान होगी और सोचेगी कि मैं किसी औरत के पास चला गया हूँ। "अजीब औरत है? इतनी उम्र होने पर भी मुझ पर शक करती है।" वह सोचता रहा। "मैं कह दूँगा कि ज़रूरी काम से कहीं गया था। उसे यह क्यों लगता है कि मेरी प्रेमिकाएँ होंगी!" उसे जहाँ तक याद पड़ता था, उसकी पत्नी हमेशा उस पर सन्देह करती रही थी। "मुझ जैसे आदमी से कौन औरत प्यार करेगी? जैसा मेरा अनोखा नाम है—मार्गेय्या, लगता है किसी ने गरम लोहे से दाग़ दिया हो।" करीब साल भर पहले जब उसने उसे बताया था कि एक औरत किसी काम को लेकर पेड़ के नीचे उससे मिलने आई थी, तो उसने कितना तूफ़ान उठा दिया था! दो दिन तक वह मुँह फुलाए रही और जब उसने कहा कि वह तो मज़ाक कर रहा था, तब जाकर कहीं ठीक हुई।

वह आँखें बन्द करके पुजारी की बातों को मान रहा था। वह एक-एक करके चार केले छील कर खा गया और काफ़ी बड़ी मात्रा में दूध भी पी गया। यह सब उसने बड़े भक्तिभाव से किया। पुजारी ने इस पर सन्तोष व्यक्त किया। कहा, "बहुत अच्छा हुआ। तुमने अच्छी तरह खाया-पिया।" मार्गेय्या को यह प्रमाण-पत्र अच्छा लगा। पुजारी बोला, "तुम काफी भूखे थे, इसे जाने बिना..."

"जी, जब कोई चिन्ताओं से घिरा रहता है, तो कुछ पता नहीं चलता," उसने कहा, यह सोचते हुए कि कुछ कहना चाहिए। आसमान में सितारे निकल आए थे। ठंडी हवा चलने लगी थी, रात शान्त थी, दूध और केले खा-पीकर उसे बहुत चैन मिल रहा था। पुजारी ने कहा, "मार्गेय्या, तुम किसी परेशानी का ज़िक्र कर रहे थे। क्या बात है, बताओ।"

मार्गेय्या ने सोचा कि उसे ज़्यादा संकोच नहीं करना चाहिए, इस समय उसके

अपने और दुनिया के बीच के सब बंधन टूट चुके हैं और वह अकेला खड़ा है। उसके लिए अपना ही सबसे ज़्यादा महत्त्व है, उसे ज़िन्दगी की सब अच्छी वस्तुएँ प्राप्त करने का अधिकार है, जैसे वह किसी शादी वाले घर में एक महत्त्वपूर्ण मेहमान है—मेहमान भी वह दूल्हे के पक्ष का है, जिसकी बरात में दूसरे पक्ष के सभी लोग नाचते-गाते मेहमानों की हर छोटी-बड़ी इच्छा को पूरा करने का प्रयत्न करते हैं।...अपने महत्त्व के अहसास में उसका व्यक्तित्व फूलकर कुप्पा होने लगा...रात की ताज़ी हवा उसके नथुनों में पहुँची तो उसे लगा कि उसका व्यक्तित्व इतना विशाल होने लगा है कि पृथ्वी और आकाश भी उसे सँभाल पाने में समर्थ नहीं हो रहे...उसने बड़ी-बड़ी बातें करना आरम्भ कर दिया...सितारों की रोशनी में अपनी आँखें खोलते-बन्द करते पुजारी चुपचाप उसकी बातें सुनता रहा...रात के अँधेरे में अपना मुँह और ठोढ़ी घुटनों में दबाए वह छोटा-सा चीता लग रहा था। मार्गेय्या ने अपनी ज़रूरतों की लम्बी सूची और गिना दी। किसी सरकारी दफ़्तर के अधिकारी की तरह उसने स्टेशनरी की माँगें सामने रखीं—मेज़ के लिए हलके भूरे रंग का शानदार कवर चाहिए, चमकता हुआ पेपरवेट, शीशे की तरह जगमगाता कागज़ काटने का चाकू, वगैरह, वगैरह। हर चीज़ बिलकुल उम्दा होनी चाहिए, ज़रा भी घटिया नहीं। स्टोर विभाग ने चौथे दर्जे के कर्मचारियों के इस्तेमाल वाला सामान भेजा, तो उसकी खैर नहीं। वह उसे खिड़की से बाहर फेंक देगा, बस...वह महत्त्वपूर्ण व्यक्ति बनना चाहता है, इसलिए सावधान; सभी देवता और देवियाँ सावधान...वे सब जो मनुष्य को घर-मकान, नौकर-चाकर, अच्छे शानदार कपड़े और साथी कर्मचारियों के सामने इज़्ज़त प्रदान करते हैं। विस्तार से ये सब ज़रूरतें और माँगें सुनने के बाद पुजारी ने मुँह खोला, ''तो तुम्हें देवी लक्ष्मी की कृपा चाहिए, धन-धान्य की देवी लक्ष्मी की कृपा चाहिए, धन-धान्य की देने वाली। जब वह किसी पर कृपा दृष्टि फेंकती है, तो वह धनी हो जाता है, सारा संसार उसकी प्रतिष्ठा करता है, उसके शब्दों पर ध्यान दिया जाता है। तुम इन्हीं सब वस्तुओं को चाहते हो।''

''जी महाराज,'' मार्गेय्या ने ज़ोर देकर कहा। ''और क्यों न चाहूँ?'' फिर उसने अपनी जेब से सुँघनी की डिब्बी निकाली और उसमें से एक काफ़ी बड़ी चुटकी निकालकर नाक में रखी, तो पुजारी ने कहा, ''सूँघो, सूँघो, अच्छी चीज़ है। कोई नुकसान नहीं करती। देवी लक्ष्मी के भक्त को किसी बात की चिन्ता नहीं करना चाहिए, मन्दिर में भी नहीं जहाँ कुछ नियमों का पालन करने की ज़रूरत होती है। यह प्रश्न केवल आत्म-विश्वास का है। उसके चेहरे से इतना अधिकार झलकता है, उसकी जेब में इतने पैसे हैं, उसका हुक्म बजा लाने के लिए इतने नौकर-चाकर खड़े हैं, कि उसे दुनिया में किसी की भी परवाह नहीं है। इनकी चिन्ता करनी पड़ती है तो सिर्फ उसे जो देवी सरस्वती का भक्त है—जो विद्या और ज्ञान की देवी है। बात

यह है कि जब देवी सरस्वती किसी को अपना दान देती है, तो लक्ष्मी उससे अपनी कृपा को वापस खींच लेती है। दोनों में हमेशा से अदावत रही है–विष्णु की पत्नी लक्ष्मी और ब्रह्माजी की प्रिया सरस्वती के बीच। फिर भी कुछ लोग ऐसे होते हैं जिन्हें दोनों की कृपा एक साथ प्राप्त होती है और कुछ ऐसे भी जिनसे दोनों विमुख हो जाती हैं। ज़ाहिर है कि तुम ऐसे व्यक्ति हो जिसके लिए इस समय दोनों ही झगड़ रही हैं।" यह सुनकर मार्गेय्या बहुत सन्तुष्ट और प्रसन्न हुआ। अभी तक उसे यह पता ही नहीं था कि उसकी यह स्थिति है...ये दोनों देवियाँ उस पर अधिकार प्राप्त करने के लिए उद्योग कर रही हैं। उसने प्रसन्न होकर आसमान में सिर उठाया और देखने की कोशिश की कि कहाँ ये दोनों देवियाँ उसके लिए लड़-झगड़ रही हैं।

उसने अबोध भाव से पूछा, "लेकिन ये मेरे लिए यह क्यों करती हैं?"

पुजारी ने उत्तर दिया, "हम कैसे उनसे यह पूछ सकते हैं? हम देवी-देवताओं की इच्छा में कैसे दखल दे सकते हैं? हम तो यही जानते हैं कि ये सब हैं, बस...। यह हमारी शक्ति के बाहर है कि उनसे कोई सवाल-जवाब करें।"

यह सुनकर मार्गेय्या पर जैसे नशा सवार हो गया। वह कहने लगा, "जिस पर लक्ष्मी देवी की कृपा हो, उसे कोई चिन्ता करने की ज़रूरत नहीं। वह जो भी चाहे, ज्ञान और विद्या खरीद सकता है। सरस्वती के पास देने के लिए जो कुछ है, उस सबको वह खरीद सकता है?"

पुजारी को उसकी इस बात पर हँसी आई। मार्गेय्या बोला, "महाराज, आप हँस क्यों रहे हैं?" उसकी आवाज़ में अभी से अधिकार का भाव आ गया। पुजारी ने कहा, "इसलिए क्योंकि हर धनी आदमी इसी तरह सोचता है। तुम सही दिशा में बढ़ रहे हो। मैं तुम्हारी कुंडली देखना चाहूँगा। कल लेकर आना।" "कल? यह तो बहुत देर हो जाएगी! आप आज ही कुछ नहीं बता सकते हैं?" मार्गेय्या ने जैसे विनती करते हुए कहा। उसे लगा कि उसे स्वर्ग से नीचे धरती पर फेंका जा रहा है। पुजारी बोला, "कल इसी समय अपनी कुंडली लेकर आ जाना। तभी बताऊँगा।"

मार्गेय्या को अचानक ख्याल आया, 'यह एक रात और बीवी के साथ झगड़ते बितानी पड़ेगी!'

पुजारी ने उसे विदा किया और मन्दिर का कपाट भीतर से बन्द कर लिया।

बीवी ने जैसे ही दरवाज़ा खोला, मार्गेय्या ने सवाल किया, "मेरी जन्मकुंडली कहाँ है?"

"कुंडली?" बीवी ने आँखें मलते हुए पूछा, "इस वक्त कुंडली की ज़रूरत

क्यों आ पड़ी?" उसने सन्देह की नज़र से उसे ऊपर से नीचे तक देखा, और यह सोचकर कि यह ज़्यादा बात करने का वक्त नहीं है, पीछे मुड़कर सोने चली गई।

सबेरे आठ बजे मार्गेय्या की नींद खुली। वह ग्यारह बजे तक सोता रहता, लेकिन बालू उसके सीने पर चढ़कर आ बैठा था और अपने लकड़ी के छोटे से हाथी से उसका सिर बजाने में लगा था। जब उसकी आँख खुलीं, बालू खुशी से चीखने लगा और अपनी बाँहें उसके गले में डालकर उसे उठाने की कोशिश करने लगा। मार्गेय्या ने उसे प्यार से देखा। "इस बच्चे को राजकुमार की तरह बड़ा होना चाहिए। देवी की कृपा हुई, तो सचमुच...।" वह उछलकर बिस्तर पर बैठ गया। इसके बाद पन्द्रह मिनट में वह नहाकर साफ़-सुथरे कपड़े पहनकर और माथे पर लाल सिन्दूर और राख की बिन्दी लगाकर तैयार हो गया। उसे इतनी जल्दी लग रही थी, कि उसकी बीवी, जो उसके नए पागलपन के व्यवहार को दरगुज़र करने लगी थी, उससे पूछने लगी, "क्या बात है, इतनी जल्दी क्यों मचा रहे हो?"

"काफ़ी तैयार है?" मार्गेय्या ने पूछा।

इस सवाल पर वह मुँह तिरछा करके हँसी। "काफ़ी! दूध वाले ने कल शाम पैसों के लिए कितना तमाशा किया! पड़ोस के घरवाले भी सब कुछ देखते रहे।"

"उन्हें इसके अलावा और काम भी क्या है," मार्गेय्या ने लापरवाही से कहा, उसका दिमाग़ कहीं और था।

पत्नी बोली, "देखने वाली बात होगी तो लोग देखेंगे ही।"

"यानी आज काफ़ी नहीं मिलेगी," उसने जैसे निराश होते हुए कहा। काफ़ी पिये बिना दिन शुरू करना उसे मुश्किल लगता था। इससे जैसे उसमें एक खालीपन आ जाता था, कुछ भी अच्छा नहीं लगता था। फिर भी उसने बहादुरी से कहा, "कोई बात नहीं। हमें काफ़ी की ज़रूरत भी क्यों हो? हमारे पुरखे तो...।" बीवी बोली, "बच्चे के लिए भी दूध नहीं है। मार्गेय्या ने बालू पर अफसोस की नज़र डाली। वह दूध के बिना ज़्यादा खुश लग रहा था। "इस दूधवाले को हम यहाँ से भगा देंगे। क़ितना अच्छा रहेगा।"

"क्यों? क्या तुम्हें भूख नहीं लगी?" मार्गेय्या ने पूछा।

"लगी है। मुझे बिस्कुट खाने हैं।"

मार्गेय्या बोला, "ठीक है। मैं पूरी अलमारी बिस्कुट और चाकलेट और फलों से भर दूँगा।"

"सब मैं खाऊँगा?" बालू ने खुश होकर पूछा।

"हाँ, और क्या...लेकिन शर्त यह है कि तुम मुझे परेशान मत करो, मुझे अकेला छोड़ दो," मार्गेय्या ने कहा। वह छोटे कमरे में गया और लकड़ी की एक अलमारी खोली। इसमें करीब तीस साल पहले भेजे गए लिफाफों में पुरानी चिट्ठियाँ रखी थीं—

इनमें मार्गेय्या के पिता द्वारा गाँव से लिखी चिट्ठियाँ मौजूद थीं, उसके ससुर द्वारा अपने नए दामाद को लिखी चिट्ठियाँ थीं, एक चिट्ठी उसके चाचा की थी जिसमें लिखा था कि फलाने परिवार की लड़की तुमसे शादी के लिए तैयार है, और उसकी जन्मकुंडली थी। इस तरह की बहुत सी मोटे पुराने कागज़ों पर लिखी कुंडलियाँ, जिनपर रोली लगी थी, इन लिफ़ाफों में बन्द थीं। बहुत सी और लड़कियों के नाम थे जिनसे मार्गेय्या या उसके भाई की शादी के प्रस्ताव किये गए थे, और बहुत सी चिट्ठियाँ विभाजन के बाद उसके और उसके भाई के बीच हुए झगड़ों को लेकर थीं। वह जो भी लिफ़ाफ़ा उठाता, उससे धूल गिरती। वह ज़मीन पर पालथी मारकर बैठा चिट्ठियाँ खोल रहा था, कि तभी उसका बेटा उसका कंधा पकड़कर यह तमाशा देखने लगा। मार्गेय्या ने उसकी तरफ मुड़कर कहा, "बालू, किसी चीज़ को हाथ मत लगाना।"

"क्यों?"

मार्गेय्या ने उसे बीवी के हवाले करते हुए कहा, "इसे अपने साथ ले जाओ। मेरे पास आने मत देना, नहीं तो–"

उसने बालू को कसकर पकड़ लिया और उस चीखते-चिल्लाते बच्चे को खींचकर ले जाने लगी, साथ ही यह भी कहती रही, "मैं जानती हूँ, तुम मुझे दूर क्यों हटा रहे हो–क्योंकि तुम क्या कर रहे हो, यह मुझे बताना नहीं चाहते।"

"हाँ, क्योंकि औरतें चुप नहीं रह सकतीं," मार्गेय्या ने जवाब दिया। दूसरे कमरे में बालू रोता-चिल्लाता रहा। मार्गेय्या भुनभुनाया, "बच्चे को बिलकुल बिगाड़कर रख दिया है। अब मुझे इसे स्कूल में भरती करा देना चाहिए...तभी उससे दूर रहेगा।' और कोई इलाज नहीं है इसका...नहीं तो गुंडा बन जाएगा।" कागज़ों की छानबीन करते हुए मार्गेय्या बड़बड़ाता रहा, "यह बहुत बदलती जा रही है...मुझे चिन्ता होने लगी है।" वह एक-एक लिफ़ाफ़ा खोलकर देखता, उसकी चिट्ठियाँ पढ़ता और उन दिनों की घरेलू राजनीति का मज़ा लेता, फिर उन्हें वापस रख देता–और आखिरकार उसे वह लिफ़ाफ़ा भी मिल गया जिसमें दो जन्मकुंडलियाँ एक साथ लिपटी रखी हुई थीं। इसमें उसके ससुर का भी एक खत था : "मैं आपको सौभाग्यवती मीनाक्षी और आपके पुत्र चिरंजीव कृष्ण की जन्मकुंडलियाँ वापस कर रहा हूँ। आपकी बहू प्रसन्न है। आप लग्न की जो भी तारीख तय करेंगे, मैं उसे लेकर आ जाऊँगा।" मार्गेय्या को–उसे अभी यह नाम प्राप्त नहीं हुआ–अपनी पत्नी के लिए प्यार का भाव जगा। उसके सामने पत्नी उस समय की लाज से भरी दुल्हन बनकर फिर खड़ी हो गई।

"मीना", उसने आवाज़ लगाई, "कुडलियाँ मिल गई हैं।" बच्चे को गोद में लिए वह दौड़कर आई। मार्गेय्या ने कुंडलियाँ उसके सामने लहराते हुए कहा, "मिल गए ये।" वह उन्हें इस तरह कसकर पकड़े था, जैसे किसी गुप्त खज़ाने का नक्शा

मिल गया हो। "क्या है यह? पत्नी ने पूछा। मार्गेय्या ने अपने ससुर की चिट्ठी उसे दिखाते हुए कहा, "यह तुम्हारे पिता की चिट्ठी है हमारी शादी के बारे में।" यह सुनकर वह ज़रा सी शर्माई और बोली, "आज तुम्हें क्या हो गया है जो ये पुराने कागज़-पत्र खंगालने में लगे हो?" लेकिन बालू ने उसे वाक्य पूरा नहीं करने दिया और माँ की गोद से उछलकर पिता की कुंडली हथियाने के लिए दौड़ा। मार्गेय्या चीखा, "इसे ले जाओ यहाँ से।...नहीं तो यह सब घर के बाहर गटर में पड़ा नज़र आएगा–तुम्हारे बेटे की बदौलत।"

वह बच्चे को भीतर छोड़कर आई और पूछने लगी, "आखिर तुम कर क्या रहे हो?" उसकी आवाज़ में अचरज था। "तुम फिक्र मत करो," मार्गेय्या ने उसपर नज़र डालकर कहा। उसके मन में अभी भी पत्नी के लिए विवाह के दिन की कोमलता विद्यमान थी। "फ़िक्र मत करो। मैं नई शादी करने के लिए कुंडली नहीं ढूँढ रहा हूँ।" यह कहकर वह हँसा, लेकिन पत्नी उसके मज़ाक का मज़ा नहीं ले सकी, उसकी कुछ भी समझ में नहीं आ रहा था। उसने कहा, "तुम दूसरी शादी भी कर लोगे, तो मैं शिकायत नहीं करूँगी।" यह सुनकर मार्गेय्या को निराशा हुई, क्योंकि उसका मानना था कि पत्नी बड़ी सतर्कता से उनकी देखभाल करती है। लेकिन उसे कुछ बताए बिना वह उससे गपशप करता रहा। वह गम्भीरता से कुछ बता भी नहीं सकता था, कि वह क्यों यह कर रहा है। "तुम्हें जल्द ही सब मालूम हो जाएगा।" जब वह बाहर के लिए निकला, तब पत्नी ने चिन्तित होकर प्रश्न किया, "आज भी आने में देर होगी?"

"हाँ," उसने कहा। "लेकिन इसमें फ़िक्र की क्या बात है? मैं ज़रूरी काम से ही जाता हूँ, कुछ ऐसे-वैसे नहीं।"

बालू बोला, "मैं भी साथ चलूँगा," और दौड़कर बाहर आ गया। फिर कसकर उसकी टाँगों से चिपक गया; मार्गेय्या को उसे अपने से छुड़ाना मुश्किल हो गया। वह उसे गोद में उठाकर बाहर दुकान तक ले गया और समझाता रहा कि अच्छा व्यवहार करोगे, तभी बिस्कुट और पिपरमिंट मिलेंगे। यह सुनकर वह शान्त हो गया और घर में रुकने को तैयार हो गया।

रात के समय पुजारी ने तेल के दिये की रोशनी में जन्मकुंडली का अध्ययन किया। उसने उसे अपने सामने फैला लिया और देर तक उसमें सिर गढ़ाए रहा। फिर बोला, "यह शनि, हाँ शनि–यह उस घर में बैठा है। प्रसन्न करोगे तो तुम्हें लाभ देगा। तुम उस मन्दिर में जाकर पूजा करो जहाँ सारे ग्रह विराजमान हैं। साथ में मधु ले जाना।" "पर मधु कहाँ प्राप्त होगा?" मार्गेय्या ने चिन्तित होकर पूछा। अचानक

उसने सोचा कि मधु यानी शहद तो उसने ज़िन्दगी भर खरीदा ही नहीं है। लेकिन पुराने दिनों में यह हर घर में हुआ करता था। जब से उसके माता-पिता स्वर्ग सिधारे और वह घर का मालिक बना, शहद के बिना ही सारा काम चलता आ रहा है। और अब उसकी परीक्षा का समय आ पहुँचा है। इस पर पुजारी अपनी खास ढंग से खतरनाक लगनेवाली हँसी हँसा। ''यह मार्गैय्या जो सारी दुनिया को, पैसा कैसे बढ़ाया जाए, सिखाता है, शहद से हार गया? यह क्या बात हुई?'' मार्गैय्या ने अकड़कर कहा, ''मैं इंतज़ाम कर लूँगा।'' मैं तो यह कह रहा था...।'' पुजारी ने उसकी बात बीच में ही काट दी और कहा, ''शनीचर के दिन मन्दिर जाना और तीन बार परिक्रमा करना। तुम जानते हो कि शनि दुनिया की सबसे ताकतवर शक्ति है। वह प्रसन्न हो जाए तो किसी को भी दुनिया का बादशाह बना देता है, नहीं तो तकलीफों में डुबो देता है। उससे कोई बच नहीं सकता, इसलिए उसे खुश रखना सबके लिए ज़रूरी है।''

''ठीक है, महाराज। आप जो कहेंगे, वही करूँगा।'' मार्गैय्या ने बड़े आज्ञाकारी भाव से कहा। उसे लग रहा था कि शनि ने उसे कसकर पकड़ लिया है और अब उसे उलटकर तकलीफों के समुद्र में फेंक देगा।

शाम को चार बजे तक पुजारी उसे बताता रहा कि क्या पूजा-पाठ करना चाहिए। उसने एक संस्कृत का मंत्र भी पढ़ा और उसके साथ उसका तमिल में अर्थ भी लिखा दिया। उसे दरवाज़े तक पहुँचाकर बोला, ''अब मुझसे मिलने की ज़रूरत नहीं है—अगर ज़रूरत समझो, तो आ जाना। और मैंने जो जैसे बताया है, करना।''

''महाराज, इसके परिणाम भी निकलेंगे?''

''यह कौन कह सकता है,'' पुजारी ने उत्तर दिया। ''परिणाम हमारे हाथ में नहीं होता।''

''तो फिर यह सब करने की क्या ज़रूरत है?''

''मत करो फिर। मैं दबाव तो नहीं डाल रहा।''

मार्गैय्या इस सब आध्यात्मिक झमेले से चकरा गया। उसने अपना सिर झुका लिया। पुजारी ने एक किवाड़ बन्द किया, दूसरे पर अपना हाथ रखा और कहने लगा, ''हमारे शास्त्रों में हर तरह के कार्य के लिए स्पष्ट विधान बताए गए हैं। कोई उन्हें श्रद्धा से करता है, कोई नहीं करता—जो करता है, उसे लाभ प्राप्त होने की सम्भावना उत्पन्न हो जाती है। इससे ज़्यादा मैं कुछ नहीं कह सकता। परिणाम भी... मिल भी सकते हैं...और नहीं भी मिल सकते...या तुम्हें परिणाम तो मिल सकते हैं परन्तु तुम चाह सकते हो कि नहीं मिलते—''

''इस मन्त्र का आपका क्या अनुभव है?''

''मेरा,'' उसने फिर दाँत निकाले, ''देखो, मैं तो संन्यासी हूँ। मुझे इन वस्तुओं

की क्या आवश्यकता है?...इच्छा न हो तो मत करो तुम।" यह कहकर उसने दरवाज़ा बन्द कर दिया। मार्गेय्या जेब में कागज़ पर लिखा मन्त्र और सब विधि-विधान लेकर सड़क के बीच खड़ा सोचने लगा कि अब क्या करूँ। उसने मन्दिर के बन्द द्वार पर एक नज़र डाली और लौटने के लिए पीछे मुड़ा। उसे लगा कि झिझकने की ज़रूरत नहीं है। वह सवाल करता रहेगा, दूसरा उनके जवाब भी देगा, और समस्या ज्यों की त्यों बनी रह सकती है। "समस्या?" "समस्या है क्या?" अचानक उसके मन में सवाल उठा। यह तो अच्छा ही था कि उसे समस्या याद नहीं आ रही थी। पुजारी इतनी ज़्यादा बातें करता है जो समझ में नहीं आतीं, और मार्गेय्या का दिमाग चकराने लगता है। चलते-चलते फिर वह सड़क के बीच रुक गया और फैसला किया, "क्या करना है, यह उसने मुझे बता दिया है। मैं ईमानदारी से सब कुछ करूँगा। और किसी बात पर मैं ध्यान नहीं दूँगा।"

मार्गेय्या की बीवी उसके कामों से परेशान हो उठी। दूसरे दिन उसने कहा, "अपना कमरा मेरे लिए साफ़ कर देना।" इस कमरे में वह बच्चे को साथ लेकर सोती थी, और इसी में घर के सन्दूक-बक्से और सब अल्लम-गल्लम सामान भरा रहता था।

"फिर ये चीज़ें कहाँ रखी जाएँगी?"

"बाहर फेंक देना। कमरा मुझे चालीस दिन के लिए चाहिए।"

"और मैं कहाँ सोऊँगी?"

"फिजूल सवाल मत करो। इन समस्याओं पर विचार करने का यह समय नहीं है।"

उसके इस रुख़ से वह घबरा-सी गई और पूछने लगी, "मुझे यह तो बताओ कि वहाँ तुम क्या करोगे।"

उसने मोटे तौर पर कुछ बताया। उससे कहा गया था कि उद्देश्य और उपायों के बारे में पत्नी से भी बात न करे। पुजारी ने उससे कहा था : "पत्नी को भी मत बताना—कुछ विधान ऐसे होते हैं जो शब्दों में रखे जाते ही अपना प्रभाव खो देते हैं।"

पत्नी ने पूछा, "यह कीमिया तो नहीं है—जिससे धातुओं को सोने में बदला जाता है?"

"नहीं, वह नहीं है," मार्गेय्या ने चिढ़कर कहा, उसे यह तुलना पसन्द नहीं आई।

पत्नी ने भय का भाव दिखाते हुए कहा, "तो क्या है, लोग इसको जादू ही तो कहते हैं—काला जादू।"

"ये मूर्खतापूर्ण विचार दिमाग़ में मत लाओ...यह जादू-वादू कुछ नहीं है। पुजारी जी जैसा आदमी जादू नहीं करता। इसकी चर्चा भी मत करना किसी से—"

कमरे को साफ़ किया गया, और इसमें भरी सारी चीज़ें, सन्दूक और बक्से, टूटा-फूटा फ़रनीचर, कागज़ के पुलंदे, फ़ालतू बिस्तर तकिये और चटाइयाँ, सब वहाँ से निकालकर बीच वाले कमरे के एक कोने में एक-दूसरे के ऊपर जमाकर रख दिए गए। बालू को बड़ा मज़ा आ रहा था। वह हर चीज़ खींचकर निकालता और एक-दूसरे में गुड़ी-मुड़ी कर देता था। उनके पड़ोसी यह उठापटक सुनकर सोचते थे, ''पता नहीं, इस घर में हो क्या रहा है।'' उन्होंने जासूसी करने की कोशिश की, लेकिन बीच में दीवाल खड़ी थी। मार्गैय्या ने कमरे को पानी से धोया, चूहे और काक्रोच वहाँ से भगाए, और दीवारों तथा कोने-काँतरों में लगे, झालरों की तरह छत से टँगे मकड़ियों के जाले निकालकर बाहर फेंके। कमरा काफ़ी छोटा था, आठ फीट से कम चौड़ा, और दीवार में सिर्फ एक खिड़की थी, जो सड़क पर खुलती थी। इसे बन्द कर दिया जाता तो घुप अँधेरा छा जाता था। मार्गैय्या ने कुएँ से कई बालटी पानी खींचकर निकाला और उसे चारों तरफ़ बिखरा दिया। फिर पत्नी से कहा कि ज़मीन पर आटे से चौक पूरे क्योंकि किसी भी पवित्र कार्य के लिए यह करना ज़रूरी होता है। फिर दरवाज़े के ऊपर आम के पत्तों की झालर लटका दी। बड़े कमरे में जिस कील से लक्ष्मी जी की तस्वीर टँगी थी, उसे वहाँ से उतारकर इस कमरे में एक चौकी पर सजा-धजाकर रखा। चार भुजाओं वाली यह देवी, जो धन-धान्य, प्रतिष्ठा, वीरता, उद्योग, और जीवन की सब श्रेष्ठ वस्तुओं की दात्री है, उसे यहाँ सम्मान से प्रतिष्ठित किया जाते देखकर पत्नी को कुछ-कुछ समझ में आने लगा। वह बोली, ''अब मैं समझी कि तुम क्या करने जा रहे हो।''

''ठीक है। अच्छी बात है कि तुम समझ गईं। लेकिन किसी और से मत कहना।''

उसके पास इस समय दो सौ रुपए थे, जिन्हें वह खर्च करना चाहता था। उसने पत्नी को एक सूची बनाकर दी कि ये सब मुझे लाकर दो : जैसे गुड़, हल्दी, पीला भात, शक्कर, काले चने की रोटी, मीठे तिल, दही, मसालेदार चावल, कई तरह के फल और शहद। रोज़ सवेरे और शाम मुझे थोड़ी-थोड़ी ये सब चीज़ें चाहिए, और जप करते हुए मैं ये खाऊँगा भी। उसने सौ रुपए पत्नी को दिए और कहा, ''बस, इसी में इन्तज़ाम करना है।''

''और घर चलाने के लिए पैसे—और दूध वाले का हिसाब करना है।''

''हाँ, कुछ करते हैं...तुम ऐसा करो कि कुछ दिन और चला लो, फिर इन्तज़ाम करेंगे। यह काम ज़्यादा ज़रूरी है।''

दो दिन बाद, पूर्णिमा के दिन, पूजा शुरू हुई। वह दरवाज़ा बन्द करके लक्ष्मी जी की मूर्ति के सामने आँखें बन्द करके बैठ गया—हालाँकि बाहर से उसका बेटा दरवाज़े

को खड़खड़ाता ही रहा। उसने खिड़की को ज़रा-सा ही खोला जिससे रोशनी तो भीतर आए, लेकिन पड़ोसियों की नज़रें वहाँ तक न पहुँच सकें? वह जल से भीगी एक लुंगी पहने था, सामने छोटी-छोटी कटोरियों में बहुत सी चीज़ें रखी थीं। हिरन की खाल के एक छोटे से टुकड़े पर उसने संस्कृत का एक अक्षर लिखा और उसे अपने गले से बाँध लिया। हिरन की खाल प्राप्त करने में उसे बड़ी कठिनाई हुई थी। पुजारी ने कहा था कि जानवर अच्छी नस्ल का होना चाहिए।

यह वह कहाँ से लाएगा? क्या वह कोई शिकारी है? पुजारी ने कहा, "घर में अच्छी तरह तलाश करो, मिल जाएगी। हमारे पुरखे इसी पर बैठ कर पूजा-पाठ करते थे।"

"ठीक है, मैं तलाश करूँगा," मार्गैय्या बोला।

"और कहीं तुमने लाल कमल देखा है?"

"देखा तो है," मार्गैय्या ने कह तो दिया पर सोचने लगा कि कहाँ से लाएगा।

"कहाँ देखा है?" पुजारी ने पूछा। मार्गैय्या ने आँखें मिचमिचाईं और धीरे से कहा, "वर लक्ष्मी के त्योहार पर फूलवाले बाज़ार में बेचते हैं।"

"ठीक है," पुजारी बोला। "लेकिन अब तुम्हें वहाँ से इसे लाना होगा जहाँ यह पैदा होता है। पहले तो किसी भी तालाब से ये मिल जाते थे–शहर में दस के करीब ऐसे तालाब थे, लेकिन अब–दुनिया इसीलिए नष्ट हो रही है क्योंकि कमल होना बन्द हो गए हैं–महान है यह फूल, इसका मनुष्य के जीवन पर गहरा प्रभाव पड़ता है।" इस प्रकार फूल के महत्त्व पर विस्तार से बताने के बाद उसने कहा, "सरयू पार करके, उत्तर की दिशा में, एक बाग़ है जिसमें एक मन्दिर के खंडहर हैं, और एक तालाब भी है। वहाँ मिलेगा लाल कमल। वहाँ से एक फूल तोड़कर लाना, उसकी पत्तियाँ जलाकर एकदम काली कर लेना, फिर घी में मिलाना।"

"घी! अच्छा, हाँ," मार्गैय्या बोला, उसे लगा कि यह चीज़ तो चौके में ही मिल जाएगी। स्टोर का मालिक बीमार भी हो, तो भी उससे यह चीज़ प्राप्त की जा सकेगी।

"लेकिन," पुजारी बोला, "यह घी धुएँ के रंग की गाय का ही होना चाहिए।"

"अच्छा!" मार्गैय्या ने गहरी साँस ली, अब वह अपनी भावनाएँ न दबा सका।

"तुम सोचते होगे कि यह बकवास है...मैं खुद गढ़कर यह सब कहता हूँ।"

"नहीं, महाराज, मैं यह नहीं सोचता। लेकिन कितना मुश्किल है यह सब...कितनी परेशानी से..."

"लेकिन यह सब इसी तरह किया जाता है। शास्त्रों में यही लिखा है। विशेष उद्देश्य प्राप्त करने के लिए विशेष ढंग से कार्य करना पड़ता है। इन पर प्रश्न नहीं किया जा सकता। यह समय और शक्ति का दुरुपयोग होगा, फिर भी जवाब नहीं

मिलेगा।...' मेरे आदेशों का शब्दशः पालन करो। जलाकर काला किया कमल का फूल घी में मिलाकर प्रार्थना के बाद अपने माथे पर लगाओ, भौंहों के बीचोबीच, हर रोज..."

"अच्छा, महाराज," मार्गेय्या ने धीरे से कहा। उसे यह सोच-सोचकर परेशानी हो रही थी कि यह सब कैसे सम्भव हो सकेगा। लाल कमल, धुएँ के रंग की गाय, हिरन की खाल...। उसे यह दुनिया असम्भव लगने लगी...वह सोचने लगा, "मैं कहाँ हूँ? कैसी है यह दुनिया...ये सब चीज़ें मैं कैसे पा सकूँगा?"

"अपने आप में विश्वास रखो और आगे बढ़ो...ईश्वर तुम्हें राह दिखाएगा...तुम सोचते हो कि गाना गाते रहोगे और धन प्राप्त हो जाएगा?"

लाल कमल की तलाश में उसका एक पूरा दिन लग गया। इसके लिए वह शहर के उत्तरी भाग में गया और एलामन स्ट्रीट पार करके सरयू नदी के तट पर पहुँचा। फिर नल्लप्पा की झाड़ी के बगल से नदी को पार किया। एक बैलगाड़ी नदी पार कर रही थी। उसका मालिक मार्गेय्या को जानता था। वह मार्गेय्या को देखते ही चिल्लाया, "अरे मार्गेय्या," और गाड़ी से कूदकर उसके पास जा पहुँचा, जिससे नदी का पानी उछलकर उसे भिगो गया। लेकिन जल की ठंडक से उसके पैदल चलने की थकान भी दूर हो गई। किसान मार्गेय्या का पुराना ग्राहक था, वह पूछने लगा, "तुम्हें क्या हुआ, स्वामी, अब दिखाई नहीं देते। तुम्हारे बिना हम बड़ी मुसीबत में पड़ गए हैं।"

"मुझे और भी बहुत से काम होते हैं। हर वक्त तुम लोगों के साथ नहीं रह सकता।"

"लेकिन इस तरह हमें कैसे छोड़ सकते हो..."

"भाई, मैं और भी कई काम करता हूँ। तुम समझते होंगे कि वही काम है मेरा। उसे तो मैं तुम सबकी सेवा की तरह करता हूँ।" दोनों इस समय कमर तक गहरे पानी में खड़े थे।

मार्गेय्या बोला, "अगली सड़क तक मुझे गाड़ी पर ले चलो।" गाड़ीवान इसके लिए एकदम तैयार हो गया। उसने गाड़ी में बैठे अपने लड़के से कहा कि वह नीचे उतरकर पैदल चले, जिससे मार्गेय्या के लिए जगह हो जाए।

उसने पूछा, "लेकिन इधर तुम जा कहाँ रहे हो?"

मार्गेय्या ने कहा, "जब कोई कहीं जा रहा हो तो उससे कहाँ और क्यों नहीं पूछना चाहिए। इसका उलटा प्रभाव पड़ता है।" उसे लगा कि उसने पुजारी की तरह बात करना शुरू कर दिया है।

"ठीक है, स्वामी," किसान ने आज्ञा मानते हुए कहा। "ये सब बातें ज्ञानी लोगों से ही सीखने को मिलती हैं। नहीं तो हम क्या जानें!"

गाड़ी के पहिए खड़खड़ करते, पानी उछालते आगे बढ़ने लगे। मार्गेय्या ने सोचा कि लाल कमल प्राप्त करने के लिए कहीं उसे पैदल चलकर तो नहीं जाना चाहिए, नहीं तो फल नहीं प्राप्त होगा। इस तरह गाड़ी पर सवार होकर जाना गलत तो नहीं है? "इसमें शायद गलत कुछ नहीं है। नहीं तो पुजारी बता देता। जो हो, यह सवाल उठाना ही नहीं चाहिए। हो सकता है, गाड़ी भी भगवान ने भेजी है।"

वह चौराहे पर उतर गया और गाड़ी को अपने रास्ते पर जाते देखता रहा। थोड़ी देर में वह आँखों से ओझल हो गई। फिर वह बायीं तरफ मुड़ा और खेतों के बीच से होता चलने लगा। सूरज पश्चिम की दिशा में उतर रहा था। उसने ऊपर आसमान में देखा और कहा, "भगवान मेरी मदद करो–अगर अँधेरा हो गया तो मैं कमल नहीं ढूँढ पाऊँगा। फूल मिल भी गया तो मैं उसका रंग नहीं पहचान पाऊँगा, कि वह सफेद है, लाल है या काला। ऐसा हुआ तो दूसरे दिन फिर यही सफ़र करना पड़ेगा।" आधा मील चलकर वह एक बगीचे के पास आ पहुँचा, जो चारों तरफ काँटेदार पौधों से घिरा हुआ था। उनके ऊपर चलने से उसके पैरों में काँटे छिदने लगे और टाँगों में दर्द होने लगा। उसे डर भी लगा कि कहीं कोई साँप न निकल आए और उसे डँस ले।" यहाँ ज़रूर बहुत से साँप होंगे–यहीं से जिले भर में कोबरे सप्लाई किए जाते होंगे।" झाड़ियों के बीच उसे एक पतला सा रास्ता दिखाई दिया, जिसपर चलते हुए वह एक घने जंगल में आ पहुँचा, जहाँ ऊँचे-ऊँचे आम, नीम और न जाने किस-किस के पेड़ थे, और अँधेरा भी था। कहीं भी कोई दिखाई नहीं देता था। ऊपर पेड़ों की डालियों के बीच से ठंडी हवा डरावनी आवाज़ें करती बह रही थी। ज़मीन पर सूखी पत्तियों की काफी मोटी तह बिछी हुई थी, जिनपर उसके चलने से करड़-करड़ की आवाज़ हो रही थी। "ऐसी ही जगहों पर, पत्तियों के भीतर कोबरा साँप रहते हैं। चारों तरफ फूल भी जंगल की तरह उग रहे थे, तरह-तरह की बेलें चमेली की झाड़ियाँ, कँटीले लम्बे-ऊँचे एक-दूसरे में गुँथे पेड़। वह सोचता रहा, "किस बेवकूफ़ ने इसे यूँ बरबाद होने के लिए छोड़ दिया है–फल ही उगाए जाते तो हज़ारों रुपए की आमदनी होती।

वह तालाब तक पहुँच गया। उसके हरे रंग के पानी पर काई की एक परत जमी थी, थोड़ी-थोड़ी देर बाद या तो खुद-ब-खुद वह ऊपर उछलता, या कोई जानवर उसमें कूद-फाँद कर उसे उछालता, और सतह पर मच्छर तथा दूसरे कीड़ों के लारवा तैरते दिखाई देते थे। मार्गेय्या को अचानक बहुत अकेलापन महसूस होने लगा। तालाब की सीढ़ियाँ टूटी-फूटी और फिसलन भरी थीं; उसकी तरफ़ का आधा किनारा पानी में डूबा हुआ था। दूसरी तरफ एक छोटा-सा मंडप या, जिसकी दीवारें जाले और

धुएँ से काली पड़ गई थीं। एक कोने में तीन काले पत्थर पड़े थे जिनसे लगता था कि कुछ यात्री यहाँ कभी ठहरे थे—पिछले साल या एक सदी पहले, यह पता नहीं चलता था—जिन्होंने यहाँ आग जलाई थी। तालाब के बीच कमल के फूल—डूबते सूरज के रंग के लाल-लाल फूल-खिल रहे थे। उनकी पंखड़ियाँ अधमुंदी हो रही थी। मार्गैय्या सोचने लगा, ये हम से ज़्यादा समझते हैं कि सूरज डूब रहा है। फिसलन-भरी सीढ़ियों पर खड़े होकर वह देखने लगा कि इन तक कैसे पहुँचा जाए। उसे हरियाले पानी के भीतर से जाना पड़ेगा। यहाँ पानी एड़ियों तक पहुँच रहा था। 'क्या वह कपड़े उतार दे, तब आगे बढ़े? अगर मेरी धोती मैली हो गई, तो यह हरी हो जाएगी, और यह दाग़ हमेशा के लिए पड़ जाएँगे। इसे पहनकर घर लौटना भी मुश्किल हो जाएगा—राह चलते देखकर हँसेंगे। इसे उतार ही डाला जाए...आस-पास कोई भी नहीं।' दूसरे किनारे में मंडप के एक कोने में उसे कोई चीज़ हिलती दिखाई दी। उसने ध्यान से देखा और डर की एक सिहरन उसके बदन में दौड़ गई। 'कोई भूत होगा या पागल!' वह दो कदम पीछे हट गया और चिल्लाकर बोला, "कौन है यहाँ?" उसे किसी ने बताया था कि भूत हो तो आवाज़ सुनकर भाग जाता है। लेकिन जवाब आया, "मैं हूँ डॉ. पाल—पत्रकार, संवाददाता और लेखक।" मार्गैय्या ने देखा कि किसी आदमी के दाँत चमक रहे हैं।

"तुम इस उजाड़ जगह में क्या कर रहे हो?"

"यहाँ क्यों नहीं?" जवाब आया। आवाज़ कड़क और गूँजदार थी, यानी इस दुनिया का ही आदमी था।

"यहाँ क्यों नहीं से क्या मतलब?" मार्गैय्या ने पूछा।

"यानी कहीं और तो यहाँ क्यों नहीं?" यह कहकर वह आदमी बाहर आया। उसकी उम्र तीस के आसपास रही होगी, युवा चेहरा, तीन दिन की दाढ़ी, दुबला-लम्बा आदमी, पिचके हुए गाल, और कंधों तथा गर्दन तक लटकते हुए बाल। नीले रंग की निकर और टी-शर्ट पहने था। वह सीढ़ियों से नीचे उतरा तो मार्गैय्या ने कमल की तरफ इशारा करते हुए कहा, "तुम निकर पहने हो, मेरे लिए फूल ला दो।" आदमी ने सिर हिलाया, पानी में घुसा और कमल का फूल लाकर उसे दे दिया। मार्गैय्या कृतज्ञता से भर उठा। शाबाशी देते हुए बोला, "बहुत अच्छे आदमी हो तुम।... यहाँ अकेले कर क्या रहे हो?"

"काम कर रहा हूँ, और क्या," उसने कहा।

"अकेले?"

"हाँ, यहाँ तो अकेले ही कुछ होगा।" मार्गैया ने दूर तक फैले जंगल पर नज़र डाली और कहा, "हाँ, एक आदमी के लिए यहाँ बहुत कुछ है।"

वह हँसकर बोला, "मुझे बाग़ वगैरह से कुछ लेना-देना नहीं है। बड़ी शान्त

जगह है, इसलिए यहाँ आता हूँ। यहाँ कोई मुझे टोकने वाला नहीं है, कि निकल जाओ। अच्छा, बैठो–जगह अच्छी है, हालाँकि जंगल लगती है।''

मार्गेय्या ने हलका-सा विरोध किया, ''अँधेरा होने से पहले मुझे वापस लौटना है।''

''क्यों?''

''दूर जाना है...रास्ते में साँप होंगे–''

''एक भी नहीं है। बैठो, बैठ जाओ–,'' मार्गेय्या सीढ़ियों पर बैठ गया। वह भी उसके पास आ बैठा। पानी में एकाध लहर उठी और सीढ़ियों से टकराकर लौट गई। मंडप के ऊपर खड़े पेड़ सरसरा रहे थे। पश्चिम से चमकता सूरज सारे वातावरण को जगमगा रहा था।

मार्गेय्या ने कमल को सावधानी से अपने सामने उठाया और देखा। दूसरे ने कहा, ''यहाँ कमल के लिए अक्सर लोग आते हैं।'' मार्गेय्या सोचने लगा कि कहीं वह इस काम के पैसे न माँग बैठे। यह तो ठीक नहीं होगा। उसका दिमाग़ इस विचार से दूर रखने के लिए मार्गेय्या उससे पूछ बैठा, ''इस जगह से तुम्हारा कोई रिश्ता है क्या?''

उसने एकदम जवाब दिया, ''वही जो तुम्हारा है।...जैसा मैंने कहा कि यहाँ मैं इसलिए आता हूँ क्योंकि कोई इसकी परवाह नहीं करता। मुझे भी इसका अचानक ही पता चला। मैं जगह-जगह घूमता रहता हूँ न–मेरा धंधा ही है यह–''

''तुम्हारा धंधा क्या है?''

''मैं पत्रकार हूँ। मद्रास से छपने वाले 'सिलवर वे' अखबार का मैं इन सब जिलों में संवाददाता हूँ।''

''तमिल का अखबार है?''

''हाँ, हाँ तमिल का यह सबसे ज़्यादा बिकने वाला अखबार है। श्रीलंका और दक्षिण अफ्रीका तक पहुँचता है। मैं इन जिलों की खबरें इसके लिए भेजता हूँ और फालतू वक्त में अपनी किताबें लिखता हूँ।''

मार्गेय्या ने आँखें फाड़कर कहा, ''किताबें भी लिखते हो?''

''हाँ, हाँ, फालतू वक्त में–हालाँकि संवाददाता का काम करके बहुत कम वक्त मिल पाता है। सारा दिन मैं अपनी साइकिल पर कोर्ट-कचहरियों, दफ्तरों और मीटिंगों में चक्कर लगाता हूँ और समाचार इकट्ठे करता हूँ। वक्त ही नहीं बचता। इसलिए मैं यहाँ आता हूँ कि बिना किसी बाधा के काम कर सकूँ।'' मार्गेय्या बहुत प्रभावित हुआ। वह अखबार वालों को बहुत महत्त्वपूर्ण व्यक्ति समझता था। ''तुमने कितनी किताबें लिखी हैं?''

''चार।'' उसने उत्तर दिया और माथे से हाथ लगाकर कहा, ''तीन यहाँ हैं।...कागज़ पर एक ही उतरी है।''

"क्या है यह? कोई कहानी?"

"कहानी नहीं, उससे भी ज़्यादा महत्त्वपूर्ण।"

"अच्छा," यह कहकर मार्गेय्या चुप हो गया, उसने सोचा कि जिस विषय में उसका दखल ही नहीं है, उसके बारे में ज़्यादा पूछताछ करना गलत होगा। किताबें और लिखना-पढ़ना उसके लिए नहीं है, वह तो बिज़नेसमैन है। वह उठने लगा। "देर हो रही है।"

"मैं तुम्हारे साथ सड़क तक चलूँगा।" वह उसके साथ तालाब के दूसरे किनारे तक गया। यहाँ पानी पर कई कमल के फूल तैर रहे थे, उनकी पंखड़ियाँ भी बन्द हो रही थीं। वह सोचने लगा, "अब ठीक है। अगर सेर भर पेस्ट भी बनाना पड़ा तो फूलों की कमी नहीं पड़ेगी। अब मुझे धुएँ के रंग की गाय ढूँढनी है। "ऐसी गाय कहाँ मिलेगी?" अचानक उसे ख्याल आया कि यह पत्रकार इस काम में उसकी मदद कर सकता है। दोनों घास के रास्ते पर चुपचाप चलते रहे। फिर अचानक वह पूछ बैठा, "तुमने धुएँ के रंग की गाय देखी है?"

पत्रकार चलता-चलता रुक गया, बोला, "कहाँ?"

"कहीं भी...मेरा मतलब है...तुम्हें पता है कि धुएँ के रंग की गाय कहाँ मिल सकती है?"

"क्यों?"

मार्गेय्या चुप हो गया...क्या जवाब दे...हकलाते हुए बोला, "मुझे उसका दूध चाहिए। कुछ खास काम है–एक दवा बनानी है।"

उसने मार्गेय्या पर गहरी नज़र डाली और पूछने लगा, "तुम आयुर्वेद के वैद्य हो या वशीकरण की गोलियाँ बनाते हो?...लाल फूल वगैरह से ताकत या नामर्दी को दूर करने वाली दवाएँ बनाते हो? मैंने देखा है कि ऐसे लोग यहाँ ऐसी जड़ी-बूटियों और फल-फूलों की तलाश में अक्सर आते हैं।" मार्गेय्या को लगा कि चूँकि उसके पास कोई साफ़-सुथरा जवाब नहीं है, न वह अपने काम को कोई इज़्ज़त वाला नाम दे सकता है, इसलिए यह आदमी उसे कोई सही बात बताने से कतरा सकता है। इसलिए उसने हँसना शुरू कर दिया। पत्रकार ने अपनी बात पूरी की, "लेकिन मेरा ख्याल है कि गाय का रंग चाहे जैसा हो, उसका दूध सफ़ेद ही होना चाहिए।"

मार्गेय्या ने उसके इस वक्तव्य का समर्थन किया, एक बार फिर हँसा और बात बदलने के उद्देश्य से पूछा, "तुमने किस विषय पर किताबें लिखी हैं?"

"समाज शास्त्र पर," उसने उत्तर दिया।

"अच्छा! मैं समझ रहा हूँ," उसने जितनी सम्भव थी, गम्भीरता दिखाते हुए कहा, हालाँकि यह शब्द उसके ज़रा भी पल्ले नहीं पड़ा, कि इसका क्या मतलब होता है। पहले तो उसने पूछना चाहा कि "इसका क्या मतलब है?" लेकिन इससे उसका

अज्ञान ही प्रकट होता, इसलिए उसने सिर हिलाकर चुप हो जाना ही ठीक समझा। लेकिन दूसरे ने प्रश्न किया, "मेरा ख्याल है तुम जानते होंगे कि समाज-शास्त्र क्या होता है।" यह तो गलत रास्ते पर जा रहा है।

"हाँ, जानता हूँ, मोटे तौर पर। लेकिन मैं बिज़नेसमैन हूँ। तुम जानते ही होंगे कि बिज़नेस करने वालों को किताबों वगैरह की फुरसत ही नहीं होती।"

डॉ. पाल उसकी बात समझा या नहीं कहा नहीं जा सकता, लेकिन उसने कहना जारी रखा, "इस विषय की हमारे देश में बड़ी उपेक्षा होती है—खास तौर से हमारी भाषाओं में, मातृभाषा में। अंग्रेज़ी में तो हर चीज़ है, लेकिन मातृभाषा में कुछ भी नहीं। हज़ारों लोग जो और कोई भाषा नहीं जानते, इस विषय के लिए क्या करेंगे?"

"हाँ, बहुत मुश्किल है यह," मार्गेय्या फ़ौरन उससे सहमत हो गया। अब वे एक घास-फूस की झोपड़ी के पास तक आ पहुँचे थे। डॉ. पाल बोला, "ज़रा देर के लिए मेरे घर में आओ...देखो, मैं यहाँ क्या लिखता-पढ़ता हूँ।"

मार्गेय्या चौंका लेकिन "अँधेरा हो जाएगा" कहकर चलने की ज़िद करता रहा।

"मैं तुम्हें सही-सलामत छोड़ आऊँगा," दूसरे ने कहा। "डरने की ज़रूरत नहीं है, यहाँ एक भी साँप नहीं है।" उसने धक्का देकर दरवाज़ा खोल दिया। भीतर ज़मीन पर एक चटाई पड़ी थी, जिस पर एक चिकटा-सा तकिया रखा था। ज़रा दूर एक-टिन का बक्सा रखा था, उस पर बहुत से कागज़ और एक कलम-दवात पड़ी थी। उसी पर एक छोटा-सा दिया भी रखा था। डॉ. पाल ने तकिया धकेल कर कहा, "यहाँ आराम से बैठो। फरनीचर तो नहीं है...लेकिन जगह शान्त और आरामदेह है।"

मार्गेय्या सँभलकर बैठ गया, फूल को इस तरह पकड़े रहा कि कहीं वह टूट न जाए। झोपड़ी में घास की बू आ रही थी, जो ज़मीन पर चारों तरफ बिखरी पड़ी थी।

"मैं लिखने का सारा काम यहीं करता हूँ। शहर में दिन भर घूम-फिर कर शाम को यहाँ आ जाता हूँ। रात भर चटाई पर बैठा लिखता रहता हूँ—सवेरा होते ही तालाब पर चला जाता हूँ, मंडप में ध्यान लगाकर बैठता हूँ—यहाँ मुझे बड़ी प्रेरणा मिलती है।" मार्गेय्या सचमुच इससे बड़ा प्रभावित लगा। उसने कागज़ों की तरफ इशारा करके पूछा, "यह तुम्हारी किताब लगती है? इसे तुम छपने भेजोगे?"

"उम्मीद तो है," उसने उत्तर दिया। फिर पांडुलिपि से दिखने वाले कागज़ उठाकर उसे पकड़ा दिए। मार्गेय्या ने इज़्ज़त दिखाते हुए उसे थाम लिया। जिल्द भूरे रंग की थी। फिर आखिरी पन्ना पलटा और उसपर लिखी संख्या पर नज़र डाली। "अच्छा, डेढ़ सौ पन्ने की लिखी है?"

"हाँ, इसे मैं छोटी ही बनाना चाहता हूँ जिससे हर कोई खरीद कर पढ़ सके।" मार्गेय्या ने शुरू के पन्ने खोले, तो उनमें से एक पर लिखा था, 'चुम्बन का दर्शन और कला।"

"अच्छा! चुम्बन! तुमने चुम्बन पर लिखा है।"

"हाँ, क्योंकि यह महत्त्वपूर्ण विषय है।"

"चुम्बन किसके–बच्चों के...या..."

"नहीं...इसमें बच्चों की चर्चा बिलकुल नहीं है।" मार्गेय्या को अब इसमें रुचि पैदा हुई और उसने अध्याय पलटने शुरू किए। एक पर लिखा था, "आलिंगन करने के मूल सिद्धान्त।" उसने इसका पहला वाक्य पढ़ा : "पुरुष स्त्री का आलिंगन करता है, और स्त्री पुरुष का आलिंगन करती है।" उसे यह बड़ी महत्त्वपूर्ण बात लगी। सारे पन्ने पलटकर किताब का नाम देखा : "बिस्तर की ज़िन्दगी, अर्थात् सुखी विवाह का विज्ञान।"

"यह क्या हुआ?" मार्गेय्या ने पूछा, "तुमने तो कहा कि यह समाज..."

"समाज-शास्त्र। हाँ, यह समाज-शास्त्र की एक शाखा है। मैंने कई साल तक इसका गहराई से अध्ययन किया है। हज़ार साल पहले वात्स्यायन जी ने "कामसूत्र" लिखा था, यानी प्रेम करने का विज्ञान। मैंने उसी के आधार पर यह किताब लिखी है, साथ ही आज के जमाने के हैवलाक, एलिस और दूसरे लोगों की रिसर्च को भी इसमें शामिल किया है। हर आदमी और औरत को इसका सही-सही ज्ञान होना चाहिए। अगर लोग इसे समझकर वैज्ञानिक ढंग से सब कार्य करें तो दुनिया में सुख बढ़ जाएगा।"

"लेकिन इसका विषय तो कुछ और है...यानी...यानी...," मार्गेय्या को सही शब्द नहीं मिल रहा था, या उसे शर्म महसूस हो रही थी। उसका मन हुआ कि पूरी किताब पढ़ डाले लेकिन यह सोचकर उसे बन्द करके रख दिया, कि पता नहीं यह मेरे बारे में क्या सोचेगा।

लेकिन डॉ. पाल ने कहा, "चाहो तो पढ़ो।"

फिर भी उसने अपने ऊपर काबू बनाए रखा, कि इसका अच्छा प्रभाव पड़ेगा।

"इसमें जानने लायक हर बात को बहुत समझाकर लिख दिया गया है," डॉ. पाल कहता रहा। वह बोला, "मैं इसमें कुछ तस्वीरें भी डालना चाहता हूँ। कोई आर्टिस्ट तुम्हारी पहचान का हो..."

"अच्छा, इसकी तस्वीरें भी बनवाओगे?" मार्गेय्या ताज्जुब से बोला।

"हाँ, हाँ, क्यों नहीं? सही व्यावहारिक जानकारी के लिए ज़रूरी हैं।...मैं इसे ऐसी किताब बनाना चाहता हूँ कि विवाहित जोड़ों को पहले दिन से ही सब ज्ञान हो जाए। मेरा उद्देश्य दुनिया में सुख फैलाना है।"

"तुम शादी शुदा हो?" मार्गेय्या ने अचानक पूछा, वह सही विषय पर आना चाहता था।

"हाँ...नहीं तो यह सब कैसे लिखता?"

''लेकिन...लेकिन...यहाँ तो तुम अकेले हो,'' मार्गेय्या ने चारों तरफ नज़र डाली।

''हाँ...यह अफसोस की बात है,'' उसे देखकर लगा जैसे किसी याद का मातम कर रहा हो। मार्गेय्या की उत्सुकता जाग उठी। ''वह कहाँ है?'' उसने सीधा सवाल किया।

''ऊपर वाला जाने,'' वह बोला। ''मुझे उसे छोड़ना पड़ा—''

''क्यों? क्यों?'' मार्गेय्या ने पूछा। ''यह कैसे अफसोस की बात है!'' वह चुप हो गया।

दूसरा बोला, ''वह असम्भव औरत थी...भयंकर औरत जो हर राह चलते को इशारे करती थी। उसके स्वभाव में थे अनेक मर्द।'' मार्गेय्या उसके इतना खुलकर बोलने से दंग रह गया। यह देखकर दूसरा हँसा, ''तुम कैसे डर गए यह सुनकर! लेकिन डरो मत, अभी मेरी शादी नहीं हुई है। तुम शायद यह सोच रहे होंगे कि मेरी तरह का आदमी इन बातों पर किताब कैसे लिख सकता है। जिसकी शादी इतनी असफल हो गई हो वह कैसे सुखी दाम्पत्य के रहस्य बता सकता है? यही नहीं सोच रहे थे क्या?''

''तुमने कैसे जाना यह?'' मार्गेय्या ने कहा। उसके दिमाग़ में क्या चल रहा है, यह हर आदमी कैसे जान लेता था—उसे अपने लिए यह बड़ी खतरनाक बात लगती थी। दूसरे ने फिर भरोसा दिलाया, ''मेरी शादी सचमुच नहीं हुई है।'' फिर बोला, ''लेकिन मैंने तुम्हारे सामने एक यह नमूना भर रखा है, गलत शादी वाले लोगों का।''

''ठीक कहा, ठीक कहा,'' मार्गेय्या ने सहमति जताई।

''यह किताब पढ़ने से त्रासदियों में कमी आएगी,'' डॉ. पाल ने आखिरी बात कही।

अगले कई दिन मार्गेय्या बाहरी दुनिया से बिलकुल कटा रहा। कमरे में बैठा वह यह मन्त्र जपता रहा :

या देवी सर्वभूतेषु...

उसे यह मन्त्र हर दिन लक्ष्मी जी की मूर्ति के सामने बैठकर एक हज़ार बार जपना होता था। वह लाल सिल्क की धोती पहनता और माथे तथा पूरे शरीर पर भभूत लगाता। उसके अपने गले से जो आवाज़ निकलती, और जिसमें उसके बेटे की 'अप्पा' 'अप्पा' की पुकार भी शामिल हो जाती, उसकी गूँज सारी सड़क पर इस तरह फैलती कि उसमें फल-सब्ज़ी बेचने वालों की आवाज़ें भी सुनाई देना बन्द हो जाती थीं।

ज़रा-सी खुली खिड़की में से रोशनी की दो-चार किरणें भीतर आती रहतीं। कमरे में कपूर धूप, चन्दन और चमेली के फूलों की मिली-जुली गन्ध बसी रहती, जिससे मार्गैय्या को स्फूर्ति प्राप्त होती रहती थी। कमर में लिपटी लाल सिल्क की धोती उसमें एक अद्‌भुत पवित्रता का भाव उत्पन्न कर देती थी। उसे अच्छा लगता कि पत्नी इन दिनों उसकी हर बात मानने लगी थी। वह पाँच बजे सवेरे उठकर गुड़ डालकर मीठा भात पकाती, जो देवी को खिलाया जाता था। आँखें बन्द करके बैठा मार्गैय्या सोचता रहता, "मैंने पूजा की मुश्किल चीज़ें भी मेहनत करके प्राप्त कर ली हैं–लाल रंग के कमल को जलाकर बनाई लुगदी, धुएँ के रंग वाली गाय के दूध का मक्खन--दरअसल जब देवी किसी को कुछ देना चाहती है तो वह ज़रूरी चीजें भी दिला देती है–नहीं तो किसे पता था कि उस जंगल में वह बगीचा है–

इसके बाद उसके मन में डॉ. पाल की किताब का विचार आया–इससे उसके शरीर में एक अपवित्र सी फुरती जाग उठी। उसे लगा कि अब इस विचार से उसका मन अलग नहीं होगा। अब यह चित्र भी बनवाना चाहता है–कैसा शैतान है यह आदमी! यह तो बहुत गन्दी बात होगी–और डॉ. पाल को इस विषय में इतनी रुचि क्यों है? बहुत लम्पट होना चाहिए इसे--शादी किए बिना कोई आदमी यह सब कैसे लिख सकता है?...किताब के कुछ अध्यायों के नाम उसे याद आने लगे। तभी उसे यह सोचकर धक्का लगा कि पूजा करते समय उसे ये विचार क्यों आए जा रहे हैं? उसने एकदम दिमाग़ पर लगाम लगाई और मन्त्र पर ध्यान जमाया–पुजारी ने कहा था कि जप करते समय मन्त्र के अर्थ पर विचार करता रहे। अब उसने ज़ोर-ज़ोर से बोलना शुरू किया : "या देवी...।" अब उसका इस पूजा के परिणामों पर ध्यान जाना शुरू हो गया–चालीस दिन के जाप के बाद उसे मिलेगा क्या? वह भविष्य की कल्पना करने लगा–धन उसके पास आना शुरू हो जाएगा। फिर पैसा हाथ में आने के बाद क्या वह पड़ोस में रह रहे अपने भाई का घर खरीदने में सफल हो सकेगा? वह उसे अच्छी रकम देकर लुभाने की कोशिश करेगा। उसने महसूस किया कि यह उसके जीवन की सबसे महत्त्वपूर्ण उपलब्धि होगी। अगर उसने अपने भाई को अपने सामने झुकाने पर मजबूर कर दिया तो यह उसकी बड़ी विजय होगी–इसने उसके साथ हमेशा धोखा किया है। तब वह बीच की दीवार तुड़वाकर उसे भी अपने घर का हिस्सा बना लेगा।

उसे एक हज़ार बार पूरे मन्त्र का जाप करने में हर रोज़ आठ घंटे लगते थे। फिर वह काले रंग का टीका माथे पर लगाता, कपूर जलाता, और बीवी-बच्चे को बुलाकर उन पर पवित्र जल का छिड़काव करता। मन्त्र बोलते-बोलते उसके जबड़ों में दर्द होने लगा था और ज़बान सूख गई थी–भूख के कारण उसे कमजोरी महसूस होने लगती थी, लेकिन मन्त्र जाप करते हुए उपवास करना आवश्यक था।

चालीस दिन तक वह पूजा करता रहा। अन्त में जब वह कमरे से बाहर निकला तो उसके छोटी-सी दाढ़ी और मूँछ निकल आई थी और गर्दन के बाल भी काफ़ी बढ़ गए थे। पूजा के दौरान बाल न काटने का विधान् था। उसका चेहरा कमज़ोर पड़ गया था, आवाज़ ढीली पड़ गई थी। जो भी बात वह कहता, उसके बीच-बीच या देवी...वगैरह मन्त्र के शब्द अपने आप आते चले जाते थे। वह सालाना इम्तहान देकर वापस लौटे स्कूली लड़के की तरह लगता था, जो इस संकट से मुक्त होकर बाहर तो निकल आया हो पर शरीर तो एकदम लटक गया था, लेकिन आँखों में विजय की रोशनी चमक रही हो। मार्गेय्या का वज़न दस पौंड घट गया था, और कमर तथा गालों से लटकता माँस गायब हो गया था।

2

अब दाढ़ी बनाकर जब वह घर से बाहर निकला, तो पहले से ज़्यादा युवा दिखाई दे रहा था। ठोढ़ी चमक रही थी और मूँछें तराशी जाकर बहुत अच्छी लगने लगी थीं। अब जब वह साफ-सुथरे कपड़े पहनकर सड़क पर बाहर निकला, तो लोग रुक कर पूछने लगे, "अरे मार्गेय्या, इतने दिन कहाँ थे? दिखाई नहीं दिए।" उसके पास इसका कोई जवाब नहीं था, इसलिए उसने कहा, "यहीं था। हमेशा। और कहाँ जाऊँगा मैं?"

"लेकिन तुम न अपनी हमेशा की जगह दिखाई दिए और न कहीं और।"

"हमेशा की जगह? अच्छा, वहाँ। वह तो मेरा दूसरा काम था, जिसे मैं वक्त काटने के लिए करता था। इन दिनों में कुछ नई योजनाओं में व्यस्त था," उसने शान दिखाते हुए कहा।

जब उसने अपना पिछला कार्य बन्द किया था, तब उसके पास दो सौ रुपए थे–जिसमें से साठ रुपए पिछले दिनों में घर चलाने में खर्च हो गए थे। चालीस दिन की पूजा में हर रोज़ उसके दो रुपए फल-फूल तथा दूसरी चीज़ों में ही खर्च हो जाते थे, फिर आखिरी दिन उसे दावत देनी पड़ी थी और चार ब्राह्मणों को भोजन कराना पड़ा था, जिसके बाद हरेक को पान की पत्ती में रखकर एक-एक रुपया दक्षिणा भी देनी पड़ी थी। इस तरह कुल मिलाकर इसमें भी सौ रुपए खर्च हो गए थे। यह खर्च उसे खटकने लगा था, लेकिन उसने अपने को समझाया, "यह सोचना ठीक नहीं है। इतनी बड़ी देवी की कृपा क्या मुफ़्त में मिल सकती है?" उसने जानवर की खाल पर जादुई अक्षर लिखकर अपने जनेऊ में लटका लिया था। अब वह जानना चाहता था कि इसका परिणाम कब उसे मिलना शुरू होगा, और आसमान से धन की उसके घर में वर्षा होने लगेगी। वह चाहता था कि इस प्रश्न का उत्तर उसे जल्दी से जल्दी मिल जाए।

दिन बीत रहे थे और कुछ नहीं हो रहा था, इसलिए उसने पुजारी से मिलने

की कोशिश की। लेकिन पुजारी अब उससे मिलने से कतरा रहा था। एक दिन तो मार्गय्या यह सोचने लगा कि पुजारी ने उसके साथ चाल तो नहीं चली है। यह सच हुआ तो क्या होगा? पुजारी लोग कुछ भी कर सकते हैं। इस आदमी ने अब तक जो भी कहा था, उसके शब्द सच होते लग रहे थे। इसीलिए वह उससे बच रहा था।

कई दिन बीत गए और उसका सन्देह पुष्ट हो गया। जीवन की उसकी सब योजनाएँ खत्म हो गई थीं। उसकी जेब रोज़ खाली होती जा रही थी। वक्त बिताना मुश्किल होने लगा था। सवेरे से रात होने तक वह सोचता रहता था कि उसे क्या करना चाहिए। घर पर रहता तो पत्नी से उसका झगड़ा होता रहता, क्योंकि बच्चा इतना ज़्यादा उपद्रवी था कि उसे ठीक करने के लिए किसी न किसी को उसे धमकाना ही पड़ता था, और जो भी उसे एकाध थप्पड़ लगाता, उसका दूसरा तत्काल विरोध करने लगता था। इसके अलावा भी पति-पत्नी के बीच दूसरी बातों को लेकर झगड़े होने लगे थे। यह काम दोनों को फुस-फुसाकर करना पड़ता था, क्योंकि जोर से बोलने पर पड़ोसियों को उनकी खबर मिल सकती थी। मार्गय्या भुन्न होकर देवी की प्रतिमा के सामने बैठा रहता और कहता, ''तुमने मेरा एक-एक पैसा खर्च करवा लिया। लेकिन बदले में मुझे क्या दिया? पुजारी ने मुझे बेवकूफ बना दिया।'' इस विचार से उसे बड़ा गुस्सा आने लगता। ''अगर उसने मुझे बेवकूफ बनाया है तो भगवान उसकी रक्षा करे। मैं उसका गला दबा दूँगा।''

तौलिया बिछाए फर्श पर लेटा वह यही सब सोच रहा था। उस छोटे से घर में एक आदमी हर वक्त कमरे पर कब्ज़ा किए रहे, तो कई और समस्याएँ पैदा होती थीं। हर रोज़ मार्गय्या की पत्नी से मिलने कई लोग आया करते थे। बैंगन बेचने वाली तो अपनी डलिया लिए बड़ा कमरा पार करके सीधी पीछे वाले आँगन में चली आती थी और यहीं आराम से बैठकर अपनी बिक्री करती थी; दूसरी औरत भी चौका-बर्तन और झाड़ू-पोंछा करने वाली जो रोज़ पूरा घंटा घर में रहती थी; एक मोटी सी औरत, वकील की बीवी, हर शाम गपशप करने आती थी; और दिन में कई स्कूल के बच्चे भी पानी पीने आते रहते थे। मार्गय्या जब इस छोटे से कमरे में आराम से लेटने की कोशिश करता, तभी कोई न कोई वहाँ आ धमकता और उसे या तो पैर सीने से सटा कर नहीं तो उठकर उसे रास्ता देना होता और वह सब जगह पार करके घर की मालकिन तक पहुँच पाता था। वे मार्गय्या की बीवी से अक्सर यह प्रश्न भी करते, ''तुम्हारे पति अब कहीं काम पर नहीं जाते।'' पत्नी जो भी उसकी समझ में आता, जवाब दे देती, लेकिन बाद में वह मार्गय्या से पूछती, ''आजकल तुम्हें क्या हो गया है, यहीं पड़े रहते हो...''

''कहाँ जाऊँ मैं?''

“अरे, और लोगों की तरह काम की तलाश में जाओ और कुछ कमा कर लाओ।”

“पैसा कोई कंकड़-पत्थर तो नहीं है, जो रास्ते में पड़ा मिल जाए।”

“अच्छा, यह बात है? मुझे तो पता ही नहीं था। मैं तो यही समझती थी कि सड़कों पर पड़ा रहता है।”

इस तरह दोनों की नोंक-झोंक चलती रहती। इस तरह न पत्नी को पता था कि पति को क्या करने के लिए कहना चाहिए, न पति को कि उसे बाहर निकलकर क्या करना चाहिए। लेकिन उसने घर से निकलना शुरू कर दिया। पहले तो उसके कदम को-ऑपरेटिव बैंक की ही तरफ अपने आप मुड़ जाते। लेकिन अब यह साफ़ हो गया था कि वहाँ उसका काम खत्म हो गया है। उसके पुराने ग्राहक अब उससे दूर रहने की कोशिश करते क्योंकि उन पर मार्गेय्या का पैसा बकाया था। उसे बात करने के लिए भी कोई नहीं मिलता था। वह भटकी हुई आत्मा की तरह शहर में घूमता रहता, कभी-कभी कोई उससे बात करने लगता, लेकिन ज़्यादातर उस पर ध्यान नहीं देते थे। वह मार्केट रोड से चश्मे वाले से डर की वजह से नहीं गुज़र सकता था...इसलिए कुछ दिन इस तरह घूमने-फिरने के बाद उसने फिर घर में पड़े रहना ही शुरू कर दिया। इससे उसके बेटे को ही खुशी होती थी, और किसी को नहीं। दूसरे घर के लोग कहते, “इसे इन दिनों क्या हो गया है? कभी बाहर नहीं निकलता। क्या कर्ज़े से दब गया है?” पहले इन्हें आश्चर्य होता था कि इसके घर से धूप की इतनी ज़्यादा खुशबू क्यों आने लगी है? “हो सकता है, कुछ चक्कर चला रहे हों! किसी पर जादू-टोना कर रहे हों, उसका विनाश करने के लिए! इनसे बचकर ही रहना चाहिए?”

महीना खत्म होने को आया और मार्गेय्या को रसोई के लिए दाल-चावल खरीदना था—और उसके पास पूरे रुपए नहीं थे। उनको घी की कटौती भी करनी पड़ी। बीवी ने कहा, “मेरी ऐसी हालत कभी नहीं हुई!” बालू बार-बार परेशान करता, “मुझे घी चाहिए।”

“बेटा, घी नहीं है। तुम्हें इसके बिना ही खाना पड़ेगा,” मार्गेय्या ने समझाया।

“तो मैं नहीं खाऊँगा,” यह कहकर बच्चे ने चावल फेंक दिए और उठ खड़ा हुआ।

“तुम्हें जो मिलता है, उसी से संतोष करना सीखना चाहिए,” मार्गेय्या ने बेवकूफी से कहा।

“नहीं, मैं नहीं खाऊँगा। मुझे घी चाहिए,” यह कहकर उसने प्लेट में लात मारी।

"तुम प्लेट इस तरह फेंकोगे, तो मैं तुम्हारी पिटाई करूँगा," मार्गेय्या ने चिल्लाकर कहा, "तो बेटे ने रोना शुरू कर दिया और माँ से जाकर लिपट गया। माँ भी रोने लगी, क्योंकि उसे गोरा कुम्हार की कहानी याद आ गई जो विष्णु भगवान का भक्त था, और अपने परिवार की परवाह नहीं करता था। खाने के समय उसने भी घी की माँग की और न मिलने पर बालू की ही तरह बिना खाए ही उठ गया। माँ पड़ोस के घर से उसके लिए घी लाने गई और बच्चे को पिता की देखरेख में छोड़ गई—जो गीली मिट्टी को पैरों से रौंद-रौंद कर मुलायम करने में लगा था। पत्नी के जाने के बाद अचानक उस पर भक्ति का ज्वार चढ़ा और वह नाच-नाच कर मिट्टी रौंदने लगा। फिर माँ जब घी लेकर आई तो उसने देखा कि उसका बेटा भी पिस-पिसकर मिट्टी में मिल गया है। मार्गेय्या की बीवी ने यह कहानी बचपन में एक नाटक के खेल में देखी थी। इसलिए अब उसकी आँखों में आँसू भर आए, और मार्गेय्या भी यह देखकर दुखी हो उठा। उसने चुपचाप खाना खाया और बाहर चला गया।

उसने पुजारी को ढूँढ निकालने का फैसला किया। "अब मैं चुप नहीं रह सकता। उसे बताना पड़ेगा कि क्या बात है—मैं उसे आसानी से नहीं छोडूँगा।"

उस रात मार्गेय्या ने पुजारी को ढूँढ ही निकाला। वह काफी देर से शाम को पूजा करने के बहाने मन्दिर गया, और भीड़ छँट जाने तक इन्तज़ार करता रहा। फिर उसे मन्दिर के गर्भग्रह से पुजारी की आवाज़ सुनाई दी। जब वहाँ कोई नहीं रहा तब उसने भीतर झाँका। वहाँ एक नया आदमी दिखाई दिया।

मार्गेय्या ने पूछा, "वे कहाँ हैं?"

"कौन?"

"दूसरे पुजारी—"

"क्यों?"

मार्गेय्या को उसके इस रुख से चिढ़ हुई। ये पुजारी ऐसा व्यवहार क्यों करते हैं? लेकिन ये लोग भगवान जी के पास होते हैं, इसलिए उसने तीखा बोलना ठीक नहीं समझा। उसने अपनी भावनाओं पर नियन्त्रण किया और बोला, "मुझे उनसे कुछ काम है?"

"क्या काम है?" वह मूर्ति पर फूल डालता रहा और मार्गेय्या को मुड़कर भी नहीं देखा। "यह आदमी अपने को भगवान ही समझ रहा है," मार्गेय्या ने सोचा। इसीलिए उसका व्यवहार इतना रूखा है।

हो सकता है, उसने इससे कह रखा हो, "मार्गेय्या मेरी तलाश में आएगा। आए, तो उसे अपने से दूर रखना और उससे अच्छी तरह पेश मत आना।" अपनी

रुग्ण कल्पना के कारण उसे और कुछ सुझाई ही नहीं दे रहा था। मार्गेय्या ने कुछ कहने के लिए अपने ओंठ खोले, लेकिन तभी कुछ भक्त नारियल और धूप लेकर आ गए और पुजारी उनके साथ व्यस्त हो गया। अपने प्रति पुजारी के व्यवहार से मार्गेय्या को दुख हुआ। अब उसे विश्वास हो गया कि "इसे मेरी उपेक्षा करने का आदेश दिया गया है...देखो, इनके साथ कैसे मीठा बोल रहा है?" इसकी वजह यह है कि इनसे उसे पैसे मिल सकते हैं। पैसा ही सब कुछ है, उसी से आदमी की इज़्ज़त होती है...। यह तो को-ऑपरेटिव बैंक के सेक्रेटरी की तरह मुझसे व्यवहार कर रहा है!" उसके दिमाग़ में अपने दुश्मनों की सूची बनने लगी : सेक्रेटरी, अरुल दौस, यह आदमी, और वह धोबिन जिसने उस दिन गटर में अपनी कितबिया गिर जाने पर उसे बुरा-भला कहा था। यह दुनिया उसे इतनी अनोखी और भयंकर दिखाई देने लगी, कि वह इसमें किस तरह ज़िन्दा रह रहा है, यह वह सोचने लगा।

पुजारी अपने हाथ में एक थाली लेकर आया, जिसमें कपूर जल रहा था। मार्गेय्या ने देखा कि यह बिलकुल लड़का था। लोग धुएँ से हाथ लगाकर थाली में पैसे डालने लगे। पुजारी मार्गेय्या के सामने आकर रुका, तो उसने मुँह फेर लिया। "मैं इन सब पर बहुत खर्च कर चुका हूँ...," उसने सोचा। पुजारी ने उस पर एक जलती नज़र डाली और भीतर चला गया। भक्त लोग भी चले गए। पुजारी मूर्ति के सामने बैठकर कुछ मन्त्र पढ़ने लगा। मार्गेय्या चौखट पर खड़ा था। पुजारी बोला, "आप किसका इन्तज़ार कर रहे हैं?"

"मैं इन्तज़ार कर रहा हूँ कि आप बाहर पधारें और मेरे सवाल का जवाब दें।"

"मैं ज्योतिषी हूँ क्या? क्या है आपका सवाल?"

मार्गेय्या ने सोचा, "यह कल का छोकरा जान-बूझकर ऐसा व्यवहार कर रहा है...उसे यह सिखाया गया है।" उसका गुस्सा बढ़ने लगा। उसने तुरशी से कहा, "ए लड़के, तुझे ऐसा व्यवहार करने के लिए किसने कहा है?"

लड़का क्षण भर के लिए स्तब्ध रह गया, फिर ज़ोर-ज़ोर से मन्त्र पढ़ने लगा।

मार्गेय्या चीखा, "यह नाटक बन्द कर, पहले मेरी बात का जवाब दे। बड़ा भगत बन रहा है!"

"तुम भगवान की पूजा में बाधा डाल रहे हो! कौन हो तुम?"

"तेरे जैसे छोकरे को फालतू सवाल नहीं पूछना चाहिए। अपने सवाल करने से पहले मेरे सवाल का जवाब दे...।"

लड़के ने पूछा, "क्या चाहते हो तुम?"

"मैं जानना चाहता हूँ कि बूढ़ा पुजारी कहाँ गया है। सही जवाब दे, यह मत कहना कि क्यों पूछ रहे हो।"

“वह तीर्थ यात्रा पर गया है।”

“कब गया?”

“महीने भर पहले।”

“कब आएगा?”

“मुझे नहीं पता।”

“कहाँ गया है?”

“बनारस—वहाँ से वह गंगा जी के किनारे-किनारे पैदल चलकर उसके मुहाने तक जाएगा।”

“यह सब वह क्यों कर रहा है?”

“मुझे नहीं पता। यह मैं कैसे कह सकता हूँ!”

मार्गेय्या का क्रोध बढ़ रहा था। वह बिना एक शब्द कहे मन्दिर से बाहर निकल आया। उसे लग रहा था कि उसे धोखा दिया गया है। पुजारी ने उसे बेवकूफ बनाया है और ऊटपटाँग पूजा-पाठ पर मेरा इतना पैसा नष्ट करवा दिया है। “बनारस! गंगा जी! हिमालय!...मैं उसे कैसे पकड़ूँ?” उसकी इच्छा हुई कि हिमालय जाकर उसकी तलाश करे। क्षण भर के लिए उसने सोचा कि वहाँ इस बूढ़े के साथ कुछ भी हो सकता है। वह गंगा जी में डूब सकता है, रास्ते में लू लगने से मर सकता है, या पहाड़ की बर्फ़ में दब सकता है।

दूसरे दिन मार्गेय्या सारे शहर में किसी नए विचार की तलाश में भटकता रहा। वह सवेरे उठा तो सोचने लगा कि आज कुछ चमत्कार होगा, आज उसका भाग्य जागेगा और कहीं-न-कहीं उसे कुछ नया प्राप्त हो जाएगा। उसने उठकर दरवाज़ा खोला। आम दिन की तरह लोग विनायक मुदाली स्ट्रीट पर आ-जा रहे थे, कोई खास बात नहीं थी—एक दही बेचनेवाली सिर पर हाँडी लिए जा रही थी, दो साइकिल-सवार मिल के रास्ते पर थे, कुछ बच्चे खेलने के लिए दौड़-भाग रहे थे, वगैरह। लेकिन उसे ऐसा कुछ नहीं दिखाई दिया जिससे उसकी इच्छा पूरी होती। वह बहुत दुखी हुआ।

वह शहर भर में नए विचार की तलाश में घूमता रहा। वह उत्तर की तरफ चला और सरयू की गरम रेत पर बैठ गया। फिर वह एक पेड़ की साया में जा बैठा और आसमान और नदी की तरफ़ देखता हुआ सोचता रहा। उसका दिमाग खाली लग रहा था। वह मार्केट रोड से निकला और हर दुकान को देखता रहा। वह किसी विचार की तलाश में था। उसने हर धंधे पर नज़र डाली। सिलाई का काम? नाई का काम? क्यों नहीं? हर पेशा इज़्ज़त वाला है। लेकिन ये सब आगे

चलकर परेशानी का सबब बन जाते हैं। "बिना काम कराए कोई मुझे पैसा नहीं देगा। बदले में मुझे कुछ देना ही पड़ेगा। वह मार्केट रोड़ के फ़व्वारे की मुँडेर पर बैठ गया और सोचता रहा। लोगों को किस चीज़ की सबसे ज़्यादा ज़रूरत होती है? यह चीज़ ऐसी भी होनी चाहिए जिसे खरीदने-लायक पैसा उसके पास हो। दुनिया में सबसे अच्छा व्यापार सुँघनी का हो सकता है या दंतमंजन का, या दोनों का। यह चीज़ ऐसी होनी चाहिए जिसके लिए हर आदमी रोज़ थोड़ा-सा पैसा खर्च कर सके। अर्थशास्त्र के विचारों पर उसका दिमाग़ चल पड़ा। सुँघनी...उसके दिमाग़ में सुँघनी से दिखाई देने वाले दृश्यों में झूमने लगे...शुरू में कम ही पैसा खर्च होगा...एक पुड़िया तम्बाकू खरीदने के बराबर...। उसे इसकी पूरी जानकारी थी क्योंकि उसके घर के सामने एक सुँघनी वाला रहता था। उसे सिर्फ एक छोटी-सी अँगीठी, कुछ जलते हुए कोयलों और भूनने के लिए तम्बाकू की ज़रूरत होती थी। तम्बाकू भूनकर पीस लो, उसमें ज़रा सा चूना मिलाओ, और बाक़ी काम सूँघने वालों पर छोड़ दो। फिर आवाज़ लगाओ : "मार्गेय्या की सुँघनी बड़ी मज़ेदार।" यह काम किया जा सकता है। सिर्फ दस रुपए की लागत है। उसे लोगों की बस्ती से दूर तम्बाकू भूनने का काम करना होगा। भूने जाने पर तम्बाकू इतनी तीखी गंध देती है कि लोग खाँसते-खाँसते पागल हो जाते हैं। वह सोचने लगा कि फायदा होने में कितना समय लग सकता है। साल भर या कम या बिलकुल नहीं," अगर कोई भी उसकी सुँघनी को हाथ न लगाए और उसके डिब्बे के डिब्बे घर भर में अंबार लगा दें? तो इनका वह क्या करेगा? शायद खुद इस्तेमाल कर ले। लेकिन उसे तो सालों से 'गोल्डन मंकी' नामक सुँघनी की लत पड़ चुकी थी, और वह किसी दूसरे ब्रांड को देख भी नहीं सकता था। या वह दंतमंजन बनाए? उसकी माँ एक मंजन बनाती थी जिसमें बादाम के छिलके जलाकर उसमें फिटकरी वगैरह मिलाई जाती थी। उसका कहना था कि इससे दाँत पत्थर की तरह मज़बूत हो जाते हैं।

वह माँ के प्रति कृतज्ञता से भर उठा। उसे याद आया कि पुराने घर के बाहर वाले कमरे में मंजन लेने के लिए लोगों की भीड़ लगी रहती थी। माँ का स्वभाव बहुत उदार था। वह एक बड़े से मिट्टी के कटोरे में मंजन लेकर सबको बाँटती रहती थी। उसके पिता कहते थे : "तुम सोने के दाँतों वाले स्वर्ग में अगला जन्म लोगी।" वह खैरात के तौर पर यह काम करती थी और उनका घर 'दंतमंजन भवन' के नाम से मशहूर हो गया था। यह व्यापार शुरू करने के लिए आदर्श होगा। इससे दुनिया के लोगों के दाँत बेहद खूबसूरत और चमकदार हो जाएँगे...। लेकिन एक समस्या उसके सामने थी। बाज़ार में एक दर्जन दंतमंजन हैं, लोग उसी वाले को क्यों खरीदेंगे? उसे मंजन बेचने की कला नहीं आती थी। वह सड़कों पर आवाज़ लगाकर मंजन नहीं बेच सकता था।...अगर किसी दिन को-ऑपरेटिव बैंक के सेक्रेटरी ने उसे यह

काम करते देख लिया, तो वह क्या सोचेगा? अरुल दौस फिर आवाज़ लगाकर उसे बुलाएगा, "ओये दंतमंजन वाले। ये लो तीन पैसे, और मुझे एक पुड़िया दो।" वह भिखारी की तरह एक-एक पैसा इकट्ठा करेगा, और उसे देख-देखकर लोग हँसी-ठट्ठा करेंगे। हिमालय की चोटी पर बैठा बूढ़ा पुजारी भी उसे देख-देखकर खुश होगा, कि उसने मुझे किस हालत तक पहुँचा दिया है। "नहीं," उसने अपने से कहा। "मैं यह काम हरगिज़ नहीं करूँगा। मैं बिज़नेसमैन हूँ और बैंकिंग जैसा ही कोई काम कर सकता हूँ। यह काम करने का तो सवाल ही नहीं पैदा होता।" वह फ़व्वारे को शी-शी की आवाज़ करते और पानी की धारें छोड़ते और लोगों को इधर से उधर आते-जाते देखता रहा, और एक लम्बी साँस छोड़ी—बैंकिंग का उसका काम क्यों खत्म हो गया! वह सोचता रहा कि "बड़ी उम्र के मैं बेकार आदमी की तरह फ़ब्वारे पर बैठा हूँ—जबकि उसे इस समय कुछ कमाना चाहिए था।" उसे डर लगा कि इसी तरह चलता रहा तो उसे भी किसी का मुर्दा सड़क पर रखकर पैसा इकट्ठा करना पड़ जाएगा।"

तभी फ़व्वारे की दूसरी तरफ से डॉ. पाल की आवाज़ आई, "अरे यार..."—वह साइकिल पर सवार इधर आ रहा था। "मैं तो सोचता था कि अब तुम कभी नहीं मिलोगे, तुम कहाँ रहते हो, यह बिना बताए ही चले आए। उसके बाद फूल लेने भी नहीं आए।" मार्गेय्या को अपने विचारों की झोंक से बाहर निकलने में कुछ समय लगा। "अच्छा, तुम!" उसने आगंतुक का ज़्यादा स्वागत नहीं किया, उसे डॉ. पाल से यहाँ इस तरह मिलने में शर्म आ रही थी। लेकिन पाल ने साइकिल दीवार के सहारे रखी और उसके पास आकर बैठ गया।

उसने पूछा, "फिर तुम कमल का फूल लेने नहीं आए?"

"अरे, कमल का फूल...मेरे लिए एक ही काफ़ी था," मार्गेय्या ने उदासी से जवाब दिया, जैसे इस निरर्थक किए गए काम से उसे बड़ी कोफ़्त हो रही हो।

"लोग एक ही फूल लेने नहीं आते, बार-बार उसे लेते और उपयोग करते हैं," दूसरे ने दार्शनिक भाव से कहा। मार्गेय्या हँसा और यह दिखाने की कोशिश की कि उसे इसका मंतव्य समझ में आ गया है। पाल ने फिर पूछा, "और यहाँ बैठे तुम क्या कर रहे हो?"

मार्गेय्या ने सोचा, "लोग मुझे अकेला क्यों नहीं छोड़ देते?" वह सही बात नहीं कह सकता था। इसलिए बोला, "किसी ने मुझे यहाँ मिलने का वादा किया है।"

"कोई बिज़नेस मीटिंग है?"

"और क्या," मार्गेय्या बोला। "बिना काम की मीटिंग के लिए मेरे पास वक्त कहाँ है!" इस वक्त बजा क्या होगा–,"यह कहकर उसने चारों तरफ नज़र डाली।"

दूसरे ने अपनी घड़ी पर नज़र डालकर कहा, "चार।...अच्छा, मैं तुम्हारे साथ रहूँ तो गलत तो नहीं होगा?"

"अरे, नहीं।...कैसी बात करते हो," मार्गेय्या ने उत्साह से कहने की कोशिश की, हालाँकि उसे यह अच्छा नहीं लग रहा था। "बल्कि मैं तो सोचता हूँ कि तुम्हें बेकार कोई परेशानी न हो। तुम्हें ज़रूरी काम होंगे।"

"मैं हमेशा ड्यूटी पर रहता हूँ–यहाँ तुम से बात करके भी मैं अपनी ड्यूटी ही पूरी कर रहा हूँ। इसी से मैं अखबार के लिए कहानी बना लूँगा–उनके लिए यह भी मेरी ड्यूटी होगी।"

"तुम मेरे बारे में तो नहीं लिख दोगे?" मार्गेय्या घबड़ाकर पूछने लगा।

"क्यों नहीं? मैं लिखूँगा, कि..., अरे, तुम्हारा नाम क्या है? तुम्हारे साथ इतनी देर रहा लेकिन नाम तक नहीं पूछा।"

"नाम की क्या ज़रूरत है?" मार्गेय्या की परेशानी बढ़ने लगी।

'फिक्र मत करो, मैं छापूँगा नहीं। सिर्फ जानना चाहता हूँ, एक दोस्त की तरह। अगर कोई पूछे कि जिसकी यह कहानी है, उसका नाम क्या है–और मैं कहूँ कि मैं नहीं जानता, तो यह गलत बात होगी। है न यह ठीक? तो बताओ अपना नाम।"

"लोग मुझे मार्गेय्या कहते हैं–"

"बढ़िया नाम है, पूरा नाम क्या है?"

"यही है पूरा..."

"वाह! अच्छी बात है। पूरे नाम में शहर, और पिता का नाम आता है।...लेकिन यह छोटे लोगों के लिए होता है जो अपने बारे में सब कुछ बताना चाहते हैं।"

"मेरे लिए यह ज़रूरी नहीं है। तुम मार्गेय्या कहोगे, तो यह सब पहचान लेंगे। लेकिन यह मेरा नाम नहीं है।"

"मैं भी यही सोचता था।"

"कैसे?"

"कैसे? कैसे? किसी भी बात का कैसे और क्यों मेरा ट्रेड ही ग्रेट है। नहीं तो मैं लेखक न होता। मेरा काम है चीज़ों को जानना–कैसे, यह दूसरों को बताना नहीं है। समझे?"

"अद्‍भुत आदमी हो!" मार्गेय्या बोला।

"सो तो हूँ," दूसरे ने कहा। "मैं यह जानता भी हूँ। चलो, कहीं और चलकर बात करते हैं।"

"यहाँ भी तो मज़े से कर रहे हैं," मार्गेय्या बोला।

"अरे नहीं...यहाँ बहुत शोर है। किसी प्राइवेट जगह चलते हैं। ना मत करना। आओ, चलो मेरे साथ।" उसका आग्रह ज़बरदस्त था। मार्गैय्या को कुछ याद आ गया और वह बोला, "मैं यहाँ किसी का इन्तज़ार कर रहा हूँ।"

"कोई बात नहीं, वह भी वहीं पहुँच जाएगा। फ़िक्र मत करो।"

"वहाँ कहाँ?"

"मेरे दफ्तर में...मैं तुम्हें अपना दफ्तर दिखाता हूँ।"

दोनों भीड़ के बीच से रास्ता बनाते चले। मार्गैय्या के लिए, वह कहाँ जाता है या नहीं जाता, सब बराबर था। वह आँखें बन्द किए पाल के पीछे चलता रहा। वह मार्केट रोड के पूरब से होकर एक गली में मुड़ा, और एक घर के सामने रुककर दरवाज़ा खटखटाया। एक छोटा-सा लड़का बाहर आया। "भीतर कौन है?" उसने पूछा।

"कोई नहीं," लड़का बोला।

"ठीक है," पाल ने कहा। "मुझे यही उम्मीद थी। तो मेरा दफ्तर खोलो।"

लड़का भीतर गायब हो गया और बगल का एक दरवाज़ा खोलकर बाहर सिर निकाला। "मेरी साइकिल सँभालो," पाल ने आदेश दिया। लड़का बाहर आया और साइकिल पकड़ ली। पाल भीतर घुसा और मार्गैय्या को भी आने को कहा। दोनों एक कोठरी में पहुँचे जिसमें छत तक खाली डिब्बे एक-के-ऊपर-एक लदे थे। बीच में एक खाली स्टूल था, जिसके सामने एक उससे बड़ा स्टूल रखा था। दीवार पर एक कागज़ लटका था जिस पर मोटे अक्षरों में लिखा था : "सिल्वर वे—मुख्य प्रतिनिधि कार्यालय।" एक कोने में कागज़ के कुछ बंडल रखे थे। पाल बोला, "दफ्तर देखकर ताज्जुब मत करो। यह अस्थायी कार्यालय है। बहुत जल्द मैं नए बड़े दफ्तर और शोरूम में पहुँच जाऊँगा। बन रहा है?"

"कहाँ?"

"जहाँ भी जगह मिलेगी। अभी मैं यही कह सकता हूँ। तुम तो जानते ही हो कि जगह की कितनी किल्लत है।" मार्गैय्या को उसकी यह बात समझ में नहीं आई। बोला, "तलाश करो तो आसानी से मिल सकती है। तुम्हें सिर्फ एक कमरे की ज़रूरत होगी?"

"लेकिन कोई मुफ्त में तो देगा नहीं, और इसी शर्त पर मेरी कम्पनी मुझे दफ्तर देने के लिए तैयार है। तुम मेरी समस्या समझने की कोशिश करो। शहर में वे ऐसी जगह चाहते हैं जिसे वे अपना दफ्तर तो कह सकें, लेकिन जिसका किराया न देना पड़े। यह जगह भी मुझे इसलिए मिली है, क्योंकि मैं इन व्यापारियों का हिसाब-किताब लिखता हूँ, इसलिए इन्होंने मुझे यहाँ अपना बोर्ड टाँगने की अनुमति दे दी है।"

"ये लोग क्या बिज़नेस करते हैं? दंतमंजन बनाते हैं या ऐसा ही कुछ और?"

"ये लोग सस्ते किस्म का साबुन बनाते हैं, और मलाया में उसे बेचते हैं—बहुत पैसा कमा लिया है," उसने बताया।

"यह आसान काम होगा?" मार्गेय्या ने पूछा।

"बड़ी झंझट का है, और जुए की तरह है।"

"लेकिन मेरा ख्याल है कि इसमें फ़ायदा बहुत है," मार्गेय्या बोला। वह इसके बारे में सोचने लगा। साबुन कैसे बनाया जाता है, इसकी जानकारी उसे बिलकुल नहीं थी। सिर्फ इतना पता था कि नारियल के तेल में कास्टिक सोड़ा मिलाकर बनाते हैं। शायद सौ रुपए की पूँजी से बनाया जा सके और फायदा भी अच्छा दे, बशर्ते उसे लोकप्रिय बनाया जा सके। बस, इसे अच्छा रंग दो, और सस्ता बेचो—और लोग खरीदने लगेंगे—मार्गेय्या साबुन, मार्गेय्या दंतमंजन, मार्गेय्या सुँघनी। बिज़नेस का चुनाव करने के लिए अब उसके सामने तीन चीज़ें थीं। उसे जल्द अब फैसला करना पड़ेगा कि क्या हाथ में ले—इस तरह फ़व्वारे की फ़सील पर दिन बिताने से काम नहीं चलेगा।...वह गम्भीरता से विचार करता रहा। पाल ने थोड़ी देर बाद पूछा, "चिन्तन समाप्त हो गया?"

"मुझे अचानक अपने बिज़नेस के बारे में कुछ विचार सूझने लगे..."

"वहाँ बैठ जाओ, इस तरह खड़े रहने का मतलब नहीं है।" पाल ने कहा।

दोनों एक-एक स्टूल पर बैठ गए। पाल बोला, "मार्गेय्या मेरी बात ध्यान से सुनो। मैं तुमसे एक बड़े महत्त्वपूर्ण विषय पर चर्चा कर रहा हूँ।"

"बोलो, मैं बहरा नहीं हूँ...अगर कोई रहस्य की बात हो तो फुसफुसाकर भी कह सकते हो," मार्गेय्या ने कहा।

"तुम अगर पैसा कमाने के बारे में सोच रहे हो, काफी पैसा, बहुत ज़्यादा पैसा, या साधारण पैसा, तो मुझे बताओ," पाल ने उसके कानों के पास मुँह ले जाकर फुसफुसाकर ही कहा। उसका चेहरा इतना गम्भीर था कि मार्गेय्या पूछने लगा, "लेकिन तुम्हें पता कैसे लगा?"

"आदमी के दिमाग़ में दो ही बातें ज़्यादा आती हैं। मैं जानता हूँ क्योंकि मैं मनोवैज्ञानिक हूँ।"

"क्या हैं ये?" मार्गेय्या ने पूछा।

"पैसा...और सेक्स। तुम्हें इससे घबराने की ज़रूरत नहीं है। यह सच है। अपनी चतुराई और लुका-छिपी को छोड़कर मुझे यह बताओ कि दिन में एक भी क्षण ऐसा होता है जब तुम इनमें से किसी-न-किसी एक बात को नहीं सोचते?" मार्गेय्या की समझ में नहीं आया कि क्या जवाब दे। उसके लिए बड़ी परेशानी खड़ी हो गई थी।

पाल ने कहा, ''मैं शिक्षा से जुड़ा आदमी हूँ और सत्य में ही मेरी रुचि है—कि मनुष्य इन समस्याओं से कैसे दो-चार होते हैं।''

''मैं और भी बहुत सी बातों पर सोचता हूँ,'' मार्गेय्या ने अपनी रक्षा करते हुए कहा।

''क्या हैं वे?''

''अपने बेटे के बारे में, कि वह क्या कर रहा होगा।''

''यह भी तो सेक्स का एक पहलू है,'' तर्क-शास्त्री ने कहा। ''तुम अपने बीवी के बारे में सोचे बिना बेटे के बारे में नहीं सोच सकते।''

''अच्छा, इसे खत्म करो,'' मार्गेय्या ने रोष में भरकर कहा। ''मैं अपनी बीवी के बारे में कुछ नहीं सुनना चाहता।''

''क्यों?'' पाल ज़िद में आकर बोलता रहा। ''जानते हो, लोग अपनी बीवियों का इतना तमाशा क्यों बनाते हैं? इसका आधार मनुष्य की मौलिक सेक्सुअल ईर्ष्या की भावना है।''

''नहीं—तुम्हें दूसरों की बीवियों के बारे में इस तरह बात नहीं करनी चाहिए। तुम तो कुँवारे हो, फिर यह सब ज्ञान कहाँ से आया?''

''मैं समाज शास्त्री हूँ, कड़वी गोलियों पर चीनी नहीं लपेटना चाहता। वैज्ञानिक की तरह बात करता हूँ।''

पाल का भाषण सुनकर मार्गेय्या सकते में आ गया। वह ठीक से समझ भी नहीं सका कि उसका मतलब क्या है। फिर भी उसने कहा, ''आम तौर पर यह माना जाता है कि आप किसी भी विषय पर आज़ादी से खुलकर बोल सकते हैं, लेकिन दूसरे की बीवी के बारे में कुछ कहना सही नहीं है।''

''न अपनी बीवी के बारे में,'' पाल ने इसमें जोड़ा। ''मेरा ख्याल है कि कोई अपनी बीवी के बारे में भी खुलकर नहीं बोल सकता। अगर वह बताए कि वह बीवी के लिए क्या है या वह उसके बारे में क्या सोचती है, या वह घर में पर्दे के पीछे या बेड रूम में पर्दे के पीछे उसके साथ क्या करता है—तो समझ लो, उसकी खैर नहीं है।''

''अच्छा, अब बन्द करो, खत्म करो ये बातें,'' मार्गेय्या चीख कर बोला। ''मैं और ज़्यादा नहीं सुन सकता।'' उसे शर्म आ रही थी। यह ''समाजशास्त्री'', या यह अपने को जो कुछ भी मानता-बताता है, इसके दिमाग़ में एक ही किस्म के विचार आते रहते हैं। मार्गेय्या बोला, ''तुम किसी ताकतवर लड़की से शादी करो और सुख से रहो। फिर तुम्हें सोचने के और भी विषय मिलने लगेंगे।''

''मैं कोई और बात सोचना ही नहीं चाहता। मैं मानता हूँ कि भगवान ने मुझे इसीलिए पैदा किया है कि मैं इन विषयों का सही-सही प्रचार करूँ और मानवता

को सुख प्राप्त करने का मार्ग दिखाऊँ।'' कुछ रुककर वह बोला, ''और तुम जानते हो, आज की दुनिया में यही सबसे ज़्यादा कमाई देने वाला, सबसे ज़्यादा लाभदायक धंधा है?''

यह सुनकर मार्गैय्या चौंक पड़ा और बैठ गया। यह बात उसे एकदम अपील कर गई। वह बोला, ''इससे तुम्हारा क्या मतलब है?''

''मैं एक समाजशास्त्री दवाखाना खोलने जा रहा हूँ, जहाँ सुखी परिवार बनाने की शिक्षा दी जाएगी, ऐसा अस्पताल जिसमें घर की समस्याओं को हल किया जा सके। यह ऐसा मनोवैज्ञानिक उपचार केन्द्र होगा जहाँ आम लोगों की रोज़मर्रा की उलझनों से निपटा जाएगा...। मैं इन कामों की फीस लूँगा, लेकिन मामूली! तुम जानते हो, हर रोज़ कितने आदमी इस क्लिनिक में आएँगे? मुझे विश्वास है कि रोज़ कम से कम पाँच सौ रुपए की आमदनी होगी। और मेरी वह किताब...'' बिस्तर की जिन्दगी, ''तुमने तो उसे देखा है, याद है न?...''

''हाँ, याद है।''

''यह तो मेरी स्कीम का पहला ही हिस्सा है—जब किताब छप जाएगी, तब कम-से-कम एक लाख बिकेगी।''

''कीमत क्या होगी?'' मार्गैय्या ने पूछा।

''समझ लो, एक रुपए की कापी। इससे ज़्यादा कीमत रखना ठीक नहीं होगा। आखिरकार हमारा उद्देश्य आम जनता तक पहुँचना ही है।''

''तो तुम यह कहना चाहते हो कि इससे तुम्हें एक लाख रुपए की आमदनी होगी?''

''अरे, इसमें ताज्जुब की क्या बात है? और फिर यह तो शुरुआत ही होगी।''

एक लाख रुपए! पूरे एक लाख! मार्गैय्या की नज़रों में यह आदमी एकदम ऊपर उठ गया। यह दुबला-पतला आदमी, साइकिल पर घूम-घूमकर जहाँ-तहाँ से खबरें बटोरने वाला, इसकी जेब में एक लाख रुपए होंगे। मार्गैय्या का मन उसके लिए इज्ज़त से भर उठा। दंतमंजन, सुँघनी और ऐसी सब चीज़ें तो इसके सामने सब बेकार हैं...इन सबमें तो एक लाख रुपए कमाना कभी भी सम्भव नहीं होगा। उसके लिए तो न जाने कितनी दफ़ा भट्टी तपानी पड़ेगी। लेकिन यह आदमी एक लाख रुपए की बात इस तरह कर रहा है, जैसे पाँच रुपए का नोट हो।

''यह तो शुरुआत भर होगी,'' पाल ने कहा। ''और हर साल इतना ही मुनाफ़ा न हो, इसकी कोई वजह नहीं है। यह ऐसी सम्पत्ति है, जिसका किराया हमेशा मिलता रहता है। इसकी बिक्री की तो कोई सीमा ही नहीं है। यह किताब कुछ ऐसी होगी—इसकी माँग इतनी ज़बरदस्त होगी कि दुनिया का हर आदमी इसकी एक प्रति अपने पास रखना चाहेगा। आरम्भ में तमिल भाषी इलाके में हम इसे पेश करेंगे,

जो काफी अच्छी शुरुआत होगी, फिर स्याम, बर्मा, दक्षिण अफ्रीका वगैरह के हजारों-हज़ार लोग इसे पढ़ेंगे, और तुम सोचो कि इसकी कितनी प्रतियाँ छापनी पड़ेंगी। इसके बाद अगर हिन्दी में अनुवाद हो गया, तो यह सारे भारत में पहुँच जाएगी, और मालूम है तुम्हें, नई जनगणना के हिसाब से इस वक्त छत्तीस करोड़ आबादी है हमारे देश की और हर आदमी एक रुपया खर्च करे, तो...तुम सोचो तो ज़रा...''

''हाँ,'' मार्गेय्या ने प्रभावित होते हुए कहा। ''मैं नहीं जानता था कि किताबों की बिक्री में इतनी आमदनी है।''

''लेकिन हर किताब के लिए ऐसा नहीं है। अगर मैं कोई कविता की, या फिलॉसफी की किताब लिखूँ, तो कोई उसे छुएगा तक नहीं—लेकिन ''बिस्तर की ज़िन्दगी'' जैसी किताब हर कोई पढ़ना चाहेगा। पता है तुम्हें, लोग जानकारी चाहते हैं, चाहते हैं कि कोई उन्हें गाइड करे इन मामलों में और, जैसा मैंने कहा, इसके बाद मैं इसका दवाखाना खोलूँगा। मेरा उद्देश्य है, अपने ज्ञान से मनुष्य मात्र की सेवा करना। उसे अपनी मुट्ठी में छुपाकर रखना मुझे पसन्द नहीं है। हम सबको एक-दूसरे की सहायता करनी चाहिए। मैंने साल-दर-साल पढ़ने और लिखने में गुज़ारे हैं, सिर्फ इसलिए कि मनुष्य मात्र को लाभ प्राप्त हो।'' वह साँस रोक कर यह सब कहता रहा, फिर अन्त में बोला, ''जानते हो, अगर मैं ज़रा सा भी इशारा कर दूँ कि मैंने इस तरह की किताब लिखी है, तो प्रकाशक इसे छापने के लिए मेरे ऊपर हल्ला बोल देंगे!''

''ठीक कहते हो।''

''हाँ, दस हज़ार और उससे ज़्यादा रुपए के ऑफ़र हैं मेरे पास। लेकिन इससे दस गुना ज़्यादा में भी मैं इसे नहीं दूँगा।''

''लेकिन क्यों?'' मार्गेय्या ने पूछा।

''क्योंकि अपने पास रखकर मैं कहीं ज़्यादा कमा सकता हूँ। अगर लोग बिज़नेस ऑफ़र लेकर मेरे पास आते हैं, तो—तुम ठीक से समझ लो—मैं सख्ती से पेश आता हूँ, क्योंकि मैं अपने दिमाग़ को जानता-समझता हूँ।''

''यानी इसे तुमसे हासिल करना सम्भव नहीं होगा?'' मार्गेय्या ने पूछा।

''यही समझ लो...अगर कोई बिज़नेसमैन की तरह आता है।''

''अच्छा,'' मार्गेय्या बोला, और सोचने लगा कि वह भी तो इसी श्रेणी में आता है।

दूसरा बोला, ''लेकिन अगर कोई आदमी मित्र के नाते मेरे पास आता है और अपना हाथ बढ़ाता है, तो किताब उसकी है।''

''तब तुम्हारा एक लाख रह जाएगा?''

“कोई बात नहीं। यह मत सोचना कि मैं पैसे का गुलाम हूँ। उसे तो मैं धूल-मिट्टी समझता हूँ।”

मार्गेय्या को यह बात सुनकर धक्का-सा लगा। वह चीखकर बोला, “ऐसी बातें मत करो। यह ठीक नहीं है।” उसे याद आया कि लक्ष्मी जी इतनी बुरा माननेवाली देवी हैं, कि उनके सामने से कोई दूध का कटोरा उठा ले तो वे एकदम वहाँ से चली जाती हैं और अपनी कृपा भी बन्द कर देती हैं।

डॉ. पाल ने कहा, “मैं ऐसा आदमी हूँ जो कर्म को महत्त्व देता है, मानवीय सम्बन्धों और ग़रीबों की सेवा को महत्त्व देता है, और जिसकी सूची में पैसा सबसे बाद में आता है।”

मार्गेय्या के मन में एक विचार बड़ी ताकत से उमड़ने लगा, और वह उसे सँभाल नहीं पा रहा था। वह उसके ओठों से बरबस फूट पड़ा और उसने पूछा, “अच्छा, अगर मैं कहूँ कि यह किताब मुझे छापने और बेचने के लिए दे दो, तो तुम क्या कहोगे?”

इसके जवाब में वह आदमी वहाँ से उठकर बाहर गया और साइकिल के हैंडिल से लटका एक झोला उतारकर वहाँ लाया—फिर अपना हाथ उसमें डालकर पांडुलिपि बाहर निकाली और मार्गेय्या की गोद में डाल दी।

मार्गेय्या स्टूल पर बैठा था। चौंक कर बोला, “यह क्या है?” उसे अपनी आँखों पर विश्वास नहीं हो रहा था। पांडुलिपि पर नीले रंग की जिल्द चढ़ी थी। उसने यह देखने के लिए पन्ने पलटे, कि यह सही चीज़ है; एक पन्ने पर लिखा था : “आलिंगन के सिद्धान्त।”

“अब यह तुम्हारी हुई। इसका जो चाहो, करो,” पाल ने सीना चौड़ा करके कहा।

“नहीं, अरे नहीं,” मार्गेय्या बोला, “यह कैसे हो सकता है?”

“अब यह मेरी नहीं रही,” पाल ने दोहराया, “और यह सौदा पक्का हो गया।” वह अपने निश्चय पर अटल लग रहा था। फिर उसने अपना हाथ बढ़ाया और कहा, “अब तुम्हारे पास जो कुछ है, वह मुझे दे दो। मैं उसी से सन्तोष कर लूँगा। अब तुम इससे पलट नहीं सकते।”

मार्गेय्या बोला, “मैं पैसा साथ नहीं लाया हूँ—”

“तो फिर वह पर्स कैसा है तुम्हारे पास? मुझे कुछ दिखाई दे रहा है।”

मार्गेय्या ने एक लम्बी साँस ली और नीचे देखा। हाँ, दिखाई तो पड़ रहा था। “यह पर्स नहीं है,” उसने कहने की कोशिश की। लेकिन दूसरे ने कहा, “दिखाओ तो निकाल कर...मैं भी तो देखूँ कि जो पर्स जैसा दिखता है, लेकिन है नहीं, वह क्या है आखिर? अब अपने सौदे से पलटना मत।” मार्गेय्या ने भीतर हाथ डालकर एक छोटा सा पर्स निकाला, जिस पर जार्ज पंचम की मुहर लगी थी। उसने इसे

खोला, भीतर पच्चीस रुपए थे। उसने पाँच रुपए निकाले और डॉ. पाल के सामने फैले हाथ पर रख दिए। उसने हाथ बन्द नहीं किया और सख़्ती से बोला, "सौदा पूरा करो। पर्स खाली करो।"

"मैं यही दे सकता हूँ," मार्गेय्या ने विनती-सी करते हुए कहा।

"लेक़िन मैंने तो तुम्हें अपना सब कुछ दे दिया है।"

मार्गेय्या बोला, "मुझे चावल खरीदने हैं। मेरे बीवी और एक बच्चा है।"

"अब यह नाटक मत करो। सौदा पूरा करो। एक मैं हूँ जो तुम्हें एक लाख रुपए की चीज़ दे रहा हूँ। बदले में तुम्हें अपना पर्स मुझे देना है। इसमें एक रुपया हो, या एक हज़ार, या कुछ भी नहीं—मैं तो यही लूँगा। यह सौदा ग़लत नहीं है।"

"मैं पर्स नहीं दे सकता। यह मेरा लकी पर्स है। इसका मैं न जाने कितने सालों से इस्तेमाल कर रहा हूँ।"

"ठीक है, पर्स रहने दो। उसमें रखा पैसा दे दो।"

"दरअसल मुझे तुम्हारी किताब नहीं चाहिए। मैं तो जानता ही नहीं कि इसे कैसे छापा जाए और बेचा जाए।"

"यह बहुत आसान है। किसी प्रिन्टर को दे देना, वह छाप देगा। फिर लोगों से कहना कि किताब तैयार है, और वे खरीदने लगेंगे। और कुछ नहीं करना होगा। यह दुनिया का सबसे आसान धंधा है। सच यह है कि तुम माँग पूरी ही नहीं कर सकोगे।"

"तो फिर तुमने खुद क्यों नहीं किया?" मार्गेय्या ने पूछा।

"मैं तो यही करने जा रहा था। लेकिन तुमने इच्छा जताई तो मैंने तुम्हें दे दी।" यह कहकर उसने एक लम्बी अँगड़ाई ली, फिर कहने लगा, "लेकिन अगर तुम्हें यह सौदा मंजूर नहीं है, तो मैं इसे वापस लेता हूँ। अब तो मुझे भी लग रहा है कि तुम्हारे ऊपर इसका भार डालना सही नहीं होगा।" यह कहकर उसने मार्गेय्या की ग़ोद से पांडुलिपि उठा ली और बोला, "हर आदमी को अपने फैसले खुद ही करने होते हैं। अब तुम ज़िन्दगी के चौराहे पर खड़े हो। किसी दिन तुम देखोगे कि कोई और आदमी रॉल्स रॉयस पर सवार यहाँ से गुज़र रहा है, तब तुम मार्केट के इसी फ़व्वारे पर बैठे आज कहे मेरे शब्द याद करोगे। मैं तुम्हें फैसला करने के लिए पाँच मिनट देता हूँ। मुझे या तो पर्स का पूरा पैसा चाहिए या बिलकुल नहीं।" यह कहकर उसने अपनी बाँह आगे कर दी, और घड़ी देखने लगा। उसका चेहरा एकदम तन गया था।

तीव्र उत्तेजना से मार्गेय्या के चेहरे पर पसीना झलक आया। "मैं हर मिनट में बीस हज़ार खो रहा हूँ," उसने खुद से कहा। "बीस, चालीस, साठ।" वह कहना चाहता था, "मुझे पाँच मिनट और दे दो," लेकिन उसका गला खुश्क हो गया था।

उससे शब्द नहीं निकल रहे थे। जब तक उसने कुछ बोल पाने की शक्ति प्राप्त की, दस सेकिंड और निकल गए। पाल की तरफ देखते हुए उसने प्रार्थना की "हे भगवान! तुमने मुझे इन खाली बक्सों के बीच इस भयंकर व्यक्ति के साथ क्यों छोड़ दिया है?" ऊपर बनी एक खिड़की से सूरज की एक पीली किरण उसके सामने की दीवार पर पड़ रही थी। उसे डर लगा, "अगर मैं न माना, तो यह मेरा गला घोंट सकता है।" क्या मैं सहायता के लिए चिल्लाऊँ? तभी बाहर किसी साइकिल की घंटी बजी। "घंटी की आवाज़ तो शुभ होती है," उसे ख्याल आया। दूसरा बोला, "तीन सेकिंड और।" घंटी की आवाज़ भगवान की आवाज़ थी। वे अपने ढंग से सन्देश देते हैं। मार्गेय्या ने निश्चय कर लिया। उसका मन एकदम हलका हो गया। उसने मज़ाक के ढंग से कहा, "तीन सेकिंड! काफ़ी वक्त है यह।" उसने सीना तानकर कहा, "जब आधा सेकिंड रह जाए, तब बताना," और उसका हाथ पीछे कर दिया।

मार्गेय्या पांडुलिपि लेकर घर चला, तो उसे लग रहा था कि किसी की छोटी-सी लाश ले जा रहा है। उसे डर हुआ कि रास्ते में कोई उसे रोक कर इसे देखने न लगे। उसने पाल से विनती की थी कि इसे पैक कर दे। उसने 'सिलवर वे' का एक पुराना अंक उठाया और उसमें किताब लपेट दी। मार्गेय्या सारे रास्ते अपने से कहता रहा कि कहीं यह उसके छोटू के हाथ न लग जाए। उसकी योजना थी कि घर पहुँचते ही वह इसे कपड़ों के किसी बंडल में रखकर अपने बक्से में रख देगा। घर पहुँच कर उसने देखा कि उसकी पत्नी बच्चे को गोद में लिटाए उसे खाना खिलाने की यह कहकर कोशिश कर रही है कि यह देखो, ऊपर कितने सितारे चमक रहे हैं।" पिता को देखते ही वह खुश हो उठा और गोद से बाहर निकलने लगा। "अभी रुको," यह कहकर मार्गेय्या बगल में बंडल छिपाए तेजी से भीतर चला गया।

पत्नी ने पूछा, "यह लिए क्या जा रहे हो अपने साथ...डबल रोटी?"

उसने कोई जवाब नहीं दिया, भीतर जाकर बक्स खोला और उसमें पांडुलिपि को कपड़ों की तह के बीच सँभालकर रख दिया। उसमें ताला बन्द करके कपड़े बदले और हाथ-मुँह धोए। पत्नी बच्चा लेकर आई और उसकी गोद में बिठा दिया।

बालू बोला, "आज घर में बन्दर आया था।"

"अच्छा, फिर उसने क्या किया?"

"उसने नारियल खाया, कल फिर आएगा," बालू ने जवाब दिया। "अप्पा, तुम मुझे एक बन्दर ला दो।"

"तुम अच्छे बच्चे बनोगे तो ला दूँगा।"

उसने कहा, "बालू तो अच्छा बच्चा हो गया।"

मार्गेय्या वरांडे में बच्चे से खेलता सोचता रहा कि अब शायद उसकी ज़िन्दगी में अच्छे दिन आ जाएँ। उसका दिमाग़ हलका हो गया और उसने एक धुन गुनगुनाने की कोशिश की। उसकी बीवी की यह जानने की उत्सुकता बढ़ती जा रही थी, कि पार्सल में क्या छिपाकर रख दिया गया है। लेकिन वह जानती थी कि ज़्यादा पूछताछ की तो वह कभी जान नहीं पाएगी। इसलिए उसने चालाकी से वातावरण को नरम करने के लिए उसके पास आकर कहा, ''जानते हो, छोटू अब बहुत बदलने लग गया है। वह बड़ा आज्ञाकारी बन गया है।''

मार्गेय्या बोला, ''वह बहुत अच्छा बच्चा है, बस, कभी-कभी शैतानी सवार हो जाती है।'' यह कहकर वह हँसने लगा। बालू ने चकित होकर पूछा, ''तुम हँस क्यों रहे हो?''

''मुझे क्या पता,'' मार्गेय्या बोला और इस पर सब एक साथ ज़ोर-ज़ोर से हँसने लगे।

बालू की तारीफ़ की गई थी, इसलिए उसने अच्छा बनने की कोशिश की। शान्ति से खाना खाया, चटाई पर लेट गया और पिता को कहानी सुनाने का आदेश दिया। मार्गेय्या ने दिमाग़ पर ज़ोर डालकर लोमड़ी, कौए और शेर की कहानी सुनानी शुरू की, तो उसने उसे टोक दिया और कहा कि ''लोमड़ी की कहानी मुझे पसन्द नहीं है। फूलों की कहानी सुनाओ।''

मार्गेय्या ने कहा, ''मुझे तो फूलों की कहानी आती नहीं,'' तो उसने धमकी दी कि सुनाओ, नहीं तो वह लातें मारेगा और रोयेगा। मार्गेय्या ने जल्दी से शुरू किया, ''एक दफ़ा की बात है, एक बहुत अच्छा फूल था...,'' और जो उसकी समझ में आया, उलटा-सीधा रुक-रुककर सुनाने लगा--और सोचने लगा कि लोग सैकड़ों पृष्ठों की कहानियाँ कैसे लिख डालते हैं—जिससे उसे डॉ. पाल की किताब की याद आ गई—उसने भी कैसे इतने पन्ने लिख डाले होंगे। उसे इन लोगों के धीरज की तारीफ़ करनी पड़ी—लेकिन तुरन्त ही उसने अपने को रोका, उसे किसी की तारीफ़ करना पसन्द नहीं था। ''इन लोगों के पास कोई काम नहीं होता, इसलिए ये कलम लेकर पन्नों पर पन्ने रँगते चले जाते हैं, जबकि बिज़नेसमैनों को तो साँस लेने की भी फुरसत नहीं मिलती--वे तो चिट्ठी भी नहीं लिख पाते।''

बच्चे ने बीच में ही सवाल किया, ''तुमने यह नहीं बताया कि किस का फूल था यह?''

उसके मन में आया कि 'कमल' कह दे, लेकिन अपने को रोक लिया और कहने लगा, ''कोई भी फूल हो सकता है यह—तुम उसका नाम क्यों जानना चाहते हो?''—और ऊटपटाँग कुछ भी सुनाता चला गया, और बच्चा बोर होकर सो गया।

चौके का काम-धाम खत्म करके पत्नी मुस्कराते हुए उसके पास आई और

बगल ही में चटाई पर बैठ गई। मार्गेय्या ने 'आलिंगन के सिद्धान्त' का स्मरण करके उसके गले में हाथ डाला और उसे अपनी तरफ़ खींच लिया। वह भी उससे चिपक गई। मार्गेय्या को लगा कि शादी के बीस साल पार करके वह शुरू के रोमांटिक दिनों में जा पहुँचा है। उसने कहा, "तुम अब रोज़ फूल क्यों नहीं खरीदतीं? मैं देखता हूँ कि अब तुम्हें इन चीज़ों की कोई परवाह नहीं रही।"

"अब मैं, बुढ़िया हो गई, अब इन फूलों-वूलों का क्या काम..."

"लेकिन यह बूढ़ा तो चाहता है कि अपनी बुढ़िया के बालों में फूल देखे," वह बोला। इस पर दोनों हँसने लगे और खुश नज़र आए। मौका देखकर पत्नी ने पूछा, "उस बंडल में तुम क्या लाए हो?"

"अच्छा, वह? देखना चाहती हो?"

"हाँ, हाँ, क्यों नहीं!" उसने जवाब दिया और इतनी जल्दी नतीजा निकलते देखकर खुश हो उठी।

मार्गेय्या उठा, बक्स खोला और उसमें से 'सिल्वर वे' के कागज़ में लिपटा पैकेट लाकर सामने रख दिया। फिर धीरे-धीरे उसे खोला और पांडुलिपि निकाली। भीतर से कागज़ निकलते देखकर पत्नी का चेहरा निराशा से उदास हो गया।

"क्या है यह?" उसने पूछा।

"एक किताब है।"

"मैंने तो समझा था कि तुम मेरे लिए साड़ी लाए होंगे, या और कोई उपहार होगा।...लेकिन यह तो किताब-विताब निकली। कागज़...क्या किताब है?

"तुम खुद ही देख लो," यह कहकर उसने पैकेट उसे पकड़ा दिया।

उसने पन्ने पलटे तो जैसे डर गई। "क्या है इसमें? यह तो ऐसी लगती है–," लेकिन इससे आगे कुछ न कह सकी। "गन्दी किताब है।"

"नहीं, नहीं, यह मत कहो।" उसने तत्काल उसे रोका, वह इस किताब के बारे में कोई अपशब्द नहीं सुनना चाहता था। "यह वैज्ञानिक ढंग की किताब है। इससे अच्छी आमदनी होगी।"

पत्नी ने चेहरा बनाकर कहा, "कोई इन बातों पर कैसे लिख सकता है? तुम मर्दों में तो–"

"लेकिन इसमें गलत क्या है? सारी दुनिया में हर वक्त यही होता रहता है। यह तो ज़िन्दगी की ज़रूरी चीज़ है। लोगों को इसकी वैज्ञानिक जानकारी होनी चाहिए, फिर शादियाँ सफल होने लगेंगी। मैं तो बालू को, जैसे ही वह बड़ा होगा, यह सब बताऊँगा।"

"चुप रहो अब," यह कहकर उसने पांडुलिपि दूर फेंक दी।

मार्गेय्या ने उसे उठा लिया, और लैम्प की रोशनी में ज़ोर-ज़ोर से पढ़ने लगा।

साधारण आदमियों के लिए यह शायद ज़्यादा ही वैज्ञानिक थी। पत्नी भयभीत लेकिन रुचि लेकर सुनती रही।

कुछ दिन बाद मार्गय्या पांडुलिपि साथ लेकर मार्केट रोड की गार्डन प्रिन्टरी में गया। यह मालगुडी का एक काफी बड़ा प्रेस था—शहर में इस्तेमाल किया जाने वाला हर फ़ार्म, लेटर हेड और बिल की किताब यहीं छपती थी। उसका मालिक बम्बई का आदमी था, जो सालों पहले यहाँ आकर बस गया था—तगड़ा सा गुलाबी गालों वाला, नाम मदन लाल। वह एक हाल के बीचोबीच रखी मेज़ पर बैठा था, जिसमें चारों ओर एक दर्जन के करीब आदमी कई तरह की मशीनों पर ज़बरदस्त शोर-शराबा करते हुए अपने-अपने काम कर रहे थे। सारे हल्ले-गुल्ले के बावजूद यह आदमी शान्ति से बैठा प्रूफ देख रहा था, और उसके सामने दो लोहे की कुर्सियाँ रखी थीं। मार्गय्या दरवाज़े पर खड़ा इधर-उधर देख रहा था। उसे संकोच हो रहा था, कुछ डर भी लग रहा था? "पता नहीं, कैसे ये लोग उसके साथ पेश आएँ—कहीं पांडुलिपि फाड़कर ही न फेंक दें। कहीं सेक्रेटरी और अरुल दौस यहाँ न आ जाएँ और अपने किसी काम की पूछताछ करें"—लेकिन उसने तुरन्त अपने इस भाव को दबा दिया, उसने महसूस किया आत्म-विश्वास पैदा करना ज़िन्दगी में बहुत ज़रूरी है।" इसलिए उसने ज़रा रौब दिखाकर ही बाहर खड़े एक आदमी से पूछा, "आपके मालिक कहाँ हैं?"

"वो बैठे तो हैं," उसने जवाब दिया।

"अरे, मैंने देखा ही नहीं," मार्गय्या ने कहा और उसके पास जा खड़ा हुआ। उसने कागज़ों से अपना सिर उठाया और पूछा, "कहिए, क्या सेवा करूँ आपकी?" उसने सामने रखी कुर्सी की तरफ़ इशारा किया। मार्गय्या उसपर बैठ गया, पांडुलिपि निकाल कर उसके सामने रखी और गहरा आत्म-विश्वास दिखाते हुए कहा, "मैं यह किताब छपाना चाहता हूँ। आप यह कर सकते हैं?"

"यह तो मैं पांडुलिपि देखने के बाद ही कह सकूँगा।"

"ठीक है, पढ़ लीजिए।"

"अभी तो वक्त नहीं है। आपको छोड़कर जाना होगा।"

"यह तो सम्भव नहीं है," मार्गय्या बोला। "मैं इसे किसी के पास छोड़ने के लिए तैयार नहीं हूँ। आप इसे पढ़ लें—मैं इन्तज़ार करूँगा।"

"मुझे और भी काम है।"

"मुझे भी हैं। मैं आपके पास सिर्फ इसे छपाने आया हूँ, किसी और काम के लिए नहीं। अगर आप छापना न चाहें, तो कह दें," यह कहकर उसने पांडुलिपि वापस उठाने के लिए हाथ बढ़ाए।

"आप धीरज खो रहे हैं," मालिक बोला। "मेरा मतलब तो यह था"—यह कहकर उसने पांडुलिपि उठाई और पहला पृष्ठ खोला। "अच्छा", यह कहकर वह उसे देखता चला गया। हर अध्याय और हर पन्ना उसे बहुत रोचक लग रहा था। वह बार-बार 'आह' 'आह' करता और मार्गैय्या बड़े निरपेक्ष भाव से उसे देख लेता। उसे अपने इस व्यवहार से बहुत सन्तोष हुआ। "बिज़नेस में आदमी को ऐसा ही व्यवहार करना चाहिए। अगर वह ज़रा भी संकोच या उत्साह दिखाएगा, तो दूसरे तो उसे निगल ही जाएँगे।" प्रूफ लाने-ले-जाने वाले लोग आते और उसके सामने तब तक चुप खड़े रहते, जब तक वह खुद अपना सिर नहीं उठाता। एक एकाउंटेंट उसके सामने अपना रजिस्टर खोले खड़ा उसके सिर उठाने का इन्तज़ार कर रहा था। मदन लाल हर कुछ सेकिंड बाद 'आह' कर देता। उसके सामने गोला-सा बनाकर कई लोग खड़े हो गए। अचानक वह चिल्लाकर बोला, "तुम सब यहाँ से दूर हो जाओ, और मेरे लिए रोशनी ले आओ।" लेकिन एकाउंटेंट खड़ा रहा और आगे बढ़कर बोला, "साब, यह ज़रूरी है।" उसने रजिस्टर पांडुलिपि के ऊपर रख दिया—लाल ने एक नजर उसे देखा और फौरन उसे आगे खिसका दिया। जब एकाउंटेंट ने उसके कंधों के ऊपर से देखना चाहा, तो वह चिल्लाया, "मैं क्या पढ़ रहा हूँ, यह देखने की कोशिश मत करो। जाओ यहाँ से।" एकाउंटेंट तुरन्त वापस हो लिया। लाल ने मार्गैय्या पर एक नज़र डाली और कहने लगा, "कुछ लोगों में हर बात जानने की कितनी इच्छा रहती है! यह बिलकुल गलत बात है।"

मार्गैय्या बोला, "आप पूरी पांडुलिपि पढ़ना चाहते हैं?"

"हाँ," वह बोला, "नहीं तो मैं कैसे फैसला करूँगा कि इसे छापूँ या नहीं?"

"तो मुझे तब तक यहाँ इन्तज़ार करना पड़ेगा?" मार्गैय्या ने पूछा।

"हाँ, हाँ। तुमने कहा तो यही था।...लेकिन तुम चाहो तो चले जाओ, लौटकर आ जाना।"

मार्गैय्या को सन्देह हुआ कि इसका इरादा सही नहीं है। यह कुछ और ही करना चाहता है। इसलिए मैं यही बैठूँगा, चाहे सारा दिन बीत जाए; मैं यह पांडुलिपि अपनी आँखों से ओझल नहीं होने दूँगा। "ठीक है, मैं यहीं बैठा हूँ। आप ज़रा जल्दी-जल्दी पढ़ें।"

"अच्छा, अच्छा। अब मुझे डिस्टर्ब मत करो," लाल ने बेचैनी दिखाते हुए कहा।

लाल की मेज़ पर प्रूफों के अम्बार लग गए, लेकिन उसने उन पर ध्यान नहीं दिया। कम्पोजीटर कॉपी लेने के लिए आने लगे, एकाउंटेंट फिर रजिस्टर लेकर आया, कि उस पर वह दस्तखत कर दें। लाल ने आँखें तरेर कर उसे देखा और जल्दी से दस्तखत कर दिए। बाकी सब कागज़ उसने एक तरफ सरका दिए और कहा, "जब

तक मैं यह पांडुलिपि पूरी तरह नहीं देख लेता, मेरे पास कोई न आए। यह बहुत महत्त्वपूर्ण और ज़रूरी है। देखते नहीं कि ये साहब कब से यहाँ बैठे हैं?'' तभी मशीन रूम का फोरमैन वहाँ आ धमका। उसने कमरे का एक चक्कर लगाया,गला साफ़ किया और हिम्मत करके बोला, ''साब, स्कूल की रिपोर्ट हो गई, अब मशीन खाली है।''

''अच्छा,'' वह बोला, फिर सामने जमा कागज़ों के ढेर में से एक प्रूफ निकाला उस पर सरसरी नजर डाली और उसे देकर कहा, ''इसे ले जाओ और मशीन पर चला दो।''

एक बज गया, तो लाल ने सिर उठाया और उससे कहा, ''मुझे भूख लग आई है लेकिन अभी यह खत्म नहीं हुई है। पूरे तीस पन्ने बाकी हैं। मुझे घर जाना है। तुम इसे मेरे पास छोड़ तो नहीं सकते?''

''नहीं,'' मार्गेय्या ने जवाब दिया। ''कैसे छोड़ सकता हूँ!''

''तो मेरे साथ लंच के लिए चलो।''

मार्गेय्या को चिन्ता हुई। यह उत्तरी भारत का आदमी, पता नहीं घर पर क्या खाता है—माँस खाता होगा गाय का या भैंस का, और मसाले भी अजीब होते होंगे। ''वह उसके साथ बैठ भी कैसे सकता है! इसलिए उसने तुरन्त जवाब दिया, ''मैं खा चुका हूँ।''

''ठीक है, लेकिन साथ तो चलो।''

''नहीं, मुझे घर जाना है।''

''क्यों, अगर खाना खा चुके हो तो जाने की क्या ज़रूरत है?''

''ज़रूरी काम है कुछ।''

''तो बताओ मैं क्या करूँ? यहीं बैठकर पढ़ूँ और खाना न खाऊँ?''

''जो ठीक समझें। वैसे जवाब देने लायक तो आप पढ़ ही चुके होंगे?''

''ज़रा सा धीरज रखो। मुझे थोड़ा सा वक्त और दो। पूरा पढ़ने के बाद ही मैं इस पर बात कर सकूँगा।''

''ठीक है, पढ़ते रहिए,'' मार्गेय्या बोला। ''मैं आपको रोक तो रहा नहीं हूँ।''

लाल ने मेज पर रखी घंटी ज़ोर से बजाई और आदमी के आने पर उससे कहा, ''घर जाकर उन्हें बता आओ कि आज मैं खाना खाने नहीं आ रहा। और किसी को भेजो कि रेस्तराँ से दो लोगों के लिए कुछ खाने को ले आए।''

काफी और कई प्लेट खाना आ गया। लाल ने कागज़ एक तरफ सरका कर उन्हें रखने की जगह बनाई और मार्गेय्या से भी खाने को कहा। पांडुलिपि उसने अपनी गोद में रख ली, और उसे पढ़ते-पढ़ते खाना भी शुरू कर दिया—उसकी उँगलियाँ प्लेट में जातीं और खाना उठाकर मुँह में रख लेती थीं, जैसे यह कोई एकदम अलग

काम हो। उसने कई दफा मार्गेय्या पर नज़र डाली और कहा, "खाओ, खाते रहो।"

मेज पर कई प्लेटें मार्गेय्या की तरफ रखी थीं। क्षण भर तो उसने संकोच किया, फिर सोचा, "क्यों न खाऊँ?" और खाना शुरू कर दिया। उसे भूख भी लगी थी। कई घंटे पहले उसने मामूली सा नाश्ता किया था। अब उसके सामने कई स्वादिष्ट चीज़ें थीं। "यह तो भाग्य की ही बात है," उसने सोचा। "इसकी कीमत भी काफी होगी– कम से कम एक रुपए। जलेबी भी थीं, उसने खाईं और सोचने लगा कि क्या बालू के लिए इसमें से कुछ ले जाऊँ। उसे लगता रहा कि बच्चे को खिलाए बिना उसका खाना चोरी करने जैसा है।

"आराम से खाओ," लाल ने फिर कहा। मार्गेय्या ने देखा कि वह काफ़ी खाता है, जो भी सामने आए, उठाकर मुँह में रखता चला जाता है। लेकिन पांडुलिपि से उसकी नज़रें कभी नहीं हटती थीं। ज़्यादा खाने के ही कारण वह तगड़ा है। "यह मेरी तरह अध खाया, अध भूखा बिज़नेसमैन नहीं है। इसी कारण यह इतना ज़्यादा बिज़नेस और इतनी ज़्यादा आमदनी करने में सफल है।"

जब प्लेटें उठ गईं, लाल ने रुमाल से अपना मुँह पोंछा और घोषणा की, "मैंने पूरा पढ़ लिया।"

"तो अब इसके बारे में अपनी राय बताएँ।"

"पुस्तक तो रोचक है, इसमें सन्देह नहीं।"

"यह किताब ऐसी है जिसे हर व्यक्ति को पढ़ना चाहिए," मार्गेय्या ने कहा।

"अरे नहीं, हर आदमी के पढ़ने लायक नहीं है। जैसे, अगर कोई अविवाहित जोड़ा इसे पढ़े तो..."

"तो उसे पहले ही सब बातों का पता चल जाएगा," मार्गेय्या बोला, "जिससे दोनों के बीच ज़्यादा तारतम्य पैदा हो जाएगा।

"मिस्टर, मुझे पहले अपने वकील से बात करनी होगी।"

मार्गेय्या ने पूछा, "वकील का इससे क्या लेना देना?"

"बात यह है," दूसरा बोला, "कि यह अश्लीलता के कानून में तो नहीं आती। इसके लिए अलग कानून है। नहीं तो हम दोनों जेल में बैठे होंगे।"

"यह अश्लील नहीं है, समाज शास्त्र की किताब है।"

"अच्छा? तो कोई परेशानी की बात नहीं। लेकिन मैं वकील से यह जानना चाहूँगा। क्या आप कल फिर इसी समय आ सकेंगे?"

"किसलिए?"

"तब तक मैं अपने वकील से बात कर लूँगा और कुछ जवाब दे सकूँगा। अगर आप किताब मेरे पास छोड़ सकते!"

"यह कैसे हो सकता है," मार्गेय्या ने कहा। उसे लगा कि प्रकाशक पांडुलिपि

को हथियाने की कोशिश कर रहा है। उसने अपनी बात को बल देने के लिए कहा, "कुछ भी हो जाए, मैं यह नहीं कर सकता।"

"तो आप भी मेरे साथ वकील के पास चलें?"

"कब?" मार्गेय्या ने पूछा और यह दिखाया कि उसे अपनी डायरी देखनी होगी।

"कल किसी वक्त।"

मार्गेय्या बैठकर सोचने लगा। वह वकील के पास जाने से बचना चाहता था। वकीलों से उसे चिढ़ होती थी। को-ऑपरेटिव बैंक का सेक्रेटरी भी वकील था। सब वकील झगड़े कराते हैं। इसके अलावा, इस आदमी के सामने वह छोटा क्यों बने? उसने कहा, "कल तो सम्भव ही नहीं है। मुझे बहुत ज़रूरी काम है। लेकिन हाँ, मैं किसी वक्त कुछ मिनट के लिए आ सकता हूँ, अगर आप निश्चित जवाब देने को तैयार हों।" कुछ देर बाद बोला, "मैं आपके पास पहले इसलिए आया क्योंकि आपका प्रेस शहर में सबसे बड़ा है। मैं जानता था कि आप यह काम ज़रूर कर सकेंगे, हालाँकि एक दर्जन प्रेस करने को तैयार हैं।"

लाल ने सीना फुलाकर कहा, "हमारा प्रेस शहर में सबसे बड़ा और सबसे अच्छा है। हमारे जैसी सेवा और कहीं नहीं मिलेगी, इसका मैं आपको विश्वास दिला सकता हूँ।"

"आप कितना पैसा लेंगे?"

"यह सब तो मैं तभी बता सकता हूँ जब मैं इसे छापने का फैसला ले लूँ।"

"किताब छापने में वक्त तो काफ़ी लगेगा?" उसने सवालों का सिलसिला जारी रखा।

"यह भी कल ही बता सकूँगा।"

"आप बहुत सतर्क आदमी लगते हैं। किसी भी बात के लिए कुछ नहीं कहना चाहते।"

"ठीक बात है," उसने प्रशंसा के भाव से कहा, क्योंकि दूसरे का भी स्वभाव ऐसा ही था। राजनीतिज्ञों की तरह बिज़नेसमैन भी कोई अन्तिम बात कहने से बचते हैं। उनका यह गुण मार्गेय्या में, उसके और गुणों की तरह, अपने आप आना शुरू हो गया था। संगीतज्ञ पैदा होने के बाद से ही गुनगुनाना शुरू कर देता है, लेखक के विचार घटना देखते ही बनने शुरू हो जाते हैं, इसी तरह बिज़नेसमैन का सबसे बड़ा गुण यह माना जाता है कि वह हर विषय पर कुछ-न-कुछ बोलने की योग्यता रखता हो, पर यह सब ऐसा होना चाहिए जिसका कोई अर्थ न निकले और न यह लगे कि उसने कोई वादा किया है।

दूसरे दिन मार्गेय्या ने पहले से ज़्यादा साफ़-सुथरे कपड़े पहने और निश्चित समय पर प्रेस पहुँच गया। आज भी उसके हाथ में हमेशा की तरह कागज़ में लिपटी पांडुलिपि थी। जैसे ही वह प्रेस में घुसा, उसे अहसास हुआ कि सब कुछ अच्छा ही होगा। वह लाल के पास पहुँचा और छूटते ही पूछा, "आपके वकील ने क्या सलाह दी है?"

"हम इसे छाप सकते हैं बशर्ते आप दो-एक मामूली बातों के लिए तैयार हों।"

"कहिए, आप क्या चाहते हैं," मार्गेय्या ने कहा। "बिज़नेस में या तो सौदा किया जाता है या नहीं किया जाता, बीच में कोई बात नहीं होती।"

"मिस्टर, यह मत कहिए," लाल ने फौरन टोका, "मेरे प्रेस में कोई नकारात्मक बात नहीं कही जाती।"

"मैं भी कोई नकारात्मक बात कहना पसन्द नहीं करता, जब तक मुझे ऐसा करने के लिए बाध्य न किया जाए," मार्गेय्या ने कहा, साथ ही बिज़नेस के एक नए सिद्धान्त को जाना : कि आखिरी बात अपनी ही रहनी चाहिए। उसने जाना कि जो आखिरी बात कहता है, वही ज़्यादा फ़ायदे में रहता है। लेकिन उसे यह जानने की चिन्ता सता रही थी कि यह आदमी किताब छापेगा या नहीं, क्योंकि यही इस काम के लिए सबसे सही आदमी लग रहा था। मार्गेय्या ने इधर-उधर नज़र डाली और पूछा, "और आपकी ये दो शर्तें क्या हैं?"

"मैं चाहता हूँ कि हम दोनों भागीदारी में यह काम करें।"

"किस बात में भागीदारी होगी?"

"इससे काम ज़्यादा रोचक हो जाएगा। हम दोनों मिलकर छापेंगे और जो कुछ मिलेगा, उसे आधा-आधा बाँट लेंगे। यानी खर्च भी आधा-आधा बाँटेंगे। मंज़ूर है यह?"

मार्गेय्या ने उत्तर देने में समय लगाया। "मैं इस पर गम्भीरता से विचार करूँगा, फिर "हाँ" या "ना" में जवाब दूँगा। और दूसरी शर्त क्या है?"

"दूसरी यह कि अगर इस पर कभी कोई कानूनी कार्रवाई हुई, तो आपको इसकी पूरी ज़िम्मेदारी खुद लेनी होगी।"

"इसका क्या मतलब हुआ?"

"किताब की पूरी कानूनी ज़िम्मेदारी आपकी होगी।"

"अच्छा," मार्गेय्या ने उसे गहरे सन्देह से देखा और पूछा, "लेकिन क्यों?"

"इसलिए कि किताब के मालिक आप हैं, आप ही इसे निकाल रहे हैं?"

"अगर मैं इसे निकाल रहा हूँ, तो छापने के अलावा आपका इसमें कोई योगदान नहीं है। यह ठीक है न? अगर हाँ, तो आप लाभ में हिस्सा कैसे माँग सकते हैं? फिर लाभ से आपका सम्बन्ध कैसे होगा?"

दूसरे को इसका कोई जवाब नहीं सूझा लेकिन तुरन्त अपने ऊपर काबू पाकर वह बोला, "मैं हानिविहीन भागीदारी चाहता हूँ।"

मार्गेय्या इस अद्‌भुत शब्द से ज़्यादा प्रभावित नहीं हुआ—लेकिन क्या हुआ इसका अर्थ? यही न कि लाभ में साथ-साथ, नुकसान में अलग। उसने कहा, "मैंने कई तरह का बिज़नेस किया है, और कई तरह की भागीदारियाँ जानता हूँ।"

"इससे पहले क्या बिज़नेस कर रहे थे?" लाल ने पूछा।

"मुख्यतः बैंकिंग," मार्गेय्या ने जवाब दिया। "और आप तो जानते ही होंगे कि जो आदमी बैंकिंग में होता है, वह तरह-तरह के कामों से जुड़ा रहता है।" उसके मन में एक कल्पना यह जगी कि वह किसी किसान के लिए अर्ज़ी लिख रहा है, और दूसरी यह कि दूसरे के लिए कर्ज़े का इन्तजाम कर रहा है।

लाल को यह वक्तव्य पसन्द आया। उसने कहा, "गुजरात में हमारा एक बैंक है, लेकिन मौसम आने पर वह तिलहन के सौदे भी करता है।"

"क्योंकि यह ज़रूरी हो जाता है," मार्गेय्या ने ज्ञान प्रदर्शित करते हुए कहा।

लाल बोला, "एक बिज़नेस शुरू करके दूसरे बिज़नेस से दूर रह पाना असम्भव है।"

इस तरह वे काफी देर तक बातें करते रहे। लंच का समय हुआ तो पहले की तरह होटल से खाना मँगाया गया और मार्गेय्या ने काफी और मिठाई-नमकीन से अपना पेट भरा। उसे प्रेस के प्रति आत्मीयता महसूस होने लगी, यहाँ उसे अच्छा लगने लगा। दोनों शाम तक इन्हीं विषयों के सभी सम्भव पहलुओं पर बहस-मुबाहसा करते रहे, कई बार एक-दूसरे के खिलाफ़ भी बोले, लेकिन अंत तक किसी नतीजे पर पहुँच पाने में सफल नहीं हुए। बातचीत के बीच पांडुलिपि मेज़ के बीच में रखी इन्तज़ार करती रही। आखिरकार शाम को छह बजे समझौता हो गया और दोनों ने पांडुलिपि के ऊपर से हाथ आगे करके एक-दूसरे से हाथ मिलाए और भागीदारी को अन्तिम रूप दिया। मार्गेय्या को प्रसन्नता हुई कि बिना कोई पैसा लगाए उसे आधा हिस्सा मिल रहा था लेकिन उसने इन शब्दों में अपना सन्तोष व्यक्त किया : "मुझे यह पसन्द तो नहीं, लेकिन हम लोग इतने करीब आ गए हैं और एक-दूसरे के मित्र बन गए हैं कि अब मैं "ना" नहीं कर सकता।" इसके बाद, जैसे बेमन से कर रहा हो, लम्बा चेहरा बनाकर अनुबंध पर दस्तखत कर दिए। साथ ही कहता रहा, "आपने तो मुझे जीत लिया है। बहुत अच्छे बिज़नेसमैन हैं आप।" यह प्रशंसा सुनकर लाल पुलकित हो उठा।

"हम बिज़नेसमैन तभी बन सकते हैं, जब बराबर-बराबर की भागीदारी करें," लाल कहता रहा, और मार्गेय्या इससे सहमत दिखाई दिया—हालाँकि इसका गणित काफी जटिल था और आसानी से किसी की समझ में नहीं आता था।

मार्गेय्या ने काफी ज़ोर से घर का दरवाज़ा खटखटाया। लाल ने उसे गाड़ी से पहुँचाने की बात कही लेकिन उसने इसे स्वीकार करने से एकदम इनकार कर दिया। वह नहीं चाहता था कि वह उसका घर या सड़क देखे। उसने कहा कि इतनी देर तक घुटन-भरे वातावरण में रहने के बाद वह पैदल ही घर लौटना पसन्द करेगा जिससे कल काम करने के लिए स्वस्थ महसूस कर सके।

उसने इतने अधिकार से दरवाज़े पर दस्तक दी कि पत्नी दौड़कर आई और दरवाज़ा खोलकर एक तरफ़ खड़ी हो गई। आज उसकी हिम्मत नहीं हो रही थी कि कोई उलटे-सीधे सवाल-जवाब करे। उसने उसे खाना परोसा और अपना लहज़ा बहुत शान्त बनाकर बोली, ''अब रोज़ इसी वक्त पर आने लगे हो।''

''हाँ, अब और भी देर से आया करूँगा। मैं बहुत बिज़ी हो गया हूँ।''

''अच्छा,'' वह बोली, ''तो किताब छप गई?''

''यह काम इतना आसान नहीं है,'' मार्गेय्या ने जवाब दिया। ''बहुत सी मुश्किलें आती हैं।'' और चूँकि उसने और कोई सवाल नहीं पूछे, इसलिए उसने खुद ही बताया, ''मैंने एक बहुत बड़े आदमी के साथ भागीदारी का समझौता कर लिया है।'' यह वाक्य उसे अच्छा लगा क्योंकि इससे उसे खुद अपने बड़े होने का अहसास हुआ। लेकिन एक शब्द उसे कुछ खटका, ''बड़े आदमी,'' और वह सोचने लगा कि किस तरह इसका खंडन करे, नहीं तो पत्नी यह समझेगी कि वह मार्गेय्या से ज़्यादा लम्बा-चौड़ा है। उसने तुरन्त सुधार किया, ''बड़ा बिज़नेसमैन है...उत्तर भारत का है। सोचता है कि वह बहुत चालाक है, लेकिन मैंने उसकी नाक मरोड़ दी...''

''अच्छा,'' उसकी बीवी ने खुश होकर कहा। उसकी नज़र में मार्गेय्या का महत्त्व और रुतबा बढ़ गया था। जब वह खाना खाकर उठा, वह लोटे में पानी लेकर हाथ धुलाने आकर खड़ी हो गई। इसके बाद उसने हाथ पोंछने के लिए तौलिया भी दिया।

इन सब सेवाओं से वह खुश हो गया। सोचने लगा, ''यह स्वभाव से बुरी नहीं है, बस, कभी-कभी मूड खराब हो जाता है।'' बोला, ''मेरा ख्याल है, अब हम ज़्यादा अच्छी तरह रह सकेंगे। अब काफी पैसा आना शुरू हो जाएगा।''

उसका अगला दिन लाल के साथ बातचीत करने में बहुत व्यस्त रहा, और उसे ऐसी बहुत सी चीज़ों पर राय देनी पड़ी जिनके बारे में वह कुछ भी नहीं जानता था। लाल को भी यह लगता रहा कि यह बहुत कुछ जानता है। मार्गेय्या ने अपने सिद्धान्त के अनुसार अपने अज्ञान को बिलकुल प्रकट नहीं होने दिया।

लाल ने पूछा, ''इसे डिमाई में करना है या क्राउन में?''

यह डिमाई और क्राउन क्या होता है? ये अनोखे शब्द क्या हैं, किस दुनिया

से आए हैं ये? मार्गेय्या आँखें झपकाने लगा, यह आदमी क्या कह रहा है। लेकिन उसने निश्‍चिंत होकर कहा, "दोनों की अपनी विशेषता है, इसका फैसला आप कर लें—आप तो तकनीकी आदमी हैं।"

लाल बोला, "देखिए, डिमाई में ज़्यादा जगह मिलेगी।"

मार्गेय्या यह शब्द ज़िन्दगी में पहली दफ़ा सुन रहा था। वह नहीं जानता था कि किताब के किस काम से या प्रेस से या बिक्री से इसका सम्बन्ध है। लेकिन वह चौकन्ना था कि उसकी बातों से किसी भी तरह उसके अज्ञान का इशारा भी न मिल जाए। उसने कहा, "अगर इसमें जगह ज़्यादा मिलती है, तो और किस बात का ध्यान रखना उचित होगा?"

"यही बात नहीं है, क्राउन उपयोग में ज़्यादा आसान है, यह गज़ेटियर जैसा नहीं लगता।"

गज़ेटियर शब्द सुनकर मार्गेय्या ने मुँह बनाया, "नहीं, गज़ेटियर जैसा तो लगना ही नहीं चाहिए।"

"तो फिर हम इसे क्राउन में ही छापेंगे।"

"ठीक है," मार्गेय्या ने अनुमति-सी देते हुए कहा। "लेकिन एक बात मैं यह जानना चाहूँगा कि दोनों की लागत में कितना फ़र्क आएगा।"

"ज़्यादा नहीं," लाल बोला, "ज़्यादा से ज़्यादा एक आना फ़ी पौंड।"

पौंड! ये पौंड इसमें कहाँ से आ गए? वह सवाल करना ही चाहता था जो बचपन में स्कूल के दिनों से उसके दिमाग में पड़ा था, कि पौंड शब्द का इस्तेमाल होते ही सब पूछने लगते, "कौन सा पौंड, रुपए-पैसे वाला या तराज़ू वाला?" उसने पूछने के लिए मुँह खोला ही था, लेकिन तुरन्त बन्द कर लिया, क्योंकि उसे याद आया कि उस समय भी जब कोई लड़का यह प्रश्न पूछता, तो टीचर छड़ी उठाकर उसकी पिटाई कर देता, क्योंकि इसका मतलब यह होता था कि लड़का विषय पर पूरा ध्यान नहीं दे रहा है। मार्गेय्या को डर लगा कि इस तरह अगर लाल को उसके अज्ञान का पता चल जाए, तो हो सकता है, वह एग्रीमेंट को फाड़कर फेंक दे, या इसके सहारे बाद में उसे धोखा देना शुरू कर दे। किताब के व्यवसाय में तौला क्या जाता है? वह कुछ समझ नहीं पा रहा था। उसने इस पर मगज़-पच्ची नहीं की, क्योंकि शीघ्र ही वह सब कुछ जान लेगा। उसे पूरी आशा थी कि पुस्तक-व्यवसाय में जो कुछ जानना ज़रूरी होता है, वह सब वह एक दिन ज़रूर जान लेगा। 'मुझे सिर्फ अपनी आँखें खोलकर रखनी होंगी और छह महीने के भीतर मैं सबकी गलतियाँ निकालने लगूंगा।' इससे उसका आत्मविश्वास कई गुना बढ़ गया।

लाल ने उस पर नज़र डाली और कहा, "आप चुप क्यों हैं? कुछ कह क्यों नहीं रहे?"

“क्योंकि मुझे कुछ कहना नहीं है,” मार्गेय्या बोला।

“तो आपको मेरा प्रस्ताव मंजूर है?” लाल ने पूछा।

“हाँ, बिलकुल,” मार्गेय्या ने यह कुछ इस तरह कहा कि आगे भी यह जवाब काम आएगा और उसे शर्मिंदगी से बचाता रहेगा।

अब लाल ने एक नया प्रश्न उसके सामने रख दिया : “क्या हम किताब में हमेशा चलने वाला दस पाइंट रोमन इस्तेमाल करें, या इसी पाइंट का एक और सीरीज़ वाला टाइप जिसे मैंने खास कामों के लिए भरा है–दोनों में फर्क सिर्फ यह है कि इसकी बॉडी ग्यारह पाइंट की है।”

बॉडी? पाइंट? दस या ग्यारह? इन सबका क्या मतलब है? मार्गेय्या बोला, “मज़ेदार बात है...मैं आपका ग्यारह पाइंट बॉडी देखना चाहूँगा।” उसे लग रहा था कि चार मुस्टंडे आदमी किसी की ‘बॉडी’ लादकर लाएंगे। लेकिन जब लाल ने अपना हाथ बढ़ाया और अलमारी से एक किताब खींचकर निकाली, तो वह समझ नहीं सका कि इसका बॉडी से क्या सम्बन्ध हो सकता है। उसने सोचा कि लाल इसमें से कुछ पढ़कर सुनाएगा। लेकिन उसने एक पन्ना खोला और उसे मार्गेय्या के सामने रख दिया और बोला : “यह है वह। कैसा लगता है यह टाइप?” मार्गेय्या ने पूरे पाँच मिनट तक उसे ध्यान से देखा और कहा : “मुझे तो ठीक ही लग रहा है। आपका क्या ख्याल है?”

“यह हमारा सबसे अच्छा टाइप है,” लाल ने कहा। “आपको रोमन भी दिखाऊँ?”

अब मोटे तौर पर उसकी समझ में आ गया कि विषय क्या है। उसने कहा, “अगर यह आपका सबसे अच्छा टाइप है तो इसे किसी दूसरे में न इस्तेमाल करने की कोई वजह नज़र नहीं आती।” यह बात उसने कुछ इस ढंग से कही कि इस फैसले में बरबाद किए कुछ मिनटों का किसी दूसरे काम में उपयोग कर लिया जाता। उसे ज़्यादा फुरसत न देने के विचार से उसने यह पूछ लिया, “आप यह बताइये कि खर्च की दृष्टि से इन दोनों में कितना फर्क पड़ेगा।”

“हर फर्मे में करीब दो रुपए का, ज़्यादा नहीं।”

“बस, इतना ही?” मार्गेय्या बोला, “और फर्मे कितने होंगे?”

लाल ने पांडुलिपि पर नज़र डाली और बोला, “अगर पेज टु पेज भी मान लिया जाए तो दस से ज़्यादा नहीं बनेंगे।”

“मेरा ख्याल है कि हमें सिर्फ बीस रुपए की खातिर योजना नहीं बदलनी चाहिए,” मार्गेय्या ने कहा। उसे खुशी हुई कि आखिरकार उसने बातचीत में कुछ योगदान किया।

“मैं इससे सहमत हूँ। अब बाइंडिंग वगैरह की बात करते हैं।”

"अरे, ये सब बातें," मार्गैय्या ने उदारता दिखाते हुए कहा, "इनका फैसला आपको खुद कर लेना चाहिए।"

"लेकिन हर चीज़ की कीमत तय होनी है। मैं नहीं चाहता कि आपको कभी यह कहने का मौका मिले कि मैंने कोई खर्चा आपको बताए बिना कर लिया।"

"पर यह सब तो बाद में होगा?" मार्गैय्या ने कहा।

"हाँ, प्रकाशन के बाद पहले कुछ दिनों में।"

यह सुनकर मार्गैय्या को अच्छा लगा, क्योंकि उसे डर था कि कहीं उसे तुरन्त ही कुछ पैसा लगाने को न कहा जाए।

"और मेरे वकील का सुझाव है कि किताब को 'बिस्तर की जिन्दगी' नाम देने की जगह 'घरेलू सुख-आराम' नाम दिया जाए। आपको इसमें कोई आपत्ति तो नहीं है?"

"नहीं, बिलकुल नहीं," मार्गैय्या ने उत्तर दिया। "इन मामलों में वकील की राय से ही चलना चाहिए।"

"नहीं तो मुश्किलें खड़ी हो सकती हैं।"

"हाँ, नहीं तो मुश्किलें खड़ी हो सकती हैं," उसने लाल की बात दोहराई और उसमें यह जोड़ा, "हमें मुश्किलों से बचने की हर कोशिश करनी चाहिए क्योंकि बिज़नेसमैन का वक्त बहुत कीमती होता है।"

"आप बहुत बुद्धिमान हैं। हर बात सही समझते हैं।"

बालू जब छह वर्ष का हुआ, मार्गैय्या ने उसे टाउन एलिमेन्टरी स्कूल में भर्ती करा दिया। यह काम उसने बड़ी धूमधाम से किया। उसे एक सजी हुई कार पर बिठाकर बाजे बजवाते हुए मार्केट रोड से ले गया—जब बालू का जुलूस निकला, आवागमन आधे घंटे तक रुका रहा। बालू किराए की टैक्सी में अपने चार दोस्तों के साथ ऊपर सबके बीच सिर घुटाए बैठा था, उसके कानों में हीरे चमक रहे थे और गले में गुलाब के फूलों की माला पड़ी थी। मार्गैय्या गाड़ी के सामने शहर के कुछ अग्रणी नागरिकों के साथ चल रहा था। यही नहीं, उसका भाई भी उसके साथ था। लगता था, अचानक दोनों में मित्रता हो गई है। समारोह के अवसर पर उसने कहा, "आखिरकार वह बच्चे का चाचा है, उसका अपना खून है, मेरा भाई है। उसके आशीर्वाद के बिना बालू का भविष्य कैसे बनेगा।" इसके उत्तर में भाई भी द्रवित हो उठा, "कौन नहीं जानता कि भाई साहब ने ही मुझे पाला है...उनके प्यार के बिना..." इस तरह वह देर तक बोलता चला गया। उसकी बीवी ने भी साथ देते हुए घोषणा की, "हमारे भाईचारे को कोई भी नहीं रोक सकता।"

मार्गेय्या ने सीना फुलाकर कहा, "ऐसे वक्त आते हैं जब हमें अपनी भावनाओं और पूर्वाग्रहों को एक तरफ रखकर काम करना चाहिए—और अपने खून के रिश्तों का सम्मान करना चाहिए।" इस भावना के अधीन एक दिन सवेरे पाँच बजे पति-पत्नी ने पड़ोसी भाई का दरवाज़ा खटखटाया, और भाई के दरवाज़ा खोलने पर उसके आश्चर्य को नज़र अंदाज़ करते हुए भीतर आ गए। पत्नी तो सीधी चौके में चली गई और मार्गेय्या मुस्कराकर भाई से कहने लगा, "तुम लोग अच्छी तरह तो हो न? कल बालू के स्कूल जाने का कार्यक्रम है। उसे आकर अपना आशीर्वाद देना... ।"

"अरे हाँ, क्यों नहीं," भाई चौंक कर कहने लगा, "ज़रूर आऊँगा।"

"तुम दोनों और बच्चे खाना भी वहीं खाना," मार्गेय्या बोला, "तुम्हारे यहाँ कल चूल्हा नहीं जलेगा।..और मेरी भावज कहाँ है?"

भाई बोला, "वहाँ।"

मार्गेय्या ने चिल्लाकर उसी लहज़े में, जिसमें वह उसे बचपन के दिनों में बुलाया करता था, आवाज़ लगाई, "अरे भाभी" उसे उन दिनों की याद आ गई जब वह दोपहर के बाद स्कूल से खाना खाने घर आता था, और उसके छोटे भाई की बीवी बड़ी इज्ज़त से उसके लिए चावल और दही लिए खड़ी रहती थी। लेकिन इस समय वह बाहर निकली और बड़े भाई पर एक तीखी नज़र डालकर कमरे में चली गई। मार्गेय्या समझ गया और अपनी पत्नी के साथ सड़क पर निकल आया। वरांडे तक पहुँचने के बाद पत्नी ने उससे कहा, "वह नहीं आएगी।"

"क्यों नहीं आएगी," मार्गेय्या ने पूछा।

उसने अपने ओंठ काटे और सिर झटक दिया, "मुझसे बात तक नहीं की। जहरीली..."

"लेकिन क्यों नहीं?"

"अब यह क्यों नहीं, क्यों नहीं मत करो। उसका स्वभाव ही ऐसा है—और क्या?"

"उन दिनों तो मुझसे बहुत अच्छा व्यवहार करती थी," मार्गेय्या ने स्कूली दिनों की याद करके भावुकता से कहा।

"तुम चाहो तो उसे फिर न्योता दे आओ।"

"तुमने ठीक से निमन्त्रण तो दिया था...," मार्गेय्या ने पूछा।

"मैं अपनी बहुत बेइज़्ज़ती करा चुकी हूँ।"

"ठीक है, ठीक है," मार्गेय्या खतरा महसूस करके चुप हो गया।

दूसरे दिन भाई अपने सात बच्चों के साथ समारोह में शामिल हुआ। उसने बालू को चाँदी के डिब्बे में कुछ उपहार भी दिया, जिसे देखकर बालू गद्गद हो उठा।

उसने बालू को आदेश दिया कि चाचा के सामने साष्टांग होकर प्रणाम करे और उससे आशीर्वाद माँगे—इसके बाद बच्चा जुलूस के साथ स्कूल पढ़ने गया।

स्कूल में मार्गेय्या के बेटे की विशेष इज़्ज़त थी, क्योंकि मार्गेय्या स्कूल का सेक्रेटरी था। टीचर उसके सामने काँपते थे और हेडमास्टर उसे आता देखकर चुप खड़ा हो जाता था। वे जानते थे कि मार्गेय्या शक्तिशाली आदमी है और यह भी कि वह काफ़ी दयालु भी है और जब कभी वे स्कूल की समस्याओं को लेकर उसके घर जाते हैं, तो वह ध्यान से सुनता हैं और उनका हल भी निकालने का वादा करता है, लेकिन एक क्षण बाद ही सब कुछ भूल जाता है। यह एक तरह से उसका सुरक्षा कवच है। उसके पास हर रोज़ इतनी शिकायतें और माँगें आती हैं कि उन्हें अपने दिमाग़ में रख पाना ही सम्भव नहीं होता—इसलिए वह अच्छा व्यवहार करके ही उन्हें खुश रखने की कोशिश करता है। फिर जब लोग बहुत ज़्यादा उसपर दबाव डालते हैं, तो वह कहता है, "देखो, मैंने यह काम जनता की सेवा करने के लिए लिया है, लेकिन मेरे पास यही अकेला काम नहीं है। सच बात तो यह है कि मैं यह ज़िम्मेदारी लेना ही नहीं चाहता था, लेकिन वे लोग इसके लिए तैयार ही नहीं हुए।"

वह राजनीतिक द्लों के नेताओं की तरह बात करना सीख गया था, लेकिन स्कूल बोर्ड का यह पद उसे बिना माँगे नहीं मिला था और यह भी नहीं कि वह इसे चाहता नहीं था। जिस दिन उसने बालू का स्कूल में दाखिला कराया, उसके कुछ ही समय बाद उसे पता चल गया कि ऐसा कुछ किए बिना बेटे का स्कूल में रहना असम्भव हो जाएगा। दाखिले के पन्द्रह दिन बाद ही उसे पता लग गया कि हर रोज़ उसकी बेंत से पिटाई की जाती है, हर कोई उसके कान उमेठता रहता है और एक दफा तो चपरासी ने भी उसे धक्का दे दिया। वह बेटे को इतना प्यार करता था कि उसे हर बात में स्कूल की ही गलती नज़र आती थी। वह दो-तीन दफ़ा स्थिति सुधारने के लिए स्कूल गया भी, लेकिन हेडमास्टर ने यही कहा कि लड़का अच्छे व्यवहार का हक़दार ही नहीं है। उन्होंने मार्गेय्या की एक भी न सुनी और यहाँ तक इशारा कर दिया कि वह चाहे तो उसे स्कूल से हटा ले। इससे उसे बहुत क्रोध आया। साल खत्म होने पर बालू इम्तहान का नतीजा लेकर जब घर आया, तो उसमें उसे सिफ़र नम्बर प्राप्त हुए थे। मार्गेय्या ने इस पर फैसला कर लिया कि स्कूल पर कब्ज़ा करेगा।

अब वह काफ़ी व्यस्त बिज़नेसमैन था इसलिए बिना आमदनी वाले किसी भी काम के लिए समय निकालना उसके लिए सम्भव नहीं था, लेकिन उसने फैसला

किया कि बेटे की शैक्षणिक प्रगति के लिए उसे यह करना ज़रूरी है। वह बालू को उच्चशिक्षित व्यक्ति के रूप में देखना चाहता था, और इसके लिए उसे यूरोप या अमेरिका भी भेजने के लिए तैयार था। अब उसमें बहुत आत्मविश्वास पैदा हो गया था। वह कोई भी योजना आसानी से चला सकता था, और अपने बच्चे का भविष्य भी इस तरह ढाल सकता था जैसे कुम्हार मिट्टी का लौंदा अपने हाथ से ढाल सकता है। उसका प्यारा बेटा कोई बड़ा अफसर बन सकता है या इसी तरह का कुछ और, या दस साल में कुछ भी, अगर यह नाकारा स्कूल उसे किसी तरह स्वीकार कर ले।...वह स्कूल के अगले चुनाव का इन्तज़ार करने लगा। उसकी रणनीति काफी जटिल थी, और उसमें पैसा भी खर्च होना था, लेकिन बेटे के भविष्य के लिए वह ज़रा भी कंजूसी करने के लिए तैयार नहीं था। पहले वह कमेटी का मेम्बर बना, जिसके लिए उसने एक मेम्बर को इस्तीफा देने के लिए राज़ी कर लिया था। इसके बाद ही बालू के जीवन में परिवर्तन आना शुरू हो गया। वह हमेशा पास होने लगा, और शिक्षकों ने उसके व्यवहार को स्वीकार कर लिया। मार्गेय्या ने बेटे को घर पर पढ़ाने के लिए भी एक ट्यूटर का इन्तज़ाम किया, जिसके चुनाव में उसने काफी मेहनत भी की, उसने सब शिक्षकों के बारे में जानकारी एकत्र की और बालू से पूछा कि इनमें से किससे वह घर पर पढ़ना पसन्द करेगा—जिसका जवाब छूटते ही बालू ने यह दिया, ''किसी से भी नहीं।''

मार्गेय्या बोला, ''मैं यह नहीं सुनूँगा। तुम्हें घर पर भी पढ़ना है। सोचकर बताओ कि किससे पढ़ोगे।''

काफी देर तक समझाने-बुझाने के बाद बालू बोला, ''नैथेनियल से।''

मार्गेय्या नैथेनियल को जानता था—वह व्यवहार में नम्र और सुसभ्य ईसाई था, जिसे बच्चे बहुत प्यार करते थे क्योंकि वह उन्हें ढेर सारी कहानियाँ सुनाता था, कभी डाँटता-फटकारता नहीं था और उन्हें जो चाहे करने देता था, और उन्हें गणित जैसे कठिन विषयों के स्थान पर इतिहास वगैरह रोचक विषय पढ़ाता था। मार्गेय्या ने तुरन्त फैसला कर लिया कि इस सज्जन शिक्षक को बालू को पढ़ाने के लिए कतई नहीं बुलाएगा। 'शेर के बच्चे को भेड़ कैसे सुधार सकती हैं,' उसने अपने से कहा। फिर अचानक उसने प्रश्न किया, ''कौन-सा शिक्षक बच्चों को सबसे ज़्यादा पीटता है?''

''साइंस का चपरासी,'' बेटे ने सोचकर कहा।

''चपरासी नहीं, मैंने शिक्षक का नाम पूछा है,'' मार्गेय्या बोला।

''नहीं, लेकिन वह कहता है कि वह टीचर भी है। पता है, अप्पा, वह हर उस बच्चे को पीट देता है जो उसे ''सर'' नहीं कहते।''

''वह ऐसा करता है?'' मार्गेय्या एकदम बहुत गुस्सा हो उठा। ''तुम उससे

जाकर कहना कि वह साइंस का मामूली-सा चपरासी है और अगर उसने फिर से यह हरकत की तो मैं उसकी पूँछ काट डालूँगा।"

"अप्पा, तो उसके पूँछ भी है," बालू ने ताज्जुब से कहा। "मैंने तो कभी देखी नहीं।" यह कहकर उसने हँसना शुरू किया और इतनी ज़ोर से और इतनी देर तक हँसता रहा कि मार्गैय्या ने उसे डाँटा, "अब यह हँसना बन्द करो। इतना शोर करने की ज़रूरत नहीं है।" लेकिन पूँछ वाले चपरासी की कल्पना बालू को इतनी मनोरंजक लगी कि वह हँसना रोक ही नहीं पा रहा था। यहाँ तक कि उसकी माँ चौके से निकलकर आई और पूछने लगी, "क्या हुआ मेरे बेटे को?"

"अम्मा," बालू ने चीखकर कहा, "अप्पा सोचते हैं कि हमारे साइंस टीचर की पूँछ भी है..." और यह कह-कहकर वह नाचने लगा—मार्गैय्या उससे ज़्यादा पूछ भी न सका। वह जैसे पागल हो उठा था। इस वक्त तो मार्गैय्या चुप हो गया, लेकिन बाद में फिर बालू ने यह चर्चा चलाई तो यह निकल कर आया कि लड़के जिस टीचर से सबसे ज़्यादा नफ़रत करते हैं, वह है मूर्ति—गणित और अंग्रेज़ी पढ़ानेवाला। मूर्ति बुड्ढा-सा आदमी है, सिर घुटा हुआ है जिसपर वह सफेद पगड़ी लपेटता है, लम्बा-सा कोट पहनता है, और हमेशा छड़ी हाथ में लेकर चलता है। मार्गैय्या के लिए आदर्श शिक्षक की यही तस्वीर थी। साफ-सुथरे फुर्तीले युवा, जिनके सिर नंगे और बाल कटे होते थे, और जो मनोरंजक कहानियाँ सुनाकर बच्चों को पढ़ाते थे, उसकी नज़र में अच्छे टीचर नहीं थे। उसने तुरन्त मूर्ति से घर आकर मिलने को कहा और उसे बालू का ट्यूटर ही नहीं, स्कूल में उस पर नज़र रखने वाला अभिभावक भी नियुक्त कर दिया। अब उसका धंधे का काम दिनों दिन बढ़ता जा रहा था, इसलिए भी उसे स्कूल में बालू की देखभाल के लिए किसी की ज़रूरत थी।

मूर्ति यह काम पाकर बहुत खुश था क्योंकि स्कूल से उसे केवल पच्चीस रुपए मिलते थे, जिसमें दस रुपए की यह अतिरिक्त आमदनी उसके लिए नियामत थी, और इस तरह वह स्कूल के सेक्रेटरी से भी मिलता रह सकता था। इससे स्कूल में भी अपने साथियों की नज़र में भी उसकी इज़्ज़त बढ़ गई—हेडमास्टर भी जब कभी किसी मामले में सेक्रेटरी की राय जानना चाहता, तो वह मूर्ति से पहले फुसफुसाकर देर तक बात करता रहता था। मूर्ति को यह सब तो पसन्द था लेकिन उसे एक नुकसान भी हुआ, बालू के ऊपर से उसका दबदबा खत्म हो गया। वह जानता था कि मार्गैय्या ने उसे बालू को सँभालने के लिए नियुक्त किया है, लेकिन यह काम कोई बहुत आसान नहीं था। उसे ऐसे बहुत से लोगों का अनुभव था जिनके एक ही बच्चा होता है और धन-सम्पत्ति बहुत ज़्यादा होती है। ये जो अपने बच्चों के बारे में कहते हैं, उसका वह मतलब कभी नहीं होता। अकेले बच्चे का कोई भी पिता अनुशासन के सवाल पर सख़्ती नहीं सहन कर पाता। मूर्ति इस बच्चे को इतना

परेशान भी नहीं करना चाहता था कि वह अपने पिता से कहे कि मैं इससे पढ़ना नहीं चाहता। इसी के साथ वह यह भी नहीं चाहता था कि पिता यह सोचे कि मैं बालू को सँभाल नहीं पा रहा। इसलिए उसने सतर्कता से काम लेने का फैसला किया। उसने अपने छात्र को ही खुश रखने के विचार से कोई भी काम सही-सही करने पर उसे मिठाई, बिस्कुट, रबड़ वगैरह इनाम देना शुरू किया, उसकी शैतानियों को बरदाश्त किया और मित्रतापूर्ण व्यवहार किया। उसकी यह योजना कामयाब रही, हालाँकि कभी-कभी जब उसे ज़्यादा सवाल करने को दे दिए जाते थे—और वह खेलना चाहता था—तब वह उसे परेशान भी करने लगता था। लेकिन मोटे तौर पर यह उपाय सफल रहा और बालू एक के बाद दूसरी क्लास में तरक्की करता गया, और इस तरह चौथी क्लास में पहुँच गया।

इस तरह शिक्षक और शिष्य एक-दूसरे के साथी बन गए, जो एक-दूसरे के अच्छे और बुरे पहलुओं से परिचित थे। मार्गेय्या स्कूल बोर्ड के चुनावों में भाग लेता रहा। जब भी उसे मौका मिलता, वह अपने दोस्तों और रिश्तेदारों में डींग हाँकता, "बालू अभी तेरह का ही हुआ है, लेकिन इन दो सालों में ही...", और वह उसके कालेज में पढ़ने के सपने देखने लगता। वह न्यू एक्सटेंशन में जो नया घर बनवाने की योजना बना रहा है, उसमें उसके लिए एक अलग कमरा दे देगा। वह उसके लिए टेबिल लैम्प खरीदेगा जिसमें हरे शेड लगे होंगे—उसने सुना है कि हरा रंग आँखों के लिए अच्छा होता है। वह उसे एलबर्ट मिशन कालेज पढ़ने भेजेगा, हालाँकि यह न्यू एक्सटेंशन से बहुत दूर, शहर के एकदम दूसरे किनारे पर है। वह उसके लिए गाड़ी खरीद देगा। लोग उसे देखकर कहेंगे, "देखो, मार्गेय्या का बेटा जा रहा है। भाग्यवान है—बिज़नेसमैनों के लड़के ऐसे ही होते हैं।"

घर का छोटा कमरा मार्गेय्या ने बालू के पढ़ने और रहने का अलग कमरा बना दिया था। वह हर रोज़ सवेरे इसका चक्कर लगाता और देखता कि बेटा सभ्यता के नियम सीख रहा है या नहीं, वह अपनी सब चीज़ें सही जगह पर रखता है या नहीं, लेकिन वह पाता कि चटाई ज़मीन पर बिछी न होकर कोने में आधी लिपटी खड़ी है, किताबें सारे फर्श पर बिखरी हैं और डेस्क में पत्थर, सिगरेट की पन्नियां और चिड़ियों के पंख भरे पड़े हैं। ये सब चीज़ें उसने पड़ोस में हाल ही में लकड़ी के तख़्तों से जोड़कर बनी एक दुकान से, जो एक मलाबारी ने खोली थी, इकट्ठी की थीं। कमरे की यह हालत देखकर उसे अच्छा नहीं लगा। उसकी दृष्टि में छात्र का कमरा ऐसा होना चाहिए जिसमें उसकी किताबें एक तरफ़ करीने से लगी हों, और कपड़े साइड में आर-पार बँधे तार पर तह किए लटकें हों। उसने बेटे के लिए देवी सरस्वती की

एक फ्रेम में लगी तस्वीर भी खरीद दी थी जिसमें विद्या और ज्ञान की यह दात्री अपने वाहन मोर के बगल में बैठी वीणा बजा रही थी। उसने दीवार पर बीचोबीच इसे टाँग दिया था और बेटे से कहा था कि प्रतिदिन सवेरे उठकर सबसे पहले उसके सामने हाथ जोड़कर और आँखें बन्द करके प्रार्थना करनी चाहिए। वह रोज़ सवेरे उठते ही उससे पूछता, ''आज प्रार्थना की तुमने?''

''हाँ, अभी करता हूँ,'' यह कहकर वह दौड़कर देवी के सामने खड़ा होकर झटपट प्रार्थना करता, फिर हाल में आकर या तो आसमान में या किचेन की तरफ़ ताकता रहता। मार्गेय्या गुस्से से कहता, ''भगवान तुम्हारी ड्रिल क्लास की तरह नहीं हैं, गए और बेमन से सिर झुका आए। पूरी भावना से करनी चाहिए प्रार्थना।''

''अप्पा, मैंने लेटकर सिर झुकाया था।''

''लेकिन तुम्हारा दिमाग़ कहाँ था?''

''मैं सोच रहा था...सोच रहा था...,'' कुछ क्षण रुककर वह बोला, ''हाँ, अपने पाठ के बारे में।'' उसे लगा कि पिता यह सुनकर खुश होंगे, लेकिन उन पर असर नहीं पड़ा।

''इतनी तेज़ी से सिर नहीं झुकाया जाता।''

बेटे ने मुँह बिचकाकर पूछा, ''मैं ज़मीन पर कितनी देर पड़ा रहूँ?...हमेशा?''

''तुम देवीजी की प्रार्थना में इतनी मीन-मेख निकालोगे, तो कभी विद्वान नहीं बन सकोगे,'' मार्गेय्या ने चेतावनी देते हुए कहा।

ऐसी सख्त देवी का विचार करके उसने गुस्से से कहा, ''मैं परवाह नहीं करता।''

मार्गेय्या का पारा चढ़ने लगा था। उसने कहा, ''तो फिर सारी दुनिया तुम्हें नाकारा गधा कहेगी। देवी-देवताओं के बारे में ऐसे नहीं बोलना चाहिए।...तुम जानते हो मैं क्या था, मैंने कैसे ज़िन्दगी की शुरुआत की, और कैसे देवी की पूजा-प्रार्थना करके इस स्थिति तक पहुँचा हूँ? जानते हो मैं कैसे सफल हुआ? मैंने बड़ा ध्यान लगाकर देवी का प्रार्थना की। देवी ही है जो...''

बेटा बीच में ही बात काटकर बोला, ''मैं जानता हूँ आप किसी और देवी की पूजा करते थे। देवी लक्ष्मी जी की। माँ ने मुझे सब बता दिया है।''

मार्गेय्या को यह सुनकर धक्का लगा। उसने तुरन्त पत्नी को बुलाया और प्रश्न किया, ''तुम इस लड़के को क्या बताती रहती हो? यह पता नहीं क्या बोलता रहता है।''

पत्नी ने साड़ी से अपने गीले हाथ पोंछते हुए पूछा, ''यह क्या कह रहा है मेरे बारे में?''

मार्गेय्या सोच नहीं पाया कि क्या जवाब दे। उसकी शिकायत का कोई आधार नहीं था। उसने सिर्फ यही कहा, ''मेरी बात काटता है।'' इसके बाद वह सख़्ती

से लड़के की तरफ़ मुखातिब हुआ, "सब देवियाँ एक होती हैं। लक्ष्मी और सरस्वती में कोई फ़र्क नहीं है। समझे?"

लेकिन लड़का हार मानने के लिए तैयार नहीं था। बोला, "दोनों देवियाँ अलग-अलग हैं? मैं जानता हूँ।" जैसे उसने फैसला दे दिया। मार्गैय्या ने पूछा, "तुम्हें कैसे पता? किसने बताया तुम्हें?"

"मास्टर साहब ने।"

"किसने? उस मूर्ति ने? मैं उस बेवकूफ से बात करूँगा। अगर वह तुमसे ऐसी बातें करता है, तो उसे तुम्हें पढ़ाने का अधिकार नहीं है।" फिर वह बोला, "आज शाम या कल सवेरे जब भी वह आए, मुझे बताना।"

लड़का बोला, "लेकिन जब वह आते हैं, तुम घर पर नहीं होते।"

"उससे कहना इन्तज़ार करे। मुझे ज़रूरी बात करनी है," मार्गैय्या ने कहा।

"अच्छा" लड़का बोला।

मार्गैय्या ने फिर उससे कहा, "अब तुम बैठकर अपने सवाल करो। सवेरे का कीमती वक्त इस तरह नहीं गँवाना चाहिए।" लड़का खुश होकर वहाँ से भाग निकला और अपने कमरे में बैठकर भूगोल की किताब का एक पन्ना इतने ज़ोर-ज़ोर से पढ़ने लगा, कि उसमें घर की और सब आवाज़ें दब जाएँ। स्कूल गया तो सबसे पहले अपने टीचर के पास यह खबर देने पहुँचा, "सर, सर, अप्पा ने कहा है कि आज शाम आप उनका इन्तज़ार करें।"

मास्टर साहब का चेहरा पीला पड़ गया। "क्यों? क्यों?" वह हकलाकर बोला। कुछ लड़के दोनों को बात करते देख रहे थे। उसने उन्हें डाँटा, "जाओ, चलो, अपना काम करो। तुम सब यहाँ क्या ताक रहे हो?" फिर वह बालू को एक तरफ़ ले गया और पूछने लगा, "बताओ बेटा, अप्पा क्यों मुझसे मिलने को कह रहे हैं?" बालू ने स्थिति का मज़ा लेते हुए कहा, "सर, मुझे कुछ पता नहीं है।" उसकी आँखों से शैतानी झाँक रही थी, वह जानता था कि क्यों बुलाया है, लेकिन उसने यही कहा, "सचमुच नहीं पता, सर!" मास्टर साहब ने उसे धमकाते हुए कहा, "तुम्हें जानना चाहिए कि कोई किसी से क्यों मिलना चाहता है। तुम्हें ये ज़रूरी बातें भी सिखानी पड़ेंगी?"

"अप्पा से मैं यह सब नहीं पूछ सकता। अगर पूछा तो बहुत नाराज़ हो जाएँगे। मैं उनसे पिटना नहीं चाहता सर! आप चाहते हैं कि वे मुझे पीटें?"

मास्टर साहब उसे इमली के पेड़ के नीचे ले गए और गिड़गिड़ाकर कहने लगे, "तुम मुझे यह बताओ कि आज हुआ क्या। अपने मास्टर जी को कुछ नहीं बताओगे?"

वे नाटकीयता से यह सब कह रहे थे। इसलिए बालू ने सौदेबाज़ी करना शुरू कर दिया, "आज मेरे सवाल सही नहीं हुए।" मास्टर साहब ने कहा कि उसे अच्छी तरह समझाकर पढ़ाएगा। अब बालू ने सौदेबाज़ी का अगला कदम यह उठाया कि

सवाल मास्टर साहब खुद हल कर दें और बालू को सिर्फ यह दिखाएँ कि नम्बर कितने मिले हैं। उसकी यह माँग भी मान ली गई तो वह लपककर बोला, "अब आप मुझे बरफ़ी खाने को देंगे। आपने वादा किया था।"

मास्टर साहब ने कहा, "ठीक है, शांम को तुम्हें बरफ़ी मिल जाएगी। अब इसके बाद बालू ने उसे सही बात बताई कि अप्पा क्यों मिलना चाहते हैं। वे भड़ककर बोला, "लेकिन तुमने यह झूठ क्यों बोला? मैंने तो तुम्हें लक्ष्मी वगैरह के बारे में कभी कुछ नहीं बताया।"

बालू बोला, अप्पा ने पूछा कि यह सब तुम्हें किसने सिखाया तो मैंने आपका नाम ले दिया। हालाँकि इसका तर्क उनकी समझ में नहीं आया।

शाम को बालू को पढ़ाने के बाद मास्टर साहब मार्गैय्या के लौटने का इन्तज़ार करने लगे। बालू खाना खाने अन्दर चला गया। मार्गैय्या आठ बजे के बाद घर लौटा। बाहर उसकी चप्पलों की आवाज़ सुनाई दी तो मास्टर साहब सहम गए और उठकर खड़े हो गए। मार्गैय्या चप्पल उतारकर भीतर आया और मास्टर साहब को देखकर पूछने लगा, "आज क्या बात है, देर तक पढ़ाया?" वह इज़्ज़त से आगे बढ़कर बोले, "पढ़ना तो पहले ही खत्म हो गया था और बालू सोने भी चला गया है। मैं तो आपसे मिलने का इन्तज़ार कर रहा था, साब!"

"अब इस वक्त तो नहीं," मार्गैय्या बोला और शर्ट उतारकर कील पर टाँगने लगा। "मैं दिन-भर का थका-माँदा रात को घर लौटता हूँ, और इस वक्त आप स्कूल की किसी छोटी-मोटी समस्या पर बात करना चाहते हैं। नहीं, आप जाइए।"

"ठीक है, साब," कहकर मास्टर साहब मुड़े, और उनकी चिन्ता भी खत्म हो गई।

"लेकिन कोई खास बात तो नहीं है?" मार्गैय्या ने पीछे से पुकारा, तो उन्होंने एक क्षण सोचा, फिर कहा, "नहीं, साब, कोई नहीं।" मार्गैय्या उनके नम्र व्यवहार से खुश हो गया। उसने जवाब में कहा, "बालू की पढ़ाई तो ठीक चल रही होगी?"

"अरे, हाँ...जी, उसकी अच्छी प्रगति हो रही है...हालाँकि हर वक्त नज़र रखने की ज़रूरत तो है ही।"

"हाँ, शिक्षक्र के नाते आपका काम भी यही है। और आप कभी भी देखें कि वह काबू से बाहर हो रहा है, तो मेरा इन्तज़ार न करें। उसकी ठुकाई कर दें, अच्छी ठुकाई...।" इसका दर्शन बताते हुए उसने कहा, "कोई लड़का ठुकाई-पिटाई के बिना आगे नहीं बढ़ पाता। मैं बहुत व्यस्त रहने लगा हूँ और किसी काम के लिए समय नहीं निकाल पाता। इसलिए उस पर हमेशा नज़र बनाए रखें।"

"जी, साब, मैं पूरा ध्यान रखूँगा और उसके शिक्षक के नाते मेरा काम यह देखना है कि वह दुनिया में आगे बढ़े और कुछ बनकर..."

मार्गेय्या पलटकर घर के पीछे चला गया, उसका वाक्य अधूरा ही रह गया। पत्नी ने पानी का बर्तन भरकर उसे दिया। उसने हाथ-मुँह धोकर कुछ ठंडक महसूस की तो पत्नी ने कहा, "तुम हमेशा "ठुकाई" करो, "ठुकाई करो" क्यों कहते रहते हो बालू के बारे में? यह अच्छी बात नहीं है।"

"अरे, तुमने इस पर यकीन भी कर लिया," मार्गेय्या बोला, "टीचरों से यह कहा ही जाता है जिससे वे सही काम करते रहें। आखिरकार यह आदमी दस रुपए महीना लेता है, तो उसे कुछ तो करना ही होगा? पर उसकी यह मजाल नहीं कि वह हमारे बच्चे को हाथ भी लगाए। मैं उसकी गर्दन काटकर फेंक दूँगा।"

पत्नी को यह उलझन समझ में नहीं आई। वह बोली, "अगर तुम्हारा यह मतलब नहीं है तो कहने की ही क्या ज़रूरत है?"

"दुनिया में चीज़ें इसी तरह होती हैं, मेरी जान! सिपाही दिखाई दे तो उससे यही कहा जाएगा कि चोर को पकड़ो, बन्दर दिखाई देगा तो उसे पेड़ पर चढ़ने को कहा जाएगा, और मास्टर होगा तो उससे...? उनका यही काम है और इसी से वे खुश रहते हैं। यही सही भी है। अगर कोई मुझे खुश करना चाहे तो वह मेरे लाभ के लिए ज़्यादा ब्याज की बात ही करेगा, और मुझे लगेगा कि कोई मित्र और शुभचिन्तक बोल रहा है।"

देश भर में मार्गेय्या के अलावा और कोई आदमी ऐसा नहीं था जो ब्याज के बारे में इतना ज़्यादा सोचता-विचारता हो। मार्गेय्या के दिमाग़ में हर वक्त यही चलता रहता था। रात-दिन वह इसी उधेड़बुन में लगा रहता था। वह इसके बारे में जितना ज़्यादा सोचता, उतना ही पाता कि यही सृष्टि का सबसे महत्त्वपूर्ण उपहार है। इसी में जन्म और संख्या-वृद्धि का रहस्य छिपा है। नहीं तो बैंक में आप सौ रुपए जमा करें तो कुछ समय बाद वह एक सौ बीस रुपए कैसे हो जाता है? यह कुछ ऐसे होता है जैसे मक्का पक जाए। हर रुपए में, मार्गेय्या ने सोचा, एक और रुपए का बीज होता है, और उस बीज में दूसरे बीज होते हैं और इस प्रकार इनकी संख्या अनंत तक बढ़ती चली जाती है। जैसे आसमान में सितारे हैं, और हर सितारे के अपने आसमान होते हैं, और उनके सितारे...और अनंत तक फैला यह विस्तार, एक रहस्यमय कल्पना,...इससे उसे अनंत का ही एक अंग होने का बोध होता है। लेकिन मार्गेय्या को यह अच्छा नहीं लग रहा था कि उसकी यह भावना एक बड़ी गलत जगह पर उत्पन्न हो रही है। उसे गार्डन प्रिन्टरी का माहौल पसन्द नहीं था। उसे

यहाँ की गन्दगी और मेज़-कुर्सियाँ अच्छी नहीं लगती थीं। कुर्सी पर बैठकर मेज़ के नीचे पैर रखना-घुमाना काफ़ी मुश्किल काम था, लगता था जैसे आप हवा में लटक रहे हैं। उसे अपने पैर मिलाकर रखने में आराम मिलता था, तभी उसे लगता था कि वह ठोस ज़मीन पर बैठा है। उसकी मेज़ काफी आधुनिक थी और उसमें सभी तरह की चीज़ें फिट थीं, लेकिन यहाँ उसे ये सुविधाएँ बिलकुल निरर्थक लगती थीं। चपरासी को बुलाने के लिए घंटी थी जो उसे एकदम बेकार लगती थी। इसके लिए तो 'बॉय' को आवाज़ मारना ही सबसे अच्छा था, और दिन भर ज़ोर-ज़ोर से इस तरह चिल्लाना ही सही था। जिससे उसके कान के परदे फट जाएँ और वह दौड़-दौड़कर अपनी ड्यूटी बजाता रहे। टुन-टुन करके हर वक्त बेल बजाते रहना समय की बर्बादी भी थी। आप गडरिये तो थे नहीं जो बाँसुरी बजाकर रेवड़ को इकट्ठा करते। मार्गेय्या को यह तुलना इतनी मज़ेदार लगी कि एक दिन जब वह पत्रिका के ग्राहकों की संख्या गिन रहा था, वह बेतहाशा इस बात पर हँसने लग गया—कि चपरासी दौड़कर आया, तो उसने घंटी खींचकर उसे दे मारी और कहा कि "इसे मेज़ से अलग कर दो—मुझे यह बेवकूफ़ी और नहीं चाहिए।" यह तो दरअसल शुरुआत थी।

बिज़नेस करना उसे हमेशा अनोखा काम लगता था। इसकी एक बात में ही, कि पैसा कैसे आता है, उसे रुचि थी। लेकिन एक दिन उसने अपने से कहा, "पर पैसा तो सब कुछ नहीं होता।" मार्गेय्या जैसे आदमी के लिए यह बात कहना ज़रा अद्भुत ही था। अगर उससे कहा जाता कि इस बात का विस्तार करे या इसका स्पष्टीकरण करे, तो वह कहता, "पैसा बहुत अच्छी चीज़ है, इसमें सन्देह नहीं, लेकिन यहाँ इसकी सेटिंग सही नहीं है।" यह पैसे के लिए सही जगह नहीं है, मशीनों के इस घड़घड़ाते शोर-शराबे के बीच, काले-पीले ढेर सारे प्रूफों के बीच, और किताबें बेचने और खरीदने वालों के बचकाने, इतना नहीं उतना के लेन-देन के बीच, जो सवा छह और साढ़े बारह प्रतिशत कमीशन और दो दो-चार चार पैसे की डाक टिकटों पर चख-चख करते रहते हैं। अगर कम-से-कम सौ रुपए की रकम पर यह सारा काम-धाम फैलाया जाए तो सही भी लग सकता है, लेकिन दो रुपए की किताब के लिए यह बिलकुल ठीक नहीं है। यह उसे बड़ा बिज़नेस नहीं लगता था, इसमें ज़्यादा जान नहीं लगती थी, न कोई चमत्कार था, कुछ भी नहीं था। एक दिन शाम को उसने अपनी पत्नी से कहा, "किताब का बिज़नेस कुछ भी नहीं है," और उसने लाल से सम्बन्ध खत्म करने का निश्चय कर लिया। "यह बिज़नेस बालू की उम्र के लड़कों के लायक है।" पत्नी के पास इसका कोई उत्तर नहीं था क्योंकि उसे तो हर प्रकार का बिज़नेस बहुत अनोखा और जटिल लगता था। वह ध्यान से मार्गेय्या का वक्तव्य सुनने लगी, "यह बिज़नेस ज़ंग खाया है...हमेशा एक जगह बैठे-बैठे जोड़-बाकी लगाते रहना...और सच बताऊँ तो अब यह भी घटता जा रहा है, किताब

की बिक्री खत्म हो गई है।" इसी के साथ यह भी था कि इस किताब का प्रकाशक होने से उसकी इज़्ज़त भी कम हो गई थी। वह चाहने लगा कि लोग यह बात भूल जाएँ। किताब की बिक्री घटते ही उसे सच्चाई समझ में आने लगी थी। वह पत्नी से कहने लगा, "वाहियात किताब है...एकदम गन्दी और ज़हरीली। इससे जवान लोगों के दिमाग़ खराब हो जाते हैं।"

"और बूढ़ों के भी...लोग इतने खुले ढंग से लिख कैसे लेते हैं?" उसने पूछा।

मार्गैय्या बोला, "तुमने देखा कि मैं इस किताब की एक भी कापी घर पर नहीं लाया? मैं नहीं चाहता कि बालू पर इसका असर पड़े।" पत्नी ने बड़े कृतज्ञ भाव से उसे देखा। मार्गैय्या ने आगे भी कहा, "मैं यह भी नहीं चाहता कि लोग यह कहें कि बालू इस किताब से हुई आमदनी पर बढ़ा और पढ़ा-लिखा है। इस बात से बचने के लिए मैं कुछ भी करने को तैयार हूँ।" यह कहकर उसने गर्व का अनुभव किया। अपने महत्त्व, सुविचार और गौरव से उसका रोआँ-रोआँ प्रफुल्लित हो उठा।

इसके पन्द्रह दिन बाद उसने लाल से बात की। लाल सोच रहा था कि वह हमेशा की तरह काम-काज देख रहा है। उनका तिमाही हिसाब का ब्यौरा सही ढंग से चल रहा था। किसी बात में गलती या गलतफहमी की गुंजायश नहीं थी। लाल खुद ऐसा आदमी था जो मानता था कि ईमानदारी ही आखिर में सफल होती है। बिक्री का पूरा ज़िम्मा मार्गैय्या के पास था, और लाभ का भी सही बँटवारा होता रहता था। लंच के समय मार्गैय्या ने लड़के को बुलाया और कहा कि "लाल साहब से कहना कि खाना आज मेरे साथ खाएँ। कहना कि आज मैं कुछ खास बनवाकर लाया हूँ।" लाल आया तो उसने तपाक से उसका स्वागत करते हुए कहा कि "आज मेरी पत्नी ने कुछ विशेष बनाकर भेजा है। मैंने सोचा कि आप भी उसका स्वाद लें।"

लाल बोला, "मुझे लंच के लिए घर जाना है। मैंने कह दिया है कि मैं वक्त पर आ जाऊँगा।"

"मैं सन्देशा भेज देता हूँ। अरे बॉय," उसने लड़के को पुकारा। "साब के कमरे में जाओ और उनके लड़के से कहो कि घर खबर कर आए कि साब आज खाने पर नहीं आएँगे। फिर दौड़कर जाओ और..." फिर उसने बताया कि क्या-क्या खाने को लाना है, और बढ़िया-सी काफ़ी...

"मुझे काफी नहीं चाहिए। चाय मँगा लो। मैंने दो-एक दफ़ा तुम्हारे ही कहने से काफ़ी ली है। मुझे पसन्द नहीं है।"

"ठीक है...साब के लिए चाय और मेरे लिए काफ़ी। अब दौड़कर जाओ। खड़े-खड़े क्या ताक रहे हो? जल्दी करो।" फिर, खाते-पीते हुए मार्गैय्या ने कहा,

"लाल, तुमने मेरे लिए बहुत कुछ किया है। अब मैं उसके बदले में तुम्हारे लिए कुछ करना चाहता हूँ।"

यह सुनकर लाल चौकन्ना होकर बैठ गया। 'क्या कह रहा है यह?' उसने सोचा। उसे कुछ सन्देह-सा हुआ। मार्गेय्या ऐसे लोगों में नहीं था जो बिना किसी लाभ के कुछ करे। वह जानना चाहता था कि इसका प्रस्ताव क्या है। यह किताब के सम्बन्ध में ही होगा, यह तो जाहिर था, लेकिन उसने उत्सुकता को दबाए रखकर कहा, "एक-दूसरे की सहायता करना तो लोगों का काम ही है। है न यह बात? नहीं तो ज़िन्दगी की कीमत ही क्या है? हमारे अस्तित्व की भी कीमत क्या है? अगर हम हमेशा अपने फायदे की ही सोचते रहें, तो दुनिया के लिए कुछ नहीं कर सकेंगे। मुझे खुशी हुई कि तुम मेरे काम को इतना महत्त्व देते हो। प्रार्थना करता हूँ कि इसके बारे में इतना मत सोचो। मुझसे जो बना मैंने किया, हालाँकि आर्थिक दृष्टि से यह नुकसान ही था। अगर इस किताब में मैंने जो वक्त दिया है और ताकत लगाई है, इसमें जो सामग्री लगाई है उसे छोड़ दें तो भी यह घाटे का सौदा ही साबित हुआ है। इसकी जगह मैं कोई और काम करता तो...लेकिन इस तरह मैं सोचता ही नहीं हूँ : मैं तो दिन खत्म होने पर यही सोचता हूँ कि मैंने फायदे के विचार के बिना ही सब कुछ किया है, तभी मैं रात को चैन की नींद सो पाता हूँ।"

मार्गेय्या को लगा कि इस वक्त कुछ कहने की ज़रूरत है। वह बोला, "मेरे साथ भी यही है। बल्कि मैं इससे एक कदम और आगे जाता हूँ : मैं फायदे की बात दरकिनार कर, यह सोचने की कोशिश करता हूँ कि दूसरे के लिए मैंने कुछ छोटा-मोटा त्याग भी किया है। किसी को हमेशा ऐसा कुछ करने का अवसर नहीं मिलता, लेकिन जब कभी मिलता है, तो रात को कितनी शान्ति की नींद आती है!"

इस तरह मुँह में मिठाई और नमकीन भरे दोनों करीब दस मिनट तक त्याग और सन्तोषपूर्ण जीवन की बातें करते रहे। अन्त में जब काफ़ी और चाय आई तो ज़रा देर के लिए दोनों चुप हुए, फिर मार्गेय्या ने साधारण लहज़े में कहा, "मेरा प्रस्ताव किताब के बारे में है। मैं नहीं चाहता कि तुम, जैसा कि तुमने कहा, इसका घाटा और बरदाश्त करो। तुम इसकी पूरीं ज़िम्मेदारी मुझे क्यों नहीं दे देते?"

"यह क्यों? यह कैसे हो सकता है? हमारा भागीदारी का एग्रीमेंट है। मेरा वकील..."

"वकील को तुम दफ़ा भी करो। हमें वकील की ज़रूरत ही नहीं है। जब दोस्तों की तरह ब़ात होती है तो वकील कहाँ से आता है! तुम्हारे लिए हमारी दोस्ती की इतनी ही कद्र है? लाल, तुम यह कहकर मुझे चोट पहुँचा रहे हो। मैं चाहता हूँ कि तुम वकील की बात ही मत करो।" यह कहकर उसने ऐसा रुख बनाया कि उसे बहुत ठेस पहुँची है और वह बहुत उदास हो गया है।

लाल कुछ देर बिलकुल चुप रहा। उसने चाय का कप उठाया और गटागट पी गया। फिर बोला, "हमें वकील के कारण इतना परेशान क्यों होना चाहिए? ये शैतान तो नहीं होते। मैं ज़्यादातर इनकी राय से ही काम करता हूँ।"

इस पर मार्गैय्या ने कहा, "जहाँ तक मेरा सवाल है, यह मत समझना कि मैं वकीलों की कीमत नहीं समझता। बिज़नेस के मामलों में मैं एक नहीं, दो या तीन वकीलों की राय लेकर आगे बढ़ता हूँ। अपने वकील से पूरी तरह चर्चा किए बिना मैं कभी आगे नहीं बढ़ता...लेकिन," उसने हँसते हुए कहा, "इसमें तो वकील या पुलिस की ज़रूरत ही नहीं है।"

लेकिन लाल सवाल को हलकेपन से नहीं ले सका और गम्भीर बना रहा।

मार्गैय्या ने कहा, "लाल, मैंने तुम्हें परेशान करने के लिए नहीं बुलाया है। मैं तो तुमसे साधारण रूप से कुछ बात करना चाहता हूँ, लेकिन अगर तुम इतना सन्देह कर रहे हो तो मैं यह नहीं करूँगा। तुम जानते हो कि मैं ऐसा आदमी नहीं हूँ जो फायदे की ही सोचता है, मेरे लिए तो ज़िन्दगी में सबसे महत्त्वपूर्ण बात मानवीय सम्बन्ध ही है।"

इस भारी-भरकम वक्तव्य का लाल पर अच्छा असर हुआ, वह बोला, "तुम कहना क्या चाह रहे हो?"

"सिर्फ यह कि तुम मुझे किताब की भागीदारी बेच दो।"

"यह तो असम्भव है," वह ज़ोर से बोला। "मैं साबित कर सकता हूँ कि मैंने समझौते का पूरी तरह पालन किया है। अब हम इसे खत्म कैसे कर सकते हैं? तुम ऐसा सुझाव कैसे दे सकते हो?"

"सिर्फ सुझाव है यह" मार्गैय्या बोला, "सिर्फ तुम्हारी परेशानियाँ दूर करने के लिए। इससे ज़्यादा और कुछ मतलब नहीं है इसका। मैंने सोचा कि तुम अपने समय और शक्तियों का ज़्यादा अच्छा उपयोग कर सको..."

"असम्भव," लाल बोला, "मैं इसके लिए तैयार नहीं हूँ।"

"ठीक है," मार्गैय्या बोला और चुप होकर कुछ सोचने लगा। फिर उसने कहा, "अच्छा, तो मैं तुम्हें एक शानदार सुझाव देता हूँ।" यह कहकर वह नाटकीय ढंग से अपने सीने को ठोककर बोला, "सिर्फ यह साबित करने के लिए कि मैं तुम्हारी भलाई ही सोच रहा हूँ। चाहो तो इसे स्वीकार कर लो। मैं सिर्फ यह साबित कर रहा हूँ कि मैं तुम्हारा कोई बेजा फायदा नहीं उठा रहा।"

"क्या कह रहे हो, बोलो।"

"यह कि...लेकिन पहले वादा करो कि वकील या पुलिस की बात नहीं करोगे!"

"तुम तो बहुत ज़्यादा शक्की हो," लाल बोला। "मैं तुम्हारा अपमान नहीं कर रहा।"

"हो सकता है...लेकिन इससे मुझे बड़ा सदमा पहुँचता है। तुम भी बिज़नेसमैन हो, और मैं भी बिज़नेसमैन हूँ। हमें चाहिए कि दोनों बिजनेसमैनों की ही तरह बात करें। हम या तो बात मानेंगे या नहीं मानेंगे...या तो किताब पूरी तरह दे दो–"

"असम्भव," लाल ने फिर चीख कर कहा। "यही तो एग्रीमेंट है।"

"क्या कीमत है इस एग्रीमेंट की? मैं तो कहता हूँ, इसे फाड़कर फेंक दो, और किताब का पूरा अधिकार तुम ही ले लो। मुझे उसमें कोई ब्याज नहीं चाहिए। मैं तो इसी क्षण तुम्हें सब देने को तैयार हूँ, हालाँकि दो महीने में शादियों का मौसम शुरू हो रहा है और एकदम इस किताब की माँग बढ़ जाएगी। मैं तुम्हें यह लाभ भी देने को तैयार हूँ। अब तुम बताओ।"

"नहीं, नहीं," लाल बोला। "मैं किसी की उदारता का इस तरह फायदा नहीं उठाना चाहता।"

इस तरह यह बहस-मुबाहसा दो-तीन दिन तक और चला, जिसमें कभी ऊटपटाँग, कभी दार्शनिक, कभी चुनौतीपूर्ण लेकिन सौदेबाज़ी की बातें होती रहीं, जिसमें दोनों चुपचाप यही कोशिश करते और समझते रहे कि उसे ही पचहत्तर फीसदी फायदा होने जा रहा है–और अन्त में समझौता हो गया। इसके अनुसार मार्गेय्या ने एक निश्चित रकम के बदले में 'घरेलू सुख-आराम' नामक किताब के सब अधिकार लाल के अधीन कर दिए। इसके बाद उसने बड़े नाटकीय ढंग से एग्रीमेंट के कागज़ को फाड़ा और उसे लाल की मेज के नीचे रखे कूड़े के डिब्बे में डाल दिया। लाल यह देखकर बहुत द्रवित हुआ, उसने हाथ बढ़ाकर मार्गेय्या के हाथ से मिलाया और घोषणा की, "बिज़नेसमैन दोस्त हमेशा दोस्त बने रहते हैं। हमारी दोस्ती आगे भी बढ़ती रहे। तुम्हें कभी कोई फार्म या पर्चे वगैरह छपवाने हों तो मैं सेवा के लिए तैयार रहूँगा। तुम्हारा ही प्रेस है यह।"

उसने मार्गेय्या को दरवाज़े से विदा किया और वह बहुत सन्तुष्ट भाव से करारा चेक हाथ में लेकर मार्केट रोड पर चल पड़ा।

3

मार्गेय्या सीधे टाउन बैंक गया। वह अपना काम करने खिड़की पर नहीं पहुँचा, बल्कि सीधा मैनेजर के कमरे की तरफ बढ़ा जहाँ कुर्सी पर बैठकर वह अपना काम करेगा। लेकिन मैनेजर के सामने कुर्सी पर एक आदमी बैठा था, इसलिए उसे थोड़ी देर इन्तज़ार करना पड़ा। यह भीड़ का समय था। मार्गेय्या को खिड़की पर खड़े होकर काम करवाना कभी पसन्द नहीं था। उसे क्लर्कों से चिढ़ थी। फिर किसी भी बिज़नेसमैन के लिए यह इज़्ज़त का सवाल भी होता था कि वह छोटी सी खिड़की पर लाइन में लगे और काम कराए—यह साधारण लोगों के लिए ही सही था क्योंकि उनके करेंट एकाउंट न होकर छोटे-छोटे सेविंग्स एकाउंट ही होते थे। उसे सेविंग्स बैंक के खाते खोलने से नफरत थी जिनमें बच्चों की गुल्लक की तरह थोड़ा-सा पैसा जमा किया जाता है और हर हफ्ते ज़्यादा से ज़्यादा पचास रुपए निकाले जा सकते हैं, और ये भी चेक काटकर नहीं बल्कि पीले से फार्म में रकम भरकर ही पैसा निकालने की सुविधा है।...करेंट एकाउंट होना उसके लिए प्रतिष्ठा की बात थी, और जिसके दो, एकाउंट नम्बर एक और एकाउंट नम्बर दो, होते थे, वह अमीरों में शामिल हो जाता था। इन काउंटरों पर उसे कई छोटे व्यापारियों, दफ्तर के चपरासियों, और एलबर्ट कालेज के दो-तीन छात्रों की, जो अपने पिताओं के लिए पैसा निकालने आते थे, लाइन दिखाई देती थी।

इनकी बातचीत सुनकर मार्गेय्या सोचने लगा, 'इनके पिता इन्हें पैसा निकालने क्यों भेजते हैं, जबकि इन्हें यह पता ही नहीं होता कि कैश निकालने के लिए क्या करना पड़ता है। ये लोग चेक के बारे में क्या जानते हैं? इन्हें क्या पता कि पैसा क्या होता है? ये सीधे-सादे बच्चे पैसे की कीमत क्या जानें? इनके लिए तो यह दुकान के काम की तरह है! बेवकूफ सारे के सारे!' उसे इन पर तरस आया। उसने सोचा कि इन्हें शिक्षित करने के लिए कुछ करना चाहिए। वह इनका बैंकर तो नहीं बनेगा, सहायक ही बनेगा, एक तरह का पैसों का डॉक्टर जो इनको सिखाएगा कि

पैसे का सही इस्तेमाल कैसे किया जाना चाहिए। वह इन विषयों में समाज को नए ढंग से शिक्षित बनाएगा। वह सोचने लगा कि समय आने पर वह इन सब लोगों को अपने ही संस्थान में खींच सकेगा। लोग यहाँ आते हैं उसका कारण ये आकर्षक काउंटर, हिसाब-किताब के भारी-करम रजिस्टर, ऊँचे-ऊँचे स्टूलों पर बैठे बाबू लोग और लगातार बज रही घंटियों की आवाज़ें और ये पिन-कुशन ही तो हैं। यह सब दिखावा ही तो है, खालिस दिखावा। उसे लगा कि आजकल दिखावा ही बिज़नेस की कमज़ोरी बन गई है। दरअसल किसी भी बिज़नेस के लिए एक बक्से के अलावा किसी भी चीज़ की ज़रूरत नहीं होती, न बहुत सारी मेज़ों और उन पर बैठे बाबू लोगों की, या चमड़े की जिल्द चढ़े इन रजिस्टरों की; उसके लिए सिर्फ एक आदमी, उसकी योजना, और हिसाब-किताब ज़रा ज़्यादा मुश्किल हो जाए तो लिखने के लिए एक छोटी-सी नोट बुक की ही ज़रूरत होती है। उसे पता था कि उसके दिमाग़ में कहीं एक स्कीम पड़ी है, जिसे चलाकर वह समाज के चुनिन्दा लोगों में शामिल किया जाने लगेगा, जिसके कारण लोग उसके पास सहायता, सलाह-मशवरा और मार्गदर्शन के लिए आने लगेंगे। अभी वह यह तो नहीं बता सकता था कि यह स्कीम क्या है, लेकिन वह इसकी उपस्थिति कुछ इस तरह अनुभव करता था जैसे वह आर्थिक रहस्यों का जानकार हो। जो हो, इससे वह न केवल अपनी बल्कि अपने संगी-साथियों के जीवन में क्रान्तिकारी परिवर्तन कर देगा। उसे चाहिए कि इस समय वह धार्मिक भक्तिभाव से इसके व्यक्त होने का इन्तज़ार करे।

तभी एक चपरासी आकर बोला, ''मैनेजर साहब अब खाली हैं।''

''तुम चलो, मैं आ रहा हूँ,'' मार्गैय्या बोला। उसे यह दिखाना अच्छा लगता था कि उसे मैनेजर से मिलने की कोई जल्दी नहीं है। उसने अपनी जेब से कुछ कागज़ निकाले, उन्हें उलटा-पलटा और फिर वापस रख दिया, और आराम से उसके केबिन में घुसा।

मैनेजर काफी चतुर कामकाजी आदमी था, जिसका पिछले ही दिनों इस ब्रांच में तबादला हुआ था। उसने कहा, ''तशरीफ रखिए। मैं आपकी क्या सेवा कर सकता हूँ?'' वह ऐसे लोगों के कारण, जो ज़्यादातर जमा से ज़्यादा रकम निकलवाने या सिक्योरिटी के बिना कर्ज़ लेने आते थे अपने व्यवहार में काफ़ी सतर्क हो गया था। जब भी उसे किसी के भीतर आने की आवाज़ सुनाई देती, वह 'ना' में जवाब देने के लिए तैयार हो जाता। इसलिए इस समय भी उसने ऐसा ही रवैया अख्तियार कर लिया और संक्षेप में बात खत्म करने की तैयारी कर ली।

मार्गैय्या बोला, ''मैं अपना एकाउंट खोलना चाहता हूँ।'' मैनेजर इसके लिए जैसे तैयार नहीं था, उसे सन्देह ही बना रहा। यह आदमी कुछ भी हो सकता है, एकाउंट भी खोल सकता है और तिजोरी भी तोड़ सकता है...। उसका कठोर भाव

मार्गेय्या को खल गया। उसने कहा, ''आपको नया ग्राहक नहीं चाहिए...यह बात है तो...,'' यह कहकर वह चलने के लिए उठा।

''आप बैठिए तो,'' मैनेजर बोला। ''हमें आदेश है कि नए एकाउंट ज़्यादा न खोले जाएँ...फिर भी आप बताइए...''

''आप क्या जानना चाहते हैं...कि मैं कंगाल हूँ या...। ठीक है, मुझे भी यहाँ एकाउंट खोलने में रुचि नहीं है...यह तो मैं इसलिए चाहता था कि आपका बैंक मेरे बिज़नेस की जगह के पास है...''

''कहाँ है आपका बिज़नेस?''

''आपको अभी पता चल जाएगा?''

''सचमुच? क्या बिज़नेस है?''

मार्गेय्या ने इस प्रश्न का जवाब नहीं दिया। जितना ही मैनेजर बताने का दबाव डालता, उतना ही वह चुप रहता। अंत में उसने कहा : ''मैं आपको इतना ही बता सकता हूँ कि मेरा बिज़नेस विशेष प्रकार का है। मेरे ग्राहक ज़्यादातर गाँवों के किसान हैं। मेरा काम उनकी फसलों से और उन्हें पैसा वगैरह देने से होता है।'' मैनेजर ने ज़रा विस्तार से काम के बारे में जानना चाहा, तो उसने कहा, ''इस वक्त मैं आपको या किसी और को कुछ भी नहीं बता सकता। कोई भी इसकी जानकारी नहीं प्राप्त कर सकता। लेकिन इस वक्त मैं सिर्फ यह बताता हूँ कि मैं सिर्फ अपना पैसा जमा करने आया हूँ, आपसे कोई कर्ज़ लेने नहीं आया।...आपके दिमाग़ में क्या चल रहा है, यह मैं साफ़ देख सकता हूँ। अब आप मुझे बताइए कि पैसा जमा करेंगे या नहीं...'' यह कहकर उसने अपना ट्रंप कार्ड, लाल के द्वारा दिया गया चेक, जेब से निकाला। ''आप चाहें तो इसका एक खाता खोल दें, या यह रकम मुझे कैश में दे दें।''

''आपका किसी भी बैंक में कोई एकाउंट है?''

''मैं इस सवाल का जवाब नहीं दूँगा,'' उसने सिर्फ पैसे की गर्मी दिखाने के लिए, जबकि वह बता सकता था कि रेस कोर्स रोड के कामर्स बैंक में उसका काफी बड़ा खाता है।

बैंक मैनेजर को लगा कि यह आदमी अपने उसूलों का पक्का है और अपने दिमाग़ को जानता भी है। उसके मन में मार्गेय्या के लिए इज़्ज़त पैदा हुई। वह बोला, ''मैं ज़रूर आपका एकाउंट खोलूँगा। यह बैंक लोगों की सेवा के लिए ही तो है।''

''ठीक है,'' मार्गेय्या ने बड़प्पन दिखाते हुए कहा, ''मैं बैंकर के नाते आपकी सतर्कता का कायल हुआ। एक बिज़नेसमैन ही बैंकर को समझ सकता है।''

मार्गेय्या को महसूस हुआ कि अपने जीवन का कार्य करने के लिए सही जगह मिल गई है, और यह जगह भी नम्बर दस, मार्केट रोड। यह चार दुकानों का एक टुकड़ा था, बारह वर्ग फ़ीट की हर दुकान, इनके आगे एक पतला-सा चबूतरा जो जैसे इनाम के रूप में इन दुकानदारों को दे दिया गया था। दूसरी तीन दुकानों में से पहली में एक दर्ज़ी बैठता था जो अपनी इकलौती मशीन पर रात-दिन सिलाई करता रहता था और जिससे अपने सिले कपड़े लेने के लिए ग्राहक हर वक्त आते ही रहते थे; दूसरी में टूरिस्ट ब्यूरो का बोर्ड लगा था और एक बेंच तथा कई छोटी-छोटी कुर्सियाँ पड़ी थीं; और आखिरी दुकान में एक डाक्टर बैठता था जिसने हिमालय पर्वत पर किसी ऋषि-मुनि से अपनी विद्या सीखी थी, और जो प्राकृतिक जड़ी-बूटियों से दुनिया का हर मर्ज़ ठीक करने का दावा करता था। मार्गेय्या को यह जगह पसन्द आई। यहाँ सभी तरह के लोग थे और इनके साथ वह घुल-मिल कर रह सकता था। "ये ऐसे लोग नहीं हैं जो मेरे काम में रुकावटें डालें। और यह भी सम्भव है कि इन दर्ज़ी, डाक्टर और घुमाने-फिराने वालों के पास ही ऐसे लोग आएँ, जिनके पास कुछ फालतू पैसा हो और जो मेरे बिज़नेस के लिए भी उपयोगी साबित हों।"

दरअसल डॉ. पाल ने उसे इस जगह ला बिठाया था। एक दिन जब मार्गेय्या अपने बेटे को पढ़ने बैठने के लिए चिल्ला रहा था, कि वह अचानक उसके सामने प्रकट हो गया। बोला, "मैं तुम्हारा घर सही-सही नहीं जानता था, पर सोचा कि चांस लेते हैं। मैं इस सड़क पर घूम ही रहा था कि तुम्हारी आवाज़ सुनाई दे गई।"

मार्गेय्या के हाथ में स्लेट थी और चेहरे पर गुस्सा, और सामने आँखों में आँसू भरे बालू खड़ा था। वह चकित होकर मुस्कराया। और बोला, "अरे डॉक्टर, डॉक्टर...इतने दिन तुम कहाँ रहे?"

डॉक्टर ने बालू पर नज़र डाली और बोला, "तुम इस बच्चे को पढ़ाने की कोशिश कर रहे हो। तुम्हें जानना चाहिए कि किसी भी सभ्य देश में माता-पिता के लिए अपने बच्चों को पढ़ाना वर्जित है।" इसके बाद उसने बच्चे की ओर देखकर कहा, जैसे उसकी ज़िम्मेदारी खुद ले ली हो, "अब तुम जा सकते हो, जाओ, खेलो।" फिर मार्गेय्या की तरफ़ देखकर बोला, "तुम्हारी आज्ञा से...।" बालू ने ज़रा भी वक्त नहीं लगाया और अपनी किताबें वगैरह लेकर तुरन्त इस तरह वहाँ से भाग खड़ा हुआ, जैसे शेर उसका पीछा कर रहा हो।

मार्गेय्या का दिमाग़ अभी तक शान्त नहीं हुआ था। उसने बालू की तरफ़ देखकर कहा, "तुम नहीं जानते आजकल के ये बच्चे...।"

"अब मुझे यह सब मत बताओ। ज़रा अपनी याद करो : क्या तुमने अपने माता-पिता या टीचरों के साथ यही बर्ताव नहीं किया था? ईमानदारी से बताना।"

मार्गेय्या इस समय यह चर्चा नहीं करना चाहता था। उसे याद आया कि उसने

अपने अतिथि के साथ उचित व्यवहार नहीं किया है। वह एकदम क्रियाशील हो गया और उसका स्वागत-सत्कार करने में जुट गया। वह तेज़ी से उछला और उसका हाथ पकड़कर कहने लगा, "अरे वाह, डॉक्टर, वाह...इतने साल बाद तुम्हें देखकर कितना अच्छा लग रहा है! आखिर रहे कहाँ इतने दिन? क्या करते रहे? पुराने दोस्तों के साथ कहीं ऐसा व्यवहार किया जाता है?" उसने फौरन एक नई चटाई बिछाई और कहा, "मेरे पास तुम्हारे लिए सोफ़ा और कुर्सी वगैरह तो नहीं है...।"

"मैं सोफे पर बैठने नहीं आया हूँ।"

"सही बात है। मुझे भी आज का फरनीचर पसन्द नहीं है। वह सब हमें सूंट नहीं करता, हम तो सीधे पालथी मारकर ज़मीन पर बैठना पसन्द करते हैं।"

"मैं भी यही सोचता हूँ," डॉ. पाल ने कहा। "मेरा ख्याल है कि आजकल की स्नायु वगैरह की बीमारियों का कारण ये कुर्सियाँ वगैरह ही हैं। प्राचीन काल में हमारे पुरखे ज़मीन पर बैठते थे, तन कर चलते थे और बुढ़ापे में भी तंदुरुस्त बने रहते थे।"

मार्गैय्या समझ नहीं सका कि यह आदमी मज़ाक कर रहा है या सच बोल रहा है। उसने अपनी बीवी को बुलाकर कहा, "फौरन दो कप बढ़िया काफ़ी बनाओ। मेरा पुराना दोस्त आया है।" फिर काफ़ी का इन्तज़ार करते हुए उसने पूछा, "अब बताओ, इतने दिन क्या करते रहे? कहाँ जाकर छिप गए थे?"

डॉक्टर बोला, "मैं टूरिज़्म की कुछ ट्रेनिंग लेने गया था।"

मार्गैय्या चकित हो उठा। यह आदमी एक-से-एक नई और अद्भुत चीज़ों में लगा रहता है। "यह टूरिज़्म क्या बला है?"

"यह समाज-कार्य की एक शाखा है," डॉक्टर बोला। "इसका मुख्य विचार यह है कि दुनिया के हर आदमी को धरती के हर हिस्से से परिचित होना चाहिए।"

"यह कैसे सम्भव है?"

"नहीं है, इसीलिए हर शहर और कस्बे में टूरिज़्म का एक विशेषज्ञ होना ज़रूरी है।"

"लेकिन यह है क्या?"

डॉक्टर ने दया भाव से उसे देखा और कहा, "यह तो मैं तुम्हें धीरे-धीरे ही और तब बताऊँगा, जब तुम मेरे दफ्तर में आओगे। अब अपने बारे में बताओ।"

"नहीं, पहले तुम अपने बारे में बताओ," मार्गैय्या ने कोशिश की कि इस बारे में वह ज़्यादा पूछताछ न करे, क्योंकि उसे डर लगा कि यह कहीं मुझसे किताब की बिक्री वगैरह का हिसाब न माँगने लगे। वह सोच रहा था कि कहीं इसी इरादे से तो वह मेरी तलाश करते हुए यहाँ नहीं आ पहुँचा है—इसलिए उसने सतर्कता बरतना ही ठीक समझा। वह यह भी सोचने लगा कि अगर कहीं यह वही सवाल

उठा दे, तो इसे क्या जवाब दिया जाए—कि वह खुद ही कहने लगा, "मैं पहले भी आया था, लेकिन तुमसे इसलिए नहीं मिला कि कहीं तुम यह न सोचने लगो कि मैं किताब के बारे में आया हूँ।"

मार्गैय्या छटपटाया और बेमतलब ही बोला, "हाँ, कितना अरसा हो गया हमें मिले!"

"हाँ, सदियाँ बीत गईं। मैं बहुत दिन तक बाहर रहा। अब मैं अखबार में नहीं हूँ। उसे छोड़ दिया है। वह काम ज़्यादा गम्भीर नहीं लगता था। मैंने हमेशा माना है कि हमें कुछ ऐसा करना चाहिए जो हमारे मानवीय अनुभव में वृद्धि करे। इसके बिना हमारे सब काम व्यर्थ हैं।"

"मैं भी एक नया बिज़नेस शुरू करने जा रहा हूँ।"

पाल बोला, "हाँ, टाउन बैंक के मैनेजर ने मुझे बताया था।"

मार्गैय्या प्रशंसा के भाव से सोचने लगा कि यह आदमी दुनिया भर में कहाँ क्या हो रहा है, इसकी खबर रखता है। उसकी पत्नी दो गिलास भरकर कॉफी बना लाई और किचेन के दरवाज़े पर खड़ी होकर उसका ध्यान आकर्षित करने के लिए खटखट करने लगी। मार्गैय्या ने ज़ोर से कहा, "तुम आ सकती हो। ये मेरे दोस्त डॉ. पाल हैं। मैंने इनके बारे में तुम्हें बताया है।"

पत्नी को एकदम डर लगा कि यह आदमी कहीं उसी तरह की एक और किताब लेकर तो नहीं आया है। वह पीछे हट गई, और मार्गैय्या ने आगे बढ़कर उसके हाथ से कॉफी ले ली और अपने कमरे में ले आया।

डॉ. पाल काफी की चुस्कियाँ लेता गपशप करता रहा, फिर बोला, "बैंक मैनेजर से मुझे पता चला कि तुम नया बिज़नेस शुरू करने जा रहे हो। मैं तुम्हें सिर्फ यह बताने आया कि इसके लिए मार्केट रोड पर बहुत अच्छी जगह मिल सकती है, हमारे ही ब्लाक में खाली है। उसकी काफी डिमांड भी है।"

इस तरह वह 10, मार्केट रोड आया। उसे बाहर से ही बिल्डिंग पसन्द आई। एक आदमी ने कंबल बेचकर अच्छा पैसा बनाया था, और उसने म्युनिसिपल डिस्पेंसरी के पास यह खाली ज़मीन खरीद कर इस पर ये कमरे बनवाए। इस वक्त मकान एकमंज़िला था। इस पर वह दो और मंज़िलें उठाने वाला था। उसकी अपनी छोटी सी दुकान मार्केट रोड के पीछे की एक पतली सी गली में थी, जिसमें कंबल भरे रहते थे। यह काला, तगड़ा-सा आदमी था, माथे पर चन्दन का गोल तिलक लगाए। अपनी दुकान पर बैठा मक्खियाँ उड़ाता रहता था। मार्गैय्या जब डॉ. पाल के साथ उससे मिलने गया तो सोचने लगा, "भगवान जाने, यहाँ इतनी मक्खियाँ क्यों हैं!" मार्गैय्या को डॉ. पाल के साथ बाहर खड़े रहकर ही उससे बात करनी पड़ी, और वह कंबलों के बीच ज़रा सी जगह से बाहर झाँकता रहा। डॉ. पाल को देखकर उसने

हाथ जोड़कर नमस्कार किया, जिससे ज़ाहिर ही था कि वह पढ़े लिखे लोगों की इज़्ज़त करता है।

"आप कैसे हैं, स्वामी?" पाल ने मिठास के साथ पूछा। उसने मार्गैय्या से कहा, "ये मेरे बड़े गहरे दोस्त हैं।" फिर अलग ले जाकर बताया, "तुम नहीं जानते, इस आदमी ने कठिनाई के दिनों में मेरी कितनी मदद की है।"

"अरे नहीं, ये सब बातें करने की ज़रूरत नहीं है," उसने कंबलों के भीतर से ही कहा। "ये साहब कौन हैं जिन्हें अपने साथ लाए हो?"

"ये मेरे मित्र हैं जो आपके किराएदार बनना चाहते हैं। दो-तीन दिन में एक नया बिज़नेस शुरू कर रहे हैं।" यह कहकर वह मार्गैय्या की तरफ मुड़ा, "ठीक कह रहा हूँ न?" मार्गैय्या एक कागज़ लेकर अपनी नाक पर इकट्ठी मक्खियाँ उड़ा रहा था। दुकान में घुसे आदमी ने माफ़ी माँगी, "यहाँ बहुत मक्खियाँ हैं–"

"लेकिन यहाँ इनकी इतनी भरमार क्यों है?" मार्गैय्या ने आखिरकार यह सवाल पूछ ही लिया। दूसरे ने जवाब दिया, "यहाँ तो इनके मतलब का कुछ नहीं है, लेकिन हमारे पीछे ही गुड़ का एक गोदाम है। छत में ज़रा सी सेंध है जिसमें होकर ये आती-जाती हैं। इनसे बड़ी परेशानी होती है, और मैंने म्युनिसिपैलिटी को लिखा भी है कि इसे यहाँ से हटाकर कहीं और ले जाएँ...लेकिन आप तो जानते ही हैं हमारी म्युनिसिपैलिटियों का हाल... ।"

डॉ. पाल ने कहा, "आप यहाँ से कौंसलर भी हैं, लेकिन कुछ कराना आसान काम नहीं है। वह खाली प्लाट हासिल करने में भी आपको काफी मुश्किलें आईं... ।"

"मैंने साधारण नागरिक की तरह इसके लिए अर्ज़ी दी थी। कौंसलर होने का यह मतलब तो नहीं है कि मैं नागरिकता के अपने अधिकारों तथा सुविधाओं का लाभ न प्राप्त करूँ।"

ऊपर सिर पर सूरज की तपिश के बावजूद यह बातचीत चलती रही, और भारी काले कंबलों को देखने से भी गर्मी पनपती रही। मार्गैय्या को चिढ़ भी हुई कि उसे इतनी देर बाहर धूप में खड़े रहना पड़ रहा है। उसने अचानक अपने से कहा, "मैं बिज़नेसमैन हूँ और मेरा समय बहुत कीमती है, मैं इस तेज़ धूप में तपता इस आदमी की बकवास क्यों सुन रहा हूँ।" उसने अपने मित्र से ज़रा तुरशी से कहा, "अब हम काम की बात पर आएँ।"

डॉ. पाल ने ताज्जुब से उस पर नज़र डाली और कंबल वाले से बोला, "आप इन्हें वह खाली दुकान देंगे?"

"हाँ, हाँ, क्यों नहीं," उसने जवाब दिया, "अगर आप चाहें...तो दे सकते हैं।" डॉ. पाल ने मार्गैय्या की ओर मुड़कर कहा, "ले लो।" मार्गैय्या ऐसे तुरत-फुरत सौदों का आदी नहीं था–उसकी हमेशा से यह धारणा थी कि कुछ भी करने के

लिए पहले गोल-मोल ढंग से बात करना चाहिए, फिर दूसरे के जाने बिना मुद्दा बोल देना चाहिए। उसने सिर उठाकर पूछा, "किराया क्या होगा?"

"पचहत्तर रुपए," दूसरे ने संक्षेप में कहा।

"पचहत्तर?...कुछ ज़्यादा नहीं है?" मार्गेय्या ने कहा और आशा करने लगा कि यह कठोर-सा दिखाई देने वाला आदमी इसमें कुछ कमी कर दे।

"हाँ, कोई और जगह होती तो...यहाँ तो जगह की ही बड़ी कीमत है। लेकिन अगर आपको कोई सस्ती जगह चाहिए–," कंबलवाला बोला।

"तो मुझे यहाँ से चले जाना चाहिए," मार्गेय्या ने उसका वाक्य पूरा किया। "मैं इसे ले रहा हूँ...कल से ही।" उसे अच्छा लगा कि उसने इतने आत्मविश्वास से यह जवाब दे दिया। अगर पहले वाले दिन होते तो वह इतना ज़्यादा किराया सुनकर ही बेहोश होकर गिर पड़ता।

डॉ. पाल ने कंबल वाले से कहा, "यह मेरे बहुत पुराने दोस्त हैं। मैं इन्हें बहुत चाहता हूँ।"

"पता है मुझे, पूरा पता है," दूसरे ने कहा। "नहीं तो अपने साथ लाए ही क्यों होते।...अच्छा, यह रही चाभी।" यह कहकर उसने डॉ. पाल को चाभी पकड़ा दी।

फिर उसने मार्गेय्या से पूछा, "और आपका बिज़नेस क्या है?"

"हाँ...बैंकिंग की तरह," मार्गेय्या ने अधूरे विश्वास से कहा, उसे डर लगा कि बैंक के नाम से वह यहाँ चमकती खिड़कियाँ और मेज़-कुर्सी की कल्पना न करने लगें।

दूसरे ने कंबलों के बीच से कहा, "कुछ पैसा उधार देना वगैरह होगा..."

"सिर्फ उधार देना नहीं है," मार्गेय्या ने स्पष्ट करने की कोशिश की। "इतना सस्ता भी नहीं है, मैं लोगों को उनकी मुश्किलों में सहायता देने के लिए यह काम करता हूँ।" उसने इसका दर्शन बघारने की कोशिश की, "मेरी नज़र में धन का महत्त्व...," फिर अचानक रुककर उसने डॉ. पाल से पूछा, "तुमने मुझे महाशय जी का नाम तो नहीं बताया," जिसका उद्देश्य उसे ज़मीन पर ला खड़ा करना था।

"इन्हें गुरुराज कहते हैं," डॉ. पाल ने बताया।

मार्गेय्या ने कहना शुरू किया, "तो गुरुराज जी, पैसा जीवन का सबसे महत्त्वपूर्ण तत्त्व है, लेकिन इसी का सबसे ज़्यादा दुरुपयोग होता है। लोग नहीं जानते कि इसे कैसे सहेजा जाए, कैसे इसमें खाद डाली जाए, कैसे पानी दिया जाए, कैसे उगाया जाए, और कैसे अंत में फूल और फल तोड़े जाएँ।"

यह सुनकर वह आदमी ठहाका मारकर हँसने लगा। "अरे, आप तो बहुत बड़े विद्वान निकले। कितना अच्छा बोलते हैं, कितनी अच्छी तरह इन सब बातों को

समझा है आपने। ऐसे आदमी कहाँ मिलते हैं? अब तक आप अपना बिज़नेस कहाँ से चलाते रहे?"

"मेरा बिज़नेस ऐसा है कि लोग खुद ही मुझे ढूँढ़ते मेरे पास आते हैं। मुझे तो घर से निकलना ही नहीं पड़ता। लेकिन बात यह है कि इतने लोगों के आने-जाने से घर की शान्ति भंग होती है...।"

गुरुराज ने कहा, "हाँ, घर से आदमी को बिज़नेस नहीं करना चाहिए। इससे उसका घर टूटने लगता है।"

"मेरा बेटा दसवीं में पढ़ रहा है," मार्गैय्या बोला। उसे यह बताना अच्छा लगा। दसवीं क्लास में। उसे क्षण-भर के लिए बालू पर घमंड होने लगा, लेकिन फिर उसे ख्याल आया कि आज उसने उसके साथ ज़रा ज़्यादा ही कड़ाई बरती है।

दूसरा बोला, "हाँ, बच्चे पढ़ने वाले हों तो घर पर हर वक्त आने-जाने वालों से उनका वक्त बरबाद होता है।"

इस तरह कुछ देर और मीठी-मीठी बातें करने के बाद उसने कहा, "ठीक है, साब। आप कब्ज़ा ले लें। भगवान आपको सफलता दें। अब आप पधारें, इस घटिया सी दुकान पर तो मैं आपको बिठा भी नहीं सकता। मेरा तो भाग्य ही यह है कि यहाँ मक्खियों के बीच बैठा रहूँ, लेकिन आपको क्यों परेशान करूँ! आपको क्यों और ज़्यादा खड़ा रखूँ? मैं ही खुद किसी दिन आपकी अपनी दुकान पर गप-शप करने आऊँगा।"

दोपहर हो गई थी और मार्केट की सब दुकानों में शान्ति छाई थी। फल बेचनेवाले अपने ढेरों के सामने बैठे ऊँघ रहे थे। कुछ फ़ालतू लड़के जहाँ-तहाँ टहलते दिखाई दे रहे थे। कई बेसहारा बछड़े केले के पत्ते बेचने वाली एक दुकान के सामने खड़े थे। एक पान बेचनेवाला पत्तों की गड्डियाँ हाथ में उठाए 'बढ़िया कपूर लगे पान' की आवाज़ें लगाता इधर-उधर डोल रहा था। पाल ने कुछ पत्ते खरीदे, पहले सौदेबाज़ी की, फिर ले लिए। इसके बाद उन्हें जेब में ठूँस लिया। फिर चमेली की गज़भर लम्बी झालर खरीदने के लिए पाल ने एक ठेले पर बात करनी शुरू की; मार्गैय्या से कहा, "माफ करना, घर की सुख-शान्ति बनाए रखने के लिए इनकी बहुत ज़रूरत होती है।"

मार्गैय्या को लगा कि घर की सुख-शान्ति का ज़िक्र करके कहीं यह किताब का विषय तो नहीं उठाना चाह रहा है। इसलिए उसने बात को दूसरा मोड़ देने की कोशिश की, "तो अब तुम अकेले नहीं रहे?"

"नहीं।"

"शादी कर ली है?"

"नहीं।"

"करने जा रहे हो?"

"अभी नहीं।"

यह रहस्य उसकी समझ में नहीं आया। "तुम्हारा घर कहाँ है? उसी बगीचे में रह रहे हो?"

"नहीं, उसे तो बहुत दिन पहले छोड़ना पड़ा। किसी ने उसे खरीद लिया, और अब वहाँ बड़े पैमाने पर खेती कर रहा है। उसने ज़मीन से सब झाड़-झंखाड़ साफ़ करवा दिए, जिनमें मैं भी था। लेकिन आदमी वह अच्छा था। अब मैं कहीं और रहता हूँ और बिज़ी भी रहने लगा हूँ। अपना घर है, लॉली एक्सटेंशन में एक आउट हाउस में...। मुख्य इमारत में कोई और रहता है। किसी दिन मेरे घर आना।"

वे मार्केट रोड पहुँच गए, और मार्गैय्या को जगह बहुत पसन्द आई। उसे हमेशा से ऐसी ही किसी जगह की कामना थी। मालगुडी का नाला उसकी दुकान के नीचे से बहता था, मन्द-मन्द आवाज़ करता, लेकिन उसकी गन्ध इतनी मन्द नहीं थी। लेकिन अपने घर के पास भी ऐसा ही नक्शा होने के कारण मार्गैय्या का या तो इसकी तरफ़ ध्यान ही नहीं गया, या उसने इसे नज़र अंदाज़ किया। उसका मन पूरी तरह शहर के निवासी की तरह था, जिसे भीड़ और शोर-शराबा पसन्द होता है; जैसे ही उसने सामने नज़र डाली और देखा कि लोग आ-जा रहे हैं और गाड़ियाँ गुज़र रही हैं, उसे लगा कि वह ठीक जगह आ गया है। किसी कवि को यह माहौल शायद अच्छा नहीं लगता, लेकिन मार्गैय्या को यह बैक ग्राउंड संगीत की तरह लग रहा था। सामने एक कतार में दफ्तर और दुकानें थीं, इंश्योरेंस एजेंसियाँ, अखबारों के कार्यालय, बाल काटने के सैलून, कुछ फिल्म-वितरक, एक वकील का चैम्बर, एक लोहे-लकड़ी की दुकान, जिसमें हर रोज़ सैकड़ों आदमी आते-जाते थे। मार्गैय्या ने सोचा कि यदि इनमें से वह बीस आदमी भी अपने लिए जुटा सके, तो वह धनी हो जाएगा। करीब एक साल में वह अच्छे समृद्ध लोगों में शुमार किया जाने लगेगा। उसने धनी और समृद्ध की दोनों श्रेणियों के बीच स्पष्ट अन्तर किया और माना कि धनी वह है जो पैसा तो कमाता है लेकिन उसके लिए जिसे कड़ी मेहनत करनी पड़ती है, और समृद्ध होना एक विशेष कर्म है। समृद्धि उसे ही प्राप्त होती है जिस पर देवी लक्ष्मी की कृपा हो, और जिसे अपनी बुद्धि का उपयोग करना आता हो। वह अपने को धन का विशेषज्ञ मानता था और इस विषय की हर समस्या पर वह हमेशा वैज्ञानिक दृष्टि से विचार करता था। वह पैसा, धन, समृद्धि और उत्तम भाग्य आदि में स्पष्ट अन्तर करता था। वह मानता था कि मनुष्य को यह अन्तर स्पष्ट समझना चाहिए और एक को दूसरा समझने की गलती नहीं करनी चाहिए।

पैसे के बाद मार्गेय्या की दूसरी चिन्ता उसका बेटा थी। जब तक वह अपनी दुकान पर बैठकर ग्राहकों से बात करता रहता, उसका मन शान्त रहता, लेकिन अकेला होते ही उसे अपने बेटे की चिन्ता सताने लगती थी। वह गणित में फेल हो गया था जो उसके लिए बड़ी परेशानी की बात थी। वह समझ नहीं पाता था कि अब उसका क्या करे। जब भी वह इस बारे में सोचता, उसका दिल बैठने-सा लगता था। भगवान ने मुझे इस दुनिया में सब कुछ दिया है, मुझे किसी चीज़ की कोई कमी नहीं है, लेकिन...लेकिन...वह अपने परिचितों से यह नहीं कह सकता था कि मेरा बेटा पन्द्रह का है और कालेज में पढ़ता है।" उसे दो साल पहले ही यह कर लेना चाहिए था। दो साल उसने बरबाद कर दिए थे। मार्गेय्या ने उसे घर पर पढ़ाने के लिए तीन ट्यूटर रखे थे—दो विषयों के लिए एक—और इन पर उसका खर्चा भी बहुत हुआ था। इम्तहान के दिनों में वह उसे विशेष पौष्टिक आहार भी देता था। बहुत से फल वगैरह खरीदता और पत्नी से विशेष खाना बनवाता और कहता, "बेचारे को इम्तहान देना है। इन दिनों उसे बहुत अच्छा भोजन मिलना चाहिए जिससे वह यह भार सह सके।" वह पत्नी को आदेश देता कि घर पर ज़ोर से न बोले—"तुम देखती नहीं, बेचारा पढ़ रहा है!"

परीक्षा शुरू होती, तो उसकी चिन्ता बहुत बढ़ जाती थी। वह खुद बेटे को अलबर्ट कालेज पहुँचाकर आता। जब हॉल में जाने की घंटी बजती तो वह उससे यह कहकर विदा लेता, "बेटा, घबराना मत। शान्ति से कापी पर लिखना।...और वक्त से पहले बाहर मत निकलना।" लेकिन यह सब उपदेश बेकार हो जाता क्योंकि आधे घंटे के बाद उसके पास लिखने को कुछ रहता ही नहीं था, और वह बाकी समय में कापी पर चील-बिलौए बनाता रहता। उसे परीक्षा की उत्तेजना बिलकुल पसन्द नहीं थी और वह इसके कारण उस पर लगाए जाने वाले प्रतिबंधों और नियमों से उसमें चिढ़ पैदा होती। वह अचानक उठा और बाहर निकल कर पड़ोस के एक रेस्तराँ में जा बैठा। इस कठिन समय से गुज़रने के लिए पिता ने उसे काफ़ी पैसे दिए हुए थे। उसने वहाँ जो भी उपलब्ध था, वह खाया, फिर एक पैकेट सिगरेट खरीद कर बड़ों की नज़र बचाकर सरयू नदी के किनारे एक पेड़ के नीचे जा बैठा और एक-एक करके सारी सिगरेटें पी डालीं। फिर थोड़ी देर के लिए सो गया और शाम को पाँच बजे घर लौट आया। माँ ने उसे देखते ही सवाल किया, "पेपर के सब सवाल ठीक कर दिए?"

उसने चेहरा बनाकर जवाब दिया, "मुझे अकेला छोड़ दो।" उसे इम्तहान की बात करने से नफरत थी। लेकिन कोई मानता ही नहीं था। माँ ने उसके सामने दूध, फल और विशेष पकवान लाकर रखे। उसने इन्हें देखकर मुँह बनाया और कहा, "इन्हें ले जाओ। मैं कुछ खा नहीं सकता।" माँ ने उसके प्रति सहानुभूति दिखाई कि इम्तहान का बेटे पर कितना दबाव पड़ रहा है।

इसी समय उसका पिता अपना दफ्तर जल्दी बन्द कर और समय बचाने के लिए किराए की गाड़ी पर बैठकर घर आ पहुँचा। दिन भर अपना और अपने ग्राहकों का पैसा गिनते-गिनते भी उसके दिमाग़ का एक हिस्सा बेटे में ही लगा रहा था, और वह चुपचाप भगवान से प्रार्थना करता रहा कि बेटे को शान्त रखे जिससे वह सवालों के सही-सही जवाब लिख सके। बेटे को देखते ही उसने कहा, ''तुमने परचा अच्छा किया होगा। बताओ, किया या नहीं?'' बेटा आँखें बन्द किए कमरे के एक कोने में बैठा था। मार्गेय्या ने इसे परिश्रम का प्रभाव माना और पूछा, ''पूरे वक्त हॉल में बैठे?'' उसके लिए इसका अर्थ था कि उसने अच्छा किया होगा।

लड़के ने इस समय जो भी जवाब दिया हो, आठ हफ्ते बाद जब परीक्षा का परिणाम घोषित हुआ, तब मार्गेय्या को जवाब मिल गया। पहले तो उसने इसे गलत समझा और कहने लगा कि किसी ने उसे परेशान किया है, बेटे ने तो अच्छा ही किया होगा। फिर उसका मन हुआ कि उसकी पिटाई करे, लेकिन रुक गया क्योंकि दीवार के सहारे सिर झुकाकर खड़ा बालू उससे पूरे चार इंच लम्बा था, और उसे डर लगा कि कहीं वह पलट वार न कर बैठे। पड़ोस में खड़ी उसकी माँ तिरछी नज़र से बाप-बेटे के बीच पैदा हुए संकट को चुपचाप भयभीत होकर देख रही थी, कि पता नहीं क्या होगा। वह बहुत पहले ही समझ गई थी कि बालू का मन पढ़ाई की तरफ बिलकुल नहीं है, न उसे इसका महत्त्व समझ में आता है, लेकिन पति से यह बात कहने का उसमें साहस नहीं था। इसलिए उसने यही नीति अपनाई कि जो होता है, देखते रहें। वह जानती थी कि हालात अब आखिरी स्थिति तक पहुँच रहे हैं, और दो निश्चित बुद्धिवाले पुरुषों के बीच का यह संघर्ष वह चुप खड़ी देख ही सकती है—उसकी दृष्टि में बेटा भी अब पूरा जवान आदमी बन गया था। वह हथेली पर अपनी ठोढ़ी और मुँह के सामने उँगलियाँ रखे चुप देखती रही।

मार्गेय्या बोला, ''हर बच्चे ने मैट्रिक का इम्तहान पास कर लिया है। तुम क्यों इतने गधे निकले?''

''अप्पा, मुझे गाली मत दो,'' लड़के ने खुरदरी आवाज़ में कहा, जो पिछले दिनों में काफ़ी बदल गई थी। उसकी मुलायमियत एकदम खत्म हो गई थी। माँ जब भी उसे देखती, उसे जवानी के दिनों के अपने पिता की याद आ जाती थी, जिनके नाक-नक्श, आवाज़ और कठोरता सब कुछ इसी जैसी थी। लोग उनसे बात करते तब भी डरते, जब उनका मूड अच्छा होता था, क्योंकि उनका चेहरा कठोर ही दिखता था, भाव से उसका कोई सम्बन्ध नहीं था। अब बेटे में भी उसे वही तस्वीर दिखाई देती थी। उसका चेहरा जमा हुआ और कठोर था। ओठ सिगरेट पीने के कारण काले थे—और माँ जानती थी कि वह पीता है : वह घर आता तो अक्सर उसके कपड़ों में से सिगरेट की गंध निकलती रहती थी। लेकिन यह जानकारी उसने

अपने तक ही रखना ठीक समझा क्योंकि वह पति को उसके खिलाफ़ नहीं करना चाहती थी। वह जानती थी कि शान्ति बनाए रखने के लिए चुप रहना ही सही होता है, क्योंकि कुछ समय बाद उनका फैसला अपने आप हो जाता है या वे बातें खत्म हो जाती हैं। ज़िन्दगी से उसने यह सीखा था कि ज़बान चलाने से ही बातें बिगड़ती हैं। अब जब से उसके पति की आमदनी बढ़ने लगी थी, वह, सही या गलत, हर बात पर बहुत ज़्यादा ज़ोर देने लगा था; यानी वह समझने लगा था कि वह जो भी सोचता और करता है, वह सब सही ही होता है। वह उसका विरोध करने से हमेशा बचती; वह सोचती कि काम का उस पर ज़्यादा दबाव है, जिसे और नहीं बढ़ाना चाहिए। इसलिए जब कभी वह घर के किसी काम की गलत आलोचना भी करता, तब भी वह चुप रहना ही पसन्द करती थी। वह उसे चुपचाप खाना परोसती, और कुछ देर बाद वह खुद अपनी गलती मान लेता था। अब और बातों के अलावा वह बेटे के मामले में भी यही नीति अपनाने लगी थी। वह जानती थी कि पति से अपने बेटे की पढ़ाई की बात करने का कोई फायदा नहीं होगा, कि पढ़ने में उसका मन ही नहीं लगता—न उससे यह कहने का कोई फायदा होगा कि साढ़े सात बजे घर लौटो और पढ़ने बैठ जाओ। बेटा नौ बजे से पहले कभी घर नहीं लौटता था। उसपर चिल्लाने का कोई मतलब नहीं था—सिवाए इसके कि तमाशा बने और पड़ोसी घर और सड़क के लोग उसका मज़ा लें। इसलिए उसने यह सोच लिया था कि अपने-आप ही इसका हल हो जाएगा। एक-दो दफ़ा उसने लड़के को यह समझाने की कोशिश की थी कि पिता की इच्छाओं और आज्ञाओं पर ज़्यादा ध्यान दे, लेकिन उसने चुप रहने को कह दिया था। उसने बेटे और पति दोनों को आज़ाद छोड़ दिया था। इससे घर की रोज़मर्रा की ज़िन्दगी में बड़ी स्थिरता और शान्ति आ गई थी।

अब वह दोनों के बीच पैदा हुए संकट को कुछ ऐसे देख रही थी जैसे वह किसी शीशे के पर्दे के पीछे खड़ी यह तमाशा देख रही हो। मार्गेय्या ने चीखकर कहा, "अब मैं दूसरों के सामने सिर कैसे उठाऊँगा?" लड़के पर इसका कोई प्रभाव पड़ता दिखाई नहीं दिया, लगा कि समस्या पिता की अपनी है जिसे वे जैसे ठीक समझें, सुलझाएँ। मार्गेय्या ने दोबारा और ज़ोर से दोहराया, "अब मैं दूसरों के सामने सर कैसे उठाऊँगा? लोग मेरे बारे में क्या सोचेंगे? मेरे बेटे के बारे में क्या-क्या कहेंगे लोग?"

इस पर लड़के ने बड़ी दृढ़ता से कुछ कहा, और माँ की भी प्रतिक्रिया यही हुई। इस कारण उसके मन में बेटे के लिए प्रशंसा का भाव जागा। बेटे ने कहा कि "उन्हें मुझसे क्या मतलब होना चाहिए?"

मार्गेय्या ने निराशा से हाथ मले और दाँत पीसे। लड़के ने जो कहा, वह सही लगता था। उसने कहा, "तुम मेरे बेटे नहीं हो। मैं ऐसे बेटे को बरदाश्त नहीं कर सकता, जो परिवार को इतनी बेइज़्ज़ती दे।"

लड़का यह सुनकर बेहद दुखी हो उठा। उसने कहा, "अप्पा, फिज़ूल की बात मत करो।"

मार्गेय्या यह सुनकर दंग रह गया। वह नहीं सोच सकता था कि लड़का यह भी कह सकता है। आज तक बातचीत एक ही तरफ़ से होती थी, और उसने मान लिया था कि लड़का कुछ नहीं बोल सकता। उसने चीखकर कहा, "तुम मेरी बात का जवाब दे रहे हो, पागल हो गए हो क्या?"

लड़का यह सुनकर रोने लगा, बोला, "अगर तुम मुझे चाहते नहीं, तो घर से निकाल दो।"

मार्गेय्या आश्चर्य से उसकी ओर देखने लगा। वह हमेशा यही समझता आया था कि बालू कभी कुछ नहीं कहेगा और दूसरे को ही उससे कहते रहना पड़ेगा, लेकिन अब वह भी ज़ोर से बोलने लगा था। उसके आक्रामक रुख से वह अपमानित महसूस कर रहा था। लेकिन अब उसकी आँखों में आँसू देखकर वह द्रवित हो उठा। उसकी भावनाएँ बदलने लगीं। उसकी अपनी आँखों में भी आँसू छलकने लगे और सामने पत्थर की तरह खड़ी यह तमाशा चुपचाप देखती अपनी पत्नी के सामने उसे शर्मिंदगी महसूस होने लगी। वह एकदम सीधी तीर की तरह चुभती नज़रों से दोनों को देखे जा रही थी। वह इतनी जड़ हो उठी थी कि मार्गेय्या को सन्देह हुआ कि उसे कहीं दौरा तो नहीं पड़ गया है। इसलिए अब वह उसकी ओर मुड़ा, "यह सब तुम्हारा ही किया है। तुमने हमेशा बहुत ढील दी है। अब कोई सुधार नहीं हो सकता। तुम और तुम्हारा–"

लड़के ने आँसू पोंछे और बीच में ही बोला, "माँ ने मुझे नहीं बिगाड़ा है, न ही क़िसी और ने। कोई मुझे क्यों बिगाड़ने लगा!"

"इस घर में बहुत बातें की जाती हैं। यही सबसे बड़ा दोष है।" मार्गेय्या ने घोषणा की, और यह अध्याय खत्म करते हुए कपड़े बदलने और दूसरे काम करने वहाँ से चला गया। लड़का भी आँखों से ओझल हो गया। इस छोटे से घर में एक-दूसरे से अलग होना सम्भव नहीं था, इसलिए सामने के दरवाज़े से लड़का बाहर निकल गया। लेकिन माँ जानती थी कि पिता के सो जाने के बाद वह मुँह में सिगरेट की बू भरे घर वापस आ जाएगा।

मार्गेय्या लगभग रात-भर जागता रहा। रात को जब लड़का वापस आया और उसके दरवाज़ा सरकाने की आवाज़ हुई, तो उसने तुरन्त पूछा, "कौन है? अरे कौन है?"

बालू ने धीरे से जवाब दिया, "अप्पा, मैं हूँ।"

मार्गेय्या को अच्छा लगा कि लड़के की आवाज़ मुलायम और हलकी है, लेकिन अब भी उसे उसके फ़ेल होने का सदमा खाए जा रहा था। उसने पूछा, "इतनी देर बाहर रहे?"

"हाँ," उत्तर आया।

"कहाँ थे?" उसने पूछा।

इसका उसने कोई जवाब नहीं दिया। मार्गेय्या सोच रहा था कि मैट्रिक फेल हो जाने के बाद बालू का व्यक्तित्व बदल गया है, और ज़बान बेलगाम हो गई है। इस तमाम संकट में उसे इस बात पर थोड़ा सा गर्व भी हुआ कि उसके बेटे ने सोचने की इतनी आज़ादी और अपने ऊपर विश्वास प्राप्त कर लिया है। उसने बातचीत का सम्बन्ध बनाए रखने के ख्याल से और ज़रा हलकेपन से पूछा, "क्या दरवाज़ा खुला था, उसकी कुंडी नहीं बन्द थी?"

"हाँ," लड़के ने अँधेरे में कहीं से जवाब दिया।

"तुम्हारी माँ यह बड़ा गलत काम करती है। क्या रोज़ होता है ऐसा?"

इसका कोई जवाब नहीं आया। पत्नी सो गई लगती थी, क्योंकि उसने भी कोई प्रतिक्रिया नहीं दी। लेकिन मार्गेय्या बातचीत चालू रखना चाहता था, इसलिए उसने कहा, "अगर घर में चोर घुस आए, तो?" लड़के ने कोई जवाब नहीं दिया। अँधेरे में कुछ मिनट आँखें मिचमिचाने के बाद मार्गेय्या ने पूछा, "सो गए क्या, बेटा?" लड़के ने जवाब दिया, "हाँ, सो रहा हूँ।" यह सुनकर जैसे मार्गेय्या को बड़ी शान्ति मिल गई और उसे भी एकदम नींद आ गई—और वह मैट्रिकुलेशन के इम्तहान को लेकर कई घंटे चला संकट भूल गया।

अब दोनों ने 'जियो और जीने दो' के दर्शन के अनुसार दिन बिताना शुरू कर दिया। मार्गेय्या ने सोचा कि जब स्कूल खुलेंगे तो वह बेटे को पढ़ने भेजेगा, परीक्षा के लिए उसकी अच्छी तैयारी करवाएगा और ज़रूरत पड़ी तो कुछ परीक्षकों से भी मिलकर बात करेगा। वह सोचने लगा कि कुछ दिनों से वह इन कामों में कोताही बरत रहा है। उसका हमेशा यह विश्वास रहा था कि लोगों से मिल-जुलकर कोई भी काम करवाया जा सकता है। डॉ. पाल के ज़रिए वह किसी से भी सम्बन्ध बना सकता था। उसकी मदद से उसे अपने बिज़नेस के लिए भी बहुत से ग्राहक प्राप्त हुए थे। समाज में उसके सम्पर्क बढ़ रहे थे। बहुत से लोग कई कामों के लिए उसके कृतज्ञ थे। और उसे खुश करने के लिए बहुत कुछ कर सकते थे। उसे आशा होने लगी थी कि अगले साल अगर वह इस पर ज़रा सा भी ध्यान देगा तो लड़के को आसानी

से मैट्रिकुलेशन करवा देगा। हाँ, लड़के को इतना ज़रूर करना होगा कि किताबों को पढ़ने का ढोंग करता रहे, इम्तहान देने नियमित रूप से जाए और कापियों में चील-बिलौए बनाने की जगह पढ़ने योग्य शब्द लिखकर ही वापस लौटे। उसके लिए बस इतना ही बेहद ज़रूरी था कि विषयों को सही समझे और हर सवाल के जवाब में कम-से-कम एक पेज का मैटर ज़रूर लिख आए।

मार्गेय्या का विचार था कि अगर बालू थोड़ी सी भी कोशिश करता दिखाई देगा, तो उसे शान्ति महसूस होने लगेगी। उसने यह बात एक दिन बड़े धीरज से खाना खाते समय उसे समझाने का प्रयत्न किया। मार्गेय्या अब उसका बहुत ख्याल रखने लगा था, इसका एक कारण तो डर था और दूसरा इज़्ज़त में बढ़ोतरी। लड़का हमेशा से गम्भीर और सख्त स्वभाव का था। उसमें अपनी उम्र से ज्यादा गम्भीरता थी। इससे मार्गेय्या को डर महसूस होता था। उसने एक दिन उसकी आँखों में आँसू देखने के अलावा उसे और कभी सहज नहीं देखा था। वह नम्र व्यवहार के द्वारा या ऊपर से इसका दिखावा करके उसका व्यवहार बदलने की कोशिश करना चाहता था, हालाँकि उसके मैट्रिक में फेल होने की बात अब भी उसे दुखी करती थी। उसने लड़के पर एक नज़र डाली और कहा, "बेटा, तुम्हें एक कोशिश और करनी चाहिए। मेरा ख्याल है कि इस दफा तुम ज़रूर निकल जाओगे।"

बालू खाना खाते-खाते रुक गया और बोला, "अप्पा, आपका मतलब क्या है?"

मार्गेय्या को खतरे का अहसास हुआ, लेकिन बात वह शुरू कर चुका था, इसलिए उसे भी अधूरी नहीं छोड़ सकता था। उसने कहा, "मैं मैट्रिक इम्तहान की बात कर रहा हूँ।"

लड़के ने निश्चय प्रकट करते हुए और काफ़ी ज़ोर से कहा, "मैं और नहीं पढ़ूँगा। मैंने माँ को भी बता दिया है।"

"अच्छा," मार्गेय्या पत्नी की तरफ मुड़ा, जो खाना परोस रही थी। "इसने तुमसे कह दिया है। क्या कहा है?"

"वही जो तुम से कहा है," उसने तुरन्त जवाब दिया और कुछ लाने चूल्हे के पास चली गई।

"तो तुमने मुझे बताया क्यों नहीं?" उसने तीखे स्वर में पूछा और देखने लगा कि इसका क्या जवाब मिलता है, जिसके बाद वह आगे कुछ कह सके।

पत्नी ने कहा, "क्योंकि मैं जानती थी कि तुम्हें भी यही बताएगा।"

इस पर मार्गेय्या गुस्से से फूट पड़ा, "इसका क्या मतलब है कि उससे तो तुम सब बातें करो और मुझे बिलकुल ही न बताओ? ये बातें ऐसी..."

लड़का बीच में ही बोला, "अप्पा, अगर तुम मुझसे नफरत करते हो और मेरी ज़िन्दगी बरबाद करना चाहते हो, तभी मुझसे इम्हान और पढ़ाई की बातें करना। मुझे इनसे चिढ़ है।"

मार्गैय्या खाना खाते-खाते उसे समझाने की कोशिश करता रहा, और जब बालू ने उठ जाने की धमकी दी, तब वह चुप हो गया। लेकिन वातावरण में तनाव छा गया था। सब जानते थे कि यहाँ से उठते ही विस्फोट होगा। बाप और बेटा दोनों जल्दी से खाना खत्म करने की होड़ में जुट गए। बालू ने तेज़ी से खाना मुँह में भर-भरकर निगला और घर के पीछे चला गया। उसने हाथ धोए, सिर पर थोड़ा सा पानी डालकर तौलिए से उसे रगड़ा और दरवाज़े की तरफ बढ़ा। मार्गैय्या भी झट से उठा, और हाथ धोए बिना लपककर दरवाज़े पर जा पहुँचा और भीतर से कुंडी बन्द कर दी। लड़का चुप खड़ा उसकी ओर देखने लगा। मार्गैय्या बोला, "कहाँ जा रहे हो तुम? मुझे अभी और भी बात करनी है। मेरी बात अभी खत्म नहीं हुई है।" लड़का कुछ कदम पीछे हट गया।

इस बीच पत्नी एक बर्तन में पानी ले आई। मार्गैय्या ने झपटकर आँगन में हाथ धोए और लड़के से बोला, "रुको।" इसके बाद उसने अपना दफ्तर का बक्सा खोला और उसमें से बालू की परीक्षा का रजिस्टर निकाला। इसे वह एक दिन पहले ही स्कूल के हेडमास्टर से लाया था। यह कपड़े की जिल्द चढ़ी एक छोटी सी किताब थी जिसमें लड़के के परीक्षा में प्राप्त नम्बर, आचरण, हस्तलेख और स्वास्थ्य के विवरण लिखे हुए थे। इसे वह पूरे ध्यान से दिन भर पढ़ता रहा था। अब उसे बहुत ज़्यादा कठिनाई नहीं दिखाई दे रही थी। उसके हस्तलेख और ड्रिल विषयों में 'फ़ेयर' लिखा हुआ था। मार्गैय्या सोचता था कि उसे किसी भी विषय में 'फ़ेयर' नहीं मिलेगा, इसलिए यह उसके लिए प्रसन्नता की बात थी। इसके अलावा हर विषय में उसे इकाई में ही नम्बर मिले थे। बस, सिर्फ हायजीन में उसे सौ में से बारह नम्बर प्राप्त हुए थे, और बाकी विषयों में पूरी क्लास में सबसे कम नम्बर हासिल हुए थे।

दरअसल उसे इन नम्बरों पर निराश होना चाहिए था, लेकिन मार्गैय्या पर इसका उम्मीद से अच्छा असर हुआ। वह बेटे को बहुत प्यार करता था, और आशावादी भी था, इसलिए उसने हायजीन में प्राप्त बारह नम्बरों को कसकर पकड़ लिया। दूसरे विषयों में लड़के को जितने कम-कम नम्बर मिले थे, उनके सामने यह बहुत शानदार लगते थे। उसे लगने लगा कि चूँकि हायजीन में वह ठीक है, इसलिए वह डाक्टर तो बन ही सकता है। डॉक्टर बालू–सचमुच यह कितना अच्छा रहेगा। बस, अगर वह किसी तरह इस मैट्रिक की दीवार फाँद जाता, तो वह कुछ भी कर सकता था। और इसमें मार्गैय्या उसकी पूरी मदद करता–उसका पैसा और सम्पर्क उसके बेटे को पूरी ताकत से आगे बढ़ाने को तैयार थे।

उसने ये सब बातें और सम्भावनाएँ बालू को अच्छी तरह समझाने के लिए अपने को तैयार कर लिया था। वह हायजीन में उसकी योग्यता से शुरू करके उसे उत्साहित करता और फिर पूछता कि क्या वह डॉक्टर बनना चाहेगा। वह उसे सर्जरी पढ़ने के लिए इंग्लैंड भेज देगा। ये सब बातें विस्तार से बताकर वह उसे उत्साहित करेगा। मार्गैय्या को दूसरे का मन बदलने की अपनी क्षमता पर बहुत विश्वास था। कभी-कभी कोई ऐसा ग्राहक आता जो अपना सारा जमा पैसा तुरन्त निकालने की ज़िद पर अड़ जाता, तो मार्गैय्या सोचता कि उसे इससे बात करने के लिए घंटा भर समय मिल जाए, तो वह निश्चित ही उसका मन बदल देगा। अब तक जमा पैसा तो उसके पास रहेगा ही, दूसरे की जेब में इस समय जो होगा, उसे भी जमा करवा लेगा...अब वह अपनी इस योग्यता का उपयोग अपने बेटे के मामले में भी करना चाहता था। इसीलिए वह मैट्रिक का लड़के का रजिस्टर हथियार की तरह अपने साथ लेकर आया था। वह इसमें से 'फ़ेयर' वगैरह उसे पढ़कर सुनाएगा और दिखाएगा कि हेडमास्टर ने खुद लिखा है, फिर उसे प्रेरित करेगा कि वह एक बार फिर इम्तहान में बैठकर अपनी ज़िन्दगी बना ले।

लड़के ने नोट बुक देखकर मार्गैय्या से पूछा, "यह क्या है? इसे तुम स्कूल से क्यों ले आए?" जैसे यह उसकी ज़िन्दगी की सबसे ज़्यादा नफ़रत के लायक चीज़ हो। उसका चेहरा इसे देखकर काला पड़ गया। यह उसे ज़िन्दगी में मिली सारी परेशानियों और तकलीफों की दास्तान थी, जो लोगों ने आजतक उसे दी थीं—स्कूल, कालेज, इम्तहान वगैरह की उसके लिए नरक बनी दुनिया। जवान होते लड़कों को तकलीफ़ देने के लिए ये सब चीज़ें क्यों बनाई गई हैं? उसे हमेशा जब हेडमास्टर यह रजिस्टर दिखाता और इसमें लिखी उसकी असफलताओं का ब्योरा दिखाकर नीचे अपने दस्तखत करने को कहता, तब वह अपार कष्ट में डूब जाता था। इस समय उसे नरक क्या है, इसका आभास होने लगता था। नरक, उसकी कल्पना में एक ऐसी जगह थी जहाँ कष्टदाता भगवान अपने हाथ में किसी के पढ़ने-लिखने का ब्योरा लिए बैठा होता था, जो उससे कहता कि वह अपने परिवार और समाज के लिए कितना बड़ा कलंक साबित हो रहा है। उसके पिता ने जब हायजीन वाला पन्ना खोलकर उसे बताना शुरू किया...तब अचानक उसकी कड़वाहट सारी सीमाएँ पार कर गई।

वह झपटकर आगे बढ़ा और इससे पहले कि वह समझ पाता कि क्या हो रहा है पिता के हाथ से कापी छीन ली, और पूरी ताकत लगाकर उसके चार टुकड़े कर दिए—दरअसल नोट बुक मोटे लेजर पेपर की बनी थी, और गुस्से के बल से ही वह उसे फाड़ पाने में सफल हो सका। इसके बाद वह दौड़कर सड़क पर पहुँचा और गटर में वह सब डाल दिया। विनायक मुदाली का यह तेज़ी से बहता गटर

ज़रा सी देर में सब कुछ बहाकर अपने साथ ले गया। मार्गेय्या दौड़कर आया और ऊपर खड़े होकर नीचे कागज़ बहते देखता रहा। उसकी पत्नी भी पीछे आकर खड़ी हो गई थी। वह दंग थी और कुछ कह नहीं पा रही थी। जब कागज़ का हर टुकड़ा गटर में बह गया, तो पत्नी की तरफ मुड़कर उसने कहा, "अब यह किसी स्कूल में भरती नहीं हो सकेगा।" इसके बाद वह बेटे की तरफ मुड़ा—लेकिन तब तक वह गायब हो चुका था।

अब मार्गेय्या के पास समृद्धि का एक ही निशान शेष रहा था : चमकते हैंडिल का वह छाता जो, जब कभी वह बाहर जाता, उसकी दाहिनी बाँह से लटकता रहता था। वह छातों का प्रेमी था, और जब कभी उसे कोई एक पसन्द आ जाता, वह उसे खरीद लेता था; इस "जर्मन तीलियों वाले चमकदार छाते को उसने आठ रुपए में खरीदा था। वर्षों तक उसने बाँस की छड़ी वाला पुराने ढंग का ढीला-पोला छाता इस्तेमाल किया था, जिसका कपड़ा तो बदरंग हो ही गया था, जिसमें कई पैबंद भी सिले हुए थे। इसकी वह अपने प्राणों की तरह रक्षा करता था। छाता इस्तेमाल करने का उसका अपना तरीका था, जिससे वह कभी टूटता नहीं था; और सिर पर उसे तानते समय वह हैंडिल को मरोड़ता नहीं था। वह किसी और को इसे इस्तेमाल के लिए भी नहीं देता था। अगर कभी उसे कोई आदमी बरसात में भीगता दिखाई देता, और भले ही उसे यह लगता कि इसे निमोनिया तक हो सकता है, लेकिन वह उसे अपने भाग्य पर छोड़ देना ही पसन्द करता था, छाता देकर उसकी रक्षा करने को आगे नहीं बढ़ता था। जब कोई उसका छाता उधार लेने की जुर्रत करता, तब वह एकदम नाराज़ हा उठता था। एक दफ़ा जब उसकी पत्नी ने उसकी यह प्रवृत्ति गलत बताई, तो वह बोला, "इससे अच्छा हो, ये मेरी जान माँग लें।" इसके लिए वह एक तर्क और भी देता था, "क्या कोई दूसरों की बीवियाँ भी उधार माँगता है? क्या अपनी एक ही बीवी से लोग काम नहीं चलाते? देश का हर आदमी अपना-अपना छाता खरीद क्यों नहीं लेता?" वह अक्सर कहता, "कोई भी छाता एक से ज़्यादा आदमी के साथ रहना पसन्द नहीं करता।" वह खुद भी इसी नियम का कड़ाई से पालन करता था। उसने अपना पुराना छाता, जो बहुत ढीला हो चुका था और जिसकी शक्ल भी बहुत बिगड़ गई थी, सावधानी से रोल करके ऊपर छपरी में रख दिया था। यह उखड़े पंखों वाले कौए की तरह लगने लगा था, फिर भी वह इसका तब तक इस्तेमाल करता रहा, जब तक बरगद के पेड़ तले काम करने के दिनों में एक आदमी ने उसे फुटपाथ पर बैठकर छाते दुरुस्त करने वाले कारीगर की श्रेणी में नहीं बिठा दिया—तब उसने फौरन इसे बरखास्त करके पुरानी चीजों के ढेर में रख दिया।

फिर भी वह नया छाता खरीदने की हिम्मत नहीं जुटा सका, और धूप को आराम से तब तक बरदाश्त करता रहा, जबतक बिना नफ़े-नुकसान का हिसाब लगाए आठ रुपए का छाता खरीदने की उसकी हैसियत न हो गई, और नए बिज़नेस के कारण हज़ारों रुपए उसकी तिजोरी में नहीं आने-जाने लगे—हज़ारों रुपए जो उसके भी और दूसरों के भी एक ही साथ होते थे।

इस छाते के अलावा उसके पास समृद्धि का और कोई निशान नहीं था। दिखावा करना उसे पसन्द भी नहीं था। वह रोज़ पैदल ही दफ्तर जाता था। वह हाथ से बुनी सिल्क का कोट पहनता था, लेकिन इसका रंग उसने पुराने कोट की तरह ही रखा था, जिससे लोगों को ज़्यादा अंतर न दिखाई दे। उसने घर के भीतर ही दीवारों की पुताई कराई थी, और ऊपर एक छोटा-सा कमरा बनवा लिया था। उसने एक कैनवास की आराम कुर्सी के अलावा कोई फरनीचर भी नहीं खरीदा था, और यह कुर्सी भी उसने एक दुकान से सैकिंड हैंड ली थी। इस कुर्सी पर आराम से लेटा वह ऊपर आसमान में ताकता रहता था। उसने पत्नी से कहा कि जो चाहे, खरीद ले, लेकिन उसने कुछ भी नहीं खरीदा और बोली, "मुझे तो बालू की फिक्र खाए जा रही है।"

मार्गेय्या ने जवाब दिया, "मैं तुम्हें वही दे सकता हूँ जो बाज़ार में मिलता है। तुम्हें चन्द्रमा चाहिए तो वह तो मेरे बस की बात नहीं है।"

उसने कहा, "मैं चन्द्रमा नहीं माँग रही, अपना बेटा माँग रही हूँ।"

आजकल वह हर वक्त हिस्टीरिया की हालत में बनी रहती थी। बहुत कम बोलती और ज़रा सा खाती थी, और मार्गेय्या सोचता था कि जब उसे आराम की ज़िन्दगी और सुखी घर मिलना था, तब उसे ये परिस्थितियाँ झेलनी पड़ रही हैं। उसे पत्नी पर गुस्सा भी आने लगा था। उसके हर वक्त दुखी रहने के कारण घर में मातम का वातावरण छा गया था। वे दोनों बेटे के गायब होने के इतने अभ्यस्त हो चुके थे कि उसने इसे परेशानी का मुख्य कारण मानना भी बन्द कर दिया था, वह अपने अटपटे ढंग से पत्नी को खुश करने की कोशिश करता, "अच्छा, पैसा-वैसा जो चाहे, माँग लो।"

"मुझे क्या चाहिए, पैसा तो बिलकुल नहीं," उसने जवाब दिया। "अब इसकी ज़रूरत ही नहीं रही।"

मार्गेय्या को यह बात अच्छी नहीं लगी। यह द्रोह करने जैसा वक्तव्य था। उसने भौंहें टेढ़ी करके पत्नी की तरफ देखा, फिर अपने काम में लग गया। वह क्या काम कर रहा था? जब वह घर लौटता, सारे दिन का हिसाब लगाकर अन्तिम आँकड़े अपने साथ ले आता और उन्हें देखता रहता। जब कभी आराम करना चाहता तो अखबार खरीद लाता और उसे पढ़ता रहता। आजकल वह अखबार उधार नहीं माँगता

था बल्कि अपनी प्रति खुद खरीदता था। दुनिया में कहाँ क्या हो रहा है, इसे बड़े ध्यान से पढ़ता था : राजनेताओं के भाषण, क्रान्तिकारियों के वक्तव्य, इसका और उसका प्रोग्राम, युद्ध के समाचार, व्यापार और शेयर मार्केट की खबरें। यह सब वह इसलिए भी पढ़ता था क्योंकि जब वह दफ्तर में बैठता, इन समाचारों की उसे ज़रूरत भी पड़ती थी। इस तरह के लोग वहाँ आते थे और उनकी बातचीत में शरीक होने के लिए ये जानकारियाँ उसे चाहिए होती थीं। अपने ग्राहकों को प्रभावित करने के लिए भी उसे यह सब दिखाना पड़ता था।

सवेरे खाना खाकर वह रोज़ दफ्तर चला जाता था। जब तक वह वहाँ से निकल नहीं जाता, घर में हलचल बनी रहती थी। उसे नौकर रखकर काम करवाना पसन्द नहीं था, इसलिए पत्नी को ही सब कुछ करना पड़ता था। वह अक्सर कहता, "हम नौकरों की मुसीबत क्यों मोल लें जबकि हम अभी भी नए पति-पत्नी की तरह हैं। फिर हमारा परिवार भी तो बड़ा नहीं है।" पत्नी इसे चुपचाप स्वीकार कर लेती थी क्योंकि वह जानती थी कि मार्गेय्या से बहस करने का कोई नतीजा नहीं निकलेगा। वह जानती थी, और मार्गेय्या भी जानता था, कि रसोइया वह इसलिए नहीं रखता था क्योंकि इस पर वह खर्च करना नहीं चाहता था। लेकिन अगर कोई उससे प्रश्न करता, तो वह कुछ और कारण बताता। शायद यह कहता, "दिखावा करने की क्या ज़रूरत है?" पत्नी जानती थी कि वह पैसे को जमा करने की वस्तु समझता है, खर्च करने की, और खास तौर पर कीमती चीज़ों पर खर्च करने की वस्तु तो हरगिज़ नहीं मानता था। पत्नी उसकी भाषा से खूब परिचित थी। कभी-कभी जब वह पत्नी को चूल्हे के सामने थकी-माँदी बैठी काम करते देखता, तो उसे परेशानी होती और वह रसोई के काम में उसकी मदद करने की भी कोशिश करता, मगर ऊपर से यही दिखाता कि दोनों नवविवाहित हैं। वह कहीं से कोई सब्ज़ी उठा लेता और कहीं से चाकू और उसे काटने लगता, फिर कहता, "कोई और काम है मेरे लिए?" पत्नी इस सवाल का जवाब नहीं देती थी, सिर्फ यह कहती, "आधे घंटे में आ जाना। खाना तैयार हो जाएगा।" इन दिनों वह बहुत ग़मगीन रहने लगी थी और बहुत कम बोलती थी।

वह दिन-रात बालू के ही बारे में सोचती रहती थी। खाने-पीने में उसकी रुचि समाप्त हो गई थी। मार्गेय्या को जब बेटे की याद दिलाई जाती, तो वह पागलों की तरह व्यवहार करता। कहता, "वह मेरा बेटा नहीं है।" फिर नटकीय ढंग से घोषणा करता, "जिसे अपने पिता की भावनाओं की ज़रा भी परवाह नहीं, वह बेटा कैसे हुआ! वह तो ईश्वर का अभिशाप है। मेरा बेटा नहीं है वह!" उसका यह ढंग नाटकीय ज़रूर था, परन्तु भावना सच्ची थी। जब-जब उसे गटर में बहते कागज़ के टुकड़ों की याद आती, उसे अफसोस होता कि थप्पड़ खाने के लिए बेटा वहाँ

नहीं है। उसके हाथ और उँगलियाँ उसे पीटने के लिए मचल उठते। वह सोचता, 'जाने से पहले अगर वह पिट लेता, तो मुझे इतना मलाल न होता!' वह पत्नी को बेटे की चर्चा करने से रोकता, और शान से कहता कि हमें ऐसे व्यवहार करना चाहिए जैसे वह कभी पैदा ही न हुआ हो। जब कभी वह इस तरह से बात करता, तो पत्नी समझ जाती कि उसका क्या मतलब है। उसकी उन्नति और बढ़ता हुआ बैंक बैलेंस, उसे बेटे के अभाव को महसूस करने से रोकता था। अब वह एक ऐसी जगमगाहट में रहने लगा था जिससे उसे यह सब सहन करने की शक्ति मिलती थी। जब वह सवेरे से शाम को सूरज ढलने तक अपनी डेस्क के सामने बैठा लोगों से लेन-देन की बातें करता, उन्हें समझाता, और पैसा वसूलता, तो वह धन कमाने की सारी प्रक्रिया से दो-चार होता रहता था। इसके बाद जब वह शाम को घर वापस लौटता, तब भी उसका दिमाग़ इन्हीं सब आँकड़ों से भरा होता था, और उसे किसी और विषय पर या बालू के बारे में सोचने-विचारने का समय ही नहीं मिलता था।

देर रात को, जब शहर की सारी आवाज़ें मन्द पड़ गईं और नींद आने में आना-कानी करने लगी, तो वह बालू के बारे में सोचने लगा। शायद वह कहीं डूब गया हो। उसकी कोई खबर नहीं थी, हालाँकि कई दिन और हफ्ते गुज़र गए थे। पत्नी उसे कोसती कि उसने बेटे पर ध्यान नहीं दिया, उसके लिए कुछ नहीं किया—और वह सोचता कि उसे क्या करना चाहिए था। वह जाकर पुलिस को सूचना नहीं दे सका था। उसने ढूँढ़ निकालने वाले को कोई इनाम देने की घोषणा भी नहीं की थी। उसने...उसे घटना का तमाशा बनाने से नफ़रत थी, और उसने डॉ. पाल से इसके बारे में बात करके चुप्पी साध ली थी। डॉ. पाल ने वादा किया था कि वह पूरी नज़र रखेगा, और जब कभी कोई सूचना प्राप्त हुई, तो सूचित करेगा। इससे अधिक वह कर भी क्या सकता था? मार्गेय्या ने लोगों को यह बताया था कि वह छुट्टी मनाने बम्बई या मद्रास गया है; फिर हलकेपन से कहता, "आजकल के लड़कों को खुद घूमकर दुनिया देखनी चाहिए, यही उनके लिए सबसे बड़ी शिक्षा है।"

इस पर किसी ने टिप्पणी की, "लेकिन उन्हें मैट्रिक का इम्तहान ज़रूर पास कर लेना चाहिए।"

लेकिन मार्गेय्या ने इसे एकदम खारिज कर दिया! "मैट्रिक-शैट्रिक में आखिर रखा क्या है? स्कूल में बच्चे सीखते ही क्या हैं? मुझे अपनी शिक्षा-प्रणाली में ज़रा भी विश्वास नहीं है। किसे ज़रूरत है ए स्कवेयर प्लस बी स्कवेयर वगैरह की? लड़का इनसे दूर रहे, तो अच्छा ही है। अपनी कहूँ, तो मैंने तो यह ए प्लस बी कभी पढ़ा

ही नहीं, तो मेरा क्या नुकसान हुआ? लड़कों को ज़िन्दगी के ऊबड़-खाबड़ स्कूल में ही शिक्षा लेनी चाहिए।" वह जो भी कहता, उसमें अनुभव और अधिकार की झलक होती और लोग उसकी बात बार-बार बड़े ध्यान से सुनते। अपने ऑफ़िस में बैठकर वह ये उपदेश देता रहता।

उसका ऑफ़िस का कमरा मध्यम आकार का था, जिसमें फ़र्श पर चार चटाइयाँ बिछी थीं। एक किनारे पर एक ढालदार डेस्क थी, जिसपर एक एकाउंटेंट बैठता था। यह एक दुबला-सा बूढ़ा आदमी था, जिसके चेहरे पर हर वक्त पन्द्रह दिन की सफ़ेद दाढ़ी बढ़ी दिखाई देती। यह रिटायर्ड रेवेन्यू क्लर्क था, जिसे पेंशन मिलती थी, जो बन्द गले का कोट पहनता था और पगड़ी लपेटकर दफ्तर आता था। उससे उम्मीद की जाती थी कि मार्गैय्या से पहले आ जाए। मार्गैय्या को उसे सिर झुकाकर रजिस्टर पर काम करते देखकर बड़ा अच्छा लगता। उसे हिदायत थी कि मार्गैय्या के आने पर भी काम करता रहे, सिर उठाकर उसे नमस्कार वगैरह न करे, क्योंकि इससे उसके गुणा-भाग में गलती हो सकती थी, और समय भी बरबाद होता था। मार्गैय्या कहता था, "मुझे नमस्कार वगैरह की औपचारिकता पसन्द नहीं है। मैं तुम्हें रोज़ देखता हूँ। मुझे खुश रखना चाहते हो तो अपना काम ध्यान से करते रहो, और वक्त बरबाद मत करो।" लेकिन जब कभी उसे उपदेश देने की खुजली मचती, तो वह उसे ही, और उस समय वहाँ मौजूद दूसरे लोगों को श्रोता मानकर, अपना भाषण शुरू कर देता।

मार्गैय्या खुद कमरे के एक कोने में बैठता था। उसके सामने चिकनी पालिश की हुई डेस्क थी, जो उसने कंबल वाले से सस्ते में खरीदी थी। उसे इसका साफ़-सुथरा रंग और लकड़ी की दानेदार बनावट बहुत पसन्द थी, जो इसमें उसी समय बन गई थी जब यह तने का हिस्सा थी, और जिसमें पेड़ का पूरा विकास और उसका इतिहास बन्द था। वह जब भी इस पर नज़र डालता, उसे लगता कि सपनों की किसी दुनिया में समुद्र और आसमान पर नज़र डाल रहा है। लेकिन तुरन्त इस विचार से अपने को अलग करते हुए उसने सोचा, "लेकिन अब ये सब सपने देखने का फ़ायदा क्या है?" उसने ढक्कन खोला और भीतर झाँका, जहाँ वह सच्चाई विद्यमान थी जिसे वह छू सकता था, समझ सकता था, और जिसे वह बढ़ा सकता था : इसमें था चमड़े की आधी जिल्द से बँधा बड़ा-सा रजिस्टर, लाल स्याही की एक दवात, काली स्याही की दूसरी दवात, ब्लाटिंग पेपर का लम्बा टुकड़ा और एक कलम—जिस का लाल रंग का होल्डर वह सालों से इस्तेमाल करता आ रहा था। इसके बगल में एक छोटी-सी थैली थी, जिसे मोटी सुतली से खींचकर खोला और बन्द किया जाता था, और जिसमें उसका सब पैसा रखा रहता था। क्लर्क को यह पता नहीं होता था कि हर रोज़ उसे कितना पैसा प्राप्त होता है। वह मार्गैय्या के हिसाब की किताब

को कभी नहीं देखता था, न थैली खोलकर उसमें रखे पैसे को गिनता था। यह काम मार्गेय्या स्वयं करता था। उसका मानना था कि किसी और के लिए यह ज़रूरी नहीं है कि वह उसकी आमदनी के बारे में जाने, यह पूरी तरह उसका अपना काम है। वह एकाउंटेंट से जो काम करवाता था, वह यही था कि जो किसान कर्जा लेने आते थे, उनके कागज़-पत्रों की नकल करवाकर अपने पास रखना। वह गिरवी के कागज़ों की ही नकलें नहीं करवाता था, मूल बिक्री वगैरह के डीड्स की भी पूरी-पूरी नकलें अपने पास रखता था। यह काम वह क्यों करवाता है, इसके बारे में वह कभी मुँह नहीं खोलता था, और बात अपने मन में ही रखता था। बूढ़े को इस काम के पचास रुपए महीना मिलते थे, और वह नौकरी चली जाने के डर से ज़्यादा पूछताछ नहीं करता था। सिर्फ अपना काम करता था। दो बजे के करीब मार्गेय्या अपना बक्सा बन्द करता और उठते हुए कहता, "मैं खाना खाने जा रहा हूँ—मिनट भर में वापस आ जाऊँगा। दफ्तर की देखभाल करना, कोई आए तो बिठाकर रखना।"

पुराने दिनों की तरह मार्गेय्या को अपने मुवक्किलों को अपने सामने घेरे में बिठाकर रखना और साथ ही अपने काम में लगे रहना, अच्छा लगता था—वह अपना हिसाब-किताब लगाता रहता और दुआ-सलाम पर ध्यान नहीं देता था। वह बहुत व्यस्त आदमी था जिसका समय बहुत कीमती था, और जैसे-जैसे दिन बीतता, वह और फुर्ती से काम करने लगता था क्योंकि सूरज डूबने से पहले उसे अपना सारा हिसाब-किताब खत्म करना होता था।

मकान का मालिक, कंबलों का विक्रेता, रोशनी के लिए बिजली लगवाने को पैसे की बरबादी समझता था। किराएदार रोज़ कहते लेकिन वह उन्हें टालता चला जाता था। उसका बहाना यह होता था कि जितना और जैसा माल उसे चाहिए, या जिस कीमत पर चाहिए, उस पर बाज़ार में मिल नहीं रहा है। वह यह भी कहता कि उसने अमेरिका में सीधे जनरल इलेक्ट्रिक को आर्डर कर रखा है, क्योंकि कंबलों के ठेके लेने के दिनों से वहाँ उसके सम्पर्क हैं, और रोज़ वह या तो उनका जवाब आने या माल ही पहुँच जाने का इन्तज़ार करता रहता है। जबकि सच्चाई यह थी कि वह इस मद पर पैसा खर्च करना ही नहीं चाहता था। वह अपने यार-दोस्तों से कहता, "अरे, शाम को छह बजे के बाद दुकान या दफ़्तर खोले रखने की ज़रूरत ही क्या है?" नतीजा यह होता कि दुकानों में रोशनी नहीं होती थी, और चूँकि मार्गेय्या लैम्प खरीदने में पैसा खर्च करना नहीं चाहता था, इसलिए उसे जल्दी-जल्दी अपना काम खत्म करके उजाला खत्म होने से पहले अपना हिसाब-किताब पूरा करना पड़ता था। इसलिए वह एक मिनट भी बरबाद नहीं करता था।

उसके एक-दो ग्राहक, जो काफी देर से बैठे थे, उसका ध्यान आकृष्ट करने

के लिए खाँसे-खखारे और दूसरी छोटी-मोटी आवाज़ें करने लगे। मार्गैय्या ने चौंककर सिर उठाया और उनमें से एक से कोने की तरफ इशारा करके कहा कि "वहाँ उनके पास जाओ, वह तुम्हारे डीड के कागज़ तुम्हें दे देंगे।" लेकिन उसने हिलने का नाम भी नहीं लिया, तो उसने फिर कहा, "सुना नहीं तुमने? अगर मुझे हर बात दोबारा कहनी पड़ेगी तो मुझे दो सौ साल की ज़िन्दगी जीनी होगी, और मेरी आमदनी चौथाई ही रह जाएगी।"

"मालिक, आप ऐसी सख्त बात क्यों कहते हैं," उसने कहा। "इसलिए कि मैं अपनी डीड वापस माँग रहा हूँ? क्या यह गलत है?"

"गलत नहीं है। डीड तो तुम्हारी ही है और उस पर तुम्हारा अधिकार है।" यह बात उसने ऐसे लहज़े में कही कि बेचारा कहने लगा, "नहीं, आप तो मेरे पिता-समान हैं और मुश्किलों में आपने ही मेरी मदद की है।"

"फिर भी तुम इन कागज़ों के लिए मुझ पर विश्वास नहीं करते। तुम्हारा ख्याल है कि मैं इसका शर्बत बनाऊँगा और पी जाऊँगा?"

वह आदमी उठा और बोला, "मालिक, मैं कल फिर इसे लेने आ जाऊँगा, मुझे इतनी जल्दी नहीं है।" यह कहकर वह चला गया।

मार्गैय्या ने दूसरों से कहा, "देखा इस आदमी को...कुछ लोगों की कृतघ्नता, देखकर कभी-कभी मेरा मन होता है कि यह सब छोड़ दूँ और...।" दूसरों ने उसे खुश करने के लिए हाँ-में-हाँ मिलाई। कोने में बैठे एकाउंटेंट ने अपने खरखरे स्वर में कहना शुरू किया, "वह डरता है कि अगर उसने कागज़ यहाँ छोड़े तो उसे ज़्यादा ब्याज भुगतना पड़ेगा...मैं जानता हूँ इन लोगों को। जब तक इनके पास हमारा पैसा रहता है, ये मेमने की तरह मिमियाते रहते हैं, लेकिन जैसे ही रकम और ब्याज दोनों चुका देते हैं..."

मार्गैय्या को यह बात पसन्द नहीं आई। वह बोला, "शास्त्री, तुम परेशान मत होओ। अपना काम करो।" उसे अपने एकाउंटेंट की भूखी-खरखरी आवाज़ पसन्द नहीं थी।

लेकिन शास्त्री चुप नहीं हुआ, वह कहता रहा, "मैं एक ज़रूरी बात बता रहा था...यह परेशानी बढ़ती जा रही है, इन लोगों को तुरन्त सब कुछ चाहिए।" मार्गैय्या ने महसूस किया कि इसे चुप कराना आसान नहीं होगा, इसलिए इसका समर्थन ही करना चाहिए, और वह बोला, "ठीक बात है...हमें एक शर्त यह लगानी होगी कि कागज़ वापस करने के लिए तीन दिन दिए जाने चाहिए।"

एक और आदमी जो काफी देर से इन्तज़ार कर रहा था, कहने लगा, "मार्गैय्या, मुझे नहीं पहचाना?"

"नहीं," मार्गैय्या ने फौरन जवाब दिया।

"मैं कांडा हूँ," वह बोला।

"कौन?"

"सोमनूर वाला..."

"नहीं, हरगिज़ नहीं," मार्गैय्या ने फिर यही कहा।

वह आदमी हँसा, फिर आगे झुककर बहुत नीचे तक आ गया, और बोला, "अब भी कहोगे कि कांडा नहीं हूँ?"

मार्गैय्या ने उसे ध्यान से देखा और चीखकर बोला, "अरे, पुराने चोर-बदमाश, हाँ...तुम कांडा हो। यह तुम्हें हो क्या गया है? पूरे सौ साल के लगने लगे हो... नाक पर ये धारियाँ क्या पड़ गई हैं? ठोढ़ी इतनी दब गई है और बदन पर सफ़ेदी छा गई है! और सारे दाँत भी गायब हो गए?" इन सब सवालों के जवाब में उसने अपने दोनों हाथ ऊपर आसमान में उठाए, जैसे कह रहा हो, "यह सवाल ऊपर वाले से पूछो।" इसके बाद मार्गैय्या ने कमरे में बैठे सब लोगों को वहाँ से हटाना शुरू कर दिया, क्योंकि उसे लगा कि इस आदमी से तो वह सारे दिन बात करना चाहेगा। उसने सामने बैठे लोगों में से एक को एक कागज़ थमाते हुए कहा, "इस पर मैं तुम्हें कर्ज़ नहीं दे सकता।

"लेकिन मालिक...," उसने विनती की।

"अच्छा, कल आना। तब देखेंगे। अभी मुझे इनसे ज़रूरी बातें करनी हैं..."

कांडा से सालों पहले उसका सम्पर्क टूट गया था। उसे यह आदमी बहुत पसन्द था, जो हमेशा कहता था कि उसे एक जगह खड़ी ज़मीन की जगह बहता हुआ पैसा ज़्यादा पसन्द है, और यह कि ज़मीन से पैसा उगाना ज़्यादा आसान है, मक्का वगैरह नहीं।" कांडा अब मार्गैय्या से इस विषय पर सलाह लेने आया कि किसी रिश्तेदार के मरने से उसे अचानक मिली कुछ ज़मीनों से पैसा कैसे कमाया जाए। ये ज़मीनें मेम्पी के इलाके में थीं, जिसकी ढलानों पर टीक वगैरह के जंगल थे और नीचे दूर-दूर तक मक्के के खेत थे जिनमें आदमी की ऊँचाई तक उगे पौधे लहलहाते नज़र आते थे। मार्गैय्या नीली पहाड़ियों, जंगलों और हरे-भरे खेतों के इस स्वर्ग की कल्पना से प्रसन्न हो उठा। यह अपने ही स्थान पर फलती-फूलती सम्पत्ति थी, शहर की यात्रा करके पनपने वाली सम्पत्ति नहीं। वह कांडा की कहानी को जितना ज़्यादा सुनता, उतना ही उसे लगता कि यह उसे अपनी तरफ आवाज़ देकर बुला रही है, कि मेरा लाभ उठाओ। अँधेरा होने लगा था, लेकिन वह कांडा के जीवन में आए उतार-चढ़ाव की दास्तान देर तक सुनता रहा।

"मुझे अच्छा लग रहा है कांडा, कि तुम मेरे पास आए। मैं तुम्हें सब मुसीबतों से निकाल लूँगा," यह कहकर वह उठा।

कांडा बता रहा था, "को-आपरेटिव बैंक से मुझे और कर्ज़ नहीं मिलेगा...

उन्होंने ग़ैर-अदायगी के लिए मेरा नाम काट दिया है, हालाँकि उन्होंने वादों की बोली लगाई...''

''ये लोग शैतान हैं,'' मार्गेय्या ने कहा, ''मैं तुम्हें बताता हूँ, ये...। पता नहीं, सरकार इस संस्था को बरदाश्त क्यों करती है?...को-आपरेटिव सोसायटियों के सब सेक्रेटरियों को जेलों में डाल दिया जाना चाहिए।'' उसके सामने अरुल दौस और उस सेक्रेटरी की तस्वीर उभरने लगी। मार्गेय्या ने चेतावनी दी, ''अब इनके पास कभी मत जाना। ये तुम्हें पूरी तरह बरबाद करके ही छोड़ेंगे। मैं तुम्हारी देखभाल करूँगा,'' यह कहते हुए उसने दरवाज़े पर ताला लगाया। उसने अपने एकाउंटेंट को छुट्टी दे दी थी, और एक डुप्लीकेट चाभी से उसका दफ्तर भी बन्द किया। फिर वरांडे की तरफ इशारा करके बोला, ''तुम यहाँ सो सकते हो, कांडा, यहाँ कोई एतराज़ नहीं करेगा। सवेरे मैं तुमसे मिलूँगा, फिर तुम्हारे साथ मेम्पी की ज़मीन देखने चलूँगा। तुम्हारी बस कितने बजे जाती है?''

''पहली बस मार्केट चौराहे से छह बजे छूटती हैं।''

''और दूसरी?''

''साढ़े आठ बजे...चार बसें रोज़ मैम्पी से गुज़रती है,'' उसने ज़रा गर्व से कहा।

''जिससे तुम जब चाहो शहर आकर कर्जा ले जाओ।''

''एक रेलवे स्टेशन भी है, पाँच-छह फर्लांग आगे।'' कांडा ने कहा। ''यहाँ से शाम की ट्रेन मिल जाएगी, जिससे बारह बजे वहाँ पहुँच सकते हैं।''

''और घर पहुँचने से पहले,'' मार्गेय्या कहने लगा, ''शेर-चीते हमें खा जाएँगे।''

कांडा उसके इस अज्ञान पर हँसने लगा, ''चीते ऊपर पहाड़ियों पर होते हैं और नीचे नहीं आते।''

''फिर भी मैं तुम्हारे साथ सवेरे की बस से जाना पसन्द करूँगा,'' मार्गेय्या ने कहा। ''कल दूसरी बस से चलेंगे। तुम उस होटल में खाना खा लेना।''

मार्गेय्या घर की तरफ चला। उसके घर के सामने लोगों की भीड़ जमा थी, भीतर से पत्नी के रोने की आवाज़ सुनाई दे रही थी। यह देखकर वह तेजी से वहाँ पहुँचा।

''क्या बात है?'' उसने किसी से पूछा। उसे लग रहा था कि ये लोग भीतर घुसकर लूटपाट न करें। सामने के कमरे में ज़रूरी कागज़ात और काफी पैसा रखा है। ''इसे तुरन्त हटा देना चाहिए,'' यह सोचता हुआ वह झपटकर भीतर जाने लगा। फिर ज़ोर से चिल्लाया, ''हटो रास्ते से...यहाँ क्या कर रहे हो तुम सब?'' भीड़ में से किसी ने कहा, ''अम्मा रो रही हैं।''

''हाँ...लेकिन क्यों?''

सब जवाब देने से कतराने लगे। उसने एक आदमी को कालर से पकड़ लिया

और पूछा, "लेकिन बात क्या है? तुम बोलते क्यों नहीं?" यह कहकर उसने उसे ज़ोर से झकझोरा। वह कहने लगा, "मुझे क्यों परेशान कर रहे हो, मार्गैय्या? मैं क्या बताऊँ?" मार्गैय्या ने उसे छोड़ दिया और भीतर गया। पत्नी ज़मीन पर लोट-लोटकर रोए जा रही थी। उसका इस प्रकार रोना पहले कभी नहीं देखा था। कई औरतें उसके इर्द-गिर्द बैठी उसे सँभालने की कोशिश कर रही थीं।

मार्गैय्या भी रोता हुआ उसकी तरफ़ लपका। "इसे क्या हुआ है? मीनाक्षी तुम्हें क्या हो गया?" उसकी आवाज़ सुनकर पत्नी बैठ गई। उसके बाल बिखरे हुए थे। आँखें सूज गई थीं। "बालू...मेरा बालू...।" यह कहकर वह दहाड़ें मारकर रोने लगी। मार्गैय्या समझ नहीं पाया कि क्या करे। भीड़ में उसे अपना भाई और उसकी पत्नी भी दिखाई दिए। वह समझ गया कि ये दोनों भी अपने सातों बच्चों के साथ यहाँ हैं, इसका मतलब यही है कि कोई खास बात है। उसकी पत्नी मीनाक्षी को धीरज बँधाने की कोशिश कर रही थी। मार्गैय्या दौड़-दौड़कर सबसे पूछने लगा, "अरे, कोई तो बताओ कि हुआ क्या!" उसका भाई बढ़कर आगे आया और एक पोस्ट कार्ड उसे थमा दिया। बेचैनी के कारण मार्गैय्या की आँखें धुँधली हो रही थीं। उत्तेजना के कारण दिल तेज़ी से धड़कने लगा था। उसने आँखें मलीं और कार्ड पढ़ने की कोशिश की, लेकिन पढ़ना मुश्किल हो रहा था। उसने जेब से चश्मा निकालने की कोशिश की...लेकिन वह भी निकल नहीं रहा था। उसने कार्ड पास खड़े एक आदमी को पकड़ा दिया और कहा, "अरे, कोई तो मेरी मदद करो...क्या यहाँ सभी अनपढ़ हैं? आप लोग इन्तज़ार किसका कर रहे हैं?" आखिरकार एक आदमी ने उसे पढ़ा : "तुम्हारा बेटा...बा...लू...अब नहीं रहा।"

"क्या? अरे, यह क्या?...क्या कहा तुमने?" मार्गैय्या चीखा और उसने भी अपने ऊपर नियन्त्रण खो दिया। वह भी अब दहाड़ मारकर रोने लगा। "अरे, मेरा बेटा...मेरा बालू...यह उसे क्या हो गया!" भीड़ उसे चुप देख रही थी।

उसकी बीवी सिसकने लगी थी? अचानक वह मार्गैय्या की तरफ बढ़ी और चीख कर बोली, "यह तुमने ही किया है। तुमने उसे बरबाद कर दिया।"

मार्गैय्या यह सुनकर धक से रह गया । उसकी भावनाएँ एक-दूसरे में गड्ड-मड्ड हो रही थीं। वह समझ नहीं पा रहा था कि क्या कहे। उसके दिमाग़ के एक हिस्से में बेटे के आखिरी दिन की तस्वीर उभरने लगी।

"नतीजे के मामले में क्या मैंने उसके साथ ज़्यादा कड़ाई की? या उसका स्कूल-रिकार्ड खंखालकर मैंने ग़लती की...?" उसे परीक्षाओं की ज़रूरत पर क्रोध आने लगा : ये भारत के युवाओं के लिए बहुत बड़ा संकट है, जिन्हें अंग्रेज़ यहाँ लाए और अब हमारे लिए छोड़ गए हैं।...अगर इस वक्त उसे बेटा मिल जाए तो वह उससे यही कहेगा, "तुम स्कूल और किताबों को भूल जाओ...जो चाहो, करो।

बस, घर के आसपास दिखाई देते रहो, हमारे लिए यही काफ़ी है।'' इस शोर-शराबे में पत्नी के आरोप उसे सुनाई नहीं पड़ रहे थे। उसने जवाब देने की कोशिश की, ''तुम कहना क्या चाह रही हो, बेवकूफ़ औरत! क्या मतलब है तुम्हारा?''

''तुम और तुम्हारे स्कूल!'' उसने आरोप लगाया? ''तुम्हारी पढ़ाने की ज़िद और उस पर अत्याचार...''

''चुप रहो तुम!'' वह एक आदमी की तरफ मुड़ा और पूछने लगा, ''मालूम है यह कैसे हुआ?''

कई आवाज़ें एक साथ सुनाई दीं, ''मद्रास की एक इमारत में चौथी मंज़िल से गिर पड़ा होगा।'' ''वह बस से टकरा गया होगा।'' ''या कॉलरा हो गया हो!'' ''ठीक से पता नहीं—''

''उसके साथ कौन था?'' मार्गेय्या ने सवाल करना जारी रखा।

''यह कैसे मालूम पड़े...कार्ड पर एक दोस्त के दस्तखत हैं।''

''दोस्त! दोस्त!'' मार्गेय्या चीखकर बोला। ''यह कैसा दोस्त हुआ! बेकार का दोस्त!'' वह समझ नहीं पा रहा था कि क्या कह रहा है। अपनी ज़बान को रोक भी नहीं पा रहा था। इस तरह बड़बड़ा रहा था जैसे नशा कर लिया हो। उसे लग रहा था कि पूरा घर उसके सामने चक्कर खा रहा है—उसकी आँखों के सामने अँधेरा छा गया और वह सिर पकड़कर ज़मीन पर बैठ गया। उसने अपना सिर हाथों में थाम लिया और रोने-सुबकने लगा। यह देखकर उसका भाई आगे आया और दोनों बाँहों से उसे घेरकर समझाने लगा, ''भैया, बरदाश्त तो करना ही पड़ेगा। धीरज रखो।''

मार्गेय्या बच्चे की तरह रोते हुए बोला, ''और कर भी क्या सकता हूँ।'' वह अब तक कोट पहने था, और सिर पर पगड़ी बँधी थी। इस सब दुख के बीच एक हास्यास्पद सवाल—अपने भाई के बारे में—बार-बार उसके मन में उठ रहा था, ''क्या अब हम दोस्त हो गए?...दुश्मन नहीं रहे? हमारे झगड़े का क्या हुआ?'' उसके दिमाग़ का एक हिस्सा बराबर यह सोच रहा था कि ''हमारे बीच इतनी ज़्यादा समस्याएँ हैं, उनके रहते हम मित्रों की तरह कैसे रह सकते हैं? इस तरह की ज़िन्दगी की हमें आदत-सी पड़ चुकी थी। अब हो सकता है, हम एक-दूसरे से मिलना-जुलना शुरू कर दें और देखभाल भी करने लगें...।'' हालाँकि यह सब होना असम्भव लगता था। उसका मन हुआ कि भाई से कह दे कि इसका बेजा फ़ायदा उठाने की कोशिश मत करना।

मार्गेय्या ने इन विचारों को दबाने की बड़ी कोशिश की, लेकिन वे थे कि रुकते ही नहीं थे, और उसके लिए चुप बने रहना कठिन होता जा रहा था, लगता था कि अचानक उसके ओंठ खुल जाएँगे और वह बोल पड़ेगा। उसके भाई ने दूसरी

बातों के अलावा एक बात यह भी कही, ''रात का खाना हमारे घर से पहुँच जाएगा।''

''नहीं, रात का खाना हमें नहीं चाहिए,'' वह बोला। ''और इन सब लोगों को यहाँ से हटा दो।'' उसे क्रोध आने लगा था। चूँकि बालू अब नहीं रहा था, इसलिए यह घर अब इनका तो नहीं हो जाएगा? वह गरजकर बोला, ''दरवाज़ा बन्द कर दो।''

भाई वहाँ से उठा और लोगों से अपने घर जाने को कहने लगा। उसने दोनों हाथ जोड़कर विनती की, ''अब आप लोग हमें अकेला छोड़ दीजिए। अब हमारे परिवार को एक साथ रहने की ज़रूरत है।''

''नहीं,'' मार्गैय्या व्यंग्य से कहने लगा, ''क्यों जाएँगे ये लोग? चले जाएँगे तो यह मज़ा देखने को कैसे मिलेगा? अगर इसके लिए टिकट लगा दिया जाए–'' वह कुछ कहने को हुआ पर यह सोचकर चुप रह गया कि कुछ कहना ठीक नहीं रहेगा, हालाँकि पूरा वाक्य यह बनता था, ''तो हम लाखों कमा सकते हैं।'' लेकिन यह कहना ठीक नहीं होता, इसलिए उसने यह कहा, ''मेरे मित्रों और पड़ोसियों, आपकी बड़ी कृपा होगी यदि आप हमें अकेला छोड़ दें।'' लोगों ने शिकायत में बुदबुदाना शुरू किया लेकिन एक-एक करके वापस लौटने लगे। भीड़ के सिरे पर खड़ा एक आदमी बोला, ''और शव कब लाया जाएगा?''

मार्गैय्या को अब तक यह पता नहीं था कि इस शहर में उसके इतने शुभचिन्तक हैं। दूसरे दिन उसके मद्रास जाने का इन्तज़ाम कर दिया गया। उसे भी कोई और रास्ता दिखाई नहीं दे रहा था। उसके भाई और दूसरे लोगों ने मिलकर उसे समझाया, ''एक दफ़ा मद्रास जाकर खुद तहकीकात कर लेना ही अच्छा रहेगा।''

''लेकिन क्यों?'' मार्गैय्या ने पूछा। पर यह सवाल सुनकर सब चौंक पड़े और भयभीत भाव से उसे देखने लगे जैसे कह रहे हों, ''कोई ऐसी बेवकूफी की बात कर सकता है!''

''मैं नहीं जा सकता, मैं नहीं जाऊँगा। इसकी कोई ज़रूरत नहीं है,'' मार्गैय्या ज़ोर-ज़ोर से कहने लगा।

पत्नी का नक्शा एकदम बदल गया था। उसका चेहरा सूज गया था, लगातार रोने से आँखें गड्ढे में धँस गई थीं और वह एकदम अद्भुत लगने लगी थी। उसने घूरकर मार्गैय्या पर नज़र डाली और कहा, ''क्या तुम्हारे दिल नहीं है?''

''इसमें क्या शक है!'' मार्गैय्या ने उसकी हाँ-में-हाँ मिलाई। उसे लग रहा था कि पत्नी अपना आपा खो चुकी है और उसे चतुराई से काबू में लाना चाहिए।

''अगर तुम में आम आदमी की भावनाएँ हैं, तो तुम्हें कुछ करना चाहिए...कम से कम–''

''हाँ, मैं समझ गया। लेकिन अब तो सब खत्म हो गया...''

उसका भाई बोला, "यह वक्त बहस करने का नहीं है। तुम्हें जाकर खुद देखना चाहिए।"

भाई की बीवी ने भी कहा, "तुम्हारा कर्तव्य है कि जाकर पता करो। हो सकता है, कुछ अच्छा ही नतीजा निकले..."

"लेकिन," मार्गेय्या बोला, "मैं जाऊँगा कहाँ? मद्रास तो पूरी एक दुनिया है, मैं वहाँ कहाँ ढूँढूँगा?" उसने पोस्ट कार्ड को उलट-पलट कर कहा, "इसमें कोई पता ही नहीं है। न यह लिखा है कि किसने और कहाँ से लिखा!"

"कोई बात नहीं," सब एक स्वर में कहने लगे। मार्गेय्या को बालू का पिता होने का जो परिणाम भुगतेना पड़ रहा था, उससे वह परास्त हो चुका था। पिता के कर्तव्य उसे चारों तरफ से बाँधे हुए थे। उसने एक बार और तर्क करने की कोशिश की, "सुनो, मैं मद्रास जाऊँ तो स्टेशन से उतरने के बाद मुझे कहाँ जाना होगा?"

"इस वक्त यह सब कैसे बताया जा सकता है," सबने इस तरह कहा जैसे वह कोई बड़ी बेतुकी बात कह रहा हो। इस कहा-सुनी में दुर्घटना के बाद वह अपने दुख को सहेज नहीं पा रहा था। उससे इतनी ज़्यादा माँगें की जा रही थीं, कि उसका पूरा समय सामने से पड़ते मुक्कों को झेलने में ही नष्ट हो रहा था—वह और कुछ सोच ही नहीं पा रहा था। फिर ज़रा सी शान्ति हुई तो उसकी नज़र एक छोटे से रंगीन हाथी पर पड़ी जिससे बालू बचपन में खेला करता था, तो उसके दिल में एक तीर जैसा जा घुसा? उसकी आँखें झपकीं, गला रुँध आया और आँखों से बेसाख्ता आँसू बहने लगे—लेकिन सामने इकट्ठे लोगों ने उसे इस अनुभव से तुरन्त वंचित कर दिया। अब उसे यह बुरा लगने लगा कि उसका भाई और भावज परिवार में वापस आ गए हैं—क्योंकि मिनट मिनट में वे एकदम नया प्रस्ताव उसके सामने पेश कर देते थे...और उसकी पत्नी भी तुरन्त सब कुछ भूलकर उनका समर्थन करने लग जाती थी। कभी तो यह बात कहते कि उन्हें दस दिन की बेटे की क्रिया का कामकाज एकदम शुरू कर देना चाहिए जिससे उसकी स्वर्गवासी आत्मा को शान्ति मिले, फिर तुरन्त यह कहना शुरू कर देते कि मद्रास जाकर पता लगाना चाहिए कि वहाँ क्या हुआ।

"तुभ लोग चाहते हो कि मैं मद्रास का टिकट खरीद लूँ, फिर एकदम पुरोहित को बुलाने की बात कहना शुरू कर देते हो—"

"पुरोहित" शब्द सुनते ही उसकी पत्नी ने अपने कानों पर हाथ रख लिए और दोबारा ज़ोर-ज़ोर से रोना शुरू कर दिया, "मैंने कभी सपने में भी नहीं सोचा था कि अपने बेटे के लिए यह शब्द सुनना पड़ेगा..."

मार्गेय्या की भावज ने तुरन्त उसे आड़े हाथों लिया, "आपको इस तरह यह

कहने की क्या ज़रूरत थी," और दूसरी औरतों ने भी आँखें तरेर कर उसका साथ दिया।

उसे बड़ी चिढ़ हो रही थी, लेकिन वह बहुत सोच-सोचकर कुछ भी कहने की कोशिश कर रहा था, जिससे उसके दो परिवारों का झगड़ा फिर से न पनप उठे, और अगले दस साल तक चलता रहे। इसलिए उसने अन्तिम बात यह कही : "मेरी समझ में नहीं आ रहा कि क्या कहूँ...जो भी कहता हूँ, वह गलत ही पड़ता जाता है।" लेकिन लोगों ने उसकी इस बात की भी काट की और कहा, "अरे भाई, कुछ करो। यहाँ बैठे बातें मत करो।"

उसका भाई बोला, "अगर तुम्हें अकेले मद्रास जाते हुए डर लगता है, तो मैं साथ चलने तो तैयार हूँ। मैं वहाँ एक-दो लोगों को जानता हूँ।"

मार्गेय्या को तुरन्त ख्याल आया, "अरे, यह तो मुफ़्त सैर के लिए फौरन तैयार हो गया।" उसे यह भी लगा कि इतने दिन इसके साथ रहना भी उसे बरदाश्त नहीं होगा। फिर, यह सोचकर कि ये औरतें भी उसके साथ चलने को तैयार न हो जाएँ, वह तुरन्त बोला, "फ़िक्र मत कीजिए मैं अकेला चला जाऊँगा। मैं नहीं चाहता कि कोई यह सोचे कि मैं जाना ही नहीं चाहता।"

उसने अचानक सोचा कि यह भाग निकलने का अच्छा अवसर है। उसका दुख गहरा था, लेकिन भीड़-भाड़ और माहौल उसे ज़्यादा परेशान कर रहे थे। उसे लगा कि अब जीवन भर इन लोगों के साथ उलझते रहना पड़ेगा, जो उसकी पत्नी को तो अच्छा ही लगता, लेकिन उसे आज़ादी चाहिए थी। उसके घर की प्रायवेसी खत्म हो चुकी थी। ये लोग शायद चाहते थे कि बाकी सारा जीवन बालू के गम में रोते-पीटते बिताया जाए। दिमाग़ में 'बालू' शब्द की याद आते ही उसके ओंठों से रोने की चीखें फूट पड़ीं और उसने माथे पर हाथ मारना शुरू कर दिया। उसको अनजाने ही यह हुआ, जिसे देखकर भाई बोल पड़ा, "भैया, यह मत कीजिए। आप ही अपना धीरज खो देंगे, तो दूसरों का क्या होगा? आपको तो हम सबको ताकत देनी है और–"

"लेकिन यह कैसे करूँ मैं? मुझसे नहीं होगा।" मार्गेय्या उनकी सहानुभूति से द्रवित होकर सुबकते हुए कहने लगा। "मैंने उसके लिए प्रार्थना की थी और देवताओं से कहा था कि उसके पैदा होने पर उसके वज़न के बराबर चाँदी के रुपए चढ़ाऊँगा।"

किसी ने पूछ लिया, "तुमने यह चूरा किया था?...यह बहुत पवित्र वचन होता है।"

मार्गेय्या की पत्नी ने छूटते ही उत्तर दिया, "हाँ, उसके पैदा होने के घंटे भर में ही।"

"ठीक है, ये प्रतिज्ञाएँ जल्द से जल्द पूरा करना ही अच्छा होता है। नहीं तो बच्चे का वज़न बढ़ने लगता है। कितना वज़न था उसका?"

"करीब तीन सौ रुपए के बराबर। हम तिरुपति गए थे," मार्गेय्या ने यात्रा की याद करते हुए बताया।

पत्नी ने गेरुए रंग की साड़ी पहनी थी, और बच्चे को गोद में लेकर पति के पीछे-पीछे चली थी, और दस घरों में उन्होंने भिक्षा भी माँगी थी। वह यह करना तो नहीं चाहता था, लेकिन भाई ने उसे समझाया, "तिरुपति के भगवान जी यह पसन्द नहीं करते कि कोई सैर-सपाटे के मूड में उनके दर्शन कर आए; वे चाहते हैं कि भिखारी की भाँति नम्रता के भाव से उनके सामने पहुँचकर सिर झुकाए।" उसने अपने वक्तव्य में ज्ञान की गरिमा का पूरा छौंक लगा दिया था। "वे तो मात्र प्रतीक हैं। इसी कारण आपसे अपेक्षा की जाती है कि आप कम-से-कम दस घरों में भिक्षा-पात्र लेकर जाएँ, द्वार पर खड़े होकर भिक्षा के लिए आवाज़ लगाएँ, और फिर सम्भव हो तो पैदल ही तीर्थयात्रा के लिए निकलें। छुट्टी मनाने की तरह वहाँ जाने वाले व्यक्ति पर तिरुपति भगवान कृपा नहीं करते।"

मार्गेय्या ने एक चमकदार बर्तन हाथ में लिया, और पत्नी को अपने पीछे चलने का आदेश देकर घर-घर जाकर आवाज़ लगाई, "भिक्षा दीजिए—" उसकी आवाज़ सुनकर लोग घरों से बाहर आते थे और उसके बर्तन में मुट्ठी भर चावल डालते थे।

अचानक उसे याद आया कि भिक्षा के बर्तन में जब उसने अपना मुँह देखा तो वह इतना टेढ़ा-मेढ़ा और कुरूप दिखाई दिया था, इतना कि उसे बरबस हँसी आ गई और उसका चेहरा और भी हास्यास्पद और भयंकर हो उठा था—फिर इस कारण वह अवसर की गम्भीरता बनाए नहीं रख सका था। उसे याद है कि दो-तीन लोग जब उसे भिक्षा देने बाहर आए, तब वे उसका चेहरा देखकर चकित हो उठे। पत्नी ने उसे चेताया, लेकिन उसने बर्तन पत्नी के सामने कर दिया, जिसमें अपना चेहरा देखकर वह भी हँस पड़ी थी। उसे याद है कि यह सब करते हुए उसने शिशु को भी हँसाने की कोशिश की थी। उसे याद आया कि बच्चे के वज़न के चाँदी के रुपये किस प्रकार उसने मन्दिर के खज़ाने में जमा करा दिए थे...। उसने महसूस किया था कि उसने बड़ा शुभ कार्य किया है, और तीर्थयात्रा बड़ी अच्छी रही थी। बेटे की याद करके उसने लम्बी आह भरी। इन सब स्मृतियों में उसे याद आता रहा कि बच्चा चूँकि बड़ी तेज़ी से मोटा होता चला जा रहा था, इसलिए उसने यह काम जल्दी ही कर दिया था।

एकाएक वह बोल पड़ा, "वादा पूरा कर दिया था—इसमें कोई चूक नहीं हुई।"

मार्गेय्या मद्रास की ट्रेन के तीसरे दर्जे के डिब्बे में बैठा चला जा रहा था। घर छोड़ते समय उसे बहुत बुरा लग रहा था। उसने अपने भाई से कहा, "घर की देखभाल करना।" पत्नी से कहा, "रो-रोकर ज़िन्दगी खराब मत कर लेना। मैं जा रहा हूँ और कुछ करूँगा।" लेकिन इसका कुछ अर्थ नहीं था, वह मद्रास में क्या कर सकता था? मद्रास में वह कहाँ जाता? यह सब काम एकदम अस्पष्ट था। उसे यह सोचकर बुरा लगा कि वह कोई वादा भी नहीं कर सकता था। उसने एक जूट के थैले में दो कमीजें और धोतियाँ रख लीं। थैला ही रात को तकिये का काम देता। उसने कई साल से सफ़र नहीं किया था, इसलिए उसे बहुत उत्तेजना हो रही थी। वह सोच रहा था कि दफ्तर कैसे छोड़ेगा। उसके बिज़नेस का क्या होगा? अगर किसी ने ऐसा-वैसा कुछ कर दिया और उसका बिज़नेस ठप हो गया तो, वह सोच रहा था कि इतने कम समय में दफ्तर छोड़ना ठीक नहीं था। उसे इस काम के लिए कुछ ज़्यादा समय मिलना चाहिए था जिससे ज़रूरी चीज़ें निबटा सकता। लेकिन मौत तो सूचना देकर नहीं आती। सब लोग उसके पीछे पड़े थे, और आखिरकार उसे एक गाड़ी में सामान के साथ धकेलकर छह बजे त्रिची से आकर मद्रास के लिए जानेवाली ट्रेन पर सवार करा दिया।

स्टेशन पर उतरकर वह टिकट लेने खिड़की पर पहुँचा और बोला, "मुझे एक टिकट चाहिए!"

"किस क्लास का?"

"क्लास? अरे, मैं सैलून में तो सफर नहीं कर रहा हूँ, कोई चौथा क्लास हो तो–," यह कहकर उसने तीसरे दर्जे का किराया आगे बढ़ा दिया।

डिब्बे में इतनी भीड़ थी कि उसे अपने को खिड़की से भीतर घुसाना पड़ा–जो आसान काम नहीं था, क्योंकि पैसे वाले आदमी के नाते अब उसका पेट बढ़ने लगा था। डिब्बा भी इससे ज़्यादा भरा हुआ नहीं था, जितना उस समय के रेलवे प्रबन्धन में "जब तक उँगलियाँ थक न जाएँ" तब तक टिकट बाँटते रहने का कायल था। इस डिब्बे में बारह यात्रियों के बैठने की व्यवस्था थी–जो तत्कालीन सभ्य समाज की दृष्टि से उचित था। शायद इससे नियम की पूर्ति हो जाती थी–क्योंकि इतने लोग तो उसमें बैठ ही सकते थे। इनके अलावा और यात्री जहाँ-तहाँ सामान जमाकर इधर-उधर खड़े रहते थे। लोग एक-दूसरे की गोद में चढ़े हुए थे, किसी-न-किसी की गर्दन पकड़कर लटके थे, सिर के ऊपर बने खानों में सामान के साथ घुसे हुए थे, और सीटों के नीचे भी जहाँ जगह मिली, लेटे हुए थे। इनमें से एक आदमी कह रहा था, "सफ़र में यही सबसे अच्छा रहता है। मुझे तो यह फर्स्ट क्लास से भी आरामदेह लगता है। इसलिए मैं दो घंटे पहले आकर ही बिस्तर बिछा लेता हूँ।"

मार्गेय्या को नीचे पैर लटकाने में बहुत कठिनाई हो रही थी क्योंकि वहाँ बहुत

से लोग आराम से सो रहे थे, और वह पालथी मारकर भी नहीं बैठ पा रहा था क्योंकि उसे आधी सीट के बराबर जगह ही प्राप्त हुई थी, इसलिए किसी तरह अपना शरीर हवा में थामे हुए ही वह बैठा रहा। दूसरे यात्रियों के सामने उसकी स्थिति काफ़ी बेहतर थी, और इसलिए वह अपने आप को सौभाग्यशाली समझ रहा था। यह जगह भी उसने अपनी चतुराई से हासिल की थी। वह जिस तेज़ी से डिब्बे में घुसा, उससे इस जगह पर बैठा आदमी एकदम उठ खड़ा हुआ और खाली हुई जगह में मार्गेय्या धम्म से बैठ गया।

यह आदमी गाँव का किसान था और कहने लगा, "मेरी सीट खाली करो।"

मार्गेय्या ने बड़े सभ्य लहज़े में, जिसमें वह अपने ग्राहकों से पेश आता था, उससे कहा, "अरे ज़रा मुलायमियत से बात करो।"

"मैं त्रिचनापली से इस पर बैठा आ रहा हूँ," उसने कहना शुरू किया।

"हाँ, हाँ, मैं जानता हूँ। लेकिन तुम इतनी देर बैठे-बैठे थक गए होंगे, अब ज़रा आराम कर लो।"

लोगों को यह मज़ाक पसन्द आया और वे हँसने लगे। हवा में तम्बाकू की गन्ध बसी हुई थी। किसी ने लेट्रिन का दरवाज़ा खोल दिया था और उसे बन्द करना भूल गया था। मार्गेय्या ने ज़ोर से कहा, "कोई इसे बन्द क्यों नहीं कर देता?" इस बात से सब सहमत थे लेकिन कोई भी इसे करने को तैयार नहीं था। क्योंकि इसके लिए उसे अपनी जगह छोड़नी पड़ती, और यह ख़तरा लेने को कोई तैयार नहीं था, और लेट्रिन के सबसे समीप जो आदमी बैठा था, वह हाथ बढ़ाकर उसे छूना ही नहीं चाहता था। इस तरह ट्रेन खड़खड़ और घों-घों करती पटरी पर आगे बढ़ती रही, हर छोटे से छोटे स्टेशन पर रुकती, जहाँ बाहर से लोगों के धक्के दरवाज़े और खिड़की से आते, लेकिन भीतर बैठे सब लोग, जो अब तक एक-दूसरे से लड़ रहे थे, अब एकजुट होकर भीतर आने से रोकते। फिर दो बजे के करीब वे सब अपनी-अपनी जगह उलटे-सीधे-ऊपर-नीचे गुड़ी-मुड़ी होकर खर्राटे भरकर सो गए। इस अद्‌भुत अस्थिर वातावरण में मार्गेय्या को बड़ी शान्ति महसूस होने लगी। उसे गर्दन टिकाने की जगह मिल गई थी, थैला सँभालकर रखने की नहीं, जिसे सीने से सटाए वह सोता रहा। उसे यह देखकर बहुत मज़ा आया कि एक चूड़ियाँ बेचने वाला अपनी नाजुक चीज़ों से भरी टोकरी डिब्बे के बीचोबीच उन्हें सँभालकर बैठा बार-बार लोगों को सावधान करता, कि 'दूर रहो, चूड़ियाँ हैं, टूट जाएँगी,' आराम से उनकी रक्षा कर रहा था। और लोग उसकी बात मान भी रहे थे। एक छोटी-सी लड़की अधमुँदी आँखों से चूड़ियाँ देखे जा रही थी। मार्गेय्या इस आदमी से बहुत प्रभावित हुआ और बात करने पर पता चला कि वह रास्ते में एक स्टेशन पर होने वाले मेले में हिस्सा लेने जा रहा है। "कल मैं वहाँ रहूँगा और परसों यह सब बेच-बाचकर

खाली हाथ लौट जाऊँगा।" मार्गेय्या बोला, "लेकिन तुम्हारा बटुआ तो पूरा भरा होगा?" उसे यह आदमी बहुत पसन्द आया, वह सोचने लगा कि यह पैसे का सच्चा साधक है। उसे अचानक ख्याल आया कि काफी दिन से उसने पैसे के बारे में नहीं सोचा है। यह कुछ ऐसा था कि तम्बाकू सूँघने वाले को अचानक याद आए कि उसने कई दिनों से सुँघनी का मज़ा नहीं लिया है। मार्गेय्या ने डिबिया निकाली और उसमें से एक चुटकी निकालने ही लगा था, कि बगल में बैठे एक पुलिस अफसर ने सुँघनी देने के लिए अपना हाथ बढ़ा दिया। मार्गेय्या ने डिबिया उसकी तरफ़ बढ़ा दी। उसने इसमें से काफ़ी ज़्यादा निकालकर अपनी नाक में भरी और खुश होकर उससे बातें करना शुरू कर दिया। "अभी तक हालात सुधरे नहीं हैं..."

"हाँ, जी हाँ, आप ठीक कहते हैं," मार्गेय्या ने उत्साह से उसके कथन का समर्थन किया, यह सोचकर कि सादे कपड़ों में यह अफसर ज़रूर कोई महत्त्वपूर्ण बात कह रहा होगा।

"सब तरह की परेशानियाँ हैं," अफसर आगे बोला, "लोग चैन से रहने ही नहीं देते।"

मार्गेय्या ने इधर-उधर सन्देह की नज़रों से देखा और धीरे से बोला, "आप इनका इलाज क्यों नहीं करते?"

"हाँ," पुलिसवाला बोला, "इसीलिए तो मैं हर वक्त घूमता रहता हूँ। मद्रास में मेरा घर है। लेकिन महीने में दो घंटे भी परिवार के साथ नहीं बिता पाता। हर वक्त घूमता रहता हूँ–लोग सोचते हैं कि मुझमें इन लोगों को सूँघ लेने की जबरदस्त ताकत है–सब गलत काम करनेवालों की, राजनीतिवाले, चोर-बदमाश वगैरह सब..."

मार्गेय्या ने आँखें फैलाकर कहा, "तब तो आपका काम बहुत खतरनाक है–"

पुलिसवाला सीट पर पूरे आराम से बैठ गया और कहने लगा, "यह तो अपने-अपने नज़रिये की बात है...मैं बीस साल से यह कर रहा हूँ...और आज तक ज़िन्दा हूँ।"

"हाँ, मनुष्य को अपना कर्तव्य तो करना ही चाहिए", मार्गेय्या ने बात को दार्शनिक रूप देते हुए कहा, "जैसा भगवद्गीता में कहा है, जो अपना कर्तव्य करते हैं, भगवानजी भी उन्हीं की सहायता करते हैं।"

उस आदमी ने आगे झुककर कहा, "जानते हो मैं एक दफा महात्मा गाँधी जी की गिरफ्तारी का नोटिस लेकर भी गया था। चाहिए तो मुझे यह था कि इतने बड़े महात्मा के पैरों पर झुकूँ, लेकिन करना यह पड़ गया।" उसने भी अपना दर्शन बघारा, "इसे कहते हैं ज़िन्दगी," और झपकी लेने लगा। मार्गेय्या ने कहा, "आपको तो इन्हें दूसरे दर्जे का पास देना चाहिए था!"

इससे सिपाही को चोट पहुँची। कहने लगा, ""मैं चाहूँ तो फर्स्ट क्लास में सफर कर सकता हूँ, और कोई एतराज़ नहीं करेगा। मालूम है, मैं अफसर हूँ। लेकिन इसका फ़ायदा क्या होगा? मैं आराम से सफर नहीं करना चाहता—इसलिए तीसरे दर्जे में चलता हूँ—अपराधी लोग, जिन्हें मुझे पकड़ना होता है—इसी में चलते हैं। कभी मुझे राजनीतिक गुंडों का, कभी हत्यारों का, और कभी खतरनाक जालसाज़ों का पीछा करना पड़ता है—सभी तरह के बन्दे होते हैं, मुझे कोई भी सौंप दिया जाता है—लेकिन मेरे लिए हमेशा जागते रहना ज़रूरी होता है, मुझे भीड़ में ही रहना पड़ता है।""

इन दोनों को छोड़कर डिब्बे के बाकी सब लोग सो गए थे। मार्गेय्या ने अपनी परेशानी उसे बताना ठीक समझा। फिर बोला, ""मद्रास में मैं कहाँ जाऊँ, क्या करूँ, समझ में नहीं आता।""

सिपाही ने पूछा, ""तुम्हारे पास वह कार्ड है?"" मार्गेय्या ने कार्ड उसे पकड़ा दिया। सिपाही ने डिब्बे की हलकी रोशनी में उसे उलट-पुलट कर देखा और मोहर देखकर कहा, ""पार्क टाउन से आया है।""

""यह कहाँ है?"" मार्गेय्या ने पूछा।

अफसर ने इस सवाल की अनसुनी कर दी और बोला, ""इस लिखावट की जाँच होनी चाहिए।"" फिर कार्ड को पलटते हुए पूछा, ""मद्रास में कितने दिन रहोगे?""

""पता नहीं,"" उसने दयनीय भाव से कहा, और यह कहने से बचा कि 'मुझे तो धकेल कर इस सफर पर भेजा गया है' ""मैं तो यह भी नहीं जानता कि कहाँ जा रहा हूँ, और मुझे तो यह भी पता नहीं चलेगा कि मद्रास कब आ गया।""

मद्रास के एगमोर स्टेशन पर पहुँचते ही सिपाही ने मार्गेय्या की ज़िम्मेदारी सँभाल ली। वह उसे वेटिंग रूम में ले गया और बोला, ""यहाँ आराम से बैठो। प्लेटफार्म पर रेस्तराँ है। जब तक चाहो आराम करो। मैं थोड़ी देर में आऊँगा। यह कार्ड मुझे दे दो।"" उसने प्लेटफार्म के अफसर से मार्गेय्या के बारे में बातचीत की।

मार्गेय्या सोचने लगा कि इस आदमी पर कितना विश्वास किया जा सकता है। कहीं यह मुझे ही जेल में न डाल दे, या खुद ही यह गुंडा-बदमाश न हो। इसकी सहायता लेने के मामले में उसका दिमाग़ बदलने लगा था। मद्रास के ठंडे सवेरे की रोशनी में अब उसे हर चीज़ ज़्यादा आश्वस्तकारी लगने लगी थी, रेल के डिब्बे की मद्धिम रोशनी उसमें जो निराशा और डर पैदा कर रही थी, वह यहाँ खत्म हो गया था, और अब उसकी किसी दूसरे को अपनी बातें बताने और उसकी सहानुभूति लेने की इच्छा भी खत्म हो गई थी। अब उसके लिए स्थिति बदल गई थी। उसने क्षण भर के लिए सोचा, ""क्यों न यहाँ से भाग चलूँ? यह बगल का दरवाज़ा धीरे से खोलकर यहाँ से निकला जा सकता है।"" लेकिन पुलिस अफसर ने इसकी सम्भावना

पर यह कहकर रोक लगा दी, "जब तक मैं वापस न आ जाऊँ, यहीं रहना। तब मैं देखूँगा कि तुम्हारे लिए क्या किया जा सकता है।"

मार्गेय्या ने पीछे हटते हुए कहा, "अरे नहीं, आपको क्यों तकलीफ दूँ।" लेकिन उसने इस बात पर कोई ध्यान न दिया और बाहर चला गया। मार्गेय्या का टेढ़ा दिमाग़ सोचने लगा, "यह आदमी क्यों मेरी मदद करना चाहता है—खास तौर से इस शहर में जो गुंडागर्दी के लिए मशहूर है।"

खाना खाकर मार्गेय्या वेटिंग रूम में ही एक पलंग पर सो गया और आराम से सोता रहा । वह इतने ज़्यादा जोर-जोर से खर्राटे ले रहा था कि प्लेटफार्म से निकलने वाले आदमी रुककर भीतर झाँकते, फिर आगे बढ़ते। उसने सपना देखा कि वह मेम्पी के स्टेशन पर उतर गया है और वहाँ कोई आदमी, जिसे वह पहचान नहीं पा रहा, सामने फैली ज़मीन की तरफ इशारा करके उससे कह रहा है, "यह सब तुम्हारा है।" मार्गेय्या इस प्रस्ताव पर, ब्याज कितना लिया जाए, इसकी गणना करने में लगा रहता है, कि तभी पुलिस अफसर वापस लौट आता है और उसे जगाने लगता है। मार्गेय्या को इस तरह सो जाने पर शर्मिंदगी होती है और वह कहता है, "माफ़ करना...हुआ यह..."

"माफ़ी की कोई ज़रूरत नहीं," इन्सपेक्टर बोला, "अगर नहाना चाहो तो बाहर चलते हैं।" दोनों नल की तलाश में बाहर चले। मद्रास की गर्मी उसे एक दर्जन स्थानों पर काटती लग रही थी। नहाकर उठने के बाद उसे कुछ राहत महसूस हुई। वह भीगा शरीर लिए वेटिंग रूम में वापस आया, कपड़े बदले और लम्बा कोट पहनकर पगड़ी बाँध ली। मद्रास की जलवायु में यह ऐसा था जैसे लोहे का कवच और बख्तर पहनकर टोप लगा लिया जाए।

इन्सपेक्टर बोला, "तुम्हारे लिए अच्छी खबर है।" पोस्ट कार्ड मार्गेय्या को वापस करके वह कहने लगा, "मैंने सारा दिन पोस्ट कार्ड लिखने वाले की तलाश करने में लगा दिया। उसने कार्ड में झूठ लिखा है।" मार्गेय्या अभी भी नींद में ही था और ब्याज के बारे में सोच रहा था। लगता था, वह कुछ समझ नहीं पा रहा है। इन्सपेक्टर ने सुँघनी लेने के लिए हाथ बढ़ाया। "तुम्हारी सुँघनी बहुत अच्छी है...अब तुम यह करो जो मैं बताता हूँ। फौरन घर लौट जाओ और बीवी को बताओ कि बेटा जीवित है।"

"यह आपको कैसे पता?" मार्गेय्या अभी भी अपनी दुनिया से वापस नहीं लौटा था।

"क्योंकि हमने उस आदमी को पकड़ लिया है जिसने चिट्ठी लिखी है। यह पार्क टाउन का एक पागल है जो, उसे जो भी पता मिल जाए, उस पर लोगों को चिट्ठियाँ लिखता रहता है।"

"उसे मेरा पता कैसे मिला होगा?"

"अब हम इसी का पता लगाएँगे, तुम एक दिन और रुको तो..."

इन्सपेक्टर उसे पार्क टाउन के एक घर में ले गया। गली में यह एक बहुत बड़ा घर था, तीन-चार मकानों के बराबर। इसका सामने का हिस्सा लाल और हरे पेन्ट से रँगा था—दोनों रंगों की लाइनों में, और वरांडे में पीले रंग की लोहे की छड़ें लगी थीं। पूरा मकान ऐसा लगता था कि क्रेयोन रंगों का डिब्बा हो। मकान के ऊपर सामने एक बोर्ड लटका था, जिस पर लिखा था, 'मुक्ति स्थल'। धूल भरी शाम थी और टैक्सी बहुत सी गलियों का चक्कर लगाकर यहाँ पहुँची थी। इतना रंग-बिरंगा वातावरण देखकर मार्गेय्या को प्यास लग आई और उसे घर की याद भी सताने लगी। टैक्सी के रुकने से पहले इन्सपेक्टर ने कहा, "इस आदमी का पता मैंने पोस्ट आफ़िस के ज़रिए लगाया। यहाँ जो कुछ दिखाई या सुनाई दे, उससे घबड़ाना या परेशान मत होना; याद रखना, हम एक पागल से मिलने जा रहे हैं। बहुत पैसे वाला है, बस, पागल हो गया है। उसका एक थियेटर है, जिसे रिश्तेदार सँभाल रहे हैं।"

दोनों उतरे और दरवाज़ा खटखटाया। एक नौकर बाहर निकला और दोनों को भीतर ले गया। दोनों बड़े-बड़े खम्भों वाले कमरों से गुज़रने लगे। खम्भे ग्रेनाइट के थे और फर्श पर टाइलें लगी थीं। जगह-जगह फूलों के गमले रखे थे। छत से पिंजड़े लटक रहे थे जिनमें तोते-मैना चहक रहे थे। घर भीतर से इतना विस्तृत था कि बाहर से आने वाली आवाज़ें और शोर बहुत हलके होकर ही वहाँ पहुँचते थे! स्थान शीतल और शान्त था। वरांडों और कमरों की दीवारों पर देवी-देवताओं के विशाल चित्र अंकित थे जिनमें वे सृष्टि का विनाश करने में लगे दिखाए गए थे। मार्गेय्या सोचने लगा कि वह किसी अद्‌भुत दुनिया में आ गया है। यहाँ से विनायक मुदाली स्ट्रीट की उसकी पत्नी और भाई की दुनिया और मार्केट स्ट्रीट वगैरह सब बिलकुल अजब दिखाई देने लगे थे। इन्सपेक्टर ने उसके कान में फुसफुसाकर पूछा, "यहाँ कैसा लग रहा है—जैसे चिड़ियाघर में आ गए हों।"

मार्गेय्या ने "हाँ, हाँ", कहकर उसका समर्थन किया, हालाँकि उसने कभी चिड़ियाघर नहीं देखा था। वे एक बड़े हॉल में पहुँच गए थे जहाँ एक आदमी तकियों से घिरा दीवान पर बैठा था। उसके दाढ़ी थी और वह गेरुआ कपड़े पहने था। दो बड़े बर्तनों में धूप जल रही थी जिसका धुआँ चारों ओर फैल रहा था। हालाँकि छत पर बिजली का पंखा लगा था, एक आदमी भी उसके पीछे खड़ा पंखा झल रहा था। उसके सामने बहुत से पोस्ट कार्ड, एक कलम और राइटिंग-पैड रखा था। जब ये लोग वहाँ पहुँचे, वह तेजी से कार्ड लिखे जा रहा था। उसने इनके आने पर बिलकुल

ध्यान नहीं दिया। इन्सपेक्टर ने मार्गैय्या से कहा, ""वहाँ बैठ जाओ।" दोनों उस आदमी के सामने पड़े गद्दों पर बैठ गए। पंखा झलने वाले ने उसके कान में कुछ कहा, तो उसने कलम नीचे रखकर इन्सपेक्टर की ओर देखा। इन्सपेक्टर ने सिर झुकाया तो उसके चेहरे पर एक मुस्कान खेली, लेकिन एक दूसरे आदमी को साथ में देखकर उसका चेहरा फिर कस गया और उसने इन्सपेक्टर की ओर देखकर कहा, ""तुम्हारे बगल में यह दूसरा मनुष्य कौन है जो हमें नहीं जानता? क्या यह सम्भव है कि हम उसे दिखाई न दे रहे हों?"

""जी, यह सही है," इन्सपेक्टर ने जवाब दिया। ""यही सत्य स्थिति है।"

""अच्छा, मैंने तो यह नहीं सोचा। मैं अपने को दिखा सकता हूँ। लोग अक्सर भूल जाते हैं कि हम दैवी विभूतियाँ पारदर्शी होती हैं और हम दिखाई नहीं देते।"

""लेकिन इसका उपाय सरल है, अगर आप पवित्रात्मा इसका निश्चय कर लें।" उसने समर्थन में सिर हिलाया, फिर मार्गैय्या की ओर हाथ बढ़ाकर कहा, ""तुम मुझे देख सकते हो?"

इन्सपेक्टर ने धीरे से कहा, ""प्रणाम करो।"

""अच्छा," यह कहकर मार्गैय्या ने सिर झुकाकर प्रणाम किया।

""अब, तुम्हारी क्या समस्या है, मनुष्य?"

इन्सपेक्टर बोला, ""ये अपने बेटे बालू के लिए यहाँ आए हैं।" यह कहकर उसने कार्ड आगे बढ़ाया, ""उसके नाम पर यह कार्ड यहाँ से भेजा गया है।...ये जानना चाहते हैं कि उसकी किस लोक में तलाश की जाए?"

उसने सिर हिलाकर कहा, ""मुझे यह बताने की आज्ञा नहीं है। यह ईश्वर ही बता सकता है। मैं ईश्वर नहीं हूँ उसका दूत मात्र हूँ। ईश्वर ने मुझे आदेश दिया है कि 'दुनिया में जाओ और लोगों को मेरे आगमन के लिए तैयार करो।' मैं यही काम कर रहा हूँ। मैं रोज दुनिया के हर बादशाह, वायसराय, प्रेसीडेंट और मन्त्री को यह लिखता हूँ कि उनका स्वामी बहुत जल्द आ रहा है और इसके लिए वे तैयार हो जाएँ। मैं हर रोज विशेष रूप से प्रेसीडेंट रूज़वेल्ट, स्टालिन और चर्चिल को पत्र लिखता हूँ।" उसने बहुत से पत्रों की फाइल दिखाई जो भेजे जाने के लिए तैयार थे।

इन्सपेक्टर ने कहा, ""यह तो बहुत अच्छा काम है। लेकिन ये बालू के बारे में जानना चाहते हैं। ये कोई राजा-महाराज नहीं हैं, इनका उद्देश्य केवल यह जानना है कि बालू कहाँ है। क्या आप इसका ज्ञान प्रदान करेंगे?"

""यह उसके भूमि वाले पिता हैं?"

""जी, महाराज," इन्सपेक्टर ने कहा।

"ये मृत्यु में विश्वास करते हैं?"

"नहीं करते," इन्सपेक्टर ने कहा।

"मुझे यह सुनकर प्रसन्नता हुई। मेरा जीवन का मिशन है कि हर रोज़ कम-से-कम दस मनुष्यों को मृत्यु के बारे में ज्ञान दूँ और उन्हें शिक्षित करूँ। लोगों को मृत्यु शान्ति से स्वीकार करनी चाहिए।"

"जी महाराज, जी महाराज," इन्सपेक्टर ने कहा और फिर अपनी फाइल देखने का अनुरोध किया।

उसने एक बड़ी सी फाइल निकाली और उसे खोलकर देखने लगा, "बालू... बालू...पिता का नाम..., शहर का नाम मालगुडी...। मार्गैय्या को अपने कानों पर विश्वास नहीं हो रहा था, उसने चकित होकर पूछा, "आपको यह पता कहाँ से प्राप्त हुआ?"...पर इन्सपेक्टर ने उसे शान्त रहने को कहा और बोला, "इस प्राणी का पता आपको कहाँ से प्राप्त हुआ?"

"मुझे जार्ज षष्ठम् और महात्मा गाँधी के पते कैसे प्राप्त हुए?" उसने उत्तर देते हुए कहा। "जब भी कोई मेरी कृपा प्राप्त करने मेरे पास आता है, मैं उसे तब तक इकन्नी भी नहीं देता जब तक वह मुझे अपना सही पता न बता दे। जब कभी कोई मेरे किसी व्यापार में नौकरी करने आता है, मैं उसे तब तक अपने यहाँ नहीं रखता जब तक वह मुझे अपना सही पता न बता दे।"

"आपको यह कैसे पता चलता है कि यह उसका सही पता है?"

"उस पते पर एक पोस्ट कार्ड डाल देने से," उसने शान से विजय का भाव दर्शाते हुए कहा। "तुम्हें याद रखना चाहिए कि मेरे ऊपर एक ईश्वर है।"

"क्या यह लड़का आपके पास नौकरी के लिए आया था?"

"नहीं आया था क्या?"

"या कुछ माँगने?"

"मैं दया पर विश्वास नहीं करता। जब भी कोई कुछ माँगने आता है, मैं उसे नौकरी दे देता हूँ।"

"और जब कोई नौकरी माँगने आए?"

"तो मैं उसे दान देना पसन्द करता हूँ।"

"यह बालू अब कहाँ है?" इन्सपेक्टर ने पूछा।

"तुम लाखों साल तक पूछते रहो पर जब तक परमात्मा उत्तर देने की आज्ञा नहीं देता, मैं चुप रहता हूँ।"

"उसने, आज्ञा नहीं दी है?" इन्सपेक्टर ने पूछा।

"नहीं," पगले ने जवाब दिया।

"तो फिर हम जा रहे हैं," यह कहकर इन्सपेक्टर एकदम चल पड़ा। मार्गैय्या

क्षण भर के लिए ठिठका, लेकिन फिर वह भी पीछे हो लिया। ''अब इसका क्या करना होगा?'' उसने पूछा।

''फ़िक्र मत करो। तुम्हारा बेटा कहीं रह रहा होगा। अब उसका पता लगाते हैं। हम पता कर लेंगे, तुम फ़िक्र मत करो।''

''तुम्हें कैसे पता कि मेरा बेटा ज़िन्दा है?''

''क्योंकि मैं इस आदमी को जानता हूँ। यह हर रोज़ दस मौत के सन्देश लिखता है और उन्हें डाक में भेजता है। इसके नौकर ज़्यादातर उन्हें भेजते नहीं, लेकिन यह एक कार्ड किसी वजह से चला गया लगता है।''

'मेरा दुर्भाग्य है कि इसे मेरा पता मिल गया,' मार्गैय्या कलपने लगा; फिर उसे ख्याल आया कि तीन दिन से वह दफ्तर नहीं गया है। 'वहाँ मेरे बिज़नेस का क्या हो रहा होगा? शायद यह उसके ख़ात्में की शुरुआत है...'

उस शाम इन्सपेक्टर मार्गैय्या को सेंट्रल टाकीज़ ले गया। उसे कमरे में घुसता देखकर मैनेजर उठकर खड़ा हो गया। ये पुलिस वाले खतरनाक लोग होते हैं इसलिए इनसे बनाकर ही रखनी चाहिए। मैनेजर ज़ोर-शोर से उसकी आवभगत में लग गया, ''बड़ा अच्छा दिन है आज कि आप यहाँ आए। बहुत दिन के बाद तशरीफ...बैठिये, कॉफ़ी मँगाऊँ? और पिक्चर भी चालू हो गई है...देखेंगे?'' उसे इस पिक्चर पर बड़ा घमंड था, जैसे इसे उसी ने बनाया हो। मार्गैय्या कुर्सी पर बैठ गया और दीवारों पर लगी ऐक्टर-ऐक्ट्रेसों की तस्वीरों को देखने लगा। वातावरण में तम्बाकू की कड़वी गंध भरी थी–मार्गैय्या का पित्त ऊपर-नीचे होने लगा। मैनेजर ने बताया, ''26 तारीख से–शुरू हो रही है। गजब की पिक्चर है। बच्चों को ज़रूर भेजें।''

इन्सपेक्टर ने उसकी बातों पर ध्यान नहीं दिया। फिर कहा, ''पिछले दिनों तुम्हारा बॉस मिला था...''

''अच्छा, कैसे हैं वे?''

''हमेशा जैसा...और क्या! वह बिज़नेस कैसे सँभालते हैं?''

''उनका दामाद सब देखता है। वह करता क्या है–कि कभी-कभी आता है, थोड़ी देर पिक्चर देखता है, जिन लोगों से मिलता है, उनके नाम लिख लेता है–कभी-कभी ही आता है।''

''अपने यहाँ कोई नया लड़का काम पर रखा है?''

''लड़का...हाँ...अरे हाँ...कुछ हफ्ते पहले ही आया है। पढ़ा-लिखा लगता है।''

''बालू नाम है उसका?''

''हाँ, यही तो है...,'' मैनेजर बोला। ''क्या बात...कुछ गड़बड़ है?''

''उम्र अठारह के आसपास है?'' इन्सपेक्टर ने पूछा, और भी हुलिया बताया उसका।

"वह काम क्या करता है?" मार्गैय्या ने उत्तेजित होकर पूछा।

"तरह-तरह के काम। इस वक्त वह सैंडविच वाले लड़कों के साथ है। ये सब शाम के शो के पहले आएँगे।"

इन्हें शाम तक रुकना पड़ा, जब नए शो के लिए टिकट लेने वालों की भीड़ आनी शुरू हो गई। एक बाजे की ढम-ढम आवाज़ भीड़ के शोर को तोड़ती हुई सुनाई देने लगी। यह फाटक के सामने आकर रुक गया और इसके पीछे एक-दूसरे से जुड़े तिरछे बड़े-बड़े बोर्ड लटकाए, जिन पर तस्वीर का नाम और इश्तिहार बने हुए थे, एक-दूसरे के पीछे आने लगे। इन सैंडविच बोर्डों पर अगली पिक्चर का नाम 'कृष्ण-लीला' लिखा था। इन बोर्डों को अपने ऊपर टाँगे चलने वाले ज़्यादातर लड़के ग़रीब और फटे हाल थे, जिनके शरीरों पर एकाध लत्ते के सिवा और कुछ भी नहीं था। ये सब अपने बोर्ड उतारकर मैनेजर के कमरे के सामने लाइन लगाकर खड़े हो गए, इनके पीछे बाजे और तुरही बजाने वाले थे। अब बालू प्रकट हुआ और मैनेजर से कहने लगा, "सिर्फ तीन को पैसा देना है सर, बाकी पेड़ों के नीचे सो गए थे।" यह सुनकर उनमें लड़ाई शुरू हो गई। "यह तो अन्याय है...काम सब करवा लिया, अब पैसे के नाम पर...अरे, तुम..."

इन सबके ऊपर बालू की आवाज़ सुनाई, दी, "तुम्हें मटरगश्ती के पैसे तो नहीं दिए जाएँगे...।" यह आवाज़ सुनकर मार्गैय्या की जान में जान आ गई, लेकिन उसने अपने ऊपर काबू किया। उसे डर लगा कि फिर भाग खड़ा न हो, और इन्सपेक्टर वगैरह सब स्थिति बिगाड़ने के लिए उसे ही दोष न देने लगें। इसलिए वह कमरे के एक कोने की तरफ हट आया और बालू भीतर आकर कहने लगा, "मैनेजर साब, हम पीपुल्स पार्क, रैंडल्स रोड और एलीफेन्ट रोड के रास्ते गए और इस रास्ते वापस आए। इन तीन को छोड़ कर बाकी सब मूर मार्केट में गायब थे। इन्हें सबक ज़रूर सिखाना चाहिए सर..."

मार्गैय्या अब अपने ऊपर काबू नहीं रख सका। उसने घूमकर बालू पर एक नज़र डाली—गन्दी धोती, पिचके हुए गाल, बेतरतीब उलझे हुए बाल, और घूमते रहने से काला पड़ा रंग...। जैसे उसने बाद में अपने सम्बन्धियों को बताया, उसे देखते ही लगा कि अंगारा गले से निगल लिया हो। वह एक चीख मारकर उसकी तरफ दौड़ा, मुँह से बहुत से अस्पष्ट शब्द निकल रहे थे, जो समझ में आए, वे ये थे : "यह नज़ारा देखना ही मेरे भाग्य में बदा था? इसी के लिए मैंने भगवान से प्रार्थना की थी? तुम्हें क्या हो गया है, बेटा?" उसका चेहरा आँसुओं से तर था। लड़का भी हक्का-बक्का रह गया—और दोनों दर्शक भी।

इन्सपेक्टर ने मार्गैय्या से ज़्यादा आत्म-नियन्त्रण की अपेक्षा की थी। दरवाज़े पर लोगों की भीड़ लग गई—पिक्चर देखने वालों को मुफ़्त में यह पिक्चर देखने

को मिल गई थी। भीड़ बढ़ती देखकर इन्सपेक्टर ने चीखकर कहा, "अब सब लोग जगह खाली करो।" वह दरवाज़े पर खड़ा था, बालू सोच रहा था कि उसका नया जीवन समाप्त हो गया था। उसने चुपचाप आत्मसमर्पण कर दिया।

अफसर ने उन्हें एगमोर स्टेशन पर विदा किया। मार्गैय्या ने उसके हाथ कसकर पकड़ लिए और आँखों में आँसू भरकर उसे धन्यवाद दिया। कहा, "आप ईश्वर की तरह मेरी ज़िन्दगी में आए। मुझे बताइए, आपका यह कर्ज़ मैं कैसे उतार सकता हूँ। मेरा पता तो आपके पास है ही।"

"हाँ, है। ज़िन्दगी में पहली दफ़ा मैंने ऐसे किसी को पकड़ा है जो न डाकू है, न हत्यारा। यह काम करके मुझे अच्छा लग रहा है।" फिर बालू से कहा, "अच्छे बेटे बनना। माँ-बाप को दोबारा परेशान मत करना। मैंने रेलवे पुलिस से कह दिया है कि तुम पर नज़र रखे।" बालू को उसकी यही बात अच्छी नहीं लगी और उसके चले जाने के बाद कहने लगा :

"रेलवे पुलिस क्या कर सकती है? मैं कोई चोर हूँ क्या? अगर मैं बचना चाहूँ तो दसियों रास्ते हैं।"

इन्सपेक्टर ने उन्हें आखिरी डिब्बे में आराम की जगह दिलवा दी थी, जिसमें ज़्यादा भीड़ नहीं थी। सारी रात मार्गैय्या उससे सवाल पूछता रहा कि गायब रहने के दिनों में उसने क्या-क्या किया था? लेकिन लड़के ने कोई जवाब नहीं दिया, सिर्फ इतना कहा, "मैं यह सब नहीं बताता। तुम मुझे अकेला क्यों नहीं छोड़ देते? मैं यहाँ बहुत खुश था।"

"लेकिन–लेकिन–तुम्हें अपने माता-पिता से बिलकुल प्यार नहीं है...अपनी माँ को नहीं देखना चाहते..."

"मैं किसी को नहीं देखना चाहता।"

"लेकिन बेटे, तुम्हें फिर से ज़िन्दा देखकर उन्हें कितनी खुशी होगी...तुम्हारी माँ तो बिलकुल सूख गई है..."

"आप लोग मुझे मरा हुआ समझकर छोड़ क्यों नहीं देते? मैं वहाँ काफ़ी खुश था, रोज़ पिक्चर देखता था। मैं मद्रास में रहना चाहता हूँ। मुझे वहाँ अच्छा लगता है।" वह मालगुडी वापस जाने की कल्पना से दुखी हो गया था। फिर उसने पूछा, "अब तुम मेरे साथ क्या करोगे? फिर पढ़ने को कहोगे?"

"अब तुम्हें किताबों के पास जाने की ज़रूरत नहीं है। जो मरजी हो, करना," मार्गैय्या ने प्यार से कहा। उसके मन में बेटे के लिए प्यार उमड़ रहा था। उसे उसकी भूखी-प्यासी, गन्दे कपड़े पहने तस्वीर पर बड़ा तरस आ रहा था। उसने डिब्बे में

सफ़र कर रही दूसरी सवारियों की परवाह किए बिना उसे कसकर अपने सीने से लगा लिया और कहने लगा, "तुम खाना, खेलना और मोटे होते रहना और जितना चाहिए, पैसा खर्च करते रहना—मुझे और कुछ नहीं चाहिए।"

लड़के ने यह सलाह सौ प्रतिशत मान ली। वह एक तरह से कब्रिस्तान से निकलकर घर वापस आया था, इसलिए बेहद प्यार से उसे लिया जा रहा था। उसने देखा कि उसकी माँ उसके आने के बाद से एक दम बदल गई है। अब वह एकदम युवती दिखने लगी थी। उसके पिचके गालों पर नई चमक आ गई थी। उसकी आँखों में एक नया रंग और जोश आ गया था। वह अब खूब बोलने लगी थी और चटपटी बातें करने लगी थी। अब उसने अपने बाल करीने से काढ़कर उनमें फूल लगाना भी शुरू कर दिया था। उसे महसूस होता था कि बेटे के आ जाने से उसका नया जन्म हुआ है। हल्की-फुल्की बातें करती और उसकी आवाज़ में खुशी जैसे थिरकने लगी थी। यह बालू के लिए एक नया ज्ञान था। उसने कभी नहीं सोचा था कि उसे इतना ज़्यादा महत्त्व दिया जाता है। वह इसका उपभोग करने लगा था। माँ हर वक्त उसके लिए पकवान बनाती रहती। उसे सिर्फ एक लम्बी साँस छोड़नी होती, और माँ पूछने लगती, "क्या चाहिए, बेटा?" बालू को लगने लगा था कि वह एक बिलकुल नए घर में आ गया है। यहाँ हर चीज़ पहले से भिन्न थी। पिता ने अपने वादे का पालन करते हुए उसे एकदम अकेला छोड़ दिया था। मार्गेय्या के परिवार के सब सदस्यों के लिए—सिवाय उसके भाई और भौजाई को छोड़कर—यह स्थिति बहुत सुखद थी।

जिस क्षण बालू घर आ गया, परिवार के सहायकों के रूप में उनकी स्थिति समाप्त हो गई। यह सम्बन्ध वास्तव में ऐसा था जो एक संकट के कारण पनपा था। जिस क्षण यह संकट समाप्त हो गया, यह सम्बन्ध भी ढह गया, और दोनों पहले की तरह दीवार के उस पार से यह अनुमान लगाने की स्थिति में आ गए, कि वहाँ क्या हो रहा है। मार्गेय्या की पत्नी ने तो उनके बारे में सोचना ही समाप्त कर दिया, और बालू को तो यह पता ही नहीं था कि उसकी अनुपस्थिति में दोनों परिवारों में एक-दूसरे के लिए प्रेम पैदा हो गया था। जिस दिन वह पिता के साथ घर वापस आया और दरवाज़ा लाँघकर भीतर कदम रखा, तो कमरे में चाचा-चाची को देखकर वह स्तम्भित रह गया था।

चाचा ने छूटते ही पूछा, "तुम कहाँ चले गए थे? इतने दिन कहाँ रहे?" और उसकी चाची तथा सारे बच्चे उसे आँखें फाड़-फाड़कर देखने लगे।

इससे वह चकित हो उठा और छोटे कमरे में घुसकर भीतर से दरवाज़ा बन्द

कर लिया। यह एक तरह से सूचना थी, जब उसने दरवाज़ा खोला तब बाहर कोई नहीं था और मुख्यद्वार पर ताला लगा दिया गया था। मार्गैय्या ने कहा, "सब चले गए हैं।"

"कहाँ?" बालू ने पूछा।

"अपने-अपने घर," मार्गैय्या ने जवाब दिया, "और यहाँ उनकी ज़रूरत भी क्या है?"

उसकी पत्नी ने जोड़ा, "ये शायद चाहते थे कि इस घर पर फिर कब्ज़ा कर लें।"

इस बात का खंडन करने की मार्गैय्या की इच्छा नहीं हुई, क्योंकि यह बहुत घटिया काम होता, लेकिन जिस क्षण वह अपने बेटे को वापस लेकर आया था, उसने चाहा था कि, जितने कूटनीतिक ढंग से सम्भव हो, उन्हें कह दें कि अब वे अपने घर जाएँ और अपने काम-धाम में लगें। इस समय उसने नम्रता से यह कह भी दिया। बालू ने जब अपने को कमरे में बन्द कर लिया था, भाई जानना चाहता था कि वह कहाँ और किस तरह मिला।

क्या घटना हुई, यह जान लेने के लिए उसने कहा, "मैं कह नहीं रहा था कि मद्रास जाओ, नतीजा अच्छा ही निकलेगा।"

यह आदमी, मार्गैय्या ने सोचा, हमेशा अपनी अक्लमंदी झाड़ता रहता है। उसे "मैंने कहा था न" कहने की भाई की आदत खलने लगी थी। इससे उसे बड़ी चिढ़ होती थी, इसलिए उसने तीखे मन से उत्तर दिया, "ठीक है, तुम्हारी बुद्धि पर कोई सन्देह नहीं कर रहा।"

लेकिन उसके भाई ने यह वार दरगुज़र कर दिया और पूछने लगा, "लेकिन यह तुम्हें मिला कहाँ? कर क्या रहा था यह? और वह कार्ड किसने लिखा था?"

मार्गैय्या ने आवाज़ धीमी करके कहा, "मैं यह सब तुम्हें बाद में बताऊँगा—जब बालू आसपास सुन नहीं रहा होगा। इस वक्त तो मुझे उस पर ध्यान देना है।" यह कहकर वह सड़क के दरवाज़े की तरफ बढ़ा।

भाई उसका इशारा समझ गया; उसने अपनी पत्नी की ओर एक नज़र डाली, वह उठी और अपने बच्चों को इकट्ठा करके चलने को हुई। मार्गैय्या की बीवी से उसने कहा, "घर पर बहुत काम पड़े हैं...अब मैं चलूँ...भगवान को हज़ार-हज़ार बार धन्यवाद कि बेटा वापस आ गया।"

वह बाहर निकली और जैसे ही सड़क का दरवाज़ा बन्द हुआ, उसने अपने दाँत पीसे और कहने लगी, "अब इस घर में भले ही आग लग जाए, हम यहाँ कभी नहीं फटकेंगे।" लेकिन उसकी यह बात सबसे छोटे घुटनों के बल चलने वाले बच्चे को पसन्द नहीं आई और उसने तुतलाते हुए कहा, "अप्पा, क्यों नहीं आएँगे? यह घर तो बहुत अच्छा है!"

उसके पति ने पूछा, "अब क्या बात है जो यह तमाशा कर रही हो?" जब वह अपने घर की सीढ़ियाँ चढ़ी, उसकी आँखों में आँसू थे। वह बोली, "मैं चाहती हूँ कि तुम अपनी इज़्ज़त बनाकर रखो। इन तीन दिनों मैंने उनके लिए जो कुछ भी किया है—रात-दिन खाना पकाना और सबको खिलाना—इन पर पाँच सेर चावल लग गए मेरे—"

"लेकिन उनकी तो एक ही अदद थी खानेवाली...तुमने अपने बच्चों को ही तो बनाकर खिलाया," उसके पति ने कहा—और यह बात उसे इतनी चुभ गई कि उसने अपने गालों पर थप्पड़ मारकर कहा, "तो फिर वहीं जाओ और अपने भाई के तलवे चाटो...मैं जानती हूँ, तुम उनके लिए ही जान दोगे।"

4

बालू ने आराम करने की कला पर ध्यान देना आरम्भ किया। उसे सवेरे बिस्तर से उठने की जल्दी नहीं होती थी। नौ बजे के करीब उसके पिता उसके पास आते और धीरे से उसे जगाते हुए कहते हैं, "अब उठकर काफ़ी पी लो, नहीं तो वह ठंडी हो जाएगी।" बालू काफ़ी पीता, कुछ नाश्ता करता, फिर कपड़े बदलकर बाहर निकल जाता। फिर एक बजे के करीब वापस आता और लंच करने बैठ जाता। उसकी माँ उसका इन्तज़ार करती रहती थी। एक बजे के बाद वह कभी भी आ जाता और कभी-कभी तो बहुत देर से आता, लेकिन माँ हमेशा इन्तज़ार करती मिलती थी।

वह पूछता, "माँ तुम किस का इन्तज़ार करती रहती हो?" तो वह कोई जवाब न देती और खाना परोसने में लग जाती। खाने के बाद वह सड़क के पार वाली पान-बीड़ी की दुकान पर जाता, उससे पान-सुपारी लेकर आराम से चबाता, दुकान के सामने पड़े लकड़ी के बक्से पर बैठकर लोगों को आते-जाते देखता रहता, फिर घर की तरफ देखकर कि माँ देख तो नहीं रही है, एक सिगरेट सुलगा लेता। अगर वह देखता कि उसके अपने घर या पड़ोस के घर का कोई बड़ा आ रहा है, तो वह सिगरेट हथेली में दबा लेता और उसका धुआँ मुँह के भीतर गटक जाता। इसके कुछ देर बाद वह तेज़ी से अपनी जगह से उठता, सड़क पार करता और अपने घर में आ जाता। फिर सड़क के सामने ग्रेनाइट के फर्श पर तौलिया बिछाकर शाम की ठंडी-ठंडी हवा का सुख लेते हुए लेट जाता, और थोड़ी देर में सो जाता। यहाँ वह निश्चिन्त सोता रहता। शाम को पाँच बजे उसकी नींद खुलती, और वह तुरन्त कुछ खाने-पीने की माँग करता, हाथ-मुँह धोता, बाल काढ़ता और बाहर निकल जाता। रात को वह दस बजे के बाद ही घर लौटता जब ज़्यादातर लोग सो जाते थे। तब तक पिता भी लौट आए होते थे और माँ से पूछते नज़र आते कि बालू अब तक क्यों नहीं आया। अगर बालू को घर लौटने में देर होती, तो वे डर जाते थे। लेकिन

जैसे ही बालू दरवाज़ा खोलकर भीतर कदम रखता, तुरन्त ही वे सहज हो जाते और बातें करने लगते थे।

"अच्छा, बालू आ गया," उन्होंने खुश होकर कहा, और जब वह भीतर कपड़े बदलने को जाने लगा, बड़ी मुलायमियत से पूछा, "कहाँ गए थे?"—जिससे उसे ज़रा भी यह न लगे कि उसे डाँटा जा रहा है।

लड़के ने कहा, "बस, यहाँ-वहाँ घूम रहा था,—घर बैठकर भी क्या करता?"

छह महीने बीतने के बाद लड़के की शक्ल-सूरत में बड़ा परिवर्तन आ गया : उसकी आँखों के नीचे गद्दे उभर आए थे, ठोढ़ी दुगनी हो गई थी, और आँखें औसत आकार की आधी रह गई थीं। मार्गेय्या की समझ में नहीं आ रहा था कि उसका क्या करें, "मुझे कुछ करना होगा जिससे अपनी उम्र के दूसरे लड़कों की तरह उसका भी अच्छा विकास हो, नहीं तो उसमें ज़ंग लगने लगेगी।" उसे लगा कि इसका सबसे अच्छा उपाय है कि उसकी शादी कर दी जाए। इस उद्देश्य से उसने सन्देश भेजने शुरू कर दिए, जिनका परिणाम भी आने लगा। दूर-दूर से लड़कियों की जन्म-कुंडलियाँ आने लगीं, और बदले में लड़के की कुंडली की माँग की जाने लगी। मार्गेय्या बड़ी तत्परता से इन सबकी जाँच करने लगा। यह कुछ इस तरह था कि किसी राज्य के मन्त्री लोग वहाँ के राजकुमार के लिए दुलहन की तलाश करें। इस काम में उसका प्रमुख सहायक उसका एकाउंटेंट शास्त्री था। इस हैसियत से उसका रुतबा भी बढ़ गया था। वह कोने में बैठा अपने रजिस्टर पर लिख रहा था, कि मार्गेय्या ने उससे प्रश्न किया, "शास्त्री, तुम किसी ऐसे को जानते हो जिसके ब्याह लायक लड़की हो?"

"जी, साब," शास्त्री प्रसन्न होकर बोला, कि उसे लेजर से सिर उठाने का समय मिलेगा, "बालू के लिए मुझसे बहुत से लोगों ने पूछताछ की है।"

"तो तुमने अब तक मुझे बताया क्यों नहीं?" "आप निश्चिंत रहिए, साब, जब भी कोई सही प्रस्ताव सामने आएगा, आपको तुरन्त बताऊँगा। तब तक यह सही नहीं लगता कि आपको तकलीफ़ दी जाए।"

"ठीक है, शास्त्री," मार्गेय्या खुश होकर बोला। उसे अच्छा लगा कि उसका स्थान और महत्ता का उचित सम्मान किया गया है। "तुम ठीक कहते हो, शास्त्री, प्रस्ताव हो तो ऐसा जिसके परिवार में—"

"मैं समझ गया, साब, परिवार ऐसा होना चाहिए जिनकी हैसियत आपके बराबर की हो।"

"हैसियत! हैसियत!" मार्गेय्या हँसकर बोला, "मैं इस पर विश्वास नहीं करता...आज के ज़माने में हैसियत की बातें करना कुछ बहुत अच्छा नहीं लगता। तुम तो जानते ही हो कि मैंने मेहनत करके इतना पैसा कमाया है और...लेकिन मैं यह कभी नहीं सोचता कि मैं दुनिया के दूसरे लोगों से ऊँचा या बड़ा हूँ। मैं तो यह समझता हूँ कि सड़क पर चलनेवाला सबसे छोटा बच्चा मेरे बराबर है।"

"साब, आप जैसे लोग दुनिया में बहुत कम होते हैं," शास्त्री ने कहा, "जो इतने अमीर होते हुए भी ऐसे नम्र हों। मैंने ऐसे लोग देखे हैं जिनके पास आपसे दसवाँ हिस्सा ही पैसा है, लेकिन जिस ढंग से वे..."

"तुम्हें यह कैसे पता कि उनके पास मुझसे इतना कम पैसा है?" उसे शास्त्री पर सन्देह हुआ—क्योंकि हिसाब का एक खाता ही वह उसे नकल करने को देता था, दूसरा हमेशा अपने ही पास रखता था। कहीं यह आदमी उसके दूसरे खातों पर तो नज़र नहीं रखता? लेकिन शास्त्री ने उसके सन्देह का अचूक जवाब देकर उसके सन्देह को शान्त कर दिया। उसने कहा, "अरे, शहर का बच्चा भी यह बता सकता है कि सबसे धनी कौन है।" मार्गेय्या को यह बात बहुत सही लगी, लेकिन वह सोचने लगा कि इनकम टैक्स वालों को यह पता नहीं चलना चाहिए, नहीं तो...इस विषय पर ज़्यादा बात नहीं हो सकी, क्योंकि उसी समय बहुत दूर के किसी गाँव से तीन मुवक्किल यह पूछते हुए वहाँ आ पहुँचे, "मार्गेय्या का दफ़्तर कहाँ है?" यह सुनकर मार्गेय्या और शास्त्री दोनों चुप हो गए और काम करने लगे। जब कभी कोई यह सवाल पूछता वहाँ आता, तो इसका मतलब यह होता कि यह नया आदमी है, जिसे मार्गेय्या के एजेंटों ने भेजा है, और जो यहाँ से नकद कैश लेकर ही वापस जाएगा। मार्गेय्या ने उनका स्वागत किया, "आओ, भाइयो, आओ...और यह तो बताओ कि किसने तुम लोगों को भेजा है?" पता चला कि सही लोगों ने ही उन्हें भेजा है। तीनों आदमी बहुत दब्बू की तरह भीतर घुसे और एक तरफ़ खड़े हो गए। मार्गेय्या ने ज़रा अधिकारी ढंग से उन्हें चटाई पर एक जगह बिठाया, जैसे यहाँ उनके लिए धुली हुई चादरें बिछा दी गई हों। फिर पूछा, "आप कॉफी पियेंगे या सोडा या पान खाना पसन्द करेंगे?" उसने शास्त्री से कहा कि "किसी को भेजकर इनके लिए कुछ मँगवाए...बड़ी दूर से आ रहे हैं बेचारे!" फिर उनसे पूछा, "बस से आए हैं?"

"हाँ, बारह आने किराया दिया...और हम, हो सके तो शाम की बस से लौटना भी चाहेंगे।"

वे शाम की बस से रवाना हो गए, लेकिन अपने पीछे गिरवी के कागज़ छोड़ गए, जिनके बदले में हरेक के बटुए में तीन-तीन सौ रुपए आ गए थे, और ब्याज की पहली किश्त उनसे काट ली गई थी। यह पहली किश्त ही वह अपनी रकम

थी, जिसके इसी अनुपात में बढ़ते रहने की सम्भावना अनंत थी। यह बीज की तरह होता है जिसे ज़मीन में बो दिया जाए, तो हज़ारों-लाखों बीज पैदा होने शुरू हो जाते हैं। किश्त की यह रकम किसी दूसरे आदमी को छोटे से कर्ज़ के रूप में दे दीजिए, उसमें से पहली किश्त की रकम काट लीजिए, फिर उसे भी किसी को कर्ज़ के रूप में दे दीजिए—और इस तरह यह चक्र चलाते रहिए...एक दूसरे के सामने लगे शीशों में दिखाई देने वाली छवियों की तरह यह दृश्य चलता रहता है, जिसका कोई अंत नहीं है। यह एक तरह की रहस्यात्मक भावना है, जिसका मार्गैय्या हमेशा अनुभव करता था, और जो ठोस रूप में उसकी लोहे की तिजोरी में रखे सोने-चाँदी के गहनों, करेंसी नोटों, गिरवी के कागज़ों, दूर-दूर तक फैली खेती लायक ज़मीनों, जमा हो रहे पैसे से खरीदे गए घरों और दुकानों में मौजूद था। इनके कारण कचहरियों में मुकदमे भी चलते रहते थे, और दूसरे लोग तो पागल भी हो जाते थे या हमेशा परेशान रहते थे, लेकिन मार्गैय्या इनकी कोई परवाह नहीं करता था, और ''इस बिज़नेस में यह सब तो चलता ही है'' कहकर इनसे मुक्त हो जाता था। वह कहता था कि ''किश्तें भर दें और मकान वापस ले जाएँ...ये लोग यह क्यों भूल जाते हैं कि पैसे लेने भी तो मेरे ही पास आए थे। लोग ज़रूरत पड़ने पर उससे कर्ज़ लेते रहते थे; मुसीबत के समय वही सबके काम आता था। वह कर्ज़ देने में ज़्यादा नानुकर भी नहीं करता था, लेकिन दूसरे को इतनी कठिन शर्तों में बाँध देता था, कि कागज़ों पर दस्तखत कर देने के बाद मुवक्किल कहीं का नहीं रहता था; उसका विनाश निश्चित हो जाता था। अगर कर्ज़दार रकम चुकाने में एक या दो साल की देर कर देता, तो उसकी सम्पत्ति मार्गैय्या के अधिकार में आ जाती थी।

कर्ज़ की परेशानियों से निबटने के लिए कानून वगैरह भी होते ही हैं। लेकिन मार्गैय्या उनके प्रावधानों को इस तरह निष्क्रिय बना देता था, कि जिन लोगों की रक्षा के लिए ये कानून बनाए गए हैं, वे ही धोखेधड़ी की स्कीमों में सहयोगी होते थे। कागज़ों पर सब ठीक होता लेकिन व्यवहार में नहीं। इस प्रकार मार्गैय्या ने बहुत सम्पत्ति इकट्ठी कर ली थी। इन सम्पत्तियों को वह समय-समय पर बेचता भी रहता और पैसा तिजोरी में रखता चला जाता था। ''मकान वगैरह का मैं क्या करूँगा? मुझे तो सिर्फ पैसा चाहिए, ईंट-पत्थर नहीं।'' जब कभी वह गिरवी की सम्पत्ति बेचता, यही सोचता था। और जिस सम्पत्ति की वह कामना करता था, वह मेम्पी पहाड़ियों की तलहटी की ज़मीन थी, लेकिन वह मार्गैय्या के हाथ में नहीं आ रही थी : वह आदमी कांडा बार-बार आता, लेकिन ज़मीन का स्वामित्व अपना ही रखता था।

शास्त्री मार्गेय्या के बेटे की शादी के लिए बहुत से प्रस्ताव लेकर आया। मार्गेय्या यह देखकर बहुत खुश हुआ और फूलकर कुप्पा हो गया। यह इस बात का प्रमाण था कि उसे सामाजिक प्रतिष्ठा प्राप्त हो गई है। वह हमेशा यह सोचता था कि कोई अच्छा परिवार उसके साथ रिश्ता नहीं बनाएगा। उसका एक पारिवारिक रहस्य था जो उसके दिमाग़ के एक हिस्से में हमेशा पड़ा रहता था। यद्यपि अब वह और उसका परिवार अच्छी जाति का माना जाने लगा था, लेकिन भीतर घुसकर जाँच करने पर पता चलता था कि उसके पिता के दादा और उनके भाई मुर्दे ढोने का काम करके जीविका चलाते थे। ये लोग चार भाई थे। जब कभी गाँव में किसी की मृत्यु होती, ये भाई वहाँ पहुँच जाते थे और दाह-क्रिया वगैरह का सारा भार अपने ऊपर उठा लेते थे। दूसरे दिन गाँव के तालाब में उसकी राख विसर्जित करने पर उनका काम समाप्त हो जाता था। इन्हें लोग 'मुर्दा-भाई' कहकर पुकारते थे। इस काम की कालिख छुड़ाने में परिवार की दो-तीन पीढ़ियाँ लगीं, जिसके बाद उनकी गणना छोटी-छोटी ज़मीन के टुकड़ों पर खेती करने वाले किसानों में की जाने लगी। इसके बाद किसी ने भी उनके इतिहास पर आपत्ति नहीं जताई, सिर्फ एक दफ़ा एक बुढ़िया दादी के सिवा, जिसने गुस्से में भरकर यह कहना शुरू कर दिया, "यह तो इनके चेहरों पर ही लिखा है—इसकी छाप कौन धो सकता है, भले ही सौ साल बीत जाएँ।"

मार्गेय्या को हमेशा यही डर लगा रहता था कि बेटे की शादी के समय कोई यह बात फिर न उठा दे, "अरे, आखिर हैं तो मुर्दे ढोने वाले ही—तुम्हें नहीं पता?" लेकिन सौभाग्य से यह डर सही साबित नहीं हुआ। उसकी पैसे की प्रतिष्ठा सब कमियों के ऊपर छाने में सफल हुई। हर डाक से प्रस्ताव और कुंडलियाँ आने लगीं। इससे मार्गेय्या के मन में समृद्धि और बड़प्पन का भाव जाग्रत हुआ।

शास्त्री ने अपना काम बड़ी कुशलता से किया था। उसने फिलहाल लेजर लिखने का काम बन्द करके दो सौ मील के घेरे में उसके जो भी जान-पहचान के लोग थे, उन सबको ढेरों चिट्ठियाँ लिख डालीं। उसके पास शादी के लायक लड़कियों की सूचना का खजाना इकट्ठा हो गया। वह बहुत से लोगों से जाकर खुद भी मिला और सबसे बातचीत की। अपनी चिट्ठियों में वह मार्गेय्या को "भारत का सबसे धनी आदमी" और "लाखों अनगिने रुपयों का स्वामी" और बालू को इस अपार सम्पत्ति का उत्तराधिकारी बताता था। वह उसे बिज़नेस के मामलों में मार्गेय्या का शिष्य घोषित करता था, जिसकी उच्च शिक्षा पिता की इस मान्यता के कारण बीच में ही रोक दी गई कि मनुष्य जीवन में व्यवहार से ही शिक्षित होता है, और डिग्रियों की कोई वास्तविक कीमत नहीं होती। मार्गेय्या ने चिट्ठियों और जन्मकुंडलियों की पूरी फाइल देखी—फिर उन सबको खारिज कर दिया। इनमें से कोई भी प्रस्ताव उसे पसन्द नहीं

आया, कोई उसे बालू के उपयुक्त नहीं लगा। उसने सोचा, ''ये लोग मेरा और अपना समय क्यों बरबाद कर रहे हैं। अंधे हैं सब लोग? मेरी समाज में एक प्रतिष्ठा है, जिसे बनाकर रखना मेरा कर्तव्य है। इसलिए मुझे ऐसे रिश्ते चाहिए जो इस अपेक्षा पर खरे उतरें।''

अंत में उसने एक लड़की की कुंडली पसन्द की, जो उसकी दृष्टि में सब तरह से सही थी। इसका नाम वृन्दा था। उम्र सत्रह साल। उसके पिता ने पहले ही पत्र में उसे 'बहुत गोरी' बताया था। मेम्पी पहाड़ियों में उसका चाय का बाग़ था। शायद इसी कारण मार्गैय्या को यह प्रस्ताव पसन्द आ गया। चाय बागान बहुत बड़ा नहीं था, लेकिन सालाना आमदनी दस हज़ार रुपए थी। मार्गैय्या ने शास्त्री को भेजा कि झटपट कोई ज्योतिषी लेकर आए। मार्केट रोड के पीछे की गली में एक ज्योतिषी था। थोड़ी देर बाद वह लाल सिल्क का चोग़ा पहने, माथे पर तिलक लगाए और गले में हार लटकाए दाखिल हुआ। मार्गैय्या के सामने कुछ ग्राहक बैठे थे, और ज्योतिषी से चर्चा करने के लिए उन्हें विदा करना आवश्यक था। उसने ज्योतिषी को बैठाया और कुछ क्षण इन्तज़ार करने को कहा। ज्योतिषी को इन्तज़ार करना खला और उसने खाँस-खखारकर अपनी व्यग्रता ज़ाहिर की। इस पर मार्गैय्या ने अपना काम रोककर उससे कहा, ''पंडितजी, आप ज़रा देर शान्ति से नहीं बैठ सकते?'' पंडित चुप हो गया। कुछ देर बाद मार्गैय्या के ग्राहक उठ गए और उसने आवाज़ लगाई, ''अब आप ज़रा पास आ जाइए।'' ज्योतिषी उसके पास सरक आया।

अपने व्यवहार और शब्दों से मार्गैय्या ने ज्योतिषी को डरा दिया था। अब वह पहली बात यह चाहता था कि ग्रहनक्षत्र उसकी इच्छानुसार काम करें। मार्गैय्या ने अपना मन बना लिया था कि वह ग्रहों की कोई बात नहीं सुनेगा, उन्हें जैसे भी हो, उसकी कामना पूरी करनी होगी–कि मेम्पी पहाड़ियों के चाय-बागान वाले की लड़की से बेटे की शादी हो जाए; इस कार्य के लिए ज्योतिषी को बुलाना तो एक औपचारिकता भर थी। अब उसके दिन पहले वाले नहीं रहे थे, जब उसे हर किसी काम के लिए सितारों का मुँह ताकना पड़ता था, अब वह उनसे अपनी इच्छा बलपूर्वक पूरी करवाने में समर्थ था। अब वह यह विश्वास नहीं करता था कि मनुष्य भाग्य और परिस्थितियों का गुलाम है–अब वह यह मानता था कि मनुष्य परिश्रम और चतुराई के द्वारा जो चाहे प्राप्त कर सकता है। ''घर पर तिजोरी में सोने की छड़ें और नोटों के बंडल और बैंक की पास बुक ये सब आसमान से नहीं टपके हैं, ये सब मेरी मेहनत के परिणाम हैं। मैंने अपनी डेस्क पर लगातार दो घंटे तक अपने ग्राहकों से जो बातचीत की है, जिसमें अक्सर मेरा गला दर्द करने लगता था और बैठ जाता था, और उन अर्धरक्षित कर्जों का जो भार उठाया है,...यह सब, अगर मैं वहाँ बैठकर ध्यान करने लगता, तो कैसे सम्भव होता!''

आजकल उसका दिमाग़ अक्सर इस तरह के विचारों से घिरा रहता। लेकिन उसे यह भी महसूस होता कि इस तरह सोचना बहुत सही बात नहीं है, इसलिए उसने इसमें यह विचार जोड़ा, "यह भी ज़रूरी है कि लक्ष्मी या किसी और देवी की समय-समय पर पूजा करते रहना चाहिए, लेकिन उसके साथ-साथ हिसाब वगैरह जाँचते रहना और दूसरों की मजदूरी देते रहना भी आवश्यक है। इसमें सन्देह नहीं कि ज़िन्दगी का यह दर्शन काफ़ी कुछ उलझा हुआ था, लेकिन जो भी हो, वह यही है"—और इसका तात्कालिक व्यक्तिकरण उसने यही किया कि ज्योतिषी के सामने बेटे की कुंडली बढ़ाकर कहा कि इसे चाय-बागान वाले की बेटी से मिलाकर बताइए कि यह योग कैसा है। "पंडित जी, ज़रा ध्यान से गणना कीजिए और बताइए।"

ज्योतिषी ने चश्मा लगाया और दोनों कुंडलियों को रोशनी की तरफ़ ज़रा तिरछा करके उन्हें देखने लगा। मार्गेय्या ने उससे पूछा, "और आपकी फीस क्या है?"

पंडित बोला, "मेरी फीस को गोली मारो...पहले मुझे शान्ति से अपना काम करने दो।"

मार्गेय्या कहने लगा, "मैं आपकी फीस में एक दो रुपए बढ़ा भी दूँगा...और अगर यह योग सफल होता है तो आपके लिए ज़री वाली धोती और बाकी जो भी होता है...।"

"मुझे कागज़ और पेंसिल दीजिए," ज्योतिषी बोला।

उसने कागज़ पर गणित के आँकड़े और गुणा-भाग लिखना शुरू किया और सामने का हिस्सा भर जाने के बाद पीछे भी लिखता रहा। फिर उसने एक और कागज़ माँगा और उस पर भी लिखना जारी रखा। मार्गेय्या उसे ध्यान से देखता रहा। धीरे से बोला, "मैं चाहता हूँ कि यह रिश्ता हो जाए। आप इस उद्देश्य के लिए गणना करेंगे तो मैं कृतज्ञ होऊँगा। इसका मैं बदला भी चुका दूँगा।..."

ज्योतिषी ने सिर हिलाकर कहा, "असम्भव है यह। आपको कोई और रिश्ता—"

"मैं ज़्यादा बात नहीं सुनना चाहता," मार्गेय्या बोला।

"आपके बेटे की कुंडली में सातवें और नवें ग्रह...मजबूत नहीं हैं। लड़की की कुंडली में ग्रह शुद्ध हैं। दोनों कुंडलियाँ एक-दूसरे से बिलकुल नहीं मिलतीं। साबुन और तेल की तरह—"

"मुझे इन कुंडलियों में बिलकुल विश्वास नहीं है—"

"फिर आपको यह करवाना नहीं चाहिए था," ज्योतिषी ने कहा।

मार्गेय्या क्रोधित हो उठा। उसने अन्तिम रूप से कहा, "तो आप कुछ नहीं कर सकते?"

"बिलकुल नहीं। मैं क्या कर सकता हूँ? मैं ब्रह्माजी तो हूँ नहीं।"

मार्गेय्या की समझ में नहीं आया कि क्या कहे! उसने आवाज़ दी, "शास्त्री..."

"जी, साब!"

"पंडित जी को एक रुपया देकर विदा करो।"

"जी, साब," शास्त्री पैसों की थैली खोलने लगा।

पंडित बोला, "एक रुपया! मैं कोई पटरी वाला ज्योतिषी हूँ? मेरी फीस..."

"मुझे इससे मतलब नहीं। तुम्हारे जैसे काम की फीस मैं एक रुपया ही देता हूँ। ज़्यादा बकबक करोगे तो इससे भी जाओगे," मार्गेय्या बोला और हाथ बढ़ाकर दोनों कुंडलियाँ झपट लीं। फिर उसे पढ़ने की कोशिश की लेकिन, कुछ समझ में नहीं आया। पहले तो उसका मन हुआ कि सब कुछ फाड़कर फेंक दे लेकिन फिर उसे अपने बक्से में रख लिया। ज्योतिषी चुपचाप उठा और शास्त्री की डेस्क से एक रुपया लेकर शान्ति से बाहर निकल गया।

डॉ. पाल ने एक दूसरा ज्योतिषी पकड़कर मार्गेय्या की समस्या हल करने में सहायता की। उसने लड़के और लड़की की कुंडलियाँ एक-दूसरे से मिलाकर इस विवाह की सफलता की घोषणा कर दी। यह काम पाल ने खुद ही किया, मार्गेय्या को कहीं जाने की ज़रूरत नहीं पड़ी। यह ज़रूर है कि उसने कुंडलियों का लिफाफा लेकर ज्योतिषी के कई चक्कर लगाए, और अन्त में रोली-कुमकुम लगे कागज़ में यह रिपोर्ट लाकर मार्गेय्या को पकड़ा दी कि दोनों जन्म-कुंडलियाँ एक-दूसरे की दृष्टि से अति उत्तम हैं–और इस परिणाम के कारण भी बताए। इसकी फीस के रूप में पचहत्तर रुपए ज्योतिषी की सेवा में अर्पित किए गए–जिसके लिए डॉ. पाल ने कहा कि यह नाम मात्र है।

इसके बाद घटनाएँ तेजी से आगे बढ़ीं। डॉ. पाल ने विवाह के सब कार्य सम्पन्न करवाए : आरम्भिक बातचीत, विवाह का उत्सव, और अन्त में एक स्थानीय समाचार पत्र में नवदम्पति की फोटो जिसमें बालू कोट-पेंट पहने और टाई लगाए खड़ा था, और उसकी बगल में उसकी सुन्दर पत्नी खड़ी थी।

युद्ध का तीसरा साल था, और मार्गेय्या ने सोचा कि अब कोई नया काम शुरू किया जाए। वह डॉ. पाल के टूरिस्ट होम में पहुँचा और बोला, "कैसा चल रहा है?"

"बुरा नहीं है," पाल बोला।

मार्गेय्या ने देखा कि उसके सामने रखी मेज़ पर धूल बिखरी है, पेन-होल्डर हटाया नहीं गया है, और उलटे-सीधे कागज़ एक तरफ फैले हैं। ये सब बिज़नेस मंदा होने के निशान थे। वह कुर्सी पर बैठ गया और बोला , "डॉक्टर, मैं सोचता हूँ कि तुम्हें ज़्यादा पैसा बनाना चाहिए।"

"क्यों?"

"तुम्हारे भले के लिए तुम चाहो तो मैं तुम्हें एक रास्ता बताऊँ।"

"मेरे पास जो है, उससे मैं सन्तुष्ट हूँ।"

"ऐसी बात नहीं है," मार्गैय्या बोला। "तुम जानते हो कि हम दोनों एक ही बिल्डिंग में काम करते हैं। लेकिन तुम्हारे दफ्तर में टूरिज़्म या जो भी काम तुम करते हो, उसके लिए ज़्यादा लोग आते हैं–"

पाल कहने लगा, "मैंने ज़िन्दगी में कई काम किए हैं। वैसे तुम जानते हो कि मैं डिग्री प्राप्त समाज शास्त्री हूँ–जो इस देश में बहुत कम हैं।"

"अब यह सब बात तुम मत करो," मार्गैय्या ने कहा, क्योंकि उसे किताब छापने और बेचने के दिन पसन्द नहीं थे। दरअसल ये सब चीज़ें उसके दिमाग़ से निकल ही चुकी थीं–सिर्फ किताब की एक प्रति के जिसे उसने यादगार के तौर पर अपने पास रखा था, हालाँकि उसे वह ताले में बन्द करके रखता था, जिससे कि कहीं वह बालू के हाथों में न पड़ जाए। उसका यह भी सौभाग्य था कि उसकी बहू के पिता ने उस किताब के बारे में कभी कुछ नहीं सुना था? सुना होता तो हो सकता है वे इस रिश्ते से इनकार ही कर देते–यह बात इतनी ही खतरनाक थी जितनी कि उसके पुरखों द्वारा मुर्दे ढोकर रोजी-रोटी कमाने की बात। इसलिए उसने डॉ. पाल से किताब सम्बन्धी किसी भी चर्चा को न उठने देने के ख्याल से कहा, "मैं तुम्हारे लिए कुछ करना चाहता हूँ?"

"क्यों?" डॉक्टर ने पूछा।

"क्योंकि–," मार्गैय्या यह कहने जा रहा था कि "तुमने एक दिन मुझे अपनी पांडुलिपि पकड़ाकर मेरे लिए कुछ अच्छा किया था," लेकिन रुक गया, और बोला, "यह सवाल मत पूछो। क्योंकि मैं तुम्हें बहुत दिन से जानता हूँ, तुमसे मिलता-जुलता रहता हूँ–और मैं सचमुच यह चाहता हूँ कि तुम कुछ ज़्यादा कमाओ, और आराम से रहो।"

डॉ. पाल कहने लगा, "पश्चिमी देशों में टूरिज़्म बहुत इज़्ज़तवाला पेशा है, लेकिन यहाँ किसी को परवाह नहीं है। यहाँ एक भी आदमी ऐसा नहीं है जो अपने अड़ोस-पड़ोस और देश भर के इतिहास और उसकी इमारतों के बारे में कुछ जानता हो। तुम जानते हो कि मेम्पी की पहाड़ियों में आधा दर्जन जंगली जातियों के लोग रहते हैं? ये सब इन्हीं जंगलों में पैदा होते, जीते और मरते हैं–लेकिन उनके बीच बहुत सारे अंतर भी हैं। इनमें आपसी विवाह-सम्बन्ध भी नहीं होते। मेरी टूरिज़्म लोगों को सिर्फ यह नहीं बताती, 'यह नदी है,' 'वह घाटी है,' 'यहाँ शिकारी जानवर होते हैं–' न टूटे-फूटे मन्दिरों के बारे में बताती है, टूरिज़्म की मेरी धारणा यह नहीं है। मेरी धारणा एकदम अलग है, जिसे शिक्षा भी कह सकते हैं।"

"लेकिन इस धंधे में आमदनी नहीं है," मार्गेय्या उसके लेक्चर से, धीरज खोकर कहने लगा। "तुम अच्छी आमदनी चाहते हो तो मेरी बात सुनो। अगर मैं यह बात सार्वजनिक रूप से कह दूँ तो दर्जनों लोग इसको लेने के लिए तैयार हो जाएँगे, लेकिन मैं पहला मौका तुम्हें देना चाहता हूँ क्योंकि–," एक बार फिर उसने किताब की चर्चा करने से अपने को रोका और कहा, "क्योंकि..क्योंकि...मैं तुम्हें इतने समय से जानता हूँ और तुम्हारा भला चाहता हूँ।"

मार्गेय्या एक और कारण से उसकी सहायता करना चाहता था, हालाँकि उसने इसका ज़िक्र नहीं किया। उसने डॉ. पाल को लॉली रोड स्थित अपने बेटे के स्थान पर अक्सर चक्कर लगाते देखा था। मार्गेय्या ने अपने धंधे में जिन कई मकानों पर कब्ज़ा कर लिया था, उनमें से एक उसने अपने बेटे को अपनी गृहस्थी अलग से बसाने को दे दिया था, हालाँकि उसकी पत्नी को अलग रहने का यह विचार पसन्द नहीं आया था। मार्गेय्या ने उसे समझाया था, "देखो, वृन्दा काफ़ी अच्छे परिवार से आई है। उसका रहन-सहन एकदम अलग है। हमारे साथ उसे तकलीफ़ होगी।"

पत्नी ने इस पर विचार किया और मान गई। बोली, "मैं यह नहीं सोचती। बालू अक्सर कहता है कि तुमने छत पर जो कमरा बनवाया है, वह अच्छा नहीं है। वृन्दा के घर में चार कमरे हैं, जो सब उसके हैं।" फिर बोली, "लड़की कमरे से बाहर बहुत कम निकलती है। मुझे दस आवाज़ें लगानी पड़ती हैं, तब वह खाना खाने नीचे आती है। बालू भी बहुत कम दिखाई देता है। बोलता भी कम है। उस जैसी माडर्न लड़की के लिए मैं शायद सही सास नहीं हूँ।"

"अरे नहीं," मार्गेय्या बोला, "अब सास बनने की कोशिश मत करो। मुझे तो लड़की बहुत पसन्द है। अगर इस तरह दोनों खुश हैं तो हमें उन्हें अपनी तरह ज़िन्दगी जीने देने के लिए आज़ाद छोड़ देना चाहिए। मुझे अभी लॉली एक्सटेंशन में एक मकान मिला है। ये वहाँ रहने लगें तो बहुत अच्छा रहेगा।"

"इतनी दूर," पत्नी डरकर कहने लगी।

"जितना तुम समझ रही हो, उतना दूर भी नहीं है...गाड़ी से आधा घंटा भर लगता है।" उसने थोड़ी देर तक पत्नी का बदला हुआ चेहरा देखा, फिर कहा, "इतना तमाशा मत बनाओ। बालू अठारह का हो गया है और उसे अपनी देखभाल खुद करनी चाहिए। लड़की घर सँभालेगी।"

मार्गेय्या की पत्नी के लिए यह प्रस्ताव विचारणीय ही नहीं था। "ये पानी उबालना तक तो जानते नहीं, न चूल्हा जलाना।"

"सब सीख लेंगे," मार्गेय्या बोला। "चाहें तो एक रसोइया रख लेंगे।" वह अपनी बात पर दृढ़ था। "आज नहीं तो कल, लड़का खुद यह बात कहेगा और चीज़ें माँगेगा? यह हुआ तो मुझे अच्छा नहीं लगेगा और मैं विरोध करूँगा। इसलिए

उसके कहने से पहले ही हमें यह कर देना चाहिए—यही अच्छा लगेगा। मैं उसे घर और रहने के लिए पैसा भी दूँगा। मैं देखना चाहता हूँ कि इसके बाद और क्या करना चाहता है।''

पत्नी को उसके कथन में व्यंग्य की आहट सुनाई दी, और वह विरोध में बोली, ''अब तक जो हुआ, उसे भूल गए क्या? मेरा ख्याल है, तुम फिर उसे सुधारने की बातें सोचने लगे हो।''

जिस दिन बालू ने अपने ससुर द्वारा भेंट में दिए गए एक चमड़े के सूटकेस में अपने कपड़े रखे, और अपनी पत्नी के साथ टैक्सी में बैठकर नए घर का रुख किया, मार्गेय्या की पत्नी अपना रोना नहीं रोक सकी। उसने लॉली एक्सटेंशन के इस नए मकान को बच्चों के आराम से रहने लायक बनाने में पूरा एक सप्ताह व्यतीत किया था। चलते समय लड़की ने ज़मीन पर साष्टांग लेटकर अपनी सास को प्रणाम किया।

बालू ने अपने स्वभाव के अनुसार सिर्फ ''मैं जा रहा हूँ'' कहा और टैक्सी में, पत्नी के बैठने के लिए जगह छोड़कर, जा बैठा। दूसरे घर की छत पर उसके चाचा का परिवार भीड़ लगाए खड़ा था। मार्गेय्या को आफिस में बहुत काम था, इसलिए वह नहीं आया था।

बेटे के बिना मार्गेय्या का घर पत्नी के लिए एकदम सूना और अकेला हो गया था। इससे उसे उस दिन की याद आई जब वह बिना किसी को बताएँ घर छोड़कर कहीं चला गया था। लेकिन मार्गेय्या को इससे कोई अन्तर नहीं पड़ा क्योंकि इन दिनों वह एक ऐसा प्लान बनाने में लगा था जिसके सफल होने पर वह आसमान की बुलंदियों को छूने लगेगा।

मार्गेय्या ने देखा कि बालू जब अपने नए मकान में रहने चला गया, तब डॉ. पाल ने अक्सर वहाँ आना-जाना शुरू कर दिया है। जब कभी, शाम को काम खत्म होने पर, वह वहाँ जाता, तो डॉ. पाल को बड़े कमरे में सोफे पर आराम से बैठे हुए पाता। वह, बालू और लड़की ताश खेलते नज़र आते थे। उसे यह भी शक हुआ कि पाल उससे पैसे माँगता रहता है। उसे काम शास्त्र की पुस्तक लिखने वाले की अपने बेटे और उसकी पत्नी से यह घनिष्टता बिलकुल पसन्द नहीं थी, क्योंकि वह इनको पुस्तक के अंश पढ़कर सुनाता होगा। और क्या—कैसे किया जाए, यह जानकारी देता होगा, जिसका इन दोनों पर पता नहीं, क्या प्रभाव पड़ सकता था। इसलिए उसके लिए यह आवश्यक हो गया कि डॉ. पाल को उनसे दूर किया जाए, उसे किसी और काम में लगाया जाए, जिससे वह पैसे भी न माँग सके।

यह सब सोच-विचार कर मार्गेय्या ने डॉ. पाल से कहा, ''तुम मेरी योजना में साथ दो, तो आसानी से हज़ार रुपए महीने कमा सकते हो। कुछ पैसा कमा लेने

के बाद फिर तुम जैसे भी चाहो, अपने टूरिज़्म के काम कर सकते हो। तैयार हो इसके लिए?"

"हाँ, हाँ, ज़रूर," डॉ. पाल बोला। इस पर मार्गेय्या ने उसे धन की स्थितियों पर भाषण देना शुरू किया। "युद्ध के कारण धन बहुत बढ़ गया है। सब तरह के लोग तरह-तरह के कामों से पैसा बना रहे हैं। बहुत से पैसे का कोई हिसाब नहीं होता, न हो सकता है।"

मार्गेय्या कहता रहा, "मार्केट की स्थिति तो तुम जानते ही हो। इस समय मैं चाहता हूँ कि पैसा कर्ज़ देने की जगह जमा करूँ। लोगों के पास पैसा है और वे ऐसी जगह चाहते हैं जहाँ उसे रख सकें—मैं चाहता हूँ कि तुम ऐसे व्यक्ति मेरे पास लाओ—पत्रकार के नाते तुम सब तरह के लोगों को जानते हो, और यह काम अच्छी तरह कर सकते हो। इसका मैं तुम्हें लाभ दूँगा।"

डॉ. पाल ने उत्साहपूर्वक कहा, "मैं यह काम ज़रूर करूँगा," और उसके मन में आया कि अगले महीने कई कर्जे चुका सकेगा। लोगों से बचकर रहना अब उसके लिए कठिन हो रहा था।

"मैं इन गँवारों को कर्ज़ा देने के काम से ऊब गया हूँ," मार्गेय्या बोला। "अब मैं कुछ इससे अच्छा काम करना चाहता हूँ। लेकिन इसका मतलब यह भी नहीं है कि मैं उन लोगों को छोड़ दूँगा। गाँव के लोगों की सेवा तो मुझे करनी ही है—"

डॉ. पाल को अपना दलाल चुनने में मार्गेय्या ने बहुत समझदारी का काम किया था। वह ऐसा आदमी था जो रोज़ शहर के लगभग हर दुकानदार से मिलता था। वह उस चावल के व्यापारी से भी परिचित था जिसकी शहर की एक गली में दुकान थी, लेकिन जिसका एक गुप्त गोदाम भी था। जिसके सामने रद्दी और कूड़े-कबाड़ का अम्बार लगा रहता था, लेकिन जो ज़रूरतमंद लोगों को काला बाजार में चावल बेचता था और इस तरह हर रोज़ लाख़ों की कमाई कर लेता था। डॉ. पाल उस आदमी को भी जानता था जो सेना के लिए गोंद की सप्लाई करता था, और जिसने एक फ़र्जी ज्वाइंट स्टाक की कम्पनी बनाकर ढेरों की कमाई कर ली थी; एक और व्यापारी जो नट-पुर्ज़ों की सप्लाई करता था और जिसके डिब्बे आधे भरे ही होते थे; एक ठेकेदार जो बैरक वगैरह बनाता था और गैरिसन इंजीनियर से साँठ-गाँठ करके बढ़े-चढ़े बिल पास करवा लेता था। जो बैरकें वह बनवाता, उनकी ज़िन्दगी तीन साल की होनी चाहिए थी, लेकिन जो बिल पास होते ही टूट कर गिरने लगते थे। बनने और टूटने के वक्त का यह मार्जिन ही उसकी दौलत का आधार था। दवा बेचने वाले थे जो अपना स्टाक दिखाते ही नहीं थे, और जब ग्राहक ज़िन्दगी और मौत के सामने खड़ा होता, उससे सौदेबाज़ी करते थे। सैनिक थे जिन्हें समय से पहले पेंशनें मिल रही थीं, ऐसे बिचौलिए जो शहर और राजधानी के बीच तथा

विदेशों में भी फैले सब तरह के काम करवाते नज़र आते थे। इन सब लोगों के पास बेशुमार पैसा था, पूरे शहर में इसकी बू फैली थी। इनकम टैक्स के खातों में इसका एक हिस्सा ही दिखाई देता था, बाकी सब नोटों की बँधी हुई गड्डियों में काले बक्सों में बन्द रखा रहता था। मार्गैय्या ऐसे ही लोगों को अपने दफ्तर में खींचना चाहता था। इनके अलावा भी आजकल के लोगों के पास काफी पैसा था। मार्गैय्या ने तय किया कि यह सब पैसा उसके पास आना चाहिए। उसकी भावना थी कि साधारण दृष्टि से भले ही उसे धनी माना जाए, लेकिन इसका शिखर तो बहुत दूर ही था। वह उस पर्वतरोही की तरह था जो एवरेस्ट को छू लेने की कामना करता था। हो सकता है, किसी दिन वह सचमुच वहाँ जाकर खड़ा हो जाए।

कंबल का व्यापारी डॉ. पाल का पहला ग्राहक था। वह दुकान पर कंबलों के बीच बैठा कई घंटे तक उसे भाषण देता रहा। अन्त में उसने मार्गैय्या से मिलने की इच्छा प्रकट की। पाल बोला, "पहले मैं उससे मिलकर बात करूँगा। वह इस तरह पैसा जमा करना पसन्द नहीं करता। लेकिन हो सकता है, मेरी सिफारिश पर तैयार हो जाए। तब तक तुम्हें मेरा इन्तज़ार करना पड़ेगा। मैं कल तुमसे मिलूँगा।"

दूसरे दिन वह कंबल की दुकान पर गया और उसे मार्गैय्या से मिलाने ले गया। मार्गैय्या ने उसे आदर से चटाई पर बिठाया और अपने काम में लगा रहा। कुछ देर बाद बोला, "रोशनी तो चली गई। दुकानों के मालिक होने के कारण आपको इस पर ध्यान देना चाहिए।"

"हाँ, हाँ, क्यों नहीं...मैंने आर्डर कर दिया है, लग जाएगी," दूसरे ने हमेशा की बात दोहराई। डॉ. पाल बोला, "इन गुरराज साहब के पास कुछ कैश है। उसके बारे में तुम्हारी राय चाहते हैं..."

"ये तो खुद पुराने बिज़नेसमैन हैं। इन्हें मेरी राय की क्या ज़रूरत है?" मार्गैय्या बोला।

कंबल वाला बोला, "आप एक अनुभवी बैंकर हैं। आपकी राय कीमती होती है।" यह कहकर वह ज़रा हिचका, तो मार्गैय्या ने डॉ. पाल पर नज़र डाली, और वह वहाँ से चुपचाप उठ गया। अब मार्गैय्या कंबल वाले के पास सरककर आ बैठा और फुसफुसाकर कहने लगा, "आप अपना पैसा मेरे पास जमा करने के मामले में गम्भीर हैं? मैं आपको जमा की गई रकम पर बीस फ़ीसदी ब्याज दे सकता हूँ, जो आप हर महीने ले सकते हैं।"

कंबलवाला चकित हो गया। "बीस फीसदी? मैंने आपकी बात सही सुनी?"

मार्गैय्या बोला, "हाँ, मैंने बीस फीसदी ही कहा। मैं क्या कह रह हूँ, यह जानता हूँ।"

"लेकिन बैंक तो तीन फ़ीसदी ही देते हैं!"

"मुझे बैंकों से क्या लेना-देना? मैं बैंक नहीं हूँ। लेकिन बीस फीसदी की गारंटी है।"

"यह आप कैसे कर लेते हैं?"

"यह मेरा अपना काम है," मार्गेय्या बोला। "मेरा बिज़नेस ऐसा है जिसमें आमदनी ज़्यादा है। मेरा पैसा कई जगह लगा है, जहाँ शायद पच्चीस फीसदी लाभ होता है। इसमें से मैं पाँच फीसदी अपने पास रखकर बीस जमा करने वाले को लौटा देता हूँ।" यह उसने बहुत पवित्र भाव से कहा। "आखिर मैं आपका पैसा ही तो लगाता हूँ। इसलिए बैंकों और को-आपरेटिव सोसायटियों के खिलाफ़ मैं यह मानता हूँ कि आप ज़्यादा के हकदार हैं। और देखिए, मैंने तो काफी पैसा बना लिया है," यह कहकर उसने बड़े धार्मिक भाव से सामने देखा और कहा, "मुझे और नहीं चाहिए। मैं सिर्फ लोगों की सेवा करना चाहता हूँ...और क्या..."

बातचीत खत्म होने पर गुरराज ने पाँच हज़ार रुपए बटुए से निकाले और मार्गेय्या की मेज़ पर रख दिए। मार्गेय्या ने पैसा बक्से में डाला, और उसकी रसीद लिखी। बोला, "यह पैसे की रसीद है। जब कभी वापस लेना चाहो, रसीद मेरे एकाउंटेंट को दिखाकर पाँच हज़ार रुपए वापस ले जाना। तब तक हर महीने की पहली तारीख को आकर ब्याज ले जाया करना। जब तक मूल रकम वापस नहीं लोगे, ब्याज मिलता रहेगा।"

कंबल वाला वापस लौटा तो जैसे आसमान में उड़ रहा था। बीस फ़ीसदी ब्याज! "इतना पैसा कमाने के लिए मुझे हर रोज़ सौ कंबल बेचने पड़ेंगे। लेकिन यह आदमी कैसे कर पाता है यह?" दूसरे महीने जब वह मार्गेय्या के दफ्तर गया, एकाउंटेंट ने ब्याज के पैसे उसे पकड़ा दिए। ब्याज का पैसा सचमुच हाथ में लेकर कंबल वाला आश्चर्य से कहने लगा, "यह आदमी तो जादूगर है। कैसे करता है यह?"

बहुत जल्द मार्गेय्या के लिए यह 'जादूगर' शब्द प्रसिद्ध हो गया—सब लोग उसे इसी नाम से पुकारने लगे। उसके उपाय दूसरों की समझ के लिए कठिन थे। बैंकों को भी आश्चर्य होने लगा। उन में पैसा जमा करने वालों की संख्या दिनोदिन घटने लगी। लोगों ने अन्दाज़ लगाने शुरू किए कि यह कैसे होता है। लेकिन किसी के पल्ले कुछ नहीं पड़ा। शास्त्री और डॉ. पाल भी इस मामले में उनकी सहायता नहीं कर सके। मार्गेय्या दोनों को अलग-अलग कुछ काम देता था, और मुख्य काम अपने तक सीमित रखता था। सारा शहर दिन भर इसी की बात करने लगा। कुछ लोगों ने कहा कि मद्रास या बम्बई के बन्दरगाहों पर जो जहाज़ आते हैं और माल उतरता है उनके साथ यह धंधा करता है, कि वह बिल बनाने में कटौतियाँ करता

है, कि सिर्फ प्रभावित करने के लिए वह मूलधन पर फालतू ब्याज देता है। लेकिन एक तथ्य यह बना रहा कि उसे हर रोज़ पैसा जमा करने वालों की ज़रूरत होती थी, और डॉ. पाल इसमें बढ़िया सहायक था। उसने अब अपने लिए एक सैकिंड हैंड बेबी आस्टिन कार खरीद ली थी, जिसे देखकर हर रोज़ उसके पास एक दर्जन नए ग्राहक आने लगे। उसने हिसाब लगाया : "अगर मेरे पास हर रोज़ बीस हज़ार रुपया जमा होता है, जिसमें से पन्द्रह मैं ब्याज का दे देता हूँ–तो भी मेरे पास हर रोज़ पाँच हज़ार रुपये बचे रहते हैं–"

5

अब वह फिल्मों के हीरो की तरह मशहूर हो गया था। सड़क पर निकलता तो लोग उसकी तरफ़ इशारा करते थे, और आँखें फाड़कर उसे देखते रहते थे। अब चूँकि उसका सड़क पर चलना मुश्किल हो गया था, इसलिए कार रखना ज़रूरी हो गया था। सब तरह के लोग उसे देखकर सड़क से हट जाते और नमस्कार करते थे। उसे खुद अपनी स्थिति बहुत अजीब लगने लगी थी। सब लोग उससे दोस्ती करना चाहने लगे थे। कुछ लोग उसे रास्ता चलते रोक लेते और अपनी समस्याएँ बताने लगते थे। एक आदमी ने कहा कि उसकी बेटी की शादी में मदद करें; दूसरे ने कहा कि उसका बेटा मेडिकल की उच्च शिक्षा के लिए मद्रास जाना चाहता है, इसमें अपनी मदद करें; तीसरे ने कहा कि उसकी ज़मीनें फँस गई हैं, जिन्हें निकलवाने में मदद चाहिए, किसी ने कहा वह भूखा है, खाना चाहिए, वगैरह वगैरह। इनके अलावा अब अचानक सार्वजनिक संस्थाओं का ध्यान भी उसकी ओर जाने लगा : कहीं बाढ़ से बचाने वाले, कहीं गाँधी फंड वाले, किसी दूर देश में आए भूचाल का सहायता फंड, पशुओं पर क्रूरता के खिलाफ़ आन्दोलन करने वाले, बाल-विकास, शिक्षा और युद्ध फंड—इनमें सबसे ज़्यादा क्रियाशील था स्थानीय जिलाधिकारियों का युद्ध सहायता फंड। लोग हर जगह और हर समय—घर में, सड़क पर, दफ्तर में—उसे घेर लेते थे। उससे मिलने वालों की संख्यां बहुत बढ़ गई थी। दान माँगने वालों की बातें सुनकर मार्गैय्या को गुस्सा आता था, दया नहीं। "तुमने मुझे समझ क्या रखा है? जादू की पोटली?...मैं इतनी मेहनत इसलिए नहीं करता कि उपहार बाँटता फिरूँ! जब मैं तकलीफों से गुजर रहा था, तब मेरी मदद करने कौन आया था?

उसे अपने घर और दफ्तर दोनों जगह अपनी सुरक्षा के लिए रस्सियाँ बाँधनी पड़ीं। दफ्तर तो उसे छोड़ना ही पड़ा, और कहीं और कमरा लेकर उसने काम करना शुरू कर दिया। यहाँ वह भीतर बैठा रहता, और बाहर डॉ. पाल मिलने वालों से कहता, "यह बैंक है, अनाथालय नहीं!" इस तरह वह पैसा माँगने आने वालों को

बैरंग वापस कर देता था। वह ज़्यादातर चतुराई से काम लेता, लेकिन ज़रूरत पड़ती तो सख्ती से पेश आता था। कई दफ़ा बड़े सरकारी अफसर भी आते और कहते, "वार फंड के लिए क्या दे रहे हो?"

डॉ. पाल उत्तर देता, "हमारा मालिक पक्का कांग्रेसी है। वह नहीं मानता कि यह हमारा युद्ध है...जब तक कांग्रेस हाई कमांड कुछ देने के लिए नहीं कहेगा, वह एक पैसा भी देने वाला नहीं है। बहुत कठोरता से सिद्धान्तों का पालन करता है। हम इंग्लैंड और अमेरिका के उस युद्ध में सहायता क्यों दें जो वे अपने दुश्मनों से लड़ रहे हैं—अरे, हमारा दुश्मन तो ब्रिटेन है, जर्मनी नहीं है। जब कभी कांग्रेस इस दुश्मन के खिलाफ़ लड़ने के लिए सहायता माँगेगी, तब देखना, मार्गैय्या अपनी सारी दौलत देश के लिए दान कर देगा।" या वह कहता, "गवर्नर का वार फंड? कुछ नहीं मिलेगा।...सर, आप तो जानते ही हैं कि इंग्लैंड से वे जिस किसी को गवर्नर बनाकर भेजते हैं, वार फंड का आधा पैसा तो वही हड़प जाता है...है न यह बात। अगर वह बीस हज़ार रुपये इसके लिए कैश में लेता है, तो इतने ही पैसे का सोने का कास्केट या और कुछ घरेलू उपयोग के लिए ले लेता है, क्या कोई इसे गलत सिद्ध कर सकता है? जब तक आप ऐसा नहीं करते, आप मार्गैय्या साहब से कुछ भी उम्मीद नहीं कर सकते। बड़े पक्के उसूलों के आदमी हैं!" और अगर यह आदमी बड़ा पुलिस अफसर या इनकम टैक्स का कोई अधिकारी होता, तो डॉ. पाल यह जवाब देता, "साहब विचार कर रहे हैं। विश्वास कीजिए, बहुत जल्द चेक पहुँच जाएगा।" वह मार्गैय्या से चेक भेजने के लिए भी कहता, "इन लोगों से बिगाड़ करना सही नहीं है। आखिरकार नाज़ियों को हराने में ही यह पैसा खर्च किया जाना है।" उसने मार्गैय्या को यह भी समझाया, "अब तुम्हें कार रख लेनी चाहिए। अब इस तरह सड़कों पर दिखाई देना तुम्हारे लिए सही नहीं है, तुम उस स्टेज से गुज़र चुके हो।" यह सुनकर मार्गैय्या ने उसे कार खरीदने की अनुमति दे दी।

एक और कारण से भी अब कार रखना ज़रूरी हो गया था—शाम को मार्गैय्या बहुत सा कैश लेकर घर लौटता था, सब तरह के नोट जो एक पुराने बोरे में, जिसे उसने नीलामी में खरीदा था, भरे होते थे। यह बोरा बहुत मज़बूत था, इसलिए मार्गैय्या को पसन्द था, और शाम होते-होते यह ठसाठस भर जाता था। अब वह मिट्टी के तेल की लालटेन जलाकर रात देकर तक काम करता था। घर पहुँचते ही वह नोटों को दोबारा गिनता और पाँच रुपये, दस रुपये के सुन्दर कागज़ पर छपे हुए नोटों की, और इनमें भी सबसे सुन्दर सौ रुपए के हरे नोटों की गड्डियाँ अलग-अलग बनाकर उन्हें सँभालकर रख देता। सिक्के और चिल्लर तो वह कई दफ़ा गिनता, और तिजोरी में रखकर ताला लगा देता। यह सब करते-कराते उसे आधी रात हो जाती, इसके

बाद वह खाना खाने उठता। उसकी पत्नी धीरज से इन्तज़ार करती रहती, और उसके खाना खत्म कर लेने के बाद खुद खाती। वह ध्यान भी न देता कि पत्नी इतनी देर तक भूखी रहती है, उसके दिमाग़ में पैसों की गिनती ही घूमती रहती थी। खाते वक्त भी वह चुप रहता। अगर पत्नी पूछती कि और क्या दूँ, तो वह कहता, "मुझे तंग मत करो। जो चाहो करो लेकिन तंग मत करो।" वह खाता भी बहुत कम था, सिर्फ दस साल के बच्चे के बराबर—इसलिए पत्नी उसके लिए चिन्तित रहती थी। वह और चावल और साँभर परोस देती लेकिन मार्गेय्या उसे एक तरफ़ सरकाकर उठ जाता और फिर हिसाब-किताब लगाने में जुट जाता। पत्नी को पता ही नहीं चलता था कि वह सोने कब जाता है, क्योंकि जब वह खुद सोने जाती, तब भी वह काम में लगा दिखाई देता था। वह उसे चिन्ता से देखती और कहती, "तुम्हें अपनी सेहत का ख्याल रखना चाहिए," तो वह जवाब देता, "मुझे क्या हुआ है? मैं बिलकुल ठीक हूँ। तुम्हें किसी चीज़ की ज़रूरत हो तो पैसा लो और खरीद लाओ। जितना चाहे पैसा लो, लेकिन मुझे परेशान मत करो।"

उसने महसूस किया कि उसे अकेले छोड़ देना ही अच्छा रहेगा। उसके पास आराम करने के लिए इतना कम समय होता था कि उसने मान लिया कि अपनी तरफ से कुछ कहना उसकी परेशानी बढ़ाना ही साबित होगा। वह इस नतीजे पर भी पहुँच गई थी कि बालू भी अपने पिता पर ही गया है, उसी की तरह चुप्पा और घुन्ना! अब यह घर ऐसा बन गया था जिसमें अखंड शान्ति छाई रहती थी। उसे यह देखकर भी परेशानी होने लगी थी कि मार्गेय्या दुबला होता जा रहा है और हर वक्त थका-थका सा नज़र आता है। वह अक्सर पूछना भी चाहती, "तुम इतनी मेहनत क्यों करते हो? क्या हमारे पास काफी नहीं है? अब तुम और ज़्यादा क्या चाहते हो?" लेकिन पूछने से हमेशा कतराती रही, क्योंकि वह जानती थी कि इससे वह चिढ़ जाएगा। घर में शान्ति का साम्राज्य छा गया था।

कुछ समय बाद शाम को लौटते समय वह अपने साथ एक नहीं, कई थैले भर-भरकर लाने लगा। अब नोटों को अलग-अलग करके गिनना सम्भव नहीं रह गया था। वह सिर्फ थैलों की संख्या ही गिनता-और इसमें भी आधी रात हो जाती थी। अब उसकी प्रतिष्ठा इतनी ज़्यादा बढ़ गई थी, कि फालतू पैसे वाले लोग ही उसके पास अपना पैसा जमा करने नहीं आते थे, बल्कि साधारण आमदनी वाले लोग भी आने लगे थे। छोटे व्यापारी, क्लर्क और मजदूर सभी अपनी मेहनत की कमाई उसे लाकर सौंप देते थे। लोग कहते, "अगर मेरे पास सौ रुपये हों तो मैं मार्गेय्या के पास जमा कर दूँगा—वह ज़िन्दगी भर मुझे बीस रुपये महीना देता रहेगा। वही हमारा रक्षक है।" मार्गेय्या के पास जो भी आता, उसका पैसा वह जमा कर लेता था—चाहे जितनी छोटी रकम हो। वह कहता—"इस बिज़नेस में मैं गरीब और

अमीर का भेद नहीं करता, यह काम तो समाज की सेवा के लिए ही है। इसलिए हमें भेद-भाव नहीं करना चाहिए।"

पाल ने कहा, "मैं सुन रहा हूँ कि लोग तुम्हें किसी सम्मान से सम्मानित करना चाहते हैं।"

यह सुनकर मार्गैय्या चौकन्ना हो उठा, "किसलिए?"

"सबसे ज़्यादा समाज-सेवा करने के लिए। अगर तुम्हें समय मिले तो तुम घूम-फिरकर देखो, तो पता लगेगा कि कितने लोग तुम्हारी वजह से अच्छी ज़िन्दगी बिता रहे हैं...सरकार भी मीटिंग करने जा रही है कि तुम्हें जनसेवा के लिए मेडल दिया जाए।"

उसके घर में पहले तो तिजोरी ठसाठस भर गई, फिर एक-एक करके अलमारियाँ, मेजें, बेंचें, खाट के नीचे की खाली जगह और चारों कोने भी भर गए। पत्नी को कमरे में कोई साड़ी या तौलिया निकालने के लिए जाने में परेशानी होने लगी; सारे फर्श पर एक फीट की ऊँचाई तक नोटों के बंडल रखे थे। मार्गैय्या ने पत्नी से कहा कि कमरे में रखे सब बक्से उठाकर ऊपर वाले कमरे में रख दे। बहुत जल्द यह कमरा भी भर गया—घर में हर रोज़ बोरे भर-भरकर आते रहते थे।

दूसरे घर में रह रहे भाई ने कहा, "आज पाँच बोरे लेकर गए हैं।"

उसकी बीवी पूछने लगी, "क्या सचमुच इनमें नोट भरे होते हैं?"

फिर उन्होंने देखा मार्गैय्या भी ऊपर जा रहा है, और रात देर तक वहाँ रोशनी जलती रही। भाई और बीवी यह जानने के लिए कि वहाँ क्या होता है, कुछ भी करने को तैयार थे। बीवी ने दीवार के एक छेद में कान लगाकर सुना, तो मार्गैय्या अपनी बीवी से कह रहा था, "अब तुम्हें यह कमरा भी खाली करना पड़ेगा।"

"ये बक्से कहाँ रखे जाएँगे?"

"अभी तो स्टोर में रख देना।"

"वह सुरक्षित जगह है? बक्सों में मेरे सोने के जेवर हैं।"

"मेरे पास उनसे भी ज़्यादा कीमती चीजें रखने के लिए हैं। ज़िद मत करो।"

"ठीक है," उसने आज्ञा मानते हुए कहा।

"जब तक मुझे कोई मज़बूत गोदाम इन्हें रखने के लिए न मिल जाए," मार्गैय्या ने समझाते हुए कहा। "ऐसी कोई जगह मुझे बनवानी ही होगी--बस, वक्त नहीं मिलता।"

शाम के सात बजे थे। रोशनियाँ अभी तक नहीं जली थीं। मार्गैय्या की आँखों में थकान भरी थी और वह गिरा-गिरा महसूस कर रहा था। आजकल उसने सवेरे का

खाना बन्द कर दिया था, क्योंकि भूख लगनी बन्द हो गई थी। वह छाछ का एक प्याला पीता, दिन में काफी पीता रहता और रात को कैश का काम खत्म करने के बाद खाना खाता। "काम, पड़ा हो, तो मुझे खाना-पीना अच्छा नहीं लगता," वह कहता। सवेरे उठने के थोड़ी ही देर बाद वह दफ्तर के लिए चल पड़ता था, जल्दी-जल्दी में हाथ-मुँह धोता, कपड़े बदलता और निकल जाता, और वापस कब लौटता, इसका समय निश्चित नहीं होता था। वह अपनी पत्नी से कहता, "दफ्तर खोलना मेरे हाथ में होता है, लेकिन बन्द करना दूसरों के।" उसने सुँघनी लेना भी कम कर दिया था–जो ज़िन्दगी में उसे सबसे ज़्यादा पसन्द थी। रिलाएन्स मेडिकल हाल के डॉ. सुब्बू ने उसे सुँघनी छोड़ देने की राय दी थी। वे भी उसके यहाँ पैसा जमा कराते थे। मार्गेय्या की गर्दन में दर्द रहने लगा था और उसने इसका इलाज करने को कहा था। डॉक्टर जब अपना ब्याज लेने गया, तब उसने जाँच करके कहा, "शायद तुम्हारी सुँघनी से आँखों पर दबाव पड़ता है। उसे बन्द क्यों नहीं कर देते? खैर, जब समय मिले तो क्लिनिक आ जाना, मैं अच्छी तरह जाँच कर लूँगा। तुम्हारी सेहत अच्छी रहे, यह हम सब चाहते हैं...।" यह कहकर वह अपने ही मज़ाक पर दूसरे डॉक्टरों की तरह हँसा।

मार्गेय्या ने निश्चय करके सुँघनी लेना छोड़ दिया और इससे लाभ हुआ। यह काम उसके लिए आसान नहीं था, लेकिन उसने अपने को समझाया, "अगर मैं रात को आराम से सो नहीं सकूँगा तो मेरी जोड़-बाकी गलत होने लगेगी और फिर भगवान ही जाने, क्या नतीजा होगा।" अब उसका सिर दर्द तो खत्म हो गया था, लेकिन चक्कर-सा हमेशा आता रहता था।

डॉ. सुब्बू जब उससे फिर मिलने गए, तो कहने लगे, "तुम कुछ दिन की छुट्टी क्यों नहीं कर लेते–कोडाइकनाल चले जाओ। इससे तुम्हें बहुत लाभ होगा। छुट्टी सम्भव नहीं है क्या?"

मार्गेय्या ने उदासी से सिर हिलाकर कहा, "इस ज़िन्दगी में तो नहीं लगती। मैं बहुत सी चीज़ों से एकदम बँधकर रह गया हूँ–" उसने कल्पना की कि वह एक चक्करदार झूले के बीचोबीच बैठा है। वह कहने लगा, "अगर मैं यहाँ से ज़रा सा भी हिलूँ," लेकिन यही कहकर रुक गया, "मैं इधर या उधर, ज़रा-सा भी नहीं हिल सकता।"

उसका एकाउंटेंट, शास्त्री, थैले में नोट रख रहा था, और हिसाब भी लिखता जा रहा था। सब ग्राहक जा चुके थे। मार्गेय्या की तबियत खराब हो रही थी। वह बाँहों में अपना सिर दबाए बैठा था। उसने आवाज़ लगाई, "शास्त्री, अपना काम खत्म करो।"

"जी, साब," शास्त्री ने कोने में बैठे-बैठे जवाब दिया। फिर बोला, "आपके

बेटे आए हैं, साब।'' दरवाज़ा खुला, बालू अन्दर आया और सामने रखी कुर्सी पर बैठ गया।

''कैसे हो, बालू?'' मार्गेय्या उसे देखकर खुश हुआ। ''दो हफ्ते से ज़्यादा हो गया होगा। और सब कैसे हैं?''

''बेबी को पेट-दर्द लगता है और वह रोता रहता है।''

''दाँत निकल रहे होंगे। अपनी माँ को ले जाओ और उसे दिखाओ। वह कुछ कर सकेगी, इन चीजों को समझती है।''

''तुम मेरे यहाँ नहीं आते। आज मैं वृन्दा को माँ से मिलाने ले गया था–''

''अच्छा...यह तो अच्छा हुआ...नहीं तो; मैं तुम्हारे घर आना चाहता हूँ, लेकिन यहाँ काम का इतना दबाव है...फिर भी, आऊँगा? मैं यहाँ कैदी बनकर रह गया हूँ। तुम्हारा रसोइया ठीक से काम कर रहा है?''

''हाँ, लेकिन कभी-कभी परेशान करता है। मैं उसे हटाना चाहता हूँ, लेकिन वृन्दा बरदाश्त करती है। उसी ने उसे बिगाड़ दिया है।''

''तुम उससे मत झगड़ना। वही ठीक होगी। उसे अपने ढंग से चलाने दो।''

ज़रूरी बातें सब खत्म हो गईं तो शान्ति छा गई। बालू मेज़ पर पड़े एक पत्थर के टुकड़े को देख रहा था, जिससे मार्गेय्या पेपरवेट का काम लेता था।

वह बोला, ''तुम एक अच्छा सा पेपरवेट, मेज़ और कुर्सियाँ क्यों नहीं खरीद लेते–इस तरह चटाई पर बैठकर काम करते हो...''

उसने जवाब दिया, ''मुझे इन कीमती चीज़ों की ज़रूरत नहीं है।'' यह कहकर उसने डेस्क में ताला लगाया और चलने को उठा। फिर आवाज़ लगाई, ''शास्त्री, हिसाब तैयार हो गया?''

''जी साब, करीब-करीब,'' उसने हमेशा वाला जवाब दिया।

बालू बोला, ''अप्पा, मैं आपसे कुछ खास बात करना चाहता हूँ।''

मार्गेय्या ने उस पर सन्देह की नज़र डाली और कहा, ''आज मेरी कुछ तबियत ठीक नहीं है। कल मैं तुम्हारे घर आ जाऊँगा।''

''नहीं, मुझे तो अभी बात करनी है,'' बालू ने ज़ोर देकर कहा, ''आपको सुनना पड़ेगा।''

''अच्छा,'' मार्गेय्या बोला, ''तो एक मिनट रुकना।'' यह कहकर वह उठकर शास्त्री के पास गया और उससे धीरे से बोला, ''पैसों के थैले अभी मत लाना।'' यह कहकर वह अपनी सीट पर आकर बैठ गया। उसने कुछ कहा नहीं और लड़के की तरफ देखने लगा।

लड़का सामने बैठा दाँत से नाखून काटता रहा...उसे समझ में नहीं आ रहा था कि कैसे बात शुरू करे। फिर हकलाता हुआ बोला, ''अप्पा, मुझे और पैसा चाहिए...''

"अच्छा," मार्गेय्या बोला, उसकी आवाज़ से लगा कि उसकी परेशानी दूर हुई है। "मैं तो खुद सोच रहा था। संकोच मत करो। कितना पैसा चाहिए?"

लड़के का उत्साह भी बढ़ा हुआ लगा। फिर भी उसकी हिचक दूर नहीं हुई। मार्गेय्या बोला, "अरे बालू, डरने की क्या बात है? बोलो...मुझे साफ़ और हिम्मत से बोलने वाले लोग पसन्द हैं। मैंने अभी तक किसी चीज़ से मना किया है?"

लड़के ने इसका सीधा जवाब नहीं दिया। मैं...मैं तुम से कुछ पूछना चाहता हूँ...मुझे ज़्यादा पैसे की जरूरत है।"

"कोई बात नहीं," अब मार्गेय्या ने झुँझलाते हुए कहा, "मैंने कहा न कि पैसा दूँगा। तुम्हें कितना चाहिए?"

"यह तो निर्भर करता है...निर्भर करता है...जितना आपके पास है उस पर...। मुझे नहीं पता, आपके पास कितना पैसा है। यह मैं कैसे बता सकता हूँ?"

"तुम्हारा मतलब क्या है? मैं तुम्हें समझ नहीं पा रहा," मार्गेय्या ने चकराते हुए कहा। "अगर इस वक्त बात नहीं कर सकते तो फिर कभी आ जाना। मेरी तबियत ठीक नहीं है," उसने तल्ख़ी से कहा। उसे गणित के हिसाब की तरह हर चीज़ साफ़-साफ़ पसन्द थी, अस्पष्ट इधर-उधर की बातों से उसे परेशानी होती थी। यह कहते हुए वह उठ पड़ा, "मैं घर जाकर लेटना चाहता हूँ। तुम भी चाहो तो साथ चलो।"

"मैं वहाँ तुमसे बात नहीं कर सकता। वहाँ माँ भी होगी। मैं उसके सामने बात नहीं करूँगा।"

मार्गेय्या ने आवाज़ लगाई, "शास्त्री, कार तैयार रखो," और दरवाज़े की तरफ बढ़ा। लड़का एकदम उठकर खड़ा हो गया और हाथ फैलाकर उसे रोकने लगा। "तुम्हें मुझसे आज ही बात करनी होगी।"

मार्गेय्या को दफ्तर में तमाशेबाज़ी पसन्द नहीं थी। उसने शास्त्री पर नज़र डाली, वह काम में मशगूल दिखाई दिया। मार्गेय्या अपनी सीट पर जाकर शान्ति से बैठ गया। वह परेशान हो उठा था। यह पहली दफ़ा था जब उसका बेटा इस तरह व्यवहार कर रहा था—उसका इतना ज़्यादा बोलना उसकी समझ से बाहर था। लड़का नम्र तो नहीं था, लेकिन इतना उग्र भी कभी नहीं होता था। उसने पैसे की माँग की, जो मान ली गई, तो अब क्या हुआ? उसने कहा कि "आपके पास कितना है, इस पर मेरी माँग निर्भर करेगी।" उसके कान इन शब्दों का विश्वास नहीं कर सके। वह सीट कर बैठा शान्ति से इन्तज़ार करने लगा। उसे थकान महसूस हो रही थी, और वह आराम करना चाहता था।

मार्गेय्या ने दियासलाई सुलगाकर लैम्प जलाया। वह, जो होना था, उसका इन्तज़ार करने लगा। लड़के ने कहा, "मैं तुमसे एक गम्भीर बात करना चाहता हूँ।"

मार्गेय्या को चिढ़ हो रही थी, लेकिन वह उस पर काबू किए था। उसे डर था कि कहीं उसे गुस्सा न आ जाए। उसे लगा कि कहीं बेटे ने शराब पीना तो नहीं शुरू कर दिया है। इसकी जाँच करने के लिए उसने उसकी नाक से निकलती साँस को सूँघने की कोशिश की। उसका मन हुआ कि डेस्क पर पड़ा रूलर हाथ में उठा ले, लेकिन यह विचार उसने छोड़ दिया—आखिर यह उसका बेटा बालू ही था। उसके लिए यह करना सही न होता। उसने रूलर पकड़ा और फिर नीचे छोड़ दिया, और इन्तज़ार करने लगा। बालू अब भी अपने ओंठ नहीं खोल रहा था। मार्गेय्या बेचैन हो उठा। उसने घड़ी देखी और बोला, "सात बजने वाले हैं। पाँच मिनट में अगर तुम कुछ नहीं कहोगे, तो मैं चल पड़ूँगा। ज़रूरत पड़ी तो तुम्हें धक्का देकर भी निकल जाऊँगा।" यह धमकी देकर उसे शान्ति-सी महसूस हुई। उसे लगा कि उसने अपना अधिकार जता दिया है। 'लड़का जो चाहे, वह तो नहीं कर सकता,' उसने अपने से कहा। यह कहकर उसने बड़े नाटकीय ढंग से घड़ी बालू के सामने रख दी।

बालू ने घड़ी पर नज़र डाली, क्षण भर ठिठका, फिर बोल पड़ा, "मुझे जायदाद का हिस्सा चाहिए...मेरा हिस्सा जो बनता है।"

"कौन सी जायदाद?" मार्गेय्या ने पूछा।

"मेरा मतलब है...जायदाद में मेरा हिस्सा...हमारी पुश्तैनी जायदाद।"

"अच्छा...हाँ...मैं समझा। यह क्यों चाहिए?"

"क्योंकि अब मैं वयस्क हो गया हूँ...। यह आप भी जानते हैं। मैं अब उन्नीस का हूँ और जायदाद में अपने हिस्से का हक़दार हूँ।"

"लेकिन कौन सी जायदाद?" मार्गेय्या ने पूछा।

"पुरखों वाली जायदाद," लड़के ने जवाब दिया।

यह सुनकर मार्गेय्या ने जेब में हाथ डाला और आठ आने का एक सिक्का निकालकर उसके सामने रख दिया, और बोला, "ले लो, यह रहा तुम्हारा हिस्सा...तुम्हारे बाबा एक रुपया छोड़ गए थे...इसे लो और रसीद लिखकर मुझे दे दो।"

लड़के ने सिक्का उठा लिया और उसे देखने लगा। "इतनी ही चल और अचल दोनों जायदाद है परिवार की?"

"चल और अचल जायदाद...यह क्या है? चल..." मार्गेय्या यह सुनकर अपना आपा खो बैठा; उसका सिर एकदम घूम गया। "चल! अचल! तुम चाहते हो कि सूची बनाकर तुम्हें दी जाए? तो सुनो यह है..." और उसने बड़े कठोर शब्दों में अपने सुयोग्य पुरखों की सारी कहानी बयान की, और बताया कि किस तरह इस अकेले घर के भाई के साथ बँटवारा करने के लिए उसे क्या-क्या कार गुज़ारियाँ करनी पड़ीं, कचहरियों के चक्कर लगाने पड़े, घंटों तेज़ धूप में वहाँ इन्तज़ार करना पड़ा, फिर कोर्ट कमीशन जाँच करने आया, वगैरह वगैरह। उसे याद आया कि उसे

कितने कष्ट झेलने पड़े, कि कहाँ उसकी बीवी शाम का खाना बनाएगी, कहाँ वे अपने ज़रा से बच्चे को सुलाएँगे, क्योंकि कचहरी की कार्यवाही खत्म होने तक उसके पास सिर छिपाने का कोई ठिकाना ही न था, भाई ने बड़े होने के नाते इस घर पर पूरा अधिकार कर रखा था। वे तकलीफें इस लड़के को समझाने पर भी समझ में नहीं आएँगी! उसे दुख हुआ। बोला, ''बेटे, अब घर चलो, वहाँ बात करेंगे! यह ठीक नहीं है। इन बातों की चर्चा इस तरह नहीं की जा सकती।''

''नहीं,'' लड़का बोला, ''मुझे चरका मत दो।''

''तुमने यह भाषा कहाँ से सीखी?''

लड़के ने जवाब दिया, ''अब मैं दुनिया समझने लायक हो गया हूँ। अगर तुम मुझे फौरन हिसाब नहीं दोगे, तो मैं कचहरी जाऊँगा।''

''ठीक है। तो जाओ, मुझे कुछ और नहीं कहना है।'' मार्गैय्या उठकर चलने को हुआ। लड़का फिर उछलकर खड़ा हो गया और दोनों हाथों से उसे रोकने लगा। मार्गैय्या ने उसके एक चाँटा लगाया और चीखा, ''सुअर, रास्ते से हटो।'' लड़का सुबक कर रोने लगा। मार्गैय्या ने उसपर नजर डाली तो उसे दया आई और उसकी आँखों से भी आँसू निकल आए। उसने लड़के के गले में हाथ डाल दिया और कहने लगा, ''तुम्हें किसी ने भड़काया है, कोई वकील होगा, जिसे काम चाहिए। ऐसे लोगों की बातों पर ध्यान मत दो। मैं तुम्हारा बाप हूँ, सब कुछ तुम्हारे लिए करूँगा,—तुम सिर्फ बताओ कि क्या चाहिए।''

''मैं तुम्हारी जायदाद का हिस्सा चाहता हूँ—''

''बेवकूफ! यह क्या ज़िद है! जायदाद है ही कहाँ?''

''मुझे पता है, आपने कितना कमाया है। मुझे उसके आधे पर अधिकार है।''

''क्या जायदाद है हमारी?''

''बाबा की जायदाद में मिलाकर यह बहुत बढ़ गई है। मुझे उसकी आधी पाने का अधिकार है।''

''मैंने तुम्हें रहने को घर दिया है। तीन सौ रुपये महीने खर्च के देता हूँ। अगर ज़्यादा चाहिए, तो बताओ। मैं बढ़ाकर चार सौ कर सकता हूँ।''

लड़के ने सिर हिला दिया। ''मुझे तो आधा हिस्सा चाहिए। और कुछ नहीं।''

''लेकिन क्यों'' मार्गैय्या ने पूछा।

''क्योंकि मुझे...,'' लड़का कहते-कहते रुक गया और बोला, ''बहुत से काम करने हैं।''

मार्गैय्या ने उसे समझाते हुए कहा, ''मेरे पास जो कुछ है, वह सब कुछ तुम्हारा ही है। मेरा सब कुछ तुम्हारे ही पास आएगा, और है कौन? अपने बाद मैं और किसको यह दूँगा?''

"तुम्हारे बाद? यह कब होगा?"

"तुम पूछ रहे हो कि मैं कब मरूँगा?"

लड़का कुछ शर्मिंदा हुआ और बोला, "मैं यह नहीं पूछ रहा, लेकिन मैं इन्तज़ार नहीं कर सकता। मुझे अपना हिस्सा जल्दी चाहिए।"

"क्या मैं पूछ सकता हूँ कि जल्दी किस बात की है?" मार्गेय्या ने मुँह बनाकर पूछा। "तुम चाहते हो कि मैं ज़हर पीकर मर जाऊँ और तुम्हारी मौज-मस्ती का रास्ता साफ़ कर दूँ?" लड़का सोचने लगा कि इसका क्या जवाब दे। मार्गेय्या ज़्यादा खड़ा नहीं रह सका। उसने बालू को धक्का दिया और बाहर निकल आया। उसने शास्त्री से कहा, "थैले और हिसाब गाड़ी में रख दो।" इसके बाद गाड़ी में बैठकर वह आगे बढ़ गया, और लड़का इमारत की सीढ़ियों पर खड़ा रहा।

मार्गेय्या बहुत परेशान हो उठा था। अपना हिसाब जाँचने के बाद उसने पैसा सँभालकर रखा और खाना किसी तरह पेट में ठूँस कर वह बाहर जाने को तैयार हो गया। पत्नी से बोला, "मैं बाहर जा रहा हूँ। दरवाज़ा बन्द कर लेना।"

"अब इस वक्त?" उसने पूछा, लेकिन वह जा चुका था। वह निराश लौट आई।

उसका ड्राइवर कार में ताला लगाकर घर जा चुका था। बाहर आसमान में तारे चमकने लगे थे, सड़कें खाली और सुनसान थीं। मार्गेय्या सारे रास्ते पैदल चला--कई महीने बाद वह इस तरह पैदल जा रहा था, और उसे यह कसरत अच्छी लग रही थी। वह सोच रहा था, "मैं शायद ज़रा ज़्यादा ही सख्त हो गया हूँ। मुझे खुद जाकर स्थिति की जाँच करनी चाहिए। हो सकता है, उसे कोई खास समस्या परेशान कर रही हो। शायद मुझे अब उसे भी बिज़नेस में शामिल कर लेना चाहिए, जिससे उसकी आमदनी भी बढ़ जाए और वह चीज़ों को समझने भी लगे।"

वह सोच रहा था कि उसका बेटा इस समय उसके वहाँ पहुँचने पर ताज्जुब न करने लगे। "मुझे तो यही समय मिलता है," उसने अपने को समझाया, "सवेरे जो काम शुरू होता है...उसे यह भी बुरा लगा होगा कि मैं अपने पोते को देखने नहीं जाता। जवान माता-पिता यही सोचते हैं कि दुनिया उनके नवजात शिशु को दुलराने के लिए ही बनी है।" वह दार्शनिक की तरह सोचने लगा, "जब बालू पैदा हुआ था, तो हमने उन सब रिश्तेदारों से सम्बन्ध तोड़ दिए थे जो उसके झूले के पास आकर उसे प्यार नहीं करते थे और उसकी तारीफ़ नहीं करते थे। जो हो, उसे इस बात के लिए परेशान करना बालू के लिए सही नहीं था--मेरी तबियत भी तो अच्छी नहीं चल रही है। उसमें ज़रा ज़्यादा समझ होनी चाहिए। जायदाद में हिस्सा!

कैसी बेवकूफी की बात है!" इस बात की याद करके वह इतना परेशान हुआ कि जहाँ तक पहुँचा था, वहीं रुक गया और वापस लौटने को हुआ, "इस मूर्ख को क्या अधिकार है कि मुझे इतनी रात अपने घर पैदल जाने की स्थिति पैदा कर दे...यह जबरदस्त बेवकूफी है, मैं उसके यहाँ क्यों जाऊँ?" वह अपने से प्रश्न करने लगा। "जायदाद में हिस्सा! मूर्खता की बात! कैसा हिस्सा?—मैंने भी उसे सही जवाब दिया है।" उसके फूहड़ जवाब की बात सोचकर उसे अजीब-सा लगा। "जो हो, और कभी तो मैं मिलने जा नहीं सकता, कि देखूँ क्या समस्या है—चलो, देख ही लेते हैं जाकर। मैं उसे प्रस्ताव दूँगा कि मेरे साथ बिज़नेस में शामिल हो जाए। यही करना सही रहेगा। वृन्दा को देखे भी अरसा गुज़र गया...अच्छी लड़की है..."

वह लॉली रोड आ पहुँचा। एक बज रहा था। वह फोर्थ क्रास रोड पर नम्बर 17 के सामने खड़ा होकर देखने लगा : छोटी सी कोठी, फाटक पर हरी बेल की लतर और भीतर ज़मीन पर फूलों के पौधे। बहुत कम पैसे में मिल गई थी—दो हज़ार से भी कम रुपए में। अगर वह मूर्ख दो साल में भी किश्तें नहीं चुका सका, तो यह मेरी गलती तो नहीं थी कि यह घर मेरी गोद में आ गिरा। जो आदमी हाथ आगे बढ़ाता है, उसी की हथेली में फल आकर गिरते हैं। उसने लकड़ी का दरवाज़ा खोला और भीतर घुसा तो घर में रोशनी नहीं दिखाई दी। उसने सोचा, "बेटा सो गया होगा...अब भीतर जाए या यहीं से लौट जाए?" लेकिन फाटक खोलने से जो आवाज़ हुई थी, उसे सुनकर कोई उठा और रोशनी जलाई, और फिर दरवाज़ा खुला।

"कौन है?" भीतर से वृन्दा की आवाज़ सुनाई दी।

"वृन्दा," मार्गेय्या ने नाम लेकर पुकारा जिससे उसे पता चल जाए। वृन्दा अभी बिस्तर से उठी थी, उसकी आँखों में नींद नज़र आ रही थी। बड़ी स्मार्ट लड़की थी। मार्गेय्या उसे देखकर सोचने लगा कि वह बड़ा सौभाग्यशाली है जो उस जैसी बहू मिली है। अगर ये गधे ज्योतिषी अपनी बात मनवा लेते, तो...वह सीढ़ियों पर चढ़ा।

"आप इतनी दूर पैदल चलकर आए हैं?" वृन्दा ने मधुर आवाज़ में पूछा।

मार्गेय्या बोला, "कोई और वक्त ही नहीं मिलता। बेबी कैसा है?" वह भीतर गया और माँ के बिस्तर पर बच्चे को सोते देखने लगा। फिर धीरे से उसके गाल छुए!

लड़की ने मीठी आवाज़ में कहा, "ज़रा सी आवाज़ पर जाग जाता है।"

"तो उसे जागने ही क्यों नहीं देतीं?" मार्गेय्या ने पूछा।

"चाहता है, हर वक्त कोई गोद में लेकर घुमाता रहे।" वह बड़ी इज़्ज़त से बात कर रही थी।

मार्गेय्या को उसका बातचीत करने का ढंग बहुत पसन्द आ रहा था। "बालू

भी जब छोटा था, इसी तरह तंग करता था। यह भी उसी पर गया है।" फिर बालू का बिस्तर खाली देखकर पूछा, "बालू कहाँ है?"

जवाब देते हुए वह हिचकी, संक्षेप में बोली, "अभी नहीं लौटे हैं।" यह कहते हुए उसका चेहरा गम्भीर हो गया।

"कहाँ गया है वह?" मार्गेय्या ने पूछा।

इसका जवाब देते हुए भी वह हिचकी, और अपने ओंठ काटने लगी। मार्गेय्या समझ गया कि कुछ खास बात है। उसने कई दफ़ा पूछा तो धीरे से बोली, "सिनेमा देखने गए होंगे।"

"सिनेमा? इस वक्त कौन सा सिनेमा चलता है? वह इस तरह तुम्हें और बच्चे को अकेला छोड़कर कैसे जा सकता है?" उसकी आवाज़ में इतनी हमदर्दी थी कि लड़की की आँखों में आँसू आ गए। मार्गेय्या समझ नहीं पा रहा था कि क्या करे। यह उसके लिए एक बिलकुल नई स्थिति थी और उसकी समझ में नहीं आ रहा था कि बहू से क्या कहे। आखिरकार बोला, "तुम बैठ क्यों नहीं जातीं? कब तक खड़ी रहोगी?"

वह ससुर के सामने बैठने से हिचक रही थी। आखिरकार मार्गेय्या ने उसे बिठा ही दिया तो वह बोली, "मैं खुद आपसे मिलना चाहती थी। रोज़ ऐसा ही होता है। रात को रोज़ दो बजे घर लौटते हैं। अगर मैं पूछती हूँ तो...तो...मुझे डर लगता है उनसे।"

इसके बाद धीरे-धीरे बात खुलनी शुरू हुई। डॉ. पाल उसका साथी बन गया था। वे किसी घर में इकट्ठे होकर ताश खेलते थे–घर जिस आदमी का था, वह अपने को थिएटर का एजेंट बताता था। नौकर से पता चला था कि उस घर में बहुत सी लड़कियाँ हैं। पाल इनके लिए कुछ करता था, और बालू को अपने साथ कार में बिठा कर ले जाता था। आधी रात तक सब वहाँ ताश खेलते थे। पान-तम्बाकू खाते थे, कभी-कभी शराब भी पीते थे। मर्द और औरत आपस में बहुत घुले-मिले थे, और खा-पीकर जहाँ-तहाँ गिरते-पड़ते रहते थे, और बहुत ज़्यादा पीने से बीमार हो जाते थे। वृन्दा को यह सब उस नौकर से पता चला जो वहाँ काम करता था, और जो बेबी की देखभाल करने वाली लड़की का चाचा था। वृन्दा ने यह भी बताया कि बालू उनके बिज़नेस में हिस्सेदार बनना भी चाहता है। दरअसल वह हमेशा अपनी पत्नी से यही कहता था कि वह अपने बिज़नेस के सिलसिले में ही बाहर रहता है और इसीलिए देर से आता है। "अगर मैं कुछ कहती हूँ...तो घर से निकालने की धमकी देते हैं।...यह पाल ही हैं जो...आप उसे हमसे अलग नहीं कर सकते?"

"यह कब से चल रहा है?"

"कई महीने से–"

"तुमने बताया क्यों नहीं?"

"मैं डरती थी। अब भी उन्हें मत बताइएगा कि मैंने कुछ कहा है।"

मार्गेय्या यह सब सुनकर बहुत परेशान हो उठा। अब उसकी समझ में आ गया कि बालू बँटवारे की माँग क्यों कर रहा था। "डॉ. पाल! डॉ. पाल! मैं इसके साथ कैसे निबटूँ?" वह सोचने लगा। वह अपार क्रोध और सतर्कता के बीच झूल रहा था। वह जानता था कि अगर वह पाल का सहयोग खो देगा, तो वह कुछ भी कर सकता था। क्षण भर में उसने तय किया कि वह बिना तमाशा किए पहले पाल को अपने बेटे से अलग करेगा, फिर बेटे को बदलने की कोशिश करेगा। उसे पाल को किसी बहाने से शहर के बाहर ले जाना होगा, जैसे किसी नए व्यक्ति से मिलने के लिए, लेकिन अगर वह गया और...मार्गेय्या को उससे डर लगा। जो एक तत्व लोगों को एक दूसरे के साथ जोड़े रखता है, वह है भरोसा—जैसे ही यह भरोसा टूटा, वे एक दूसरे के दुश्मन हो उठते हैं; और यही उसकी समस्या थी, वह न तो दूसरे को सामने होने दे सकता था, न अलग, नज़र से परे। लेकिन जो हो, उसे पूरी सतर्कता से काम करना होगा। उसकी बहू शान्ति से सामने बैठी उसका चेहरा देख रही थी। उसने बड़ी कोमलता से उससे कहा, "बेटी, तुम जाओ और आराम से सोओ। मैं अब घर जाता हूँ और कल देखूँगा कि क्या किया जा सकता है। किसी बात की चिन्ता मत करो। मैं तुम्हारे पति को ठीक कर दूँगा। दरवाज़ा बन्द कर लो और बेबी का ध्यान रखो। कुछ ज़रूरत हो तो मुझे बताओ। डरने की ज़रूरत नहीं है। कल सवेरे मैं तुम्हारी सास को यहाँ भेज दूँगा।" यह कहकर वह उठा और बाहर निकल आया। लड़की ने दरवाज़ा भीतर से बन्द किया और लाइट बुझा दी।

उसने जैसे ही बाहर का फाटक बन्द किया, डॉ. पाल की बेबी आस्टिन कार वहाँ आकर रुकी। उसके इंजन की घड़घड़ाहट सुनते ही वरांडे की रोशनी जली और दरवाज़ा खुल गया। उसी क्षण बालू कार से उतरा। उसने दरवाज़े पर अपनी कुहनी टिकाई और डॉ. पाल से फुसफुसाकर कुछ कहा, जिसे सुनकर पाल हँस पड़ा और कार की पिछली सीट से भी कहकहाने की आवाज़ें सुनाई दीं। उन्हें मार्गेय्या की उपस्थिति का ज्ञान नहीं था। वह अचानक अपना काबू खो बैठा। उसे सिर्फ अपने संकट का ध्यान रहा, जिसने उसे आगे बढ़ाया। अपनी सब सतर्कता को भूलकर वह कार की दूसरी तरफ जा पहुँचा, और खिड़की में से हाथ डालकर डॉ. पाल का गिरेबान कसकर पकड़ लिया और उसे खींचकर बाहर निकाला। दूसरी तरफ़ बालू उसे 'गुडनाइट' कह रहा था।

इस घटना के लिए कोई तैयार नहीं था, और डॉ. पाल लड़खड़ाता बाहर निकला। उसके बाहर आते ही मार्गेय्या ने अपना जूता उतारा और उसे मारना शुरू किया—उसमें अचानक इतनी ताकत आ गई थी कि पाल अपना बचाव नहीं कर पा रहा

था। उसके चेहरे से खून निकलने लगा और दर्द से वह कराह उठा। गाड़ी में बैठी लड़कियाँ भी डर से चीखने लगीं। बालू आगे बढ़कर बोला, "अप्पा, आप क्या कर रहे हैं?"

मार्गेय्या उसकी ओर मुड़ा, हाथ से उसका गला पकड़ा और फाटक की तरफ धकेलते हुए कहा, "मेरी आँखों के सामने से हट जाओ, मूरख!" बालू लड़खड़ाया और फाटक से टकराकर गिर पड़ा।

उसकी बीवी वरांडे से दौड़ती बाहर आई और चीखकर बोली, "तुम्हें क्या हुआ? यह चोट कैसे लगी?"

वह आगे बढ़कर पूछने लगा, "यह मेरा बाप यहाँ कब आया?" यह शोर-शराबा सुनकर बच्चा भी नींद से जाग उठा और ज़ोर-ज़ोर से रोने लगा, जिसे सुनकर वृन्दा घर में लौट गई। बालू भी उसके पीछे हो लिया।

गाड़ी के पीछे बैठी दोनों लड़कियाँ भी चिल्ला रही थीं, "बचाओ, बचाओ!"

मार्गेय्या ने सिर भीतर डालकर कहा, "चुप रहो, रंडियो!" गाड़ी के भीतर पाउडर की गंध से उसका सिर भन्ना उठा। उसने ज़ोर से चिल्लाकर पूछा, "तुम कौन हो?" उसकी आवाज़ से सड़क के दो कुत्ते जाग उठे और भौंकने लगे। इनकी आवाज़ से बालू का बच्चा फिर जाग गया और चीख-चीखकर रोने लगा—दोनों की आवाज़ें एक-दूसरे को भेदकर आसमान में गूँजने लगीं।

लड़कियाँ बोलीं, "हम...थिएटर के..."

"थिएटर? जो असल में हो वह क्यों नहीं बतातीं? अगर दोबारा कहीं दिखाई दीं तो—"

उसने और क्या कहा, यह सुनाई नहीं दिया, क्योंकि इस बीच डॉ. पाल ने अपने को छुड़ा लिया और किसी तरह गाड़ी में सवार होकर नौ-दो ग्यारह हो गया। पीछे देखकर वह कहता गया, "तुम कंजूस मक्खीचूस, अपने बेटे को भी कुछ नहीं देना चाहते! ठीक है, देखता हूँ..."

गाड़ी के पीछे लगी लाल बत्ती सड़क के मोड़ से गायब हो गई। मार्गेय्या सड़क पर थोड़ी देर रुका और सोचने लगा कि घर में वापस जाए या नहीं। लेकिन उसने देखा कि बालू ने दरवाज़ा बन्द करके बत्ती बुझा दी है। "चलो, यह ठीक है। बेटा अच्छा है कि पिता से अब भी डरता है, यह सोचकर वह खुश हुआ और अपने घर की तरफ चल पड़ा।

बाद में मार्गेय्या ने सोचा कि अगर वह ज़रा जल्दी अपनी बहू से बातचीत करके वहाँ से लौट लिया होता, और पाल की आस्टिन उसके सामने न आई होती, तो क्या हुआ होता; या उसने साया में खड़े रहकर पाल को बालू को उतारकर वहाँ से लौट जाने दिया होता, और बाद में बालू को आराम से समझाने-बुझाने की कोशिश

करता और बालू को जायदाद का हिस्सा भी दे देता—तो बाद में जो हुआ, वह सब न होता, और इसके बाद डॉ. पाल ने जो कुछ किया, वह सब भी न होता।

डॉ. पाल सीधे पुलिस स्टेशन गया और अपने ऊपर हुए हमले की वारदात दर्ज कराई। दोनों एक्ट्रेसें और बालू उसके गवाह थे। दूसरे दिन सवेरे वह अपने चेहरे और चोटों पर पट्टियाँ बाँधकर अपने ग्राहकों और व्यापारियों से मिलने गया। सबसे पहले वह कंबल वाले के पास गया। अपने साथ बालू को भी गाड़ी में बिठाकर ले गया। कंबल वाले ने उसे देखते ही पूछा, "अरे, डॉक्टर साहब, क्या हुआ?"

डॉ. पाल ने उदासी दिखाते हुए कहा, "मैं पढ़ने-लिखने वाला आदमी हूँ। मुझे बिज़नेसमैनों के साथ काम नहीं करना चाहिए था—"

"लेकिन यह तो बताओ कि हुआ क्या?"

उसने सिर झटककर कहा, "यह बताने लायक नहीं है। इसे छोड़ो।...मेरी ही गलती थी कि मैंने सब तरह के लोगों से रिश्ता बनाया जिसका यह नतीजा हुआ...यह तो अब चुकाना ही है।"

"अरे साब, यह मत बोलिए। हम सब आपकी बड़ी इज़्ज़त करते हैं—"

"बिज़नेसमैनों के पास पैसा होता है, और वे मनोवैज्ञानिक अस्पताल खोलने में मेरी मदद कर सकते हैं...यही था मेरा मुख्य उद्देश्य। इससे सबसे ज़्यादा फायदा उन्हीं का होता...आजकल उनकी मानसिक समस्याएँ बहुत बढ़ती जा रही हैं, क्योंकि उन्हीं पर सबसे ज़्यादा दबाव होता है। मैंने सोचा था कि इस तरह मैं औरों से ज़्यादा उन्हीं की सेवा कर सकूँगा...लेकिन नतीजा यह हुआ!"

"नहीं, साब, आपको इस तरह नहीं बोलना चाहिए, हम आपकी बड़ी इज़्ज़त करते हैं। लेकिन तरह-तरह के कानूनों और रोकों की वजह से आज के बिज़नेसमैनों की ज़िन्दगी बड़ी उलझन भरी होती जा रही है, आप नहीं जानते कि सरकार के द्वारा कुछ भी कराने के लिए कितनी परेशानियों से गुज़रना पड़ता है..."

बात एक नया मोड़ लेती जा रही है, यह देखकर डॉ. पाल ने उसे अपना चेहरा दिखाया। कंबल वाले ने पूछा, "यह तो आपने बताया ही नहीं कि हुआ क्या?"

डॉ. पाल ने आवाज़ बहुत धीमी करके फुसफुसाते हुए कहा, "कोई यकीन नहीं करेगा मेरी बात पर। मार्गैय्या ने कल रात अपने बेटे के घर के सामने मुझ पर हमला कर दिया।"

"अच्छा? क्यों?"

"यह मैं कैसे बताऊँ? आजकल वह ज़रा अनोखा व्यवहार करने लगा है।

उसका बेटा उससे कुछ माँगने गया, लेकिन उसने उसे थप्पड़ मार दिया। इसके बाद मैं उसे देखने गया। दोनों के बीच कुछ गड़बड़ है...''

''अच्छा!'' कंबल वाले ने ताज्जुब से कहा

उस सवेरे कंबल वाला सबसे पहले मार्गेय्या से जाकर मिला। ''मुझे अपना पैसा वापस चाहिए। परिवार में किसी की शादी की बात चल रही है–।'' उसने दाँत निकाले और रसीद सामने बढ़ा दी।

''मेरे एकाउंटेंट के पास सारा हिसाब-किताब है,'' मार्गेय्या बोला।

कंबल वाला कहने लगा, ''लेकिन मुझे ज़रूरत है। अभी पैसा चाहिए मुझे।''

''आप बहुत सा ब्याज ले चुके हैं।''

''हाँ, लेकिन मुझे मूल चाहिए।''

''हाँ, हाँ...वह तो मिलेगा ही।'' यह कहकर मार्गेय्या कमरे में गया और कुछ नकदी लेकर वापस लौटा।

''तुम बहुत चालाक बन्दे हों। इतना ज़्यादा तो ले चुके, अब मूल माँग रहे हो। वाह, वाह, इसका तो जवाब नहीं।'' मार्गेय्या ने यह ज़रा हलकेपन से कहा, जिससे कंबल वाला बहुत प्रसन्न हुआ और पैसे गिनकर वहाँ से चला गया।

यह तो शुरुआत थी। मार्गेय्या उस दिन दफ्तर नहीं जा सका। एक-के-बाद-एक लोग रसीदें लेकर आने लगे। मार्गेय्या ने चुपचाप उनके पैसे लौटाने शुरू कर दिए। सड़क पर लोगों की भीड़ लग गई और बहुत से लोग उसकी सीढ़ियों और सामने की छतों पर भी चढ़कर जा बैठे। उसने सामने का दरवाज़ा बन्द कर दिया और खिड़की से पेमेंट करने लगा।

मार्गेय्या की पत्नी भयभीत खड़ी थी। ''यह क्या हो रहा है? इतने सारे लोग क्यों–''

''ये सब अपना पैसा वापस लेने आए हैं। और कोई बात नहीं है।''

''तो तुम क्या करोगे?''

''वापस कर दूँगा...और क्या!''

''आज दिन भर तुमने कुछ नहीं खाया।''

''भूख नहीं है।'' उसे बहुत कमज़ोरी महसूस हो रही थी, लेकिन खाने का विचार नहीं आ रहा था। रसीदों की जाँच करते-करते उसकी आँखें दर्द करने लगी थीं। नोट गिनते-गिनते हाथों में दर्द होने लगा था। वह सोच रहा था कि इस वक्त अगर एकाउंटेंट भी उसके साथ होता। उसने खिड़की से देखा कि शास्त्री भीड़ में धक्के खाता उसकी तरफ आने की कोशिश कर रहा है। लेकिन कुछ लोगों ने उसे

पहचान लिया और पकड़कर उसके साथ हाथापाई करने लगे।

वह चिल्ला-चिल्लाकर कह रहा था, ''मैं यह सब कुछ नहीं जानता। मेरा विश्वास करो...मुझे कुछ पता नहीं।''

एक आदमी ने बूढ़े के कानों में चिल्लाकर कहा, ''मैं तो बरबाद हो गया। यह मेरी सारी ज़िन्दगी की कमाई थी। अब मैं भिखारी हूँ।''

सब उसके साथ खींचातानी कर रहे थे। उसका चश्मा टूट गया, पगड़ी फट गई। एक सिपाही कहीं से आया और बूढ़े को पकड़ कर ले गया।

शाम के चार बजे तक घर पर रखा सब पैसा खत्म हो गया। सब बोरें और थैले खाली पड़े थे, और खिड़की से झाँककर देखने पर मार्गैय्या को सामने लोगों की भीड़ की भीड़ खड़ी दिखाई दे रही थी। उसे देखकर डर लग रहा था। लोगों के शोर में कान बहरे हुए जा रहे थे उसके सौभाग्य से घर का सामने का दरवाज़ा कम से कम सौ साल पुराना बड़ी मज़बूत लकड़ी का बना था, जिस पर किसी भी चोट का असर नहीं होता था। लोग रास्ते और खिड़कियों पर खड़े होकर एक ही आवाज़ लगा रहे थे : ''मेरा पैसा! मेरा पैसा वापस करो! मैं तो बरबाद हो गया!...''

मार्गैय्या ज़्यादा देर तक बैठा नहीं रह सका। वह खिड़की की बगल में फ़र्श पर धम्म से लुढ़क गया। भीतर हवा नहीं आ पा रही थी। चारों तरफ भीड़ और जबरदस्त शोर था। इस सबके बीच घंटी बजाते हुए एक आवाज़ सुनाई दी, ''आइसक्रीम...ठंडी मीठी आइसक्रीम!''

मार्गैय्या की बीवी भी डरी हुई वहीं बैठी थी और पति से कह रही थी, ''अब मैं क्या करूँ? अरे, अब क्या होगा?''

''भैया को बुलाओ,'' मार्गैय्या बोला।

पत्नी पिछवाड़े की तरफ दौड़कर गई। कुछ ही देर में मार्गैय्या का बड़ा भाई पाखाने की दीवार पर चढ़कर कुएँ की पटरी पर कूद आया और मार्गैय्या के पास पहुँच गया।

''भैया, यह क्या हो रहा है? आखिर बात क्या है?''

''मैं थक गया हूँ...पुलिस को बुलाओ। जल्दी करो, नहीं तो ये लोग घर पर हमला कर देंगे। आग लगा देंगे, हमें मार डालेंगे...''

''क्या इन सबका पैसा अभी देना है?''

''इनका ही नहीं...और भी बहुतों का। कल और भी लोग आ जाएँगे...जल्दी पुलिस को बुलाओ। किसी वकील को भी पकड़ो। मैं दिवाला निकलने की अर्जी दाखिल करना चाहता हूँ।''

''दिवाला! अरे, परिवार की इज़्ज़त का तो ख्याल करो!''

''अब और कोई रास्ता नहीं है।''

भाई सोचने लगा कि क्या करे। बाहर शोर बढ़ता जा रहा था।

"बाहर लोगों की बाढ़ आ रही है।...सब लोग हमें मार डालेंगे। अब भागो, भागो...।" उसने उठने की कोशिश की लेकिन कमजोरी के कारण उठ नहीं सका और गिर पड़ा।

भाई घबड़ा कर भीतर गया और उसकी पत्नी से कहने लगा, "इसे कुछ खाने को दो...नहीं तो..."

"घर में दूध भी नहीं है। दूध वाला भीतर नहीं आ सका। कुछ भी नहीं है घर में। सवेरे से हम यहाँ बन्द हैं।"

"अच्छा...तो यह बात है," यह कहकर वह तेजी से अपने घर गया और बड़े पॉट में काफ़ी बनवाकर लाया, साथ में कुछ खाने को भी। वह स्थिति का मज़ा ले रहा था। उसने उत्साह से कहा, "अब कुछ खिलाने की कोशिश करो...मैंने सोचा कि खाना तैयार हो तो ले आऊँ, लेकिन अभी नहीं बना है। तुम्हारी भाभी बहुत जल्द भेजेगी। उसने बनाना शुरू कर दिया है।" यह कहकर उसने बर्तन पत्नी को पकड़ा दिए। "इसे फौरन कुछ खाने को दो। मैं पुलिस बुलाने जाता हूँ, रक्षा के लिए। कोई वकील भी पकड़ूँगा। मैं यह घर बचाने की पूरी कोशिश करूँगा। यह सम्पत्ति स्थायी है। इस पर कब्ज़ा नहीं किया जा सकता।" वह तकनीकी बातें करने लगा था। यह कहकर वह पिछवाड़े गया और अपने काम में लग गया।

स्थिति सुधरने में तीन-चार महीने लग गए। कचहरियों की भाग-दौड़, वकील, हिसाब-किताब, वगैरह, वगैरह...। मार्गेय्या महसूस करने लगा था कि उसकी व्यक्तिगत ज़िन्दगी बिलकुल खत्म हो गई है?

वह आराम से लेटा था, चटाई पर आँखें बन्द किए, पत्नी रसोई में थी। एक गाड़ी बाहर आकर रुकी, जिसमें से उसका बेटा, बहू और बच्चा नीचे उतरे। गाड़ी वाला दो ट्रंक और बिस्तर लाया और उन्हें कमरे में रख दिया। मार्गेय्या ने बेबी को सीने से लगा लिया। बहू रसोई में चली गई। बेटा ड्योढ़ी पर यह सोचता खड़ा था कि अब क्या करे; उसकी शर्ट के बटन खुले थे। मार्गेय्या उससे कुछ नहीं बोला। फिर उसे उस पर दया आने लगी। उसके चेहरे पर जो आत्म विश्वास पहले चमकता था, वह अब गायब हो चुका था, और पैसे की गमी भी खत्म हो गई थी। पैसा दरअसल हीरे की तरह होता है जो अपनी किरणें चारों तरफ़ बिखेरता है, उसके अभाव में लड़के का मुँह मुरदा सा दिख रहा था। मार्गेय्या को अपनी तरफ टकटकी लगाकर देखते हुए उसे लगा कि कुछ कहना ज़रूरी है, इसलिए बोला, "मैं आ गया हूँ—घर पर कब्ज़ा हो गया है।"

"फरनीचर वगैरह सब कुछ ले गए?" मार्गेय्या ने पूछा। "मैं यही सोच रहा था..."

"अपने क़पड़े और वृन्दा के ज़ेवर लाना भी मुश्किल था। वे सब चीजों की लिस्ट माँग रहे थे।"

"मुझे यही उम्मीद थी। बालू, यहाँ आओ।"

बालू उसके पास जाकर बैठ गया। मार्गेय्या ने उसके कंधे पर हाथ रखा और बोला, "वह बक्सा देख रहे हो। आज मैंने उसे फिर निकाल लिया है।" यह कहकर कमरे के कोने में रखे एक घुंडीदार बक्से की तरफ़ इशारा किया। "इसमें सालों पहले जो चीज़ें रहती थीं, वह अब भी वहीं रखी हैं—एक कलम और स्याही की दवात। तुमने मेरी जायदाद के बारे में पूछा था। यही है सब कुछ। इसे ले लो। कल सवेरे जल्दी खाना खाकर को-आपरेटिव बैंक के सामने लगे बरगद के पेड़ पर पहुँच जाना—मेरा ख्याल है कि पेड़ अभी वहीं होगा। वहाँ चले जाना, और देखना कि क्या होता है। मैं इतना ही कह रहा हूँ।...बताओ, तुम क्या कहते हो? मैं तुम्हें एक रास्ता दिखा रहा हूँ।...करोगे यह?"

लड़का चुप खड़ा रहा। फिर बोला, "मैं वहाँ जाकर कैसे बैठ सकता हूँ? लोग क्या कहेंगे?"

"ठीक है, तुम नहीं जाते तो ठीक होते ही मैं वहाँ जाने लगूँगा।" फिर बोला, "बेबी को मेरे पास ले आओ। मैं उसके साथ खेलूँगा। इस घर में उसके बिना ज़िन्दगी बड़ी नीरस हो गई है।"

❑❑❑